赵美萍 著

转角遇见爱情

ZHUANJIAO YUJIAN AIQING

时代出版传媒股份有限公司

安徽文艺出版社

赵美萍，《知音》杂志社资深编辑，现定居美国休斯敦，为《知音·海外版》驻美国特约编辑、记者。

出版的《谁的奋斗不带伤》获2013风云图书奖、2013中国影响力图书、2012-2013年度全行业优秀畅销书、第二届国际大雅风华语文学奖、江苏省"五个一工程"奖等。

ZHUANJIAO YUJIAN
AIQING

转角遇见
爱情

赵美萍 著

APTIME 时代出版传媒股份有限公司
时代出版 安徽文艺出版社

图书在版编目(CIP)数据

转角遇见爱情/赵美萍著. —合肥:安徽文艺出版社,2016.10
ISBN 978-7-5396-5733-2

Ⅰ.①转… Ⅱ.①赵… Ⅲ.①言情小说-中国-当代
Ⅳ.①I247.5

中国版本图书馆 CIP 数据核字(2016)第 197225 号

出 版 人:朱寒冬　　　　　　　责任编辑:朱寒冬　曾　冰
封面设计:尹　晨　　　　　　　内文插图:小　哑

出版发行:时代出版传媒股份有限公司　www.press-mart.com
　　　　　安徽文艺出版社　www.awpub.com
地　　　址:合肥市翡翠路 1118 号　邮政编码:230071
营 销 部:(0551) 63533889
印　　　制:安徽联众印刷有限公司　(0551)65661327

开本:700×1000　1/16　印张:19.25　字数:320 千字　插图:8 页
版次:2016 年 10 月第 1 版　2016 年 10 月第 1 次印刷
定价:38.00 元

目 录

第一章
天降奇缘

假如我来世上一遭
只为与你相聚一次
只为了亿万年光里的那一刹那
一刹那里所有的甜蜜和悲凄
那么就让一切该发生的
都在瞬间出现
让我俯首感谢所有星球的相助
让我与你相遇，与你别离
完成了上帝所作的一首诗
然后再缓缓地老去

——席慕蓉《抉择》

一　熟悉的风景里我依然很美

"怎么了？想不开吗？在这里跳海太傻了，菩萨也不会让你死的。"

深夜十一点，在矗立着那座闻名遐迩的巨型观音像的海边，她和他初次相遇。

彼时，她正面对大海，哭得肝肠寸断。她并不知道他何时走近身边，她依旧沉浸在自己的情绪里。这世界说大不大，说小不小，你梦寐以求的事情没有实现，但你无法预料的奇迹，却可能在下一秒发生。一如此刻。

她并没有因为一个陌生人的出现而停止哭泣，她心里有一口悲伤的井，泪水依然滔滔。忽然，她感到头顶一沉，他竟然将手盖在了她的发上。随之，他的另一只手一用力，她便跌进了他的怀里。

"哭吧，哭吧，我的肩膀是免费的。"他揉搓着她的头发，力度轻柔，嗓音亲切。如果此刻有不知情的游客经过他们身边，一定以为他们是一对情侣。

不知为什么，她没有拒绝，甚至不由自主地伸出手臂环抱住这个陌生的男人，将头埋在他的胸前，痛痛快快地哭了个够。来不及去想这个男人是谁，就当是菩萨派来拯救她的神吧。

泪水确实可以清洗掉满心的悲伤，就在她细水长流般的泪水变成断断续续的呜咽时，他竟然大胆地用嘴唇吸掉了她眼角的最后一滴泪珠，然后沿着泪痕一路向下吻去，直到嘴唇……她浑身一颤，他未免太大胆了！难道遇到了一个趁机揩油的登徒子？可是……即使如此又如何？她现在不必为任何人守节了，尽管她从来没有放纵过，何况——她确实需要被滋润。

那天是阴历正月十四，一轮硕大的即将圆满的月亮挂在海面上，像一个慈祥的母亲，怀着溺爱而欣慰的神情，看着自己宠爱的孩子沉浸于幸福中。是的，此时此刻，她需要被宠爱，被加倍地宠爱。虽然此刻，她不知道他是谁，他也不知道她是谁。

直到他们的鞋子被脚下的湿沙浸湿，冰冷刺骨的海风穿透了他们并不厚实的外套，他才拥着她往旅馆方向走。走着走着，他在她面前弯下身子："来，我背你！"她乖乖地趴上他的脊背。他的脊背如此宽阔，如一座沉稳安全的山，承载着她疲惫不堪的身体。她双手环抱着他略显粗壮的脖子,面颊蹭着他粗而硬的板寸头,呼吸着他身上淡淡的香烟味道。毫无疑问,这是个魅力十足的男人。他像一个新奇的谜语,猝不及防地出现在她面前。她不再哭泣,内心开始充盈起好奇而纷乱的情绪——他是谁?他的出现是个偶然的巧合,还是冥冥中的注定?

他带她回到自己住的旅馆房间,她惊奇地发现,他们竟然住在同一家旅馆。是谁安排的这场令人费解的邂逅?

有些细节是可以忽略的,否则便失去了快乐的意义。她决定听从心的决定,不让自己错过一次盛宴。所以,当他凝视着她的眼睛,将她横抱于胸,向着大床走去时,她知道自己的心跳得厉害,却无力挣扎。不过,当他开始解开她的衣服时,一丝冷静钻进了脑海,她试图"负隅顽抗",不让他的手指探进自己的衣服,不让他的舌头撬开自己的嘴唇。她激动、害怕、好奇、紧张,她不知道他是谁,也许是魔鬼,否则不会如此霸气狂妄。可是,她越是拒绝,他越是狂热,他需要征服这个女人,她所谓的挣扎,在他强有力的攻势下不过是螳臂当车。他从她的眼睛里看到了紧张与期待、好奇与激动,如果她坚决反抗,她早就会呼救,但她没有这么做,说明她也在期待着什么,反抗只是女人固有的一种矫情吧!或者,就为了激起男人更大的斗志?

他的牙齿也是一种武器,他把牙齿当作挖掘机,把她的身体当作一块待垦的土地⋯⋯天哪!就算他是个魔鬼,此时此刻,她也心甘情愿地被他施法。她不再徒劳而矫情地抵抗,而是任由他粗暴地撸掉了所有衣服。今夜,就让我堕落一回吧!她渐渐变得温顺,放松身体,迎接他温柔而粗野的侵略⋯⋯她贪婪地感受着每一寸肌肤因久旱逢甘霖而产生的激动的颤抖,她仿佛能够听到自己的每个毛孔发出咝咝的满足的叹息声。是的,如此幸福的时刻,她已经久违了。

他仿佛知道她想要什么,也知道她身体快乐的密码在哪里,他像一个老练的探宝人,从她的身体里揭开一个又一个让人惊喜的秘密,每个秘密都让她震颤和惊奇——原来还可以这样!她感到自己正在变成一片汪洋,将他包围,也将自己淹没⋯⋯

他雄赳赳气昂昂地开垦着她这块沉睡已久的土地,他像一个运筹帷幄的将军,自如地掌控着全局。她感到体内的某些地方正在复苏、开花、歌唱;她感到他正带着她驰骋向一片新领域,一片她从未到达过的地方,那里春暖花开,百鸟齐鸣。他时而如疾风骤雨,时而又如细雨和风。他的每一个动作都会让她发出激动的呻吟,她直喊得口干舌燥,但体内却湿润无比……她激动得浑身颤抖,充满感激地看着眼前这个男人,是他,是他,教会了她六年婚姻中从未学过的东西。这一夜,让她彻底做了一次女人。就是这一夜,她疯狂地爱上了这个上床前还不知道姓甚名谁的陌生男人。

奇怪的是,随着高潮汹涌而来的,还有她海啸般的泪水……他一次次吻去那些咸涩的液体,他有些纳闷:这个女人的泪水怎么会这么多?在如此娇美的胴体下,藏着怎样一颗受伤的心?他不是一个喜欢探究别人隐私的人,他知道她心中有痛,但他不问,只是用自己的方式,让她享受极限的快乐。

一周前,她收到了法院寄来的离婚传票。那个与她有着六年夫妻情的男人,竟然选择了这种方式与她恩断情绝……胸口又尖锐地疼痛起来。她一把抱住身边的男人,呓语般请求:“抱紧我!抱紧我!”男人再次翻身将她压住,像一座山一样覆盖了她,严丝合缝,契合完美。

“你真是个特别的女人!这辈子都不许离开我!”他咬牙切齿地说。

他也算是一个历尽沧桑的男人,但这个女人,给了他一种全新的、前所未有的感受。她看上去外表冷傲,凄凉悲切,可在床上却判若两人。在高潮来临时,她那双如梦似雾的眼睛会漾出晶莹的泪水,他喜欢看着她的泪水流下漂亮的脸颊,同时敏感地感受到她体内传来令人激动的收缩和颤抖。这泪水和她在海边的泪水不一样,这是快乐到极限的泪水,他敢打赌:她从来没有如此兴奋和高潮过!

当潮水退去,她蜷缩在他怀中,低低发问:

“你到底是谁?”

“我是你的男人!”

他的口气不容置疑。他的双臂在用力,像是要把她揉碎,掐到他的肋骨里去。

好吧,不管他是谁,今夜,就当我的男人吧!她再一次抱紧了他。她想起自己曾经写过的一首诗:

总想在一个陌生的街头悄悄地醉

也想悄悄地堕落一回

转过身不去想对不对

熟悉的风景里我依然很美

二　相逢何必曾相识

　　"你知不知道，在黑魆魆的夜里，一个年轻女人，在海边无声地恸哭，是一件让人困惑和揪心的事情。我以为你想自杀，所以一直跟着你。"他靠在床头，燃起一支烟，一只手穿过她的脖颈，搭在她丰满的胸脯上。她的胸脯十分漂亮，坚挺饱满，肌肤光滑润泽，如同绸缎。这样一个尤物，谁会忍心伤害？

　　"你一直跟踪我，就为……这个吗？"经过久违的滋润，她红光满面，眼波流转，醉意蒙眬。这个让她如痴如醉的男人，果真是上帝派来安慰和拯救她的神吗？

　　"天地良心，一开始我可没想这个。"他哧哧地笑起来，像个顽皮的孩子，可笑容里又有着掩饰不住的得意，"一开始我想英雄救美来着，可我等了一个多小时，腿都冻麻了，你只是一味地哭，又不下海，我只好主动来招呼你了。不然，你一直迎着海风哭下去，不淹死也被冻死了……"

　　她没有说话，她还没有完全从刚才的极度癫狂中清醒过来。她伏在他的怀里，听着他有力的心跳，回味他刚刚结束的战斗，犹疑梦中。

　　"你是谁？"她再次轻声问道。自始至终，她还没有认真地看过他的模样。

　　"现在，我是谁还重要吗？"他戏谑地笑了，"不管我是什么人，你都是我的女人了！"他的口气十分霸气。他在床头柜上的烟灰缸里揿灭烟头，接着用手指托起她的下巴，现在，她必须面对他的脸庞了。

　　"从现在开始，你一定要记住我的模样！"他用命令的口气说着，盯着她的眼睛。他是一个天蝎座男人，向来都如此霸道，无论对男人还是女人。

　　她蜷缩在他怀里，从下往上看他的脸。他长着一张周正的国字脸，眼睛不大，有着韩国男演员那样好看的单眼皮，却有着小眼睛男人少见的威严与霸气。鼻梁很挺，鼻子十分立体，鼻尖下有一条明显的横，使得鼻尖看上去像个雕塑被捏在鼻梁上一样。嘴唇不厚不薄，脸上的皮肤呈浅铜色，额头上有几道不明显的抬头纹，板寸头似乎几天前刚刚理过，棱角分明，阳刚十足。看上去大概有四十岁了吧！

　　"你真的不记得在哪里见过我？"他的眼神里流露出一丝狡黠。她盯住他的脸看了又看,然后摇头,她的记性算是好的,但眼前的这张面孔,真的没见过。

"你下午还踢了我一脚。"他最终忍不住抛出了谜底。

"什么?"她大吃一惊,同时在脑海里急速翻阅下午经历的点点滴滴。

她今天一早就出发了。她先搭早班飞机从一个遥远的城市到达一个大城市,再转长途汽车颠簸了四个小时到达这座海边城市,最后再乘快艇来到这座佛家圣地的小岛,整整奔波了一天。

他说她踢了他一脚,这么说,他就是长途汽车上的那个墨镜男了。

下午在长途车站,她是最后一个上的车,她的座位本来是前面第二排,但她看到她的邻座是一个泰山一样的大胖男人,半边屁股已经占据了她座位的三分之一,她便打消了对号入座的想法。她看到最后一排正好空无一人,便直接走过去占领了这排五人专座。由于早上起得太早,大半天的奔波劳顿,又未果腹,只觉得身心俱疲,她躺倒即睡。虽然是车况较好的韩国大宇,在高速上行驶时还是有些颠簸。不知睡了多久,蒙眬中听到有人哎哟一声,并且有人使劲推了她的脚一把,同时传来一声怒吼:"你怎么睡的?脚都踢到我脑袋了!"

她猛然惊醒,睁眼一看,原来是自己的脚随着车的颠簸,踢到了前排左侧一个放倒座椅靠背打瞌睡的男人的脑袋。该男子头戴棒球帽,一副深色墨镜遮住了半张脸,虽然看不清眼神,但她也知墨镜后一定瞪着一双怒目。她连声道歉,同时翻身坐起,再也不敢躺倒睡觉。那男人不再理她,自顾自侧头睡去。

车到目的地,她最后一个下车,扬手招了一辆出租车,直奔二十公里外的码头,刚好还能赶上最后一班快艇。快艇不大,前面已经坐满,只剩后排最后一个座位,仿佛专门为了等她。她刚坐定,快艇启动,向着那座坐落海中、举世闻名的佛家圣地疾驰而去。快艇驶在海面上,如快车碾过石板路,一会儿高高弹起,一会儿深深坠落,一颗心似乎要跳出胸腔,好在她并不晕车晕船,只是稍稍有点反胃,还可以勉强忍住。

一刻钟后,快艇靠岸。她拉过行李箱,埋头疾走。买过进山门票,来到进山大门口,不由得踌躇——大门口停着许多拉客的中巴车,车身上印刷着各种旅馆名,司机们见人就套近乎:"去我家客栈住吧,干净又便宜……""我家客栈临海,景观十分好……"

最后,她选择了一家名为"翠竹苑"的客栈,唯一的原因就是喜欢这个名字。并且也不贵,每晚一百五十元。客栈临近紫竹院,确实是个幽静所在。

她一进房间,好似回到家,见到床,一头栽倒就睡,可是脑袋偏偏又是清醒的。睡着睡着，便流起泪来——今夕何夕啊！

窗外透过月亮的脸，虽然明天才是阴历十五，但十四的月亮已经含含蓄蓄地逐渐丰满起来。嗯，此时的海边是不是寂静无人？是不是最适合凭吊或哀思？

她爬起来，洗了脸，信步走向海边。不远处的巨型观音像在灯光的映照下散发着神圣的光辉，莫名地，她落下泪来，一发而不可收。于是……他出现了。

"难道你是为了报我踢你一脚之仇？"她从床上翻身坐起，退开三尺，胸前抱着床单，像一个受惊的兔子随时准备临死一蹬一样。

"我不是个卑鄙的人。"他从鼻腔里叹出一口气，"缘分，只能说是缘分。当我在快艇里看到你的时候，心里就像有个惊叹号爆炸了，这也忒巧了吧？然后，我们竟然不约而同住一家旅馆。这家旅馆是我每年来此必住的，已有五年，连房间都没换过。再然后，我吃饱喝足去沙滩散步时，又看到一个女人正哭得死去活来，竟然又是你……你怎么解释这种奇遇？难道你不是佛祖送给我的女人吗？"他的小眼睛炯炯有神地看着她。

她呆呆地看着这个男人，有心问佛，却无法思考。她任由他将自己揽入怀中，就算是一杯毒药，也是自己心甘情愿喝下的。他轻吻她的头发，柔声说："你不觉得我们是一见钟情吗？我从来没想过会遇到你这样的女人，你也没想到过吧！"她在他怀里缩成一团，柔顺如猫。

事后，她的心头也掠过一丝不安和歉疚：自己是来朝佛的，却在这个佛教圣地，和一个素昧平生的男人上演了这样一出情欲大戏——会不会亵渎神灵？会不会受到惩罚？不过，当他的手指掠过她的肌肤，在一阵如同弱电流通过全身的战栗中，她再度失去了思考和挣扎的能力……

三 激情之后是离别

第二天是阴历十五，山上人山人海，到处都是虔诚的香客。他包了一辆车，轻车熟路地带着她在各个禅寺之间穿梭，每一尊佛都拜到。在每个禅寺的大殿里，他都会虔诚地跪拜，口中念念有词，似乎在祈祷什么。她也学他那样，闭眼合掌，跪拜佛前，双掌落下时，掌心朝上放在拜垫上，据说这样做，菩萨才会对你有求必应。

在慈眉善目、通体洁白的玉观音像前，他们双双跪拜，她听到他在身边喃喃自语。她也双手合十，举到额前，闭眼默念："菩萨，求求您，让身边这个男人爱我一辈子吧！"拜完，她不禁悚然而惊：这个祈求是不是太过怪异？观世音菩萨会不会惩罚她的贪心与不良？意识到这点，她马上又不安地在心中默念：慈悲为怀的菩萨啊，请原谅我的贪心吧，您就把我当作一个罪人普度了吧！

在昨夜她哭过的沙滩上，今夜的她却笑逐颜开，她被他牵着手，小心地从一块块礁石上跳跃而过，如同跨过生活中的一个个坎坷。也许，这真是一个新的开端也未可知。此刻的她快乐得不想思考，不去想明天将何去何从，不愿去面对之后的日子……

看着这个昨夜哭得肝肠寸断、此刻却笑靥如花的女人，他也倍感欣慰，他自信是他带给了她快乐和希望。生命中经历过那么多女人，却没有一个女人让他如此激情澎湃过。这个女人，应该由他来呵护。

在大巴车上，当她躺着睡觉、鞋子踢到他的脑袋时，他是很恼怒的，男人的脑袋岂能随便让女人碰？并且还是被一个陌生的女人踢一脚。但她一连声地道歉也使得他不好意思继续讨伐，只是在闷头睡去时，脑海里却一直晃动着那个女人气质极佳但略显忧郁的表情。一个年轻的、单身的、美丽的、独自旅行的女人，一定是个有故事的女人。若有机会，他一定不会放过。

所以当他在快艇上看到那个女人最后一个上了船，不禁在心里激跳了一拍：难道是上天的有意安排？最奇妙的还不止这些：这女人居然也选了他住了五年的旅馆翠竹苑！拜了五年的佛，这难道就是佛祖感于他的虔诚而赐给他的福？财富和女人，对于任何男人来说，都是求之不得的福分呀！佛祖对他单啸风何其佑护。

在沙滩上，她开始玩"指缝沙漏"的游戏，抓起一把细沙，紧紧地握住，沙子却哗哗地从指缝中漏下。最后，她沮丧地摊开手掌，掌心里的沙粒已经所剩无几。他也学她那样，随意抓起一把沙，却不握紧，而是松松地握住。

"看！你不能握紧，否则沙子会溜得更快。"他看着她，"人生有很多事情，都要掌握好一个度，否则只能适得其反。"他希望她能明白他真正的意思。世上有很多好东西值得拥有，却不能长久，偶尔的奇遇足够点亮平淡的人生。

聪明如她，自然明白他是在暗示什么。但她不想去问，有些事物，朦胧或许比清晰更美好。毕竟，他们只是一面之缘的旅人，谁知明日各分西东后，彼此还能记得对方多少。

晚上，他们给予彼此的缠绵和激情，比昨夜的更为炽烈。因为他们都明白，第二天早晨，他们将要离开此地。他们时而浅睡，时而清醒，时而缠绵，时而休憩。这一夜似乎比任何时间溜得都要快，不知不觉，窗帘的缝隙处已经透出亮光，外面逐渐有了鸟声与人声，离别正在倒计时。她感到万般不舍。为何消失得最快的，往往是最美的风景？

这短暂的一天两夜，是她三十三年的人生中最华美的乐章。

早餐，她也没有心情吃，只在餐厅喝了一杯牛奶。在餐桌上，他说了一个笑话，想逗她开心，但她却笑不出来。餐厅里有很多匆忙吃早餐的游客，叽叽喳喳议论着快艇的班次，无形中增加了她的离愁别绪。离别在即，却不知对方姓甚名谁。这场邂逅如一场春梦，奇异可耻得让人难以启齿。

他们相牵着走到码头，几乎一路无话。他不是个善于交谈的人，所以很多人都以为他城府极深，他只是不愿意说废话而已。他知道，虽然有时候他沉默时看起来像个傻瓜，但他也不要一开口就让人觉得确实如此。这是他一贯的处世之道。她的小手被他紧紧地握着，他的手掌肥厚多肉，柔软温暖。他比她高出整整一个头，被他牵着走在身边，如此自然、和谐、美好。如果这就是世界尽头，多好！她无比依恋地想。

踏上快艇，便意味着十五分钟后他们便要彻底分道扬镳了，他们将在码头分别，各奔前程。她坐在快艇的窗边，她偏头看海，坚决不让他看到自己的泪水。他的胳膊揽着她的肩膀，像热恋的情侣那样。但此时此刻，他还是什么都没有说，没有说我会想念你，没有自报家门，也没有问她的名字，甚至，没有要求互相留下电话号码。她曾想主动向他索取电话号码，问他的名字，问他住在哪个城市，可是，这又有什么意义呢？就此别过有什么不好吗？他既然不说，一定自有他的道理，他想要的，也许不过是"只要曾经拥有、不需天长地久"的快餐爱情吧。

人生本来就是个奇妙的旅程，你永远不知道下一站会看到怎样的风景，永远不知道哪个拐角是自己的吉祥地，哪个拐角又是倒霉的陷阱。一切只能听从命运的安排。可是，想那么多做什么？过去的两夜，已经足够回味一生，就像《廊桥遗梦》中的罗伯特与弗朗西丝卡，他们只是相爱了四天，却超越了一生。罗伯特·詹姆斯·沃勒写得多好啊——"给相逢以情爱，给情爱以欲望，给欲望以高潮，给高潮以诗意，给离别以惆怅，给远方以思念，给丈夫以温情，给孩子以母爱,给死亡以诚挚的追悼,给往事以隆重的回忆,给先人的爱以衷心的理解"。

也许,她和他,也像弗朗西丝卡与罗伯特一样,就此别过,将会永不再见。对她来说,她将会用一生回味这两夜一天,这份短暂而漫长的爱情,就如同夜空中最亮的那颗星,永远忠实地守候在他们相遇的地方,时时照亮她灰暗的心情。这就够了。

快艇在海面上呼啸而过,一首旋律优美却忧伤无比的歌开始在船舱里回旋:

> 深情吻住了你的嘴
> 却无能停止你的流泪
> 这一刻我的心和你一起碎
> 大雨下疯了的长夜
> 沉睡的人们毫无知觉
> 突然恨透这个世界
> 因为要离别
> 就走破这双鞋
> 我陪你走一夜
> 直到心不再滴血
> 而你流尽泪水
> 天空不停地闪着雷
> 照不亮我心中黑黑黑黑黑的一切
> 希望都已经破灭
> 我和你
> 要离别　离别
> ……

居然是阿杜的《离别》,开快艇的是个小伙子,一定十分了解旅人的心境,所以特意播放了这首让人忧伤的离别歌。她的泪水争先恐后地掉下来,他试图用手去擦,却越擦越多,弄得一只手掌都是湿漉漉的。他干脆扳过她的脑袋,狠狠地吻上了她的眼睛,使劲地吮吸,然后再去吻她的唇。她尝到了自己泪水的味道,咸咸涩涩的。罗伯特和弗朗西丝卡是在雨中分别的,他们甚至没能拥抱和亲吻,就在大雨中永远失去了对方。她至少还是幸运的,还能被他拥入怀中,还能最后地、深情地亲吻一次。

直到快艇到岸,他才放开她,终于说了一句:"别哭,宝贝,我会想你!"

这句话却引来她更为汹涌的泪水,"我会想你"——这也算承诺吗?

上了岸,他把她送上出租车。在临上车之前,她又回转身,拼尽全力地抱住他,突然出其不意地在他脖子上狠狠咬了一口。他猝不及防,哎哟叫了一声,一手捂住伤口,满脸惊诧。而她已经放了他,钻进车里,关上了车门,司机很配合地一踩油门,轰然而去。从后视镜里,她看到他依旧呆立当地,一手捂着脖子。不管是思念还是怨恨,就是要让你记得我! 是的,突然恨透这个世界,只因为,要和你,离别!

他呆呆地看着出租车载着她奔驰而去,他一边摸着脖子上的痛处,一边自语:宝贝,我爱你!

四 爱情也会前赴后继

直到在机舱里坐下,柳杨还未从失魂落魄中回过神来。她把头无力地靠在舷窗上,闭上眼睛,脑海里再现出那个似神似魔的男人。他的气息、拥抱、亲吻、威猛……无一不让人醉生梦死。就连他说话的霸道语气,也是那样与众不同。茫茫人海,当有朝一日蓦然回首,那人还在灯火阑珊处吗?

飞机开始轻轻地滑行,空姐开始用甜得发腻的语气讲解千篇一律的机舱注意事项。她系好安全带,关掉手机,又从包里找出眼罩戴上,明天得恢复工作了,必须从现在开始养精蓄锐。

飞机开始助跑、加速、冲刺,最后感到身体蓦然一轻,飞机腾空而起,呼啸上升。再有一个半小时,就会回到 H 市。想到那个冷冰冰的家,她的心再次钝钝地痛了一下。

"您是柳小姐吗? 前面头等舱的一位先生请您过去一下,他说是您的朋友。"一位空姐走过来,躬身客气地对她说。她有些纳闷,刚才自己登机时并没有注意到飞机上有熟人啊! 会是谁呢? 但人家知道自己的姓,说明没有认错人。

柳杨拿起手提包,跟着空姐往前舱走去。头等舱的空座率有些高,只有两三个人。空姐将她引到第一排左侧靠窗的一位先生身边。"就是这位先生找您,"空姐转身热情地对柳杨说,"这位先生帮您升舱了。"

柳杨根本没听清空姐在说什么。她只是呆呆地看着那个人——墨镜、黑色棒球帽。还有,嘴角那一抹坏坏的微笑!

她从来不知道自己的泪腺那么发达。只是一瞬间,泪水便滴落下来。他伸手拉过她,她像弱不禁风一样跌进他的怀里。

不过才分开两个多小时,却像分开了两年之久,失而复得的狂喜笼罩着她,她哭着哭着便笑起来——人生中的喜剧就此上演了吗?

心情雨过天晴,理智也开始慢慢地恢复。"你怎么知道我坐这趟航班?怎么知道我姓柳?"她问,眼神里充满惊讶和疑惑。

"这个……"他又哧哧地笑起来,"只需要很小的脑筋和手腕就可以办到啊。不然男人怎么混迹江湖?你要记住,这个世界上,男人永远比女人聪明。"尽管对他这种霸道的论调和口吻不敢苟同,她依然乐于倾听。此时此刻,她宁愿做他衬衣上的一颗纽扣,永不分离。

"这是我这辈子,在女人身上做过的最疯狂的事情。"他在她耳边低语。她心中一热:昨天在菩萨面前的祈求,如此之快便应验了吗?

"今晚就在机场附近的酒店陪我住,明天一早我要飞 S 市。"明明是该恳求她的,可他却用毋庸置疑、一锤定音的口吻。对他的霸道,她却没有任何不快。陪他,天经地义啊!他能追着她飞回来,确实已够疯狂。

连他自己也不明白,为何在机场会临时起意,通过在公安系统工作的朋友,不费吹灰之力,他便查到了她即将乘坐的航班,并且当机立断购买了一张与她同机的机票,难道就是因为不舍?还是因为想要继续?直到临别,她都没有问他的姓名和联络方式,她也够骄傲的。他不能让这次奇遇就此结束,奇迹刚刚开始,他要更刺激的追逐!他要给这个女人留下毕生难忘的美好记忆。他要让她明白:他们的传奇已经开始。

机场附近有一家五星级酒店,是这座城市当时最高的建筑,四十八层,他要了最顶层的套房。入夜,站在落地玻璃窗前,可以俯瞰这座城市的夜景,这是个大而无当的城市。她一点也不喜欢这个城市,当年只是因为读书、工作和婚姻,才留在了这里。可是今夜,这座城市对她有了全新的意义。

他们关掉了房间里的灯,开足了暖气,全身赤裸地在落地玻璃窗前做爱做的事情。面向城市璀璨的灯火,他像一个威武的骑士,在她身后策马扬鞭。他一边做,一边咬牙切齿地说:"我让你咬我!我让你咬我!"他力气大得几乎要把她顶到天上去。

这真是一种全新而刺激的体验,高高在上,但又仿佛置身人群之中,远远近近的灯光仿佛一只只好奇而神秘的眼睛,偷窥着他们怎样激情地嬉戏、陶醉……一开始她有些拘谨,不敢喊叫,他鼓励她:"叫吧叫吧,宝贝儿,这儿没人听到,这是我们的天下。"她才渐渐放松身心,全身心享受这份前所未有的美妙无比的性爱大餐。

又是一夜战事频繁。两人都只是见缝插针地小睡了片刻。当他设定好的手机铃声叫醒他们时,两人都不愿意睁开眼睛,可是他们的身体分明又是清醒而亢奋的……只是早晨的时间太紧张,来不及细嚼慢咽,只能争分夺秒,可是快感丝毫未减。

"怎么办呢?你把我沉睡的欲望唤醒了,我都离不开你了,怎么办呢……"她一边说,一边娇喘着趴在他的身上,一番剧烈运动,背上已经沁出热汗。她把脸埋进他的颈窝,贪婪地嗅着他的雄性体味。他亲着她的耳垂,一双多肉的大手抚摸着她的脊背:"宝贝出汗了,一定很舒服,以后我们要常常见面,我要给我的宝贝天下最完美、最快乐的性爱,让我的宝贝成为天下最幸福的女人。"

他的话让她安心。不管这样的承诺最终能践诺几分,至少现在他是真诚的。

他乘坐的航班起飞时间是早晨七点三十分,此时已经将近六点,距离机场还有十五分钟车程,时间仓促,不允许更多的儿女情长了。可是两人在淋浴房里冲洗时,又忍不住缠绵了五分钟。这一次,面对离别,她没有哭。他昨天的行为已经说明,他是在乎她的,他并没有把这场邂逅当作一次露水情缘。这就够了。

她在卫生间化妆时,忽然想起还不知道他的名字,于是在卫生间里喊道:"喂,你太不厚道啦,你都知道我的名字了,我还不知道你叫什么呢!"

他正在手忙脚乱地穿衣服,听到喊叫,不禁哧哧暗笑:她终于放下矜持了,内心再骄傲的女人,怎敌得过他这番攻城略地?他拿起她放在床头柜上的手机,拨通自己的手机号码,储存上自己的名字——单啸风。

他们在酒店的大门口分别。紧紧地拥抱过后,她放他走了。她站在路边,看着他乘坐的出租车横冲直撞地越过其他车辆,飞奔而去。

站在清晨的街头,她慢慢微笑起来。曾经的爱情死了,另一份爱情又复活了。原来,爱情也会前赴后继。

五　放爱一条生路

坐出租车回家的路上,她拿出手机,发了一条信息:我同意离婚。

她曾经不止一次地扪心自问:邱平的出轨,是不是也有我的责任? 结婚六年,她一直没有怀过孕,她去医院检查过,但也没查出个所以然来,医生只说可能是工作压力过大,内分泌有些失调所致,吃了无数中药,肚子还是没有动静。邱平也独自去医院检查过,他回来告诉她,自己完全没问题。

"都是你一心扑在工作上,把自己搞得跟个女强人似的,不内分泌失调才怪。一个月至少有半个月在外面出差,你哪里有个做妻子的样子……"邱平对她的不满和抱怨越来越多。

是的,作为国内一家知名时尚杂志的执行主编,工作狂的特性在所难免。每天加班,每周有应酬,每月出差,和同事在一起的时间比和老公在一起的时间还要多。

到结婚第四年,两人的性生活几乎年头一次,年尾一次,并且还是匆匆开始,草草结束,两人都觉得味同嚼蜡,性意阑珊。到了第五年,邱平有了外遇。柳杨是最后一个得到消息的人,当她得知一切时,他的小情人已经怀了孕。这下,离婚变得迫在眉睫。

外遇,几乎是一道社会学课题:男女结婚后,爱情开始沉降,亲情开始升华,彼此需要凭借理智与道德维系。如果理智与道德的堤坝不够高,家庭就溃堤了。谁都无力回天。

也不是不愿意离婚,只是这婚离憋屈,不离也憋屈,于是柳杨就拖着,不肯在协议书上签字。没想到邱平会狗急跳墙,告上法庭要求离婚。

也有媒体朋友义愤填膺地建议柳杨去告邱平通奸罪,他和小情人同居怀孕、"人赃俱获",一告一个准。如今的笔杆子比刀子还好使,网络的力量更是排山倒海,足以杀人不见血。

也不是没有动过鱼死网破的心。只是思前想后,柳杨还是觉得,轰轰烈烈大闹一场后,除了家丑外扬之外,这桩气数已尽的婚姻已不能起死回生,对自己痛得麻木的心也难以救药。痛定思痛,她还是一味保持着沉默。就连朋友们都说她:"你太懦弱了!正是你的懦弱纵容了邱平的放荡和嚣张!"

我真的懦弱吗?柳杨扪心自问。如果懦弱可以避开很多荆棘和锋芒,那么她宁愿懦弱一点。

邱平是个律师,和两个法律系毕业的同学在本市合伙开了一家律师事务所,其中一个合伙人的舅舅是本市中级人民法院经济庭庭长,所以他们很轻易地代理了本市几家大公司的法律顾问,同时也承接一些经济案,在本市法律界算是小有名气。

身为律师,邱平早就将离婚的每个法律环节都设想周到,安排得滴水不漏。在离婚协议书上,柳杨能够得到的,也就是她正住着的一套房子和她自己的工资卡。"我已经对你够仁慈了,这套房子现在市值一百多万呢,除了单位给我配的那辆车,我算是净身出户,你还要我怎样?"邱平振振有词地说给她听。做律师的,即使是谎言,也能说得底气十足,气吞山河。可柳杨知道,他的事务所每年分红都有好几十万,还不算他每月的工资。这些钱,他从来都是自己控制着。柳杨不是个会理财的人,自从结婚后,家里的收入支出她从不插手,都是邱平一手处理。如果不是单位将自己的工资和奖金都打在银行卡上,她大概连自己的收入都会拱手交给邱平保管。

可是,现在,柳杨觉得这一切都不重要了,因为她有了他——单啸风,这个名字,就足以让她在孤独的夜里不再寒冷。钱再多何用?她的工作收入足够自己过得丰衣足食,父母早些年去世,除了每年给伯父家寄去一笔生活费,她别无负担。

是谁说的:快乐,不是拥有得多,而是计较得少。既然菩萨都赐给了她此生难忘的爱情,为何不能成全邱平和他的情人?与其困死,不如放生。与人方便,与己方便。施人玫瑰,手留余香。虽然自己没那么高尚,但至少做到问心无愧吧!任何事情,退一步总会海阔天空。

似乎怕她立即反悔,几乎在她到家的同时,邱平也站在了她家楼下。她看都没仔细看离婚协议书上的内容,也没进家门,就在电梯间的扶手上,把离婚协议书给签了。

"祝你好运!"她好风度地送给他这句话,然后关上了电梯门。电梯徐徐上升,她感到一阵超脱的轻松。

就在一个月前,临出国旅游前的叶菁劝她放他一条生路时,她还那么激愤地表示:"凭什么啊?他给我生路了吗?"

叶菁骂她:"你怎么是个猪脑啊?你不放手,你会有生路吗?这种人渣,你留着种菜啊?你不清空你的垃圾桶,你会呼吸到新鲜空气吗?你这样死拖着不撒手,才是最愚蠢的。"

但不管叶菁怎么骂,她就是无法说服自己丢弃这坨垃圾。夜深人静,扪心自问,她发现,自己舍不得的并不是这段情,而是不甘心!不甘心成为弃妇!理由就这么简单!即使两人中要有一个人被抛弃,这个人,也不应该是她!这就是她的骄傲所致!

可是现在,一切竟然不一样了,她竟迫不及待地要清空这堆垃圾,还自己一个自由之身。原来做一个决定并不难,难的只是需要一个说服自己的理由。而刚刚经历的那场失魂落魄的奇遇,就是一个完美的离婚的理由!

签完了离婚协议,终于解脱了。六年婚姻,一刀两断。

她将所有关于前夫邱平的物品全都清理了出来,冬衣已经被他带走不少,夏天的衬衫还有好几件,还有袜子、领带、内裤、鞋子等"遗物",他写过字的本子,他用过的笔,乃至他用过的枕头和被子,全都被塞进两只大纸箱。合影也都一张张剪开,自己的留下,他的全都放进了一个大信封,然后塞进纸箱里。他留在家里的物品其实已经不多了,都已被他陆续带了出去。

最后,她给他发去短信:请来取走你的东西,我放在大门外。对方果断地回信:不用了,你处理吧!她马上给小区附近的一个废品收购站打了个电话。废品站的小伙子踩着三轮车过来一看,都是衣服鞋子什么的,问柳杨要多少钱。柳杨说一分钱不要,拿走就是。小伙子于是喜滋滋地拉着纸箱子走了。

邱平第一天拿到离婚书,第二天便和小情人登记结了婚。此时小情人已经即将临盆,邱平带她去香港生的孩子,是个儿子。一个月后,邱平的婚宴和儿子的满月酒同时举行。柳杨听到这一切,只是淡然一笑。虽然做不到洒脱地送上祝福,但也不再怨恨。每个人都想要美好幸福的生活,只是造化弄人,有些人早得、有些人晚得而已。她相信,属于她的幸福生活,迟早会来的。

六 死了都要爱

不管柳杨愿意不愿意,关于她离婚的消息还是渐渐传播了出去。至于褒贬,她并不知晓,也懒得知晓。当今社会,离婚已不可耻。只是,为人"弃妇"的名声,总让她感觉无奈而凄凉。她只能更加忘我地工作,以此冲淡感情上的痛。

每次出差回来,发现案头的工作总是堆得满满的。要向总编汇报出差收获、下期选题策划,听取集团老总的新指示,要召集手下的小编们开选题会,讨论策划方案,本刊的广告发行也要关心一下。读者来信也不能忽略,每期篇尾都要刊登两篇有代表性的读者来信……琐碎的事情一个接一个,这一天几乎没有时间想单啸风。

晚上回到家,一如既往地冷寂,心情却非比寻常地润盈。首先打开音响,好听的音乐有时也是一剂解乏良药。然后去打开卫生间的热水器,往浴缸里注水。正在宽衣解带准备躺进浴缸,手机响了。柳杨赶紧跑去客厅,从包里翻出手机,是一个陌生的号码,138×××9999,名字是单啸风。

她接起来,不确定地"喂"了一声,手机里立即传来熟悉的问候:"宝贝儿,干吗呢?"她这才反应过来,这是他的电话。心头立即一暖。

"正准备泡个澡,你呢?"她柔声应答着,心头漾起初恋般的甜蜜。

"今天的事情比较多,一直忙到现在,一个字——累。就想躺下好好睡一觉……哎……呀……"说着,他打了一个长长的哈欠,声音里透着浓浓的疲惫。

她没问过他是做什么工作的,但她猜得出他的工作一定很忙,否则不会风风火火地飞来飞去。

"和你在一起的两天三夜,是我这辈子最快乐美妙的事情。今天下午在开会的时候,我都不能集中精力,脑海里总是蹦出我俩在一起的细节……真美啊……"他陶醉无比地说。此时她正一只手拿手机,另一只手去够胸罩后面的褡扣,却很难解开。如果他此刻就在身边……她感到脸上火辣辣地烧起来。

"你会想我吗,宝贝儿?"他问。"当然,每时每刻。"她微笑着小声回答。

"那就好,宝贝,我会想你的,我会尽量抽时间去看你。我得走了,晚上还有个应酬,明天一早还要飞回北京。你也注意身体,我想你!来,亲一下,啵——"

他匆匆说完,对着电话来了一个响亮的亲吻。她的心快乐得想要飞起来,她也对着电话送出一个他能听到的亲吻,然后依依不舍地挂了电话。

躺在浴缸里,手指无意识地滑过自己如绸缎般的肌肤,不禁全身燥热起来。客厅里的音响隐约送来信乐团的歌——

死了都要爱

不淋漓尽致不痛快

感情多深只有这样才足够表白

死了都要爱

不哭到微笑不痛快

宇宙毁灭心还在

把每天当成是末日来相爱

一分一秒都美到泪水掉下来

不理会别人是看好或看坏

只要你勇敢跟我来

爱　不用刻意安排

凭感觉去亲吻相拥就会很愉快

享受现在　别一开怀就怕受伤害

许多奇迹我们相信才会存在

死了都要爱

不淋漓尽致不痛快

感情多深只有这样才足够表白

死了都要爱

不哭到微笑不痛快

宇宙毁灭心还在

穷途末路都要爱

不极度浪漫不痛快

发会雪白　土会掩埋

思念不腐坏

到绝路都要爱

不天荒地老不痛快

不怕热爱变火海

爱到沸腾才精彩

……

多么饱含深情的歌啊! 唱到心里去了。

自此,单啸风每天晚上都要给她打数十分钟的电话,绵绵情话如同神奇的消炎药,润物无声地平复着离婚带给她的伤痛。

即使再忙,他每天都会发来几条信息,全都是肉麻的情话。

"宝贝儿,你在干吗呢? 想我了吗?"

"宝贝儿,想你了! 你让我重温了初恋时代。"

"从来没有一个女人让我如此着迷,你是个例外。"

每一个字都像裹着蜜糖的子弹,一颗颗射中柳杨的心脏,柔情蜜意随着血液流遍全身。

他给她的印象总是神出鬼没的,前两天还在北京,昨天又到了深圳,或明天又将去上海。她也曾半开玩笑地委婉地试探过他:"你怎么这么忙? 难道你是属风的?"他哧哧一笑,依然没有说出自己的工作特性,连范围都没透露。"我的性格适合运动,停下来就会消沉。"停了停,他又说,"以后你就会知道了。"

既然他不说,她也就不再问,虽然她是做媒体的,可他却不是她的采访对象。但好奇心还是驱使她在百度上输入了"单啸风"三个字,却没有任何有价值的线索,同名同姓的都没几个。这又让她感到有些踏实:爱一个简单的人,比较令人安心。

第二章

造化弄人

在年轻的时候
如果你爱上了一个人
请你一定要温柔地对待她
不管你们相爱的时间有多长或多短
若你们能始终温柔地相待　那么
所有的时刻都将是一种无瑕的美丽
若不得不分离
也要好好地说一声再见
也要在心里存着感谢
感谢她给了你一份记忆
长大了之后你才会知道
在蓦然回首的一刹那
没有怨恨的青春才会了无遗憾
如山岗上那轮静静的晚月

——席慕蓉《无怨的青春》

七 月朦胧鸟朦胧

周五晚上有个酒会——某国际著名内衣品牌在中国大陆地区的夏季新品发布会,酒会在香格里拉酒店举行,柳杨也接到了邀请函。该内衣品牌的中国区副总裁是个台湾色鬼,姓董,他五官上的标志是一只永远红彤彤的酒糟鼻,和一双永远泡在水里的桃花眼。柳杨曾被他在酒会上暗算过多次,当然从未被他得逞过。

后来,柳杨招聘了一个美术总监樊篱,小伙子身材极好,长得又帅,像极了韩国人气偶像裴勇俊,五官却比裴勇俊更立体,尤其那一头裴式发型,特别有款有型。他偶尔也兼职做平面模特,最特别的,是能喝酒。樊篱能不显山不露水地喝掉三瓶红酒,头不昏眼不花,洋酒更不在话下。从此只要出席酒会,柳杨就带上樊篱。自从有了樊篱,柳杨再也没有醉过。甚至有人怀疑她和这个小帅哥有一腿,她也不澄清,有些事情就让它"月朦胧鸟朦胧"反而更好。越解释,反而越显得心虚。再说,有他在身边,不仅是一道赏心悦目的风景,确实也是一个可靠的保护神。

周五晚上,打扮停当的她带着樊篱去了香格里拉酒店。这样的场合,她一般都是一身旗袍。旗袍在任何场合,都是淑女百穿不败的经典。当然,也难得她有一副好身材。头发也是下午新做的。她不喜欢繁杂的发式,只喜欢简单的发髻,插一根簪子,耳畔有丝丝缕缕垂下,优雅又随意。因为天尚且有些冷,所以在藕荷色旗袍外面又罩了一件黑色薄羊毛披风。即使到了室内脱下披风,她还备了一条黑色羊绒披肩。女人嘛,就是要把自己照顾得无微不至。

到了现场,先是走秀活动。俊男靓女、帅哥嫩模,在闪烁迷离的灯光下,甩臂扭臀,风情万种。模特身上暗香浮动,整个现场气息氤氲。樊篱坐在柳杨身边,专心看着舞台。柳杨用胳膊捅捅他:"哎,这里有没有你认识的朋友?"樊篱笑笑,轻声答:"有两个,是我模特学校的同学。"

"你怎么没有争取到这个机会呢?"

"老大,我的主要工作是在你手下打工哦。我要是频频出去走穴,你会同意?"樊篱跟她贫嘴,"再说,我今晚的职责不是帮你喝酒吗?"他一笑,就露出一口做过牙膏广告的白牙。"嘿嘿,这个人情我可不认啊!"她喜欢这个小伙子的简单和直率,说话可以直来直去,无所顾忌。她也一直奇怪,这么帅的小伙子,不去娱乐圈发展真是可惜了。有次她也问过他,为何甘心屈居平庸枯燥的杂志社而不去姹紫千红的娱乐圈。樊篱呵呵一笑,说:"娱乐圈的帅哥多得去了,少我一个不少,你这里却会把我当块宝,不是吗?"

事实确实如此。两年前,杂志社的美术女总监结婚生子休产假,柳杨于是向集团公司打报告,又招了一个美术总监,就是樊篱。当时樊篱刚从法国留学回来,学的就是美术专业,满脑子的时尚构思,版式设计风情万种。不仅柳杨欣赏,连总编以及出版集团高层也对他青睐有加。当时柳杨还以为樊篱刚从国外回来,不清楚国内的就业情况,临时找个工作过渡一下,然后骑驴找马,在这里不会待太久,谁知他竟一待两年,并且大有继续扎根的意思。这两年,杂志发行量逐渐上涨,虽然涨速缓慢,但从读者反馈的情况来看,与内文版式的改变确实有很大关系。柳杨很得意招了这么个得力干将,几乎每个秀场都会带他出席。

走秀结束后是冷餐会。嘉宾们开始走向冷餐台,手持餐盘,各取所需。这种场合,柳杨的熟人和朋友都很多,有纸媒的,网媒的,电视台的,娱乐圈的。这个城市就这么大,很多人抬头不见低头见。柳杨刚从一名侍者手里接过一杯香槟,就被一个人从后面拍了一下肩膀:"柳大主编,好久不见!"

一转身,是一张印象模糊的脸。看着她略显思索的表情,对方马上解嘲说:"呵呵,真是贵人多忘事啊!去年,我们还合作过一次,那啥……去年的人体摄影展……"哦,想起来了,当时为了策划这个选题,颇费了一番脑筋,既想赚取读者眼球,又不想碰高压线。后来,还是和一家文化单位合作,策划举办了一个人体摄影展,而她的杂志则用三个P的篇幅,以报道形式刊登了摄影展上的六幅作品,打了个擦边球,蒙混过关。尽管如此,上级领导部门还是给了柳杨所在单位口头警告,下不为例。事后,总编把柳杨叫过去,心有余悸地说:"冒了个大险,这期杂志只涨了五千本,不值得,下次别搞了。万一碰到哪根高压线,上头大笔一挥,你我就得卷铺盖走人了。"

这个人,就是那次人体摄影展的首席摄影师老万。老万大约五十来岁,脑门已经微秃。后来听说,被他拍过的小嫩模,都遭过他的猥亵。柳杨听得恶心不已,早知如此,即使能让杂志上涨五万本,她也不会与这种人渣合作。所以现在看到此人,柳杨的第一反应就是——反胃。

"柳主编啊,这次我们又去湘西拍了一组'野趣'系列的人体摄影,简直美轮美奂,我正准备给你发几幅小样让你过目呢!"老万凑上来,抽过烟又喝过酒的嘴巴里窜出一股下水的味道。

柳杨下意识地退后一尺,尽量礼貌地微笑着说:"这个……估计不行了,上次我们已经被上级领导部门警告过了……"

"没关系啊。我们再想想办法,办法总会有的。文化部门那边,我找朋友去疏通疏通。"

柳杨只笑不语。

"柳主编,为我们即将来到的第二次合作,干一杯!"老万伸出端着酒杯的手,要跟柳杨碰杯,另一只手作势要搂柳杨的肩膀。

"柳主编,你原来在这里啊!那边电视台的杨老师请你去一下。"樊篱不知从哪儿冒出来,一句话解救了柳杨。她侧身一闪,说声"对不起",闪人了。剩下的酒,自然被樊篱代替了。樊篱就是她的酒会护身符。

八　你是我的酒会保护男神

如今,中国人学会了不少西方人的做派,开派对,办舞会,唯独在喝酒上没有学会人家的尊重和随意。中国人无酒不成席,不喝醉不爽快,何况这种免费的酒会。所以即使不是坐着圆桌、轮番敬酒、划拳喝酒,走走停停间,也能喝得头晕眼花。好在还有樊篱,每当有人举着杯子要和柳杨干杯,樊篱就会主动跟人家碰杯,口气亦很诚恳:"柳主编你真不能再喝了,小心又胃穿孔,这一杯我替你代了吧!我先干为敬。"说罢一仰脖,豪爽得让人无法介意。

柳杨确实喝出过胃穿孔。那是三年前吧,为了拉某日本品牌轿车做封底广告,时任广告部副主任的叶菁请这家日本公司的中国区总裁吃饭,拉她去作陪,席间喝的是一种日本清酒,还是温热了喝的,入口绵柔,似乎没什么酒劲。为了顺利签单,柳杨和叶菁跪在榻榻米上,和一帮日本鬼子喝了一圈又一圈,却没想到清酒的后劲实在大。等她意识到不行了时,腿脚已经不听使唤,连去洗手间都无法起身。而叶菁也已经醉得开不了车,只好给当时还没离婚的老公打了个电话,让他来接。同时又帮柳杨给她家里打了个电话,要邱平来接。

邱平赶来,将瘫软成泥的柳杨接了回去。当夜,柳杨胃痛难耐,呻吟不停,邱平送她到医院,被诊为胃穿孔。至此,邱平对她再没好脸色。虽然那单广告最终拿到了,但她的胃坏了,婚姻也坏了。后来,叶菁再有饭局,只要与男人喝酒,便再也不敢拉她去作陪。

今晚,樊篱喝了多少酒,她不知道。反正他从来没让她醉过。就像刚才,今晚的东家、该内衣品牌的大陆区副总裁董色鬼缠着她喝酒时,依然被樊篱四两拨千斤化解了。但这个老色鬼并不想就此放过她,就在樊篱去吧台拿酒时,灯光逐渐暗淡,舞曲音乐响起,舞会开始了。董色鬼立即揽住柳杨的腰:"来吧,柳小姐,我们跳一支舞吧。"

柳杨作势头昏,要坐下歇息。董色鬼马上扶她到休息区坐下,双手却不安分,在她的腿上摸来摸去,她感觉真丝旗袍都要被他摸起毛了。心里暗恼,却又发作不得。她借口要去洗手间,站起来就走。老色鬼又跟上来,挽住她手臂,说要送她去。在楼梯拐角处,董色鬼借助暗影,把她拉入怀中,嘴巴在她耳边磨蹭:"你这个尤物啊,简直想死我了,那些嫩模再漂亮,都不及你勾人……"

实在忍受不了了,她只能使出连自己都恶心的法宝——张大嘴巴,喉咙里发出干呕的声音,相信任何人听了都会避开三尺。董色鬼果然被唬住了,立马松开爪子,生怕她吐到他的阿玛尼西装上。

"对不起对不起,我喝多了……"说罢,她故意跟跟跄跄地扶着楼梯走了,剩下董色鬼独自惆怅。这个女人,关键时刻总会有办法明哲保身。比起那些主动送货上门的嫩模靓女,这个上不了手的女人更让人欲罢不能。好吧,总会有她求的时候。今年的大陆区广告预算是三千万,不怕这个女人不来求。

到了洗手间,补了妆,她习惯性地摸出手机,几个未接电话,还有两条短信。电话是单啸风的,短信也是他的。他问她在哪里,电话也不接。她微笑起来,被人牵挂的甜蜜感油然而生。

"我在外面参加一个酒会呢,等一会儿就回家了。"她回复。

他的信息却迟迟没有回过来,大概忙着没看到吧。她准备收起手机,想想,又给樊篱发了条信息:"小樊你在哪? 我们今天可以撤了。"

樊篱很快回信:"我就在休息区,你在哪?"

回到休息区,却没看到樊篱,舞池中人影幢幢,巡视一圈后,她看到樊篱正和一个身材窈窕的女孩在跳舞,俩人有说有笑,好似熟人。目光再转一圈,只见董色鬼也搂着一个年轻女孩在跳舞,那个女孩几乎被他勒进身体里去,两人的下半身几乎贴在了一起,女孩的上半身努力向后仰,姿势很别扭。

柳杨一直不明白,这家著名的内衣公司怎么会派这么个大色鬼来做市场推广?这不为他的拈花惹草提供了绝好良机吗?不知道有多少想名利双收的小嫩模因此落入这家伙的魔爪呢!想想真是可怕!她真想奋笔上书给这家内衣公司美国总部,"弹劾"这个大色鬼。

没等一曲舞毕,柳杨先打车走了。午夜的城市像个半醉半醒的女人,散发着颓废慵懒的气息。路灯窥视着每一个夜归的人,却又忠心耿耿地守口如瓶。汽车从落满一地的梧桐树叶上驶过,沙沙如雨声。柳杨靠在后座,虽然没醉,却气息微醺。这一刻,她又想起单啸风,嘴角情不自禁地漾起笑意。此刻,他在做什么呢?她拿出手机,准备再给他发个信息。却发现不知何时,樊篱已经发了信息过来:"老大你在哪?怎么独自跑掉了?你没喝醉吧?"

"只要有你在,我怎会醉,你是我的酒会保护男神啊!"她啪啪摁了几个字,发送了出去。忽然想起不妥,这话多暧昧啊!不过,她和樊篱向来直来直去惯了,何况他还比她小八岁,该不会会错意的。果真,半晌他回复了两个字——"嘿嘿"。她看了一眼,不由得哑然失笑。这个"嘿嘿"真的耐人寻味,它可以有很多意思,也可以没有任何意思。也许,这种状态,就是蓝颜知己的状态?

嘿嘿!

九　造化弄人

也许是昨晚喝酒,加上例假快要来的缘故,周六上午,偏头痛又犯了,多年的老毛病了。吃过无数的中药,却总是治标不治本。于是用一只热水袋灌了热水,贴在腹部,然后上床休息。

刚躺下一会儿,手机又开始唱歌。柳杨挣扎着翻身坐起,打开手机,却是一个很久没有联系的名字:郑凯。郑凯是她的大学同学,毕业后去了深圳淘金,听说在那边开了一个软件开发公司,还在那里成了家,是同学中混得不错的一个。

他怎么会忽然想起给我打电话呢?柳杨一边思忖,一边按了接听键,郑凯在电话里叫道:"我的柳大主编啊,我还以为打不通你的电话了呢!最近忙什么呢?今晚有没有空出来聚一聚?我今天中午才到,晚上想约几个老同学叙叙旧。"

柳杨有些犹豫："我今天偏头痛犯了,这会儿正难受呢……你哪天走?要不我改天请你……"

"哎呀呀,你看你看,我好不容易回来一趟,你就推三阻四啦?我明天一早要飞北京,这次恰好顺道看看老同学,我太太也来了,特想见一见我过去的老同学们,你这点面子都不给吗?我还准备叫上袁佳和闵慧哲呢。"

话说到这份上,再不去就显得矫情了,柳杨只好答应。

"一定要打扮得漂亮点哦,可不要辱没了当年校花的美名啊!"临放下电话前,郑凯在那头嬉笑着补充一句。

为了控制偏头痛的进一步侵袭,柳杨只好吞了一颗去痛片。虽然她明知道,药的副作用将会使她整个晚上神智恍惚,无精打采,但总比被排山倒海般的偏头痛纠缠好得多。

梳洗打扮一番,差不多已到约定时间。柳杨下楼打了一辆的士,直奔福海酒店。福海酒店是本市为数不多的高档餐馆之一,"私房佛跳墙"是这家的招牌,最高级的一款佛跳墙688元一盅。柳杨迄今为止也就品尝过一回,那次还是一家企业老总做东。

"郑凯这小子在大学里是著名的'葛朗台',今天怎么忽然大方起来,舍得请老同学吃佛跳墙?"一路上,柳杨纳闷不解。

然而,当柳杨到达福海,在酒店迎宾小姐的引领之下,来到郑凯预定的三楼豪华包房时,才发现等待她的真正谜底是什么!

有一个人站在郑凯身边,器宇轩昂,风度翩翩,熟悉的微笑,熟悉的眼神。有一瞬,柳杨疑似梦中。也许是去痛片的作用,她感到有些恍惚,凌乱,纠结。这个人,不是魏凌是谁。

"魏……魏凌,你……你好!"柳杨勉强挤出笑容,礼节性地伸出右手。说完,她才反应过来,自己不应该如此问候,她该表达的太多。她可以一言不发,拂袖而去;她可以对他视而不见、听而不闻;甚至可以给他一记响亮的耳光……或者,也可以大笑,并夸张地大喊一声:"嘿,你小子,还有脸回来?"可她,竟表现得如此卑怯,没有风度,没有气势。

"你好吗?柳杨……"魏凌走过来,紧紧握住柳杨的手,双眼直盯着她的眼睛,"听郑凯说你的偏头痛又犯了?要不要紧?看你脸色真的有些不好,是工作太累了吧?"他说话时的热气呼在她的脸颊上,一瞬间,仿佛回到了从前……

正在柳杨神思恍惚、大脑缺氧的时候,包房里面的一间小门咔嗒一响,两个女人说着话从卫生间里走出来。一个是柳杨读大学生时的室友袁佳，另一个是位陌生的女子，柳杨思忖大概这就是郑凯的太太了。

袁佳大学毕业后进了税务局，后来又做了税务局局长的儿媳妇，生了个儿子，老公做生意，小日子过得十分滋润。虽然柳杨和袁佳同城而居，但因为各忙各的工作，两人极少见面，只是偶尔通通电话。但四年的大学友情依然如故。

袁佳见柳杨到来，喜出望外地奔过来，一如既往地爱咋呼："哎呀亲爱的，你总算来了，我挺想你的，一直想约你见见，就是抽不出时间，你看起来有点憔悴哦，是不是……"

本来她想问"是不是离婚影响心情"，话到嘴边忽然觉得不妥，硬生生咽了下去，转头向站在一边的女子笑道："郑太太，我给你们介绍一下，这就是柳杨，我大学时的室友和死党，那时候你先生郑凯和魏凌睡上下铺，我和柳杨睡上下铺。柳杨，这是郑凯的太太，叫江盈。"

袁佳这一通咋呼，总算帮柳杨从魏凌的掌握中解了围。柳杨转头与江盈礼貌地招呼和握手，接着在郑凯的安排下按顺序就座，原来只有他们五个人。

这种局面，不用询问，也不用解释，今晚聚会的主题是什么，已经不言自明。魏凌也算是煞费苦心了吧！可是，魏凌又回来做什么呢？为什么要找她呢？他不是跟着厅长的女儿去了美国吗？不是有了一对双胞胎孩子吗？不是听说生活得很美满吗？不是还成了纽约华尔街的高级金领吗？为何，为何今晚又出现在她的面前？想当年，他在爱情和权势之间，毫不犹豫地选择了权势，将她一个人抛在这里，自己跑得连背影都看不见。所以，她才会愤然一转身，以飞蛾扑火的决绝，投入期待已久的邱平的怀中。

她以为，这辈子谁都可能再见，唯独魏凌，会水月对照，天人永隔。孰知，造化弄人。

他是她的初恋。大学二年级的下半学期，魏凌就以一天一封情书的甜蜜攻势，通过三个月的坚持不懈而将柳杨的芳心俘获。可却又在大学即将毕业之前，将柳杨一脚踹开，跑到了美国，当上了美国公民。

魏凌你还回来做什么？是要向我炫耀你的幸福吗？还是想安慰我的不幸？柳杨几乎可以断定，一定是魏凌听了同学们关于她的离婚消息，正巧回来办公事，顺便来看看她的境况而已。

其实，事实并非如此。

十　逃跑的爱情今又回

　　这顿饭,对柳杨来说,如坐针毡。她的左边是魏凌,右边是袁佳,袁佳不停地叽叽呱呱,和魏凌一问一答。袁佳就像一个托儿,故意引导魏凌将自己的近况一一向柳杨进行着"汇报"。

　　果真是造化弄人,当年魏凌抛弃了她,跟随厅长的女儿司马真远渡重洋,成了美利坚合众国的公民,可好景不长,两年前,司马真在一次加勒比海豪华游轮之旅中,和一个离异的白人医生眉来眼去、暗度陈仓,回来后便与魏凌协议离了婚,四岁的双胞胎由司马真带走抚养,魏凌每年支付给孩子一定的赡养费。

　　"唉,也许这就是老天对我的惩罚吧!"魏凌仰头灌下一口五粮液,言语之间不无酸楚。他不时偏头凝视柳杨,欲言又止。无奈柳杨却只顾低头品味那盅佛跳墙:极品三头鲍鱼入口软糯,汁液浓稠,满口留香;上等鱼翅丝丝透明,滑而不断,入口韧滑,分明不是粉丝冒充;日本刺参肉质肥厚,口感极佳。就算今天是魏凌埋单,她也不在乎,如此美味,可不能暴殄天物。更关键的是——唯有低头,才不会让人看见她眼中的伤。逃跑的爱情今又回,她该如何面对?

　　吃饱喝足,果真是魏凌埋的单。他们一行人刚走到电梯口,服务小姐跑过来,手里拿着两张百元大钞递给魏凌:"先生,您多给了两百元。"

　　"这是给你的小费。"魏凌十分绅士地说,然后在服务小姐的目瞪口呆中风度翩翩地上了电梯。袁佳夸张地惊呼:"天哪!魏凌,在国外熏陶了几年,你真是越来越有绅士风度了。"

　　"在国外,付小费是天经地义的,都习惯了。"魏凌淡然一笑。

　　郑凯说:"这是在中国,不该花的钱还是别花,不然,别人还把你当傻帽。"魏凌也不辩驳,只是笑笑。

　　到了楼下,才发现不知何时下起了小雨,淅沥沥的雨丝飘下来,在路灯下织成斜斜的、雾蒙蒙的雨帘。路边刚好植有一排苍劲的法国梧桐,他们便站到了树下避雨。

　　郑凯看看表,说时间尚早,建议大家要么去洗桑拿,要么去唱歌。柳杨赶紧婉拒:"对不起,我不能参加了,今天本来就犯了头痛病……"

话音未落,袁佳赶紧拉过她的胳膊,拽到一边急急耳语:"亲爱的,你怎么回事? 这么扫兴? 魏凌是特意来看你的,你怎么一点都不感动似的? 是不是我们人多你觉得不方便表示? 要不,你俩单独找个安静地方喝喝茶、叙叙旧,把断掉的红线再牵起来……"

柳杨还没来得及说什么,这个八婆又一下蹦到魏凌身边,把他拉到另一棵树下去面授机宜了。

这边,郑凯也不失时机地对柳杨耳语:"呃,柳杨,我就直说吧。这次魏凌回来,一方面是因为工作——对了,你还不知道吧? 魏凌目前的身份是美国某某风投公司中国区副总裁,公司总部就在深圳,所以我俩最先见了面,有一次我俩喝酒到深夜,聊了很多事。听魏凌说,司马真得知他晋职之后,又跑过来求他,准备和那个白人医生离了婚再和他复婚,被他断然拒绝。魏凌还对我说过这么一句话,他说,他很感谢司马真和他离了婚,让他有机会来弥补对你犯下的过错,他要用自己的下半辈子来照顾你,让你幸福。所以,柳杨,你该给魏凌一次机会,也给自己一次机会。你们以前的感情我们都有目共睹,我们都希望你俩能够破镜重圆……"

一阵风过,一片落叶拂过柳杨的眼前,柳杨下意识地伸手去抓,却没抓到,那片细小的叶子盘旋着扑向地面,静止,不动了。有些事情,不也如同这片落叶吗? 发芽、生长、凋零……一切都是命中注定,谁也无法抗拒。当树叶离开枝头,它和树之间,便没了任何关系。有些东西可以重生,而有些,一生却只能存在一次。

"你说,凋零的树叶,还能够重返枝头吗?"柳杨没头没脑地说出这句话。

"什么?"郑凯一下子没反应过来。柳杨却不愿再说第二遍。

破镜重圆? 太可笑了!

正好一辆放空的出租车停在了他们旁边,柳杨福至心灵,几步奔到车边,打开后车门,钻了进去,前后不过十几秒时间。坐定后,她才从落下的车窗里冲那几个人挥手:"不好意思,我不能陪你们了,我先走了。拜——"她看到魏凌转过身来,看着她,一脸惊讶,或者,还有失望。

她转过头,催促司机:"师傅,走吧。"

后视镜里,只见剩下的四个人都呆呆地站在原地,望着她离开的方向。这样的离场尽管有些失礼,不过最干净利落。喝茶,叙旧? 恕不奉陪了。

十一　初恋时，不懂爱情

曾经沧海啊！也不是没有恨的。只是，时间真是一个神奇的魔力擦。当初那种锥心刺骨的疼痛呢？那些独坐江边、暗自垂泪的悲伤呢？那一个个恨不能吞下整瓶安眠药的无眠之夜呢？……从来没想过会有今天平静如水的相逢。总以为，当这一天真的到来，一定会天崩地裂、翻江倒海；一定会心神俱碎、血脉贲张。可是居然什么也没发生，居然还能强颜欢笑、同桌吃喝。可见，自己真的早就超脱了，只是自己从未察觉而已。他的出现，其实是一次绝好的检验——这个人，在自己心里，真的只是一片落叶了。

想起那一年，也是这个乍暖还寒的季节，也是一个春雨绵绵的夜晚，在同一个城市的另一个街头，他背对着她，冷酷地、咬牙切齿地说出了那句——"柳杨，我已经不爱你了，我下个月就和司马真飞往美国，我们会在美国结婚！"

岂止是山崩地裂！他知道她的软肋，骄傲如她，只要一箭中的，绝不会死缠烂打。果然，她呆了呆，最后只是咬咬牙，苍白着脸，嘶吼出一句：好，你有种！

然后掉头就走。雨水打在她头上、脸上、毛衣上、牛仔裤上、白球鞋上，也浇不息她心头熊熊的怒火和无际的悲伤。早就料到如此结局的，早就风闻他和她的暗度陈仓，却不死心，一定要亲自来求证，也曾料到有一场腥风血雨，却没料到如此干脆地自取其辱！

好！你有种！

她在雨中大步地走着，然后跑起来，越跑越快，仿佛要和心里的悲伤赛跑，要把耻辱和悲愤远远地甩在脑后。她一口气跑到邱平住处，全身湿漉漉地、上气不接下气地问邱平：你……愿意……娶我吗？

说完，就倒了下去……

邱平是另一所大学的法学高才生，在一次两校团委共同举办的大学生联谊会上，他对柳杨一见钟情，之后情书不断，猛追不懈，只是柳杨已被魏凌俘获芳心，对邱平只当好友看待。在魏凌的绝情背叛打击之下，她转身投入邱平期待已久的怀抱，妄图用邱平的怀抱，来驱赶失恋的严寒。

真正和邱平结婚，还是在两年之后。她用两年时间消化掉了对魏凌的恨与怀念,婚后便死心塌地地跟着邱平过日子。然而,她的付出并没有令邱平感动多少,更没有消化掉邱平对她的猜忌。邱平坚持认为她和魏凌有过肌肤之亲,因为她和他的第一次没有见红。柳杨先是愤怒,继而苦笑——只有她和老天知道自己的清白。

初中时,她出了一次意外。那个暑假,她回到乡下,帮承包果林的大伯家摘梨。她在和大妈抬一满筐的梨子下山时,不小心摔了一跤,一屁股坐在了一棵梨树桩上……从那时起,她就"失贞"了。

她也曾告诉过邱平真相,但邱平总是嗤之以鼻,还鄙夷地说她很会找借口。之后她再也懒得解释,或许,这也是邱平日渐冷淡她的重要原因吧。

男人的逻辑有时很可笑,他们一贯用双重标准对待自己和女人。女人可以什么都没有,但不可以没贞操。男人不能什么都没有,但可以没贞操。所以,魏凌才会弃她而去,那时的他想要的,是比爱情更多的东西。如今,他得到了,所以才会以救世主的姿态返回来,拯救她。但如果他的目的未曾达到呢?他会回来吗?会有情趣欣赏她这片过时的风景吗?

多年后她才明白,初恋时她不懂情欲,只懂爱情。然而,爱情首先是一种情欲,所以当爱情变成了情欲,爱情就变得惨不忍睹。

出租车上,年轻的司机一路放着周传雄的歌:

翻开随身携带的记事本

写着许多事　都是关于你

你讨厌被冷落

习惯被守候

寂寞才找我

我看见自己写下的心情

把自己放在　卑微的后头

等你等太久

想你泪会流

而幸福快乐是什么

爱得痛了

痛得哭了

哭得累了

日记本里页页执着

记载着你的好

像上瘾的毒药

它反复骗着我

爱得痛了

痛得哭了

哭得累了

矛盾心里总是强求

劝自己要放手

闭上眼让你走

烧掉日记重新来过

重新来过……

三十多岁的女人了，已过矫情伤感的年龄，但每当听到伤感的情歌，依旧会像小女孩一样黯然神伤。曾几何时，魏凌就是她记事本里的主角。点点滴滴，都是关于他。当他离开后，她将他的照片和记事本全都附赠给了火苗，连同记忆一起灰飞烟灭。

烧掉日记还能重新来过吗？火苗说可以，但日记说不可能！

十二　闭上眼睛让你走

刚踏进家门，袁佳的电话便追踪而来，劈头就数落她："哎，柳杨，你怎么回事啊？人家那么大老远地跑来准备和你重修旧好，你倒好，把人家晾马路边自己撒腿就跑了，这也太不给人面子了吧……"柳杨也不说话，坐在沙发上，耐着性子听她聒噪。可能佛跳墙太补了，她觉得喉咙发干，于是拿着无绳电话走到厨房里，拿起水壶烧开水。

电话里，袁佳还在呱呱说教："亲爱的，难道你还没认清形势，还想回到少男少女时代，考验人家的耐性吗？现在是什么社会了，搞欲擒故纵那一套不灵啦，如今一夜情都成时尚了……再说了，你现在不也是单身吗？说句现实话，现在像魏凌这样的钻石王老五打着探照灯也难找啊！不知有多少未婚姑娘对人家虎视眈眈呢，这种极品男，丢马路上绝对秒杀。啧啧啧，你可别犯傻哦……”

大学时代，袁佳就是个著名的快嘴婆，热心直率、大大咧咧、心到口到，有时还有点小刻薄，也有点小市民气，但她说的话往往一针见血，入木三分。

柳杨听得有点心烦，如果换个时间，她或许会跟她好好讨论一下感情，但今晚不行，没那个心情。

这时，开水壶呜呜地鸣叫起来。柳杨连忙跑过去，关了火，给自己倒了一杯热开水，端到客厅的茶几上。袁佳还兀自在电话那头喋喋不休：“柳杨，你要认清形势啊！男人三十一枝花，女人三十豆腐渣，现在不能待价而沽了，要懂得把握时机，机不可失，失不再来啊……”

柳杨只觉得脑袋里像有一只鼓风机在嗡嗡作响，脑袋就像一只被吹胀的气球，越来越大，越来越胀，越来越感觉窒息……她把电话丢在了茶几上，端着水杯进了卧室。茶几上的电话里，袁佳仍在苦口婆心地开导着：“你啊，智商挺高的，怎么情商这么低呢……”

很多时候，柳杨是个连自己也说不清性格的人，即使有满腹心事，也不轻易向人说起，越是亲密的朋友，她越是不愿倾倒内心的垃圾，她宁愿把自己关在家里，一个人独自品味孤独和烦恼。她化解郁闷的方法不是逛街花钱，不是胡吃海喝，而是使劲擦地板、擦窗户，用这种近乎自虐的方式让自己暂时忘记不快。大汗淋漓之后，她会躺进浴缸，将全身泡进热水，手边放一杯红酒，听着班得瑞，彻底放松自己。

这一晚，她也是。因为例假快来了，小腹部有些隐隐作痛，就像大雨来临前的阴天。只是奇怪，以往例假来之前一周，双侧乳房会胀痛不已，这次却是例外。

她将自己投进满缸热水中，热水漫过每一寸肌肤，柔软的，温暖的。长发在水中如水草般起伏飘逸，她不由自主地抚摸自己的肌肤，腹部柔软平坦，胸部依然坚挺。想起和魏凌恋爱时，魏凌曾多次想要她，却总被她坚决抗拒，惹得魏凌多次闷闷不乐，说她不够爱他。看看周围，那么多大学生情侣都已经在外租房同居，她却还可笑地努力维护着自己的贞操。

“你知不知道，在美国，女孩子到十六岁还是处女会被人耻笑的，这都什么年代了。”魏凌的语气不无抱怨，似乎还有嘲讽。

她反唇相讥：“我们又不是生活在美国。如果你真的很爱我，就等到我们结婚的那一天吧,反正迟早是你的。"

那时因为年轻、因为骄傲吧,并不曾在乎他眼中的失落和不满。后来有一天,风传魏凌和另一个系的女生在学校附近的小旅馆开房过夜,她才后知后觉。她竟然天真地跑去质问他:"肉体关系对你就真的那么重要吗?"

那时他大概还没有彻底搞定司马真吧,他矢口否认外面的传言。他抱着她,请她相信他,他爱她的纯真,他愿意为她等到结婚那一天。

可是,那时的她不知道,男人真的是十分在乎女人的肉体的,尤其是食髓知味后,更加难以控制。

直到有一天,她在校外的一个小店买发卡时,亲眼看到他搂着一个红裙女生走进旁边的一家私人旅馆,这才如梦初醒。她没再傻乎乎地去问他,而是任由心被钝刀慢慢切割,慢慢体会凌迟的苦痛。

再后来,就到了魏凌跟她摊牌的时候。原来他要的,不仅是肉体,还有前程。司马真什么都可以给他,而她什么都给不了他。所以,他的离开天经地义。所以,只能闭上眼睛让他走。

经历过魏凌的背叛,如同经历了一次感情上的脱胎换骨,人会有不变的性格,却没有不变的感情。每个年龄段,会有每个年龄段的感情需求。现在的魏凌,也许终于懂得了柳杨的珍贵。而柳杨现在想要的,却已不是魏凌。

时过境迁的爱情,比过了保质期的牛奶还让人难以下咽。

十三 从来没有一个女人,让我如此痴迷

晚上临睡前,才想起今天一天都没跟单啸风联系了,赶紧拿起手机,发了一条信息:亲爱的,在干吗?

她从不主动拨他的电话。他对她来说,依然是个谜。她不知他何时方便接她的电话,如果在不方便的时间打扰到他,与其听他客套冷静的问候,不如静静地等候他方便时发自内心的问候吧!她就是这样一个善解人意的小女人。

他久久没有发来回信。她竟握着手机睡了。

凌晨三点,她被手机铃声惊醒。"我喝多了,宝贝,知道你在睡觉,但还是忍不住打给你……真想你呀……""呀"的声音很大,向上扬,顺便打了大大的

哈欠。

"你在哪,亲爱的?"听到他的声音,她整个人已经清醒过来。

"我在开车呢,宝贝!"声音听上去有些疲惫。

"开车你还打电话?太危险了!这么晚还没回家吗?"她有些为他担心。

"嘿嘿……没办法,得应酬啊……做男人也很辛苦……宝贝,我真的很想你,真希望你此刻就在我身边……"虽然情话很温暖,听一夜也不觉得累,但一手驾车一手打电话实在太危险!

"我不和你说话了,你专心开车吧。小心点。"尽管非常不舍得挂断,但她不敢影响他开车。

"没问题的宝贝,我的车技你放心。和你说说话,才不会感到寂寞哪……"他不让她挂线。

她在被子里握着电话,提心吊胆又不无甜蜜地听着他醉意蒙眬的情话,心一点点地被蜜浸透了。

"你知不知道,老单我活到四十岁,第一次为一个女人这么疯狂,宝贝。从来没有一个女人,让我如此痴迷过。你是唯一,你是唯一啊!"他像在读一首抒情诗。千里之外,她竟听得痴了。是的,也从来没有一个男人,让她如此痴迷。

电话竟然一直通到凌晨四点,他早已回到家,车已入库,还坐在车中,抱着电话说了很久,直到手机报警电力不足为止。

挂电话前,她很想问他:"你这么晚回家,太太不介意吗?"可好像又有些刻意打听他隐私的嫌疑。尽管心里十分纠结,却不愿意表现出来。直到挂上电话,心里依然戚戚。他到底有没有太太呢?回答应该是肯定的,人到中年,又魅力十足,怎会没有太太?

凌晨五点,柳杨在纠结中睡去。做了一个梦,梦境旖旎,他们的肉体纠缠在一起。她盯着他的眼睛问:你有太太吗?他却避重就轻:宝贝,不要想太多,享受现在不是更好吗?他躲闪的眼神,似乎已经说明一切。当下心便暗淡下来,惆怅溢满心胸。内心挣扎间,忽然醒了。窗外已是正午,阳光正艳。想到下午还有一篇卷首故事和两篇专栏要写,立即从床上跳起来。

刚刚坐在马桶上,门铃突然尖锐地响起来。柳杨吓了一跳,随即镇静下来。只要是没有预约的突然拜访,她都一律不见。她最讨厌这种不约而至的造访。可是,门铃一直顽固地响着,大有不屈不挠的架势。她只好仓促起身,轻轻走到门口,透过猫眼向外看——天!居然是魏凌!捧着一束鲜艳的红玫瑰站在门口!

他怎么会找到这里?不消说,袁佳肯定早就把她出卖了。柳杨在屋里团团转,肯定不能放他进来。门铃虽然不再响,但那个人却以守株待兔的架势,安静地站在门口。忽然,屋里的电话响了起来。柳杨跑去一看,是个陌生的号码。正想接起来,忽然心头灵光一闪:不会是魏凌的吧?悄悄走到门口一看,果真,他正拿着手机贴在耳边!

就让他在门口一直站下去好了,反正又不是我请他来的。如此一想,心下释然,柳杨回到卫生间,梳洗打扮自己。半小时后,再到门口偷瞄一眼,门外已经空无一人。她心下一松:时间是最考验人的。世间万物,都会输给时间,包括爱情。

十四　破镜重圆,是个令人神往的结局

尽管不想出门,但午饭还是要解决的。柳杨拿了钥匙和钱包出门,小区门口有几家不错的馆子,中西餐都有。她尤其喜欢一家叫作陕西"biáng biáng 面"的餐馆,这家的油泼面她百吃不厌。想当年,是大二暑假吧,魏凌带她回了一趟陕西咸阳老家,带她吃了一回地道的 biáng biáng 面。这是一种当地有名的风味小吃,劲道的手擀面,大约有一指宽,用酱油、醋、味精、辣椒粉、花椒等佐料调入高汤,面条韧而不腻,酸辣适中,鲜香味美,回味无穷。柳杨吃得兴起,指着面馆门口那斗大的笔画复杂的字问魏凌:这叫什么字啊,怎么长得如此奇怪?

魏凌告诉她,biáng biáng 是生僻字,太难写,笔画多达52画,应该是世界上笔画最多的字,现在的电脑中文软件里都没有它。这个字还有一个顺口溜,记住它就会写了,听好啊!一点撩上天,黄河两道湾,八字大张口,言字往里走,你一扭,我一扭;你一长,我一长;当中夹个马大王,心字底月字旁,留个钩挂麻糖,推个车车逛咸阳。

当时她听得捧腹大笑,没想到只是一种地方小吃,居然还有这么多的文化内涵和生活趣味在里面。虽然她没有记住这个难写的字,但读音和味道都记住了。

后来回到她生活的城市很久,柳杨都在回味那碗香辣油泼面。遗憾的是,

在她所在的这个城市里，却没有这道陕西小吃。见她耿耿于怀的样子，魏凌和她开玩笑：你这么喜欢吃 biáng biáng 面，说明你很适合做陕西媳妇啊！要不我大学毕业就在你家门口开个 biáng biáng 面馆，你来当老板娘？当时的她一定是欢欣雀跃的。只要和心爱的人在一起，哪怕是做个小面馆的老板娘，也是一种恬淡的幸福吧！

后来，她家门口真的开了一家正宗的陕西 biáng biáng 面馆，魏凌却早已远走高飞，从此天涯陌路。这个面馆虽然与魏凌无关，但柳杨还是经常去，叫上一碗 biáng biáng 面，吃得满嘴麻辣，热血沸腾。

老板是个五十来岁的中年男人，老板娘是个跛脚女子，老两口是为了在这个城市读医学院的儿子，才在这个城市开了这么一家面店，一边做生意，一边照顾儿子。因为他们的儿子是个佝偻症患者，成绩却十分优异，立志当一名医生。柳杨听了这个面馆老板家的故事，感动之余，将其写进了杂志某一期的卷首故事。biáng biáng 面馆从此门庭若市。不久，面馆老板又把二楼租下，隔成雅间，兼营小炒。

周日的面馆生意不错，一楼早已被食客占满。柳杨和坐在收银台后的老板娘打过招呼后，熟门熟路地上楼。但她只顾走路，根本没注意到，今天老板娘看她笑的眼神有点意味深长。

楼上的左侧窗口有个专放干净碗筷和餐巾纸等杂物的小桌子，平时客人们不会坐，只有她会占据这儿。靠近窗口的地方刚好有棵香樟树，树枝垂在窗口，香樟的味道很好闻。她喜欢坐在这里闻香樟，吃面，发呆。

但是，等等——今天熟悉的小桌子旁坐着一个人，此人正对着窗外出神。阳光穿透树叶打在他的脸上、身上，投下斑驳的细碎阴影。不是魏凌还有谁。旁边的一张椅子上，蹲着那束鲜艳的红玫瑰。大概是心有灵犀，在她怔住的同时，他正好回过头来。阳光马上跳进他的眼睛，他的脸庞熠熠生辉。

"杨杨——"他叫她，用以前叫惯的口气。几个正埋头苦吃的食客闻声抬头，只看了她一眼，便又继续吞面。这样的场合，并不适合风花雪月，所以没有人对这两个相识的男女抱有探究的兴趣。幸好他们不好奇，柳杨心里说。

这一刻，退走反而越发显得小气，不如大大方方走过去，跟他握手，说"你好"。她真的微笑着走过去，到他面前站定，伸出右手，"你好！"一副外交的语气和姿态。他紧张地伸出右手，刚碰到她的手指，她已经缩了回来。我怎么能让你再碰我，连手也不能！干脆直截了当，让他死心了吧。如果他总是在自己家门口神出鬼没，她的生活将无法继续。

她在他背后的一张桌子边坐下，他也移过来，坐到她侧面，但目光始终没有离开过她的脸庞。这个女人，如今冷淡得令他紧张。他知道有些时光已经回不去，但是如果不争取，怎知结果如何？这么多年来，他都没有放下她。"辜负"是个令人怨恨的词汇，他知道自己对不起她，但"破镜重圆"又是多么美好的希望，多么令人神往的结局。

"我去了你家……"

他刚开口，她就打断："是的，我知道，我当时在家里……"她看他一眼，继续说，"因为男朋友在我家，所以我不方便开门。不过他刚刚有急事出去，不然我会介绍给你认识。"她第一次发现，自己也可以说谎，并且面不改色。

他的眼神有一瞬的暗淡，但很快又燃起色彩，他当然会想到这是个经不起推敲的谎话，如果她存心拒绝他，可以编出一百一千个谎话来伤他，就像当年自己对她一样。

第三章
心有千结

　　他给了我整片的星空
　　好让我自由地去来
　　我知道　我享有的
　　是一份深沉宽广的爱

　　在快乐的角落里　才能
　　从容地写诗　流泪
　　而日耀的园中
　　他将我栽成　一株
　　恣意生成的蔷薇

　　而我的幸福还不止如此
　　在他强壮温柔的护翼下
　　我知道　我很知道啊
　　我是一个
　　受纵容的女子

　　　　　　　　——席慕蓉《他》

十五　东边日出西边雨

柳杨的面条来了。"你吃过了吗？要不要尝尝我的？"她故作客气地问他。

"我吃过了，和你一样的面。"他答。她还是那么喜欢吃面，那年他带她回故乡，短短的一周，她每天都要吃面食，尤其对这麻辣鲜香的 biáng biáng 面情有独钟。没想到，自己走了，这家乡的 biáng biáng 面却在她身边留了下来。造化还真会弄人。今天从她家吃了闭门羹出来，抬头便看到这个家乡面馆，也算是意外惊喜吧。

进店后，他用家乡话向老板娘打听："老板娘，你帮我认认看，这个姑娘是不是经常来你家吃面？"他向老板娘展开手机，上面是柳杨的照片。这是昨天吃饭时，郑凯用他的手机偷拍的。

"你问的是柳老师啊？她经常来我家吃面。很熟，她就住对面小区。说不定今天就会来。"老板娘很热情。一个是老乡，一个是帮过自己小店的热心姑娘，当然有问必答。看这个小老乡手捧玫瑰，打听柳老师，大概和感情有关吧。老板娘乐滋滋地将小老乡往楼上引："柳老师平时来就喜欢坐楼上的小桌子，你也上去吧。"

可惜，老板娘的热心并没给魏凌带来好运气，柳杨虽然来了，但对他疏离有加。他并不期望今天会有什么实质性的进展，见她一面也已满足。他就坐在一边，看她专心吃面。

手机在桌子上震动，柳杨拿起一看，是樊篱发来的短信：老大，你的卷首故事写好没有？排版的同事等着呢。

昨晚要不是赴约，加上回来后继续头痛，八百字的小故事她半小时就搞定了。她正要回复，忽然计上心来，在手机上啪啪摁出一行字：我的电脑出了毛病，你能来我家帮我看看么？我在家门口的 biáng biáng 面馆等你。

半分钟不到，回信来了：遵命！十分钟后到。

柳杨扬手叫来服务员小妹，又点了一份面："给我打包。"转而，她对魏凌解释，"他办完事回来了，还没吃饭，让我给他打包，呵呵。"

她刻意不说"我男朋友"，而是说"他"。做文字工作的人，知道第二人称和第三人称之间的微妙区别。他暗自叹息,却不气馁。他不相信她刚刚离婚就有了新欢。他倒想看看,她的这个"他",是何方神圣。

他们一起下楼,离开面馆。魏凌拿起椅子上的那束玫瑰,柳杨视而不见,转身往楼梯口走去。

樊篱这小子到得很及时,就那么阳光灿烂地往魏凌面前一站,就让魏凌没来由地感到一种莫名的压力。年轻英俊,肌肉发达,他大概刚刚运动回来,一身白色的阿迪,浑身散发着淡淡的松香味。

柳杨将手中打包的面条往樊篱面前一送:喏,给你打了包,回家吃吧!樊篱何等聪明,一看旁边略显局促的魏凌和他手里的玫瑰,再看神情冷淡的柳杨,就知道自己此刻该充当什么样的角色了。

"哦,把钱包给我,我顺便买支牙膏,家里牙膏用完了你都不知道买啊⋯⋯"

一副老夫老妻的口吻,柳杨差点都要冲他瞪眼珠了。这家伙临场发挥得也忒逼真了吧。她把手上的小钱包递给他:"好吧,我先回家还是在这等你?"

"就在这等我一会儿,我就在旁边的杂货店买。"说罢,他甩开步伐跑开了。

魏凌下意识地挺直身子,嘘了口气,对柳杨说:"柳杨,不管你现在感情如何,但我决定等你三年。如果三年之内,你结婚了,我便死心。如果你依然单身,我还会来到你身边。最后⋯⋯祝你快乐!"

他率先伸出右手,这样做,他觉得男人的尊严尚且保全了一部分。可她并不给他面子,她没伸出自己的手,只是看着他的眼睛,微笑着告诉他:"魏凌,你的这一页,早已被我翻了过去。即使我三十年后还没结婚,也不会考虑你,你趁早死了心吧!"

他呆了呆。想不到这女人,已经刻薄到如此地步,当年的温婉和善荡然无存。岁月,果真无情?

看着他孑然而行的背影,真是感到畅快。他可曾想起,当年那个让自己痛不欲生的雨夜? 好歹,今天,阳光灿烂,并不冰冷彻骨。

魏凌,一路走好,不送。

樊篱手里拿了一支牙膏回来,步伐矫健,老远就冲她咧开嘴巴,一口白牙熠熠生辉。

"你还真会演戏啊,你怎么不去当演员呢?"她挖苦他。

"这场戏我已经排练过不知多少回了,自然反应,嘻嘻。"他接过她手里的面,"走,回家吃面去。"率先走向她家的方向。

她真是气结,站住脚,冲他叫:"嗨,你回你家吃去,我要安心写稿啦!"

"我还得帮你修电脑哪!"他头也不回。

"我的电脑没坏。"她追上他,"你已经知道我叫你来所为何事了,现在你的任务已经完成了。"

"老大,你也真会卸磨杀驴啊!这会儿、这会儿我肚子有点痛,能借你家马桶用用吗?我拉肚子……快快,我受不了了……"他捂着肚子率先跑起来。

遇到这种皮厚肉糙的货色,柳杨也只能自认倒霉了。

十六　星夜下的我和你

整个下午,樊篱都赖在柳杨家里,煮咖啡,听音乐,一点不拿自己当外人。后来他竟然脱了上衣,开始擦地板。柳杨在书房里听到动静,跑出来一看,惊得难以自制:"这这这……樊篱,我说过请你来做钟点工吗?"

樊篱一手拿拖把,一手叉腰,摆了个造型,笑嘻嘻地:"生命在于运动。我上午跑了四千米,下肢运动已经够了,所以下午应该做上肢运动。老大,你赶紧写你的稿吧!你放心,我知道擦木地板该用绿伞牌地板清,如果你需要打蜡,我也会。不过你这地板还很亮,估计一个月前才打过蜡,再过一个月打蜡不迟。"

柳杨没话了。她的脑袋还没转过弯来:时尚先生居然会做家务?这世道的惊喜也太多了!

下午五点,卷首语和两篇专栏都写好了,用 Email 发了出去,大功告成。柳杨伸着懒腰走出书房,忽然闻到一股不同寻常的香味。寻味而去,到了厨房,竟然看到樊篱穿着围裙,戴着厨师帽——在做菜!此惊非同小可!

灶台上,高压锅在扑哧扑哧冒气,汤锅在咕嘟咕嘟,炒锅里正在翻炒的是西兰花,烤箱里的面包正发出麦香味……

家里多久没有烟火气了?这会儿,柳杨忽然有种失真的感觉:这是在我家吗?直到饭菜上桌,柳杨还有些犯蒙:自己这是穿越到哪个时代啦?

樊篱很会营造气氛,他拉上窗帘,开了落地灯,点上两支蜡烛放在餐桌的两头,音响里播放着一首英文歌《Starry, Starry Night》(星夜)。

星夜下

调色板上只有蓝与灰

你用那透视我灵魂深处的双眼

望向夏日的天空

山上的阴影衬托出树和水仙的轮廓

用雪地斑驳的色彩

捕捉微风和冬日的寒冷

如今我才明白你想对我说些什么

你清醒的时候承受了多大的痛苦

你努力想让他们得到解脱

他们却不予理会

他们也不知道如何面对

也许现在他们会知道

星夜下艳丽的花朵燃烧般地怒放

云朵在紫色的雾霭之中旋绕

印在 Vincent 蓝色的瞳孔之中

色彩变化万千　清晨琥珀色的田野

饱经风霜的脸上写着痛苦

在艺术家灵性的手上得到真实的再现

如今我才明白你想对我说些什么

你清醒的时候承受了多大的痛苦

你努力想让他们得到解脱

他们却不予理会

他们也不知道如何面对

因为他们不能爱你

但你的爱依然真实存在

星夜下

当心中再没有一丝希望

你像热恋的人儿般结束了自己的生命

但我希望曾经告诉你 Vincent

这个世界无人曾像你那样美好

……

这首歌是美国民谣歌手 Don McLean 为纪念荷兰画家凡·高而作的,创作灵感来自凡·高的名作《Starry Night》(星夜)。柳杨很喜欢这首歌,经常在夜间,抱着胳膊,坐在阳台的摇椅上,一晃一晃的,透过窗户看星空,一遍遍地听这首歌。每次听,都会产生一种遐想:她置身旷野,星空高远,而爱人,正从远方找寻而来。然后,他们在星夜下不期而遇……

尤其是当她在深夜的海边与单啸风不期而遇后,她更为喜欢这首歌。她甚至唯心地认为:也许是上帝看到了她的期待与虔诚,特意安排了这场浪漫的相逢……

这会儿,樊篱反客为主,擅自从柳杨家的酒柜里取出一瓶红酒,打开,斟入两只玻璃杯。然后坐下,对女主人做了个邀请的手势:"来吧,尝尝本'田螺先生'的手艺。"柳杨像个客人一样,听他摆布。

法式黑椒烤鸡翅、红酒焖牛腩、蒜蓉西兰花、法式蒜香面包片,还有热腾腾的芝士洋葱汤。不得不承认,樊篱的手艺不错。红酒焖牛腩,可以媲美本城最牛的法国餐厅了。

"看来你爸妈没花冤枉钱供你去法国留学啊!"柳杨咬了一口酥烂入味的牛腩,赞了一句。继而,她又开起玩笑,"话说,你的手艺是怎么学来的? 是不是某个法国姑娘手把手教的?"

"呃,这也被你猜到啦!"樊篱抿一口红酒,从实招来,"实不相瞒,我的手艺是前法国女友的老爹教的。那个法国老头是个大厨,他教我做法式菜,我教他做中国菜,我就这么学了几招。"

"那个……你的……法国女友,怎么变成前任了?"女人到底是女人,更关心的是男人的感情问题。

"嗯,这样你问我答,不太公平。"他转动眼睛,看到桌子另一头的装饰篮里有三颗木制的大骰子,便伸手拿过来,把玩着,"哦,这几个骰子挺好玩啊,不如我们来掷骰子吧,输了的就根据骰子上的命令行事,怎样?"

这几个骰子,是柳杨有一次去湖南凤凰玩的时候,觉得好玩买的。一个骰子是做家务的,分别是:煮饭、拖地、包干、洗碗、买菜、玩儿。一个骰子是喝酒的:半杯、点将、干两杯、干一杯、随意、大家喝。还有一个是恶作剧的:真心话、唱一首、扮鬼脸、脱一件、吻对方、听指挥。

"我们先玩喝酒的,再玩恶作剧的,最后玩干家务的,怎么样? 最后总要有人洗碗对不对?"樊篱征求柳杨的意见。

"不行不行,我的酒量不如你,这个喝酒的我玩不起。"柳杨耍赖。

"好吧,这个不玩。"樊篱手一扬,只听远远的地方传来叮当一声,不知道骰子被扔到了哪个角落。

只剩下两个,恶作剧和做家务的。"显然,做家务的现在还不到时候,总要等我们吃完喝完才洗碗吧,所以,现在只有恶作剧这个可以玩了。"樊篱拿出恶作剧的骰子。

柳杨抢过来,翻来覆去地看,发现吻对方、脱一件似乎也对自己不太有利,于是朗声说:"小樊同学,为了充分尊重女性,我觉得有必要修改一下这上面的命令。脱一件改为穿一件,吻对方改为打对方。怎样?"

"好,听你的。"樊篱倒是爽快。接着两人定好规则:把骰子拿起抛下,骰子落下后,朝上的那一面为命令。

十七 告诉我,你的真心话

女士优先。柳杨拿起恶作剧的骰子,高高抛起,骰子落在铺了桌布的玻璃餐桌上,弹跳了几下,定住了。是扮鬼脸。这个容易。柳杨用两手扒开眼睛,伸出舌头,扮了个鬼脸。

轮到樊篱。抛起,落下。是真心话。

柳杨还没忘记前一个八卦问题,这会儿机不可失:"说说你和你的法国前女友吧,跨国恋情,听着多浪漫啊,怎么就没结果呢?"

"真要说真话?"

"当然啊,不然什么叫真心话?"

"这个……说了我有点没面子哦。"

"没事啊,这里就咱俩,我保证替你保密。"

"那,我可说了啊。"樊篱目不转睛地看着柳杨,一字一顿,"她嫌我的小弟弟尺寸不够大,跟她做爱,她不爽……"

"噗——"柳杨嘴里的一口酒全喷在了地上。

樊篱特无辜地看着她："其实我的尺寸在中国男人里算是大的,可哪能跟白人比啊……"

"停!停!"柳杨一边喘气,一边咳嗽,一边摆手。

"好吧。该你了。"樊篱一副平静的表情。

"不玩儿了不玩儿了,你太重口味了,受不了你……"柳杨还没回过神来,一脸的忍俊不禁。

"老大,这不像你的人品吧?耍了我一把,就往后缩啦?你也忒不厚道啦。"樊篱说罢,不满地喝了一口酒。

"好好好,继续继续……"柳杨抓起骰子,胡乱抛了出去。骰子掉在了地上,蹦了几蹦,停在了桌子下面。两人急忙蹲下身子查看,是真心话。柳杨心说糟了,这家伙一定会捡要命的问。

还好,樊篱只是轻描淡写地问了句:"老大,你会接受姐弟恋吗?"

"不知道,没遇到过。"回答得毫不犹豫。

"假如遇到了呢?男人比你小多少你能接受?"他紧接着问。

"这……这……好像是第二轮的问题吧?"她反应过来,不上当。

于是再轮到樊篱掷骰子。是吻对方。根据柳杨刚才修改后的游戏规则,是打对方。樊篱扬起右手,隔着桌子,象征性地拍了一下柳杨的脑袋。

又轮到柳杨。掷出来的骰子是听指挥。

"再拿一瓶酒来。"这道命令很容易执行。柳杨跑到酒柜那里,随便拿出一瓶干红,递给樊篱。

樊篱端详着酒瓶,摇摇头:"这酒不能喝。"

"为什么?"柳杨奇怪。

樊篱一边研究酒瓶上的法文和英文,一边煞有介事地介绍:"这酒市场价大概在五六千人民币呢,我可不能随便喝。刚才我没敢自作主张开好酒,没想到你倒很大方啊,也没想到你家收藏着这么多高级酒。"

柳杨说:"我不懂酒,就随便拿了一瓶。"这些酒,多是以前邱平收藏的。他没带走,她也没傻到去扔掉。毕竟这又不是他穿过用过的东西。

"这是法国白马古堡头等苑 A 等 1 级 2004 年红葡萄酒,适合配肉类一起品味,如果醒酒时间长一点,味道会更好。这个还是放回去吧,换一瓶。"说着,他起身走向酒柜,换了一瓶,"这是 2007 年的法国小木桐干红,也值两三千呢,我就不客气啦,就算老大今天给我发福利了吧!"

开了酒,斟上。继续掷骰子。

穿一件、唱一首、打一下、扮鬼脸、真心话、听指挥……每个命令每人都玩了好几遍。小木桐喝完,又开了一瓶,也不管它是什么酒,柳杨抓过来就开了。她似乎越玩越兴奋,越喝越起劲,以前也没觉得自己的酒量有这么大呀!等到玩得意兴阑珊,桌子上站着四个空酒瓶,两人都有点晕头转向,各自的身上都胡乱披了一堆衣服,樊篱的身上挂了好几件柳杨的衬衣、围巾什么的。蜡烛灭了,餐厅灯没开,客厅的可调节吊灯也是开的最低档,悠悠地散发着晕黄的光泽。

真心话也说了不少。柳杨几乎不记得自己说了哪些真心话了。到最后,不用樊篱问,她就自顾自说了一大堆。红酒的后劲有点足,她说着说着就晕了,不知不觉趴在了桌子上。

柳杨是被小便憋醒的,还做了一个很不雅的梦:因为尿急,她当着一群面目模糊的人的面,急急忙忙褪下裤子解小便。一着急,就醒了。醒来发现自己正和衣躺在床上。上完洗手间,又想要喝水,来到客厅,蒙眬中看到沙发上好似躺着一个人,不由吓得惊叫一声。那人一下子翻身坐起:"你怎么了?"竟是樊篱。

"你怎么在这里?"柳杨大惊。

"昨晚我准备走的,一看外面正在下雨,只好委身于你家沙发了。"他伸伸懒腰,打了个大大的哈欠。

"我怎么到床上去的?"她用手抓着头发,要努力回想昨晚是怎么回事。

"我抱的啊!总不能让你瘫在桌子上睡一夜吧,脖子会落枕的。"他坦然供述。

她蒙了。自己一向睡得警醒,还有点神经衰弱,夜里哪怕有一点点风吹草动,都会被惊醒,昨晚被他抱着,怎么就没半点感觉呢?

"哦,已经五点半啦,我该回去啦,正好早晨锻炼跑步!"说着,他站起来,整整衣服。天快要亮了,窗外已经泛白。他冲她笑笑:"拜拜!"然后开门,关门,走了。她不由自主走到阳台,推开窗,看着他沿着花园中的石板路跑远,脚下似安装了弹簧,一跳一跳的,头发也随着步伐有节奏地弹跳着,矫健、挺拔、健康,多好的男生!想到昨晚竟然被他抱去卧室,竟然有些恍惚起来。

花园里早晨的空气透着香樟的味道,早晨从一个心仪的女人家里出来,本身就是一件愉悦的事情,无论这个晚上发生过或者没有发生过什么,只要在她身边,就是一种幸福。樊篱如此想着,嘴角泛上一抹微笑,但愿这是个好的开端，加油！

十八　死去的婚姻，很难复生

柳杨讨厌在食堂吃饭时排队，更讨厌有人插队，所以每到午餐时间，干脆避开就餐高峰期。这天午餐时间，柳杨刚端着两菜一汤的盘子，找到一个靠近窗口的位置坐下，忽然肩膀被人一拍："嘿，亲爱的！我回来啦！"柳杨吃惊回头，见是叶菁，立即转惊为喜："你这个家伙，回来也不吭一声，忽然就冒了出来，吓人一跳。"

叶菁和柳杨虽然不是同校毕业，但同岁，并于同一年被招进单位，分在不同的部门。两人从一开始就惺惺相惜，柳杨做小编辑的时候，叶菁在干业务员。柳杨做编辑部主任的时候，叶菁也坐上了广告部副主任的位置。柳杨升任主编时，叶菁也去副扶正。两人不仅事业进展一致，婚姻状况也差不多。柳杨和邱平结婚时，叶菁也嫁给了一个公务员。去年，叶菁和前夫离婚。柳杨今年恢复单身。两人唯一不同的是，叶菁有个四岁的女儿点点。作为时尚单身辣妈，叶菁活得潇洒自在，从不亏待自己。因为工作特性，叶菁需要经常外出应酬，女儿就扔给了自己的爸爸妈妈。偶尔，叶菁的父母如果有事，不能照顾外孙女，柳杨也会客串一下单身辣妈。

由于去年广告部超额完成任务，集团特奖励叶菁和两个得力干将欧洲游一次。孰知，那两个干将只爱钱不爱玩，将欧洲游的奖励兑换成人民币揣进了自己的腰包，而后缩在家里睡大觉。叶菁恰恰相反，痛痛快快地去欧洲玩了一圈回来。

看到死党回来，柳杨忍不住要抱一下，捶两拳。叶菁抱怨："我昨晚回来的，还没来得及倒时差，就来上班了。本来想约你中午出去吃饭的，上午打你办公室电话没人接，手机也不接，你干吗哪？"

"哦，我上午在总编办公室开会，手机关了。要不晚上我们去湖滨客栈吃煲仔饭？我有一肚子话要跟你说呢。现在你就去拿点东西，随便吃点吧。今天的鸡蛋羹不错。"

叶菁转身去拿了些菜和饭，坐下一起吃。

"哎，亲爱的，跟你说，这次欧洲之旅，我真的眼界大开啊……"

"礼物呢？"柳杨打断她，伸出一只手。

"切！瞧你那小样儿。"叶菁横她一眼，"忘了谁也不会忘了你！给你带了一只包，一盒香水，不方便带到单位，晚上回家拿给你。"

"是 LV 吗？"柳杨依旧虎视眈眈。

"当然啦！我亲自在巴黎香榭丽舍大街的 LV 总店挑选的，保证你喜欢。"叶菁挑起眉毛，"亲爱的我什么时候亏待过你啊？"

"嘿嘿，这还差不多。"柳杨心满意足地笑起来。她很喜欢这种女人和女人之间简单随意的友情。无须设防，不必猜忌，彼此性情相投，惺惺相惜。

在大学时，柳杨的死党是袁佳和闵慧哲，她们几乎见证了她和魏凌从恋爱到情变、和邱平从结婚到婚变的整个过程。也许是工作太忙，加上各自都有了家庭，而闵慧哲和袁佳又先后做了妈妈，所以她们三人虽然都居住在同一个城市，却鲜有见面的机会。偶尔电话联系一下，也无非是常规问候。在柳杨的潜意识里，也许是为了埋葬过去不快乐的记忆，所以刻意与当时的见证人们，不知不觉地保持着一定的距离。因为大家只要一聚会，说起大学时代的人和事，就会把她拽进不堪回首的往事之中。所以，不如不见吧！

虽然叶菁与她的友谊是从进入单位开始，因为年龄相当，又不在同一个部门，不存在互相竞争，加之脾性相投，所以渐渐发展成了闺蜜，两人几乎无话不谈。在柳杨和邱平离婚拉锯战的那段日子里，叶菁没少做柳杨的心理辅导。

"你嫁给邱平，本身就是个错误。你承认不承认？"

"承认。我是被'女人不要嫁给你爱的，一定要嫁给爱你的'这句话误导了。"

"那就立即修正错误，你才三十出头，人生中还有三分之二的美好年华等你去享受，何苦把自己捆死在一棵朽木上？"

别看叶菁长得小巧玲珑，为人处世却很豪迈大气，外表长得有点像蒋雯丽。刚好那时电视里正在播放《好想好想谈恋爱》，蒋雯丽饰演的谭艾琳知性优雅，个性清高。尤其她的一句名言：生活永远是不尽如人意的，永远泥沙俱下，你讨厌、失意，却又不得不身在其中。——这句话深得柳杨和叶菁的追捧。

那段日子，邱平正在闹离婚，在外居住不回家。叶菁怕柳杨孤单，经常晚饭后去陪她，两人缩在柳杨家的沙发上，喝着红酒看肥皂剧。肥皂剧放完，叶菁就回家陪女儿睡觉。

叶菁的离婚说来有些与众不同。叶菁和老公虽然由别人介绍而相识、相恋到结婚,但结婚几年来,两人看起来和和美美,恩恩爱爱。老公是一名统计局干部,比叶菁大四岁,为人处世低调稳健,无任何不良嗜好。问题出在叶菁身上。

有一次,叶菁出差去北京,和一个男客户喝多了,发生了一夜情。换了别的女人,这种事大概会终身守口如瓶。但叶菁回来后,却开诚布公向老公忏悔,请求老公的原谅。老公是个处女座人,凡事追求完美,还有点大男子主义。他先是在暴怒之下打了她一个耳光,之后冷静下来,又说可以原谅她。但从此却再也不和她有肌肤之亲,甚至笑脸都没有,家庭气氛也日渐冷漠。叶菁是个性情中人,权衡再三,冷静地选择了离婚。

离婚不久,前夫又后悔,请求复婚。为了女儿,叶菁给了前夫半年的同居机会,但在这半年时间里,两人还是找不到过去的激情和爱意,反而无比拘谨和客气,几乎到了"相敬如冰"的境界。叶菁知道,他们的婚姻绝不能死而复生了。

十九 良人也会有奇遇

晚上五点半下了班,柳杨先来到湖滨客栈,叶菁开车回家去取给柳杨买的包和香水。湖滨客栈坐落于湖心公园里,优雅宁静,面积不大,装饰格局却很别致。说是客栈,并非旅馆,而是一个集茶馆、酒吧和餐厅于一体的小馆。因为进入东湖要买10元门票,而这家的消费也相对较高,所以客人并不多。叶菁和柳杨就偏爱这里的宁静雅致,主要是这家的煲仔饭很合胃口。

找了个临湖雅座坐下,柳杨点了她和叶菁都大爱的腊味煲仔饭、一份蚝油生菜,点了叶菁喜欢的花果茶和自己喜欢的薄荷茶。从小到大,柳杨都喜欢薄荷的清香。母亲在世时,在老家的河边种了一些薄荷,每到夏天,就会摘下薄荷嫩叶,洗净,打来井水,兑点香醋,放点白糖,加入薄荷,就制成了一杯特别的夏日解渴饮料。

虽然这个季节新鲜薄荷还没上市,这家咖啡馆的薄荷叶是脱水制干的那种,但在开水的冲泡下,依然有着淡淡的清凉的薄荷香。每次喝到薄荷茶,就会多多少少勾起柳杨对母亲和家乡的怀念。

玻璃窗外,几米远处,便是烟波浩渺的东湖,湖边站着一排威风凛凛的水杉树,最近下过几场雨,湖水已经淹没了水杉树根,沿湖的石板路也在浅水中时隐时现。傍晚的湖上氤氲着一层雾气,似梦似幻。文人总是喜欢安静的所在。有时候,柳杨会在这里一个人呆坐两个小时,看着湖水发呆,冥想。坐够了,就去湖边走一走,呼吸一下湿润的空气。

柳杨正看着湖水发呆,茶馆的门铃叮咚一声,叶菁提着一个深咖色的纸袋进来了。叶菁家离此不远,开车来回也就二十分钟。

"这是今年的新款,看看喜欢不?"叶菁不等坐下,就开始打开纸袋,纸袋里还有一个系着丝带的咖啡色包装盒。

经典的咖啡色棋盘格,款式也是经典的方形,中号尺寸,有提手有肩带,可提可背,最适合柳杨的外形。柳杨爱不释手:"哎哎哎,亲爱的,我有点受之有愧哎……话说,你的眼光真不错,上月刚在《ELLE》上看到这款新品,没想到今天就得到了,我太爱你了,亲爱的。谢啦!"说罢,勾着脖子给了叶菁一个香吻。她俩之间,互赠物品从来不提钱,用叶菁的话说,提钱伤感情。她俩谁有新东西,都会共享,生活中,就差老公没有共享过了。论生活质量,叶菁确实比柳杨会享受多了。

"我给自己买了一只白色棋盘格的,这样我俩就可以互换着用了。"

"这次出去,你可真是大出血了。不给点点留学费啦?"

"切!你姐姐我什么时候小家子气了?钱是靠赚来的,不是省下来的。会花才会挣。"叶菁仗着比柳杨早出生三个月,开口闭口自称姐。

看完名包,又看香水。叶菁像变魔术一样,从包里掏出一个手掌大小的咖啡色小盒子,盒子上印着Hermes。撕开塑封,打开盒子,露出一只方形的琥珀色泽的玻璃瓶。叶菁旋转瓶盖,轻按喷口,向空中喷出一团香氛。

"这款香水属于木质中性清新调,香型正是我们这种三张年龄的女人适合的,你闻闻,喜欢吗?"叶菁眉飞色舞地看着柳杨。柳杨嗅嗅空气,果真,这款香型不像花香果香那般甜腻,而是散发出一股淡淡的树木香味,历久弥香,与她柔中带刚的性格很相配。

"我太喜欢了!大恩不言谢!"柳杨喜滋滋地把包和香水收起来。

赏完两件宝贝,点好的煲仔饭也正好上来。两人吃完,服务员收完桌面,叶菁点上一支摩尔烟,两人的话题才刚刚开始。

"说!这一个月,你都干了些什么?有没有艳遇?"叶菁拿出大姐大的架势。

"哈哈哈,从你的开场白就能判断出来,你这次欧洲之行一定没让自己闲着,肯定有过一段非同一般的艳遇,我从你脸上,都能看出你抑制不住的幸福感啦!"

"嘻嘻,有我的地方,肯定会有艳遇。"叶菁笑嘻嘻地承认,"不过,我的故事比较长,你不是说有一肚子话要跟我讲吗?还是你先从实招来。"

柳杨喝一口润喉的薄荷茶,想了想,决定扔出一颗重磅炸弹,震一震姐们儿的神经。

"我的奇遇,是一个在海边邂逅了一个小时就跟他上床的男人。"说完这句话,柳杨竟然感到有些微微的羞涩,脸颊竟然微微发热。

"啊?竟有这等奇事?姐姐我以前真是小看你了。"叶菁来劲了,偏过头,惊讶地看着柳杨,"你在我眼里,一直是个循规蹈矩的良人,想不到也会有这种疯狂之举。"

良人,古时指清白人家的妇女。以前叶菁总是拿"良人"一词,善意地取笑她的循规蹈矩。柳杨从不去夜店,不单独接受男人的约会,即使推辞不过,也一定会叫上她一起陪同。现在,叶菁终于可以嘲笑她了。

"啧啧啧,快说说你俩在一起的细节⋯⋯"叶菁很八婆地催促她继续往下讲。

细节?那些香艳刺激的做爱细节,肯定不能在这种场合下描述的,电话里还差不多。柳杨就像讲述一个刚刚读过的言情小说,从在大巴车上躺着睡觉时踢了他一脚说起,说到她站在海边哭、他来安慰她、然后将她背回旅馆、发生了一夜情⋯⋯她一语带过了那些"黄色细节",只重点讲她的内心感受。"他是我这辈子遇到的最有魅力的男人。即使现在我连他做什么工作、家庭情况一概不知,但我都愿意为他付出一切!"

柳杨用这句话概括她对这个男人的莫名其妙的爱。

颇有经验的叶菁马上一语道破天机:"他的性能力一定很强,如果一个女人会对一夜情的陌生男人念念不忘,只有一个可能——被他的床上功夫征服了!"

"哈哈哈⋯⋯"柳杨被说中心事,抑制不住地大笑,借此掩盖内心的羞涩。

"别不好意思。你姐姐我好歹也经历过,至今我对那个王八蛋还念念不忘呢。"

"那你离婚后找过他没有?"

"跟他在电话里说过我离婚了,但那个王八蛋再也不主动联系我了。这种男人,也就是一垃圾。"叶菁的口气恨恨的,但她很快又转回思路,"哎,我忽然觉得,你和这个海边邂逅的男人,一定是一段奇缘的开始,你俩的相识相遇多么戏剧性啊!都可以写一个爱情小说发表在言情杂志上了。"

叶菁目光迷茫地看着外面烟灰色的湖水,神思陷入一种空蒙状态,语调也慢了许多:"亲爱的,每个女人一辈子都会有一段刻骨铭心的奇遇,这种来历不明的感情,结局往往无法掌控,不管你俩将来如何,尽情享受现在吧,管他是什么来头,只要现在感觉美好,就让这美好一直持续下去,越久越好……"

二十　情定圣米歇尔山

分享完柳杨的艳遇,该叶菁坦白了。

"猜猜,我这次遇到的男人,比我小几岁?"叶菁故意向柳杨卖关子。

"呵呵呵,你这家伙……"柳杨未语先笑,她看看四周,发现无人注意她,这才降低声调,促狭地说,"难不成你老牛吃嫩草?泡了个未成年?"

叶菁啐她:"切!你姐姐我也不是那种饥不择食的人吧!"不等柳杨去猜,她接着迫不及待地说出谜底,"这次啊,我遇到了一个比我小整整十岁的男人!哦不,具体说,应该是男孩,看,这是他的照片。"

叶菁从手机里翻出一张照片,一株小白杨一样清秀挺拔的男孩,微卷的浓发、细长的眼睛、高挺的鼻梁,一笑两个酒窝,有点腼腆的样子,洁白的牙齿和皮肤在阳光下熠熠生辉。

柳杨大骇:"你……你……你……"手指着叶菁,惊得语无伦次,"你这不是暴殄天物吗?看来,你像那些包二奶的男人一样无可救药啦!"

叶菁收起手机,嘻嘻一笑:"别太早下结论。真实情况是,我和这个男孩什么情况都还没发生,除了……拉拉手,接接吻。"

叶菁往烟灰缸里弹一弹烟灰,眼神变得柔和迷离起来,说话的语气少有的柔情似水:"这个男孩子清纯得如同刚刚扬花的玉米,嫩得能掐出水来,让人不忍下手。如果他不是小我那么多,我大概会控制不住堕入情网的。事实上……"她吸一口烟,吐出来,继续说,"事实上,是他爱上我了。"

"你没告诉他,你离过婚,有一个四岁的女儿?"柳杨的口气恶狠狠的,显然为这个小鲜肉打抱不平。

"说了啊！人家就好这口，就是喜欢姐姐型的女人，没办法。"叶菁有点得意地冲柳杨眨眨眼睛，"我对他嘛，是欲拒还迎。舍不得下口，又舍不得拒绝，纠结死了。"说罢，叹息一声。

柳杨捶她："你赶紧断了这邪念吧，也算积德。"

"我们做得最浪漫的事情，就是同住一个标间，他睡一床，我睡一床，隔着中间不足一米的距离，却相安无事。"

听到此，柳杨抑制不住地哈哈哈大笑："如此说来，你俩又都是'禽兽不如'了。"这句话出自那个几乎家喻户晓的段子。一男一女同事出差至某地，旅馆爆满，只能同居一室。睡前，女人对男人说：你今晚不许碰我，如果碰我，你就是禽兽。两人相安无事度过一夜。次日清晨，女人起床，给了男人一耳光，大骂：你连禽兽都不如。

"男女之间，有时最愉悦的事情，反而不是做爱。"叶菁此刻像个哲人，眯眼做沉思状。

"废话少说，赶紧交代你是怎么勾搭上人家的。"柳杨打断她。写故事的人，就喜欢听来龙去脉。

"女人这辈子，如果没有一两场艳遇，真是白活了。"叶菁重燃一支烟，开始讲述她的欧洲之旅艳遇记。

事实上，这个小帅哥是国内某国际旅行社的欧美部导游，年方二十三岁，叫孟浪，刚从旅游学校毕业不久，这也是他第一次带团出国。那是在巴黎郊外的圣米歇尔山游玩，正逢下雨，城堡上的石板路十分湿滑。下山时，叶菁只顾举着相机拍风景，不小心踩到台阶边缘，趔趄之下，摔了一跤，虽然没有鼻青脸肿，左脚却崴了，当时痛得无法行走。虽说这个二十多人的旅游团中不乏威猛男士，却都有家眷陪同，人人都是表示口头关心，却保持着肢体上的距离。只有导游小孟赶过来，二话不说，在叶菁面前蹲下身子，要将她背下山去。

"你想想啊，姐姐我也是走遍万水千山的人，但在这个时候，面对一个要背我下山的小帅哥，还是难免心潮澎湃的。不过我也顾不了那么多了，因为下雨，天黑得早，山上又冷，如果因为我拖累了旅行团的行程，我更是罪过。所以我也管不了许多，一咬牙，就趴在了他的背上。虽然我们隔着两件雨披，但我还是能感受到他体内传来的阵阵热流。这辈子，除了小时候我爸背过我，然后在结婚的时候前夫背我上过楼梯，还没有其他男人背过我呢，这次感觉真的不一样。"

叶菁悠悠地抽着烟，面对窗外渐渐暗淡的湖面，陷入美好的回忆。

"圣米歇尔山虽然不高,海拔一百米还不到,但下山的石板路曲曲弯弯,这小伙子也挺瘦,背不到一半路,他就已经气喘吁吁,我也在他背上直往下坠。路过一家咖啡馆门口,我坚持叫他把我放下来,休息了几分钟。我看到他脸色绯红,脑门浸满汗水,我掏出纸巾,想也没想,就帮他去擦汗。当时我真是心无杂念的,就像一个大姐姐怜爱地为弟弟擦汗一样。但就是我这个举动,大概被他误会了。"

柳杨此刻也没话了。男女之间的化学反应,往往就是一瞬间,有时对方一个眼神,一个手势,一句话,就能在有意者心里掀起惊涛骇浪,继而神魂颠倒,万劫不复。

"回到我们居住的旅馆,他帮我按摩伤脚和热敷,又去当地的中国城超市为我买来虎皮膏药给我贴上,还从一家东北餐馆买了二十个饺子带回来。你想想,那时我的感动啊,难以言表。那天晚上,他就睡在我房间了,我们聊了很多,但什么也没干,不像你和那个单啸风,爽了一整夜……"

说到这里,叶菁看向柳杨,满脸促狭的笑。柳杨反应过来,伸手去捏她,两人笑作一团。

二十一 一场吻,惊天动地死去活来

"你们一整夜都聊了什么?"柳杨聪明地转移话题。

"这个小伙子,有让人心疼的地方。"叶菁的眼睛,再次迷蒙起来。

叶菁毫不讳言,自己喜欢这个小伙子,不仅是他的干净帅气,还有他的聪明。除母语之外,他还会英语和法语。他出生于贵州大山深处,家境贫困。父亲是个木匠,母亲在他十岁那年,上山采药摔死了,父亲后来娶了一个后妈,后妈带来一个比他大六岁的姐姐。这个姐姐对他非常友好,宁愿自己辍学打工,供他读书,一直从小学、中学供到大学。

他对叶菁坦白,他喜欢这位没有血缘关系的姐姐,但不敢表现出来,怕被冠上乱伦的恶名。在他考上大学那年,姐姐出嫁了,嫁给了本村一个贩牛的男人,因为那个男人答应姐姐,一定会供她的弟弟读完大学。

"我的一生,几乎都是姐姐改变的。没有她,也就没有我的今天。所以,我

在学校里一直发愤图强,我要学给姐姐看,让她为我骄傲自豪,让她明白,我没有辜负她。这样,姐姐即使生活再苦再累,也会为我欣慰。所以,你也该明白,为什么我会喜欢上你。不过,你别误会,你身上没有我姐姐的影子,你俩一个天一个地,她只是一个普通的村妇。但是莫名地,我就是喜欢你,也许是你成熟大方的气质打动了我。我不介意你比我大十岁,我虽然生理年龄比你小,但心理年龄也许比你还要大。我有足够强大的心理承受能力来接受你的一切,我不是一时冲动,我是认真的。我的理想,就是娶一个比我大的女人做妻子……"

那晚,孟浪就坐在她对面的床上,看着她的眼睛,认真地向她表白,满面通红。她相信他并非一时冲动,而是深思熟虑的表达。

有那么一瞬,她也迷失了自己。她坐到他身边,伸手揽过他的头,让他依靠在自己的怀里。那一刻,她只想用自己的母性情怀,给这个自幼失去母爱、却又在毫无血缘关系的姐姐的宠爱下长大的男孩一点安慰,一点女人的安慰。

不知道是谁主动,他们的嘴唇最终互相探索着,吻在了一起。他的吻显得莽撞生涩,牙齿磕着了她的嘴唇,有点疼。但很快,他就学会了张开嘴,伸出舌头,进入她的口腔,与她的舌头缠绵在一起……

"这场吻,惊天动地!死去活来!荡气回肠!"叶菁似乎还沉浸在那场美妙的吻里,绞尽脑汁想出一系列成语来形容那场吻,"事后,他红着脸承认,这是他第一次和女人接吻,是初吻呢!"叶菁说着有些得意,"说不定他的初夜还没有失去呢。"

柳杨听得脸热心跳。刚才她说起和单啸风的一夜情时,任由叶菁如何循循善诱,她就是不肯描述细节。再怎么无话不谈,床上的细节还是不太好意思当面说呢。可这个叶菁,真是女人中的极品!什么话都敢说。

"你们都吻得惊天动地死去活来了,又是在房间里,怎么还能保持冷静?"柳杨表示嘁之。

"关键时刻,姐姐我还是保持着足够冷静的,再也不能犯以前那样的错误了,毕竟人家还是一个干净纯洁的大男孩呢。"

吻过之后,冷静下来的叶菁有点"引诱良家男孩犯错"的自责。她返身回到自己的床上,钻进被子,只露出脑袋,对那个尚且局促的大男孩说:"你,今晚就睡那张床,我们聊聊天,但你不许过来!"

孟浪听话地脱掉外衣,钻进了另一张床上的被窝,关掉床头灯,叶菁开始在黑暗中说自己的故事,从与前夫认识、恋爱、结婚、生女儿,到自己酒后荒诞的一夜情,到愚蠢地向前夫坦白忏悔,最后遭到抛弃……——和盘托出,没有任何隐瞒。

"我这样的女人,应该是传统意义上的坏女人。"最后,叶菁给自己下了一个定论,接着像卸下千斤重担一般,长吁一口气。

黑暗中,孟浪久久没说话。叶菁以为他睡着了,轻轻喊了一声他的名字,他立即嗯了一声。

"我没睡,我在思考一个问题。为什么社会上那么多男人出轨、一夜情,包二奶、三奶甚至四奶、五奶,都能被宽容理解,为什么女人偶尔的一次犯错,就会被认为十恶不赦? 就成了坏女人? 听你这样讲自己,我十分难受。你不是个坏女人,坏女人是不会向老公坦白自己出轨的,坏女人不会仅仅满足于一夜情。而且,即使一个女人出轨,也不能说她就是坏女人。任何一个婚姻幸福的女人,是不会轻易出轨的,她的男人也有责任。另外……"他顿了顿,似乎在组织措辞,"今晚,你就很好地控制了自己,也帮我克制住了进一步的冲动,在我心里,你是个无比贞洁的女人!"

黑暗中,有一丝温热的液体爬过叶菁的眼角。多少年来,她都没有为男人流过泪了,就连离婚时也没有。这个大男孩,却一语中的,直击她内心最脆弱最柔软的部分。

他说得对。"任何一个婚姻幸福的女人,是不会轻易出轨的,她的男人也有责任。"——那次酒后乱性,发生一夜情,前夫就没有责任吗? 他年纪轻轻,不知为何就有了早泄的毛病,常常,只能活动几分钟,他就开始抽搐,一泻千里。而她,连激动的感觉都还没有。

今晚,也不是没有冲动的。俗话说,三十如狼四十如虎,她的心里早已冲动过千回。只是,自己已经品尝过一夜情的恶果。所以,前车之鉴,她不会重蹈覆辙。她甚至有些感激这个小帅哥,让她找到了一点自信的感觉。

"如此听来,这个小帅哥还真的挺可爱,也很成熟稳重。最后分别那天,他没对你说点什么?"柳杨越听越有兴趣。

"分别的时候,我们已经回到了首都机场,我要等下一趟航班,转机回本市,他就一直陪我等。我俩在咖啡吧坐了两个小时,我有意不提分别后怎样联系的话,因为不想给他留下错觉,毕竟他还太年轻。其实我已经很为那天的吻感到后悔了。但是,他却拿起我的手机,拨通了他的手机,我们彼此都留下了号码。然后,他又用他的手机,给我拍了一张大头照,做了他手机的桌面……最后,我要登机时,他忽然冲过来,抱住我,对我说:等着我,我会去找你,然后娶你! 我周围的几个旅客都冲着我们行注目礼,搞得我十分尴尬……"

"呵呵呵,看来这小子是真爱上你了。我啥也不说了,只能祝你好运了!"柳杨用自己的茶杯碰一碰叶菁的茶杯。

"祝我俩都好运吧! 希望你和那个海边男也能修成正果。"

叶菁叹口气,举起茶杯,像喝酒那样一饮而尽。

二十二 欲罢不舍,欲爱不能

每个人的生活,都各有各的精彩。

第二天一上班,叶菁刚进办公室,就有一个大惊喜等着她。

上午九点半,一个小伙子捧着一束红玫瑰,一路打听着来到叶菁办公室。叶菁正召集广告部的员工们开着会,十来个男孩女孩,看到小伙子捧着玫瑰花进来,马上嗡地炸开,叽叽喳喳:"这谁啊,这么浪漫……""哇,我们叶主任有白马王子啦……""快看看里面有没有卡片,写着什么……""今天什么日子啊,又不是情人节……"

叶菁看看玫瑰,十一朵,寓意一心一意。她冷静地问小伙子:"谁派你送来的?"

"我们老板。"

"你们老板是谁啊?"

"我们老板就是花店老板啊,我们在本市有好几个连锁花店呢。"

"我问你,让你送这花的顾客是谁?"叶菁努力耐着性子。

"这我不知道。就是老板让我送来的,老板说,这是顾客预订好的,让我今天送来。"

看来榨不出什么油水了,只有向老板开刀才行。于是她放了送花的小伙子,留下了老板的电话号码。

心不在焉地开完会,叶菁将玫瑰拆分给了几个女下属,一人一朵。女孩们乐滋滋地将玫瑰插在各自的水杯里、矿泉水瓶子里,远远望去,每个格子间里高高冒出一朵艳丽的红玫瑰,倒是别有一番风情。

透过玻璃间，看着办公室里这番艳丽景致，叶菁心里的问号咕嘟嘟地冒上来。她一手端着咖啡杯，一手给花店老板打电话。花店老板姓戚，她尽量问得委婉："戚老板你好，我姓叶，××杂志广告部的，今天你们的一个小弟给我送来一束花，我很好奇，是哪位先生送我花儿，花里也没留张卡片……"

戚老板的声音听上去很年轻，他爽直地告诉叶菁，订花人是从网上下的订单，通过网络银行预付的订金。"小姐你应该感到很幸福呢，这位先生给你预订了一年的玫瑰，每周一束，我们也保证送给你的是最新鲜的玫瑰……"

"什么？一年？"叶菁差点被一口咖啡呛住，但她很快恢复了逻辑思维，"他从网银给你付的款，那么你该知道付款人的姓名吧？麻烦你帮我查一下。"

"这个……我们对顾客有承诺，顾客如果不愿意公布自己的信息，我们不能……"

"谢谢你戚老板，就算你帮我一个忙吧。我下半年帮你在我们的《生活百事通》上做个免费广告，怎么样？而且我也保证不会出卖你，再说你也是在做好事嘛……"叶菁发动她的如簧巧舌，态度恳切得让人不忍拒绝。果然，戚老板投降了。

一会儿，戚老板告诉她："付款人叫孟浪。"

孟浪，他在遥远的京城上班，却煞费苦心从网上给她订花。疯了？

叶菁本想给孟浪打个电话，但又不知打过去说什么好。说"谢谢"吧，略显矫情。说"以后别送了"吧，有点伤人家自尊。想了想，还是拿起办公室电话，拨了一个熟悉的内线号码。"喂，亲爱的，那小帅哥给我从花店订了玫瑰花送过来，一订就是一年，我该怎么办？"

柳杨正在埋头看稿，闻言丢下稿子，往高背椅子上一靠，一边做眼保健操，一边漫不经心地说："花招是幼稚了点，不过挺有心的。你准备怎么办呢？"

"就是不知道该怎么办，才向你讨教啊。"

柳杨刚想说话，正好一个编辑敲门进来交稿，她只好简单地对叶菁说："QQ上说吧。"毕竟，在单位里通过电话聊隐私，总是不妥，谁也不知何时会隔墙有耳。

不一会儿，柳杨电脑的右下角就有个小企鹅闪起来。叶菁的网名叫"时尚辣妈"，头像是和女儿点点的合影。每次看到这对母女的头像在QQ上晃动，柳杨就会感到一阵温馨。她多么想也有这么一个温馨的头像，可以挂在QQ上，昭告天下——我是个幸福的母亲。而她的网名，叫薄荷。孤单的薄荷。

时尚辣妈:欲罢不舍,欲爱不能,你能理解吧?

薄荷:你我这样的女人,都不是玩得起的那种,千万别让人家陷入太深,到最后伤得太重,谁都承受不起。

时尚辣妈:果然是柳老师,说教起来一套套的。我纠结的是,这段时间,我好像一直在想他哎……

薄荷:(此处打上一连串鄙视、无奈、抓狂、哭泣的表情符号。)

时尚辣妈:算了,暂不纠结,先工作吧,得过且过。反正我们相距甚远,也不会发生什么。也许有一天他忽然醒悟,自动撤离了呢,时间是个刽子手啊!

薄荷:又或者,人家又碰到了一个年轻美女,喜新厌旧了呢……

因是上班时间,据说单位的电脑都有监控,所以即使在 QQ 上,私事也不敢多聊。两人匆匆说了几句,又隐身了。

靠在椅子上,柳杨忽然想起,有几天没跟单啸风联系了,他连个信息也没发过来,这有点反常啊。有心发个信息过去问候一下,却又碍于傲气,不愿主动。前几天好像听他在电话里提过,这两天会去一趟澳门。会不会还没从澳门回大陆?

想到单啸风,柳杨忽然有点惆怅。自己和叶菁,似乎走着同样的路呢。只是不知道,她俩的感情之路,会分别走向怎样的结局。

第四章
咫尺天涯

你若是那含泪的射手
我就是　那一只
决心不再躲闪的白鸟

只等那羽箭破空而来
射入我早已破裂的胸怀

你若是这世间唯一
唯一能伤我的射手
我就是你所有的青春岁月
所有不能忘的欢乐和悲愁

就好像是最后的一朵云彩
隐没在那无限澄蓝的天空
那么　让我死在你的手下
就好像是　终于能
死在你的怀中

——席慕蓉《白鸟之死》

二十三　未来太遥远，只看今朝

还是单啸风主动给柳杨打的电话。是夜里十一点多钟,柳杨都要睡了。听到他的声音,柳杨全身的血液都沸腾起来。即使是三十多岁的女人,即使有过婚史,但在恋爱中,都成了不谙世事的小女孩。娇憨、羞涩、小女人、偶尔大脑短路。

"哎,跟你说一个趣事,我的一个死党,居然和一个比她小十岁的小帅哥好上了。人家每周都托花店送一束玫瑰到她的办公室来呢,你说疯狂不疯狂?"她仿佛有意无意地说出这番话。听起来是当一个趣事说给他听,其实内心里有着一点点的小想法。他应该会明白她的小女人心事吧!

"嘿嘿,宝贝儿,咱不做这些花架子,咱要来就来实在的。"他笑着打个哈欠,"最近累死我了。都没时间打电话,宝贝儿想我了吗? 你怎么也不主动跟我联系?"

"我不知道你什么时候方便,什么时候不方便啊! 我连你是做什么的都不知道……"口气里有点小小的埋怨。

"我啊……"他又打个哈欠,"我是什么赚钱做什么。哎呀……真是太累了,先睡了啊!"今天这个电话时间最短,仅仅五分钟即宣告结束。

躺在床上,感觉心脏那里似乎有点木木的痛。和叶菁那个小男友相比,自己的这个男人,似乎不够爱吧!

和他认识后,第一次,感到了受伤。

之后,他依然每天晚上打来电话,甜言蜜语,倾诉衷肠,虽然季节正从春天向夏季过度,天气渐暖,但她的内心却恰恰相反——激情在退却。

送到叶菁办公室的鲜花炸弹每周都会出现。消息不胫而走,整个出版集团都知道叶菁追求者的浪漫之举。

开头,叶菁还有点小女人的虚荣心,一个离异的单身辣妈,被男人如此浪漫疯狂地追求,还是一件挺美好、挺令人得意的事情。但是渐渐地,各种流言开始纷飞。有说叶菁在工作中搭上了一大款,所以人家才会财大气粗地每周一束玫瑰。有人说这是叶菁的前夫在向她求和。还有人说,这也许是叶菁"自编自演"

的一套把戏,为的是满足个人的虚荣心……

闲话多了,自然也吹进了叶菁的耳朵。叶菁气了,顾不得矜持,某天晚上,一个电话拨给了孟浪,开门见山地说:"要么,你就别送花了。要么,你亲自来一趟,我们好好谈谈。"

"好吧,周六见。"孟浪倒也干脆利落。

周六上午,孟浪果真飞来了。叶菁亲自开了车去机场接机。孟浪捧着一束鲜艳的玫瑰出现在叶菁面前。见面的一刹那,叶菁还是忍不住感动,在接过玫瑰的同时,也把自己送进了孟浪的怀里,惹得其他接机的人纷纷侧目。一手捧花,一手牵着小男友的手,叶菁羞得脸色绯红,却抑制不住的满心欢喜。心动不如行动。他的行动,已经说明了一切。

回市区的路上,叶菁给柳杨打电话:"人已经接到啦,在哪吃饭?"

"去湖滨客栈吧,那里环境好。"

昨晚,叶菁就告诉柳杨,说叫了孟浪过来,让柳杨一块见见。柳杨这时反而有些拘束:"这不好吧,我这么大一个电灯泡。"叶菁不在乎:"除了你这个大电灯泡,还有我家那个小电灯泡呢。"原来,她还准备带上点点。

叶菁已经打定了主意,这次就和孟浪开诚布公地谈一次。让他认清形势,现在撤出,还来得及。

柳杨带上点点,先去了湖滨,订好餐位。在等待叶菁到来的时候,她带着点点在湖边散步。

牵着小女孩的手,感觉分外的柔情蜜意。粉雕玉琢的小小人儿,粉色的脸蛋儿,粉色的蝴蝶结,粉色的小夹袄,粉色的小靴子,柔嫩的小手,黑亮的眼眸,甜腻的小嘴,真是让人爱不释手。每次见到点点,都恨不能把这个小人儿爱到骨头里去,总要亲得她透不过气来,逗得她笑个不停。为什么老天不给她送来这样一个宝贝呢!

春天的阳光很好。柔风拂过湖面,波光点点,远处的磨山上有人在放风筝,湖心有人在玩滑翔伞。近处的湖边,有人在垂钓。草地上,孩子们在追逐。大人们有的在打羽毛球,却因为有风捣乱而频频捡球。有人在草地上铺上带来的一次性塑料桌布,摆上各种吃的喝的。有人在用面包喂鱼。有人在拍照。这是个快乐祥和的春天,适合全家倾巢而出来踏青。

而柳杨,只能抱着别人的孩子,眼馋地看着这一切。

"点点,我们去喂鸽子好不好?"她看到不远处有个鸽子棚,鸽棚的工作人员在售鸽食,一些大人小孩正在那里喂鸽子。

"好!"小家伙兴奋得率先向鸽子跑去。到了近前,柳杨买了两小袋玉米粒,拆开一袋递给点点,"宝贝儿,你把玉米洒在脚下,鸽子就来吃啦,一次只洒几粒哦!"

小家伙听话地抓出几颗玉米粒,抛出去。那些早已习惯被喂食的鸽子们一点也不胆怯,迈着笃定的碎步,走到小家伙跟前,脑袋一点一点地啄食玉米。小家伙开心得又笑又叫,胆小的鸽子扑地飞开,胆大的依旧围着小家伙转圈,找吃的。小家伙倒很大方,干脆把手里的小袋子一股脑地往地下一倒,玉米粒像一颗颗调皮的小精灵,在地上弹跳着,引来更多的鸽子们争抢。小家伙被鸽子们围在中间,又兴奋又害怕又紧张,咯咯咯地笑着,转着圈看鸽子们争食。柳杨用手机不停地抓拍着这一幕。

正拍着,忽然听到身后传来叶菁的声音:"嘿,我们到啦!"转过头,就看到叶菁和孟浪站在身后。孟浪看上去比照片上更帅气,可以媲美湖边的杉树,遒劲挺拔、玉树临风,眼神纯净、气质清爽。旁边刚好走过一对情侣,那个女孩的视线一个劲往孟浪这边看,惹得女孩的男友狠狠地一拽女友。柳杨心说:叶菁你这回死定了! 这种男孩,丢在马路上都是秒杀的事。如果他对某个女人情有独钟,这个女人绝对逃不了。

点点看到妈妈,张开小手扑过来,边跑边喊:"妈妈、妈妈,我在喂鸽子呢……"正在觅食的鸽子被小家伙突然的惊叫和奔跑吓坏,扑啦啦振翅飞起,点点被惊到了,呜呜哭起来。

孟浪抢上一步,将点点抱住,嘴里哄着:"哦,点点别怕,别怕……"点点在他怀里挣扎着,张牙舞爪要妈妈。孟浪有点招架不住,一脸尴尬。

叶菁跑过来,从孟浪怀里接过女儿,哄着女儿:"点点不怕,不怕,鸽子是人类的好朋友哦,不会欺负人的,好啦好啦……这是孟叔叔,看看叔叔给你带什么了?"孟浪像变戏法一样,从随身的挎包里掏出一个粉色的 Hello Kitty 小双肩包。小女孩似乎对粉色情有独钟,尤其是可爱的猫形图案。小点点脸上虽然还挂着泪珠,却抱着 Kitty 包幸福地笑了。

"Wow! Hello Kitty! I love it!"小家伙平日里被叶菁送去学费昂贵的双语幼儿园,看来还真值得,简单的英语张口就来。

孟浪恰到好处地接上小家伙的话茬:"Do you like to learn English?"

见小家伙点点头,孟浪马上说:"I can teach you."小家伙抬眼看着这个和蔼的叔叔,黑亮的眼眸充满崇拜。

四个人往湖滨客栈走。叶菁牵着点点的左手,孟浪牵着点点的右手,点点已经将 Kitty 小双肩包背在了背上,蹦蹦跳跳地走着。柳杨走在他们后面,看着前面三个人的背影,如此赏心悦目,如此温暖。她想告诉叶菁:未来太遥远,只看今朝吧!

二十四 宁愿为他,万死不辞

在湖滨吃过煲仔饭,由于点点一直嚷嚷着要去坐游船,柳杨便识趣地告辞,说要回家写稿。其实她非常舍不得点点,但却有心让孟浪和叶菁还有点点培养感情。

独自走在回家的路上,有一丝落寞。这里走回家并不远,散散步也就到了。正在草地上无聊地踩着,手机开始唱歌,从包里掏出来一看,是樊篱打来的。

"老大,帮我一个忙。"樊篱开门见山,"今晚有个聚会,每个人都得带个伴儿,你能不能客串一下我的女伴?"

"喂,这种事情你干吗不找别人啊? 编辑部里那么多小美女。"

"不行,她们成事不足败事有余。"

上回他帮过自己,这次如不答应,好像说不过去。人际关系,有时候就像借东西,有借有还再借不难。万一下次还需他帮忙呢。柳杨只得答应。

樊篱说:"晚上六点半,我来接你。"

下午闲来无事,逛了一下书店,睡了一个午觉。五点,柳杨起床梳妆打扮。她正在挂衣间踌躇晚上穿什么衣服时,手机响了。她下意识地看看表,才六点一刻。樊篱这么急着就过来了? 但瞄一眼号码,微微一怔:单啸风。他一般都很晚才有空打来电话,怎么今晚这么早?

"在干吗呢,宝贝?"永远是那样慢悠悠的口吻。

"正准备出门呢。"因为担心樊篱来接她时还没换好衣服,于是她用肩胛和下巴夹住手机,两手开始从脚往上套裙子,裙子是黑色修身连衣裙,外罩一件玫瑰红薄羊毛披肩就行。简洁又不失时尚。

"去哪儿啊?"

"去参加一个朋友的聚会。"她听到电话那头似乎有汽车喇叭的声音,便问他,"你在路上啊?"

"啊!我来看你啊!"这话在她听来,怎么都觉得有点像开玩笑。于是她也顺着话头开玩笑,"好啊。我等你。"

"行,等着啊,十分钟后下楼接我!"他的口气越来越玩世不恭了。今天的她,不知为何,听到他的声音,心湖里,竟然一点欢喜的涟漪都没有,取而代之的竟是一点点的惆怅。究其缘由,好像还是因为前几天,她对他说起叶菁小男友给叶菁送花儿、他却无动于衷的事情。男人有时候不知是装傻,还是真傻,对小女人的情怀或暗示,总是充耳不闻。

因为急着出门,她无心跟他多聊,只说了这几句,便挂上了电话。

六点半,樊篱的电话准时来了:"老大,我已在你家楼下。"

"行,我也准备好了,马上下来。"

拿起披肩和手袋,穿上高跟鞋,关门,按电梯,下楼。

她家住十二层,只是几秒钟,电梯已达一楼。电梯门一开,柳杨低头跨出去。忽然,门外人影一闪,一个人抓住了她的胳膊。她的惊叫还没来得及出口,自己已经被人牢牢抱住。随即,嘴唇已被吻住!电闪雷鸣!

挣扎间,已经看清眼前人——单啸风!

思维有片刻的短路。但是下一秒,便已清醒:他怎么会在这里?

而七八米开外靠着一辆陆虎站着的,正是衣冠楚楚的樊篱!但她根本没时间和樊篱打招呼,就这么被单啸风裹风携雨地抱着吻着,进了电梯。

"你你你……怎么会找到这里?"她好不容易挣开他的拥抱,喘息着问他。

"我曾是克格勃特工。哈哈哈哈……"他的笑那么得意,甚至还有点张狂。这就是他,一个她摸得着却看不透的男人。

怎么办?怎么跟樊篱说呢?樊篱是眼睁睁看着她被单啸风拥吻进电梯的,他会做何感想?罢罢罢,不去想其他。眼前这个男人,也不给她思考的余地了。

刚一进门,他就手脚并用,剥下她的衣裙,然后解自己的皮带。与此同时,他的嘴唇却还像磁铁一样,牢牢地吸着她的嘴唇。来不及思想,来不及羞涩,甚至来不及细嚼慢咽,快感如潮,一波接一波。他恨恨地问:"你这个女人……想不想我?嗯?想不想我?你这个女人……你还要跟别人去约会……啊……竟然跟别人去约会?你不想我吗不想我吗?我可是天天想着你……"

期间,他的手机在他的衬衫口袋里一直响,他取出手机,一边哼哼哈哈地通话,动作并不停息。她忍不住呻吟出声,他居然坏笑着看她。这到底是怎样的一个坏男人啊……

等到鸣金收兵,已是两小时后。两人裹着毛毯,躺在地板上。柳杨如同刚刚经历一场飓风,从半空慢悠悠降到陆地,魂魄归来。

她用指尖划着他的胸部:"你这个坏蛋,坏蛋,坏蛋!"

"哧哧哧……我怎么坏了? 你说说?"他又哧哧地笑起来。

"我说过,我不爱玩虚的,要玩就玩实在的。"

原来他还记得,记得她小小的不满,所以他用这种方式,来向她证明。

有一种毒药,叫爱情。——蓦然,她的脑海闪出这样一句诗。

他就是她的毒药。宁愿为他,万死不辞!

二十五　人生犹如过山车

单啸风自然也看到了那个靠在车边的大男孩,所以他才会那样毫不犹豫,将自己的女人搂进怀中。他的女人,谁能染指? 他向来是个说一不二的人,女人的一些小心思,他岂有不知。任何女人,强悍的,温柔的,耍小性子的,矫揉造作的,一旦生起气来,冷战没有用,你越冷,她们更冷。哄骗也没有用,甜言蜜语听多了也腻歪,唯有拿出男人的武器,直逼她们的敏感地带,便可以摧毁她们的骄傲,击碎她们的尊严,令她们乖乖地缴械投降,臣服于他。当然,真正和男人反目成仇的女人除外。那样的女人,已然是个弹药库,不与你同归于尽决不罢休。

眼前这个女人,典型的外柔内刚型。外表总是风平浪静,一团和气,内心里却藏着个小刺猬。一不如意,就会竖起尖刺。但他不怕,他知道她的软肋在哪里。刺猬的软肋是它的肚皮,她的软肋,也是。

在海边那夜,他就知道这个深夜在海边哭泣的女人,心里一定有着滔滔的悲伤。作为男人,他有保护欲,更有情欲。他只是动了一番小小的心思,便了解到了她的全部。她与他接触过的其他女人大不相同,她独立,骄傲,自尊,还有点小小的倔强。

她从不像一些小女孩,动辄就问一些幼稚的问题:比如职业、家庭、爱不爱她等等。和那样的小女孩接触固然轻松，无须煞费苦心讨她们的欢心，往往一个小礼物就能换来她们的以身相许。

但这个女人，更让他有一种征服欲。他知道这样的女人不是金钱可以打动的，她更注重心与性的交流。再则，这样的女人，凭她的骄傲和自尊，不会依赖到让你无法脱身。他很满意这种情人状态。他也知道她的家里没有其他男人，不然，怎会在夜深时，还能与他电话缠绵？

她慵懒地躺在他的身边，只觉得身边这个男人神秘得有些可怕——居然连她的家都能轻易找到。同时，又觉得这个男人神秘得有些可爱——总是处处给她以惊喜。现实生活中，不是所有男人都会这么疯狂的。想到和他相识以来，他们在一起的每个瞬间，都如同坐着翻滚奔腾的过山车，一路刺激不断，惊魂不断，高潮不断。难怪有些人喜欢坐过山车，这种刺激与冒险，平凡的人生，难得体验。既然爱上它，就得做好粉身碎骨的准备。

正走神呢，单啸风的手机又响了起来。他看看来电显示，没吭声，任由它一直响到自动断掉。"怎么不接啊？"她问。

"都是工作上的麻烦事，现在不想被打扰。"他亲吻她的额头，"宝贝，我饿啦，在飞机上只顾养精蓄锐睡觉，连点心都没吃。今晚你请我吃什么？你们这里有什么特色菜啊？"他一只手拨弄着她额前的刘海，一边问她。

"带你去吃鱼头吧，我们这里的鱼头汤很有特色。"如果时间允许，她很想带他尝遍这个城市的美味，看遍这个城市的美景，让他流连忘返。他能忙里偷闲，飞奔千里，特意过来看她，这种疯狂，足以令她感动。

战斗了两个小时，两人都已腹中空空。

两人起身，穿衣出门。春天的夜晚，空气中飘拂着香樟树的淡淡香味。她挽着他的胳膊，走在微醺的春风里，久违的幸福感油然而生。平凡的幸福，莫过于挽着爱人的手，去寻一碗果腹的热汤。

她带他去了郊区的湖畔渔村。这是当地渔民们因地制宜开的小餐馆，渔民们在湖上用木桩搭起曲径通幽的九曲回廊，回廊连接着一个个小亭子，亭子和回廊上挂满通着电的红灯笼，亭中布上桌椅，是为餐厅。在暗夜里，远看如一幅风景画，近观就是一场农家乐的饕餮盛宴。

出租车驶进渔村，路边站满伸手揽客的小伙计。他们下了车，一家家看过去。他确实有点喜欢这样的氛围。在他久居的京城，哪里会有这等雅致好去处。即使有，也在离城近百公里外的山沟沟里。

"嘿，我真喜欢上这地儿了，"他一路走，一路咂着嘴，"这儿多有生活气息啊！吃倒成了其次，看着就赏心悦目。如果当地政府好好规划一下，形成规模，再带动旅游业，也许会成为这个城市的一张特色名片。"他用生意人的眼光一一评点着，"你看这家，经营时间看来很长了，桌子椅子都用得太旧了，早该换了。看来这些渔民企业家都还没有脱离小农意识，产业搞不大，难成大器。"他一边评点一边叹气，像个忧国忧民的经济学家，她觉得他认真得有些可笑。

最后，他们挑了一家客人不多、干净雅致的湖上餐厅。这家餐厅大概刚开张不久，桌椅是新的，回廊和亭子的木料上的桐油气味还未散去。柳杨本来要带他去一家老字号的店，结果他不喜欢，说人太多，太吵了。

"新馆子有新馆子的好。老板会更用心讨好客人，一定会拿出他的看家本领，来抓住客人的胃，争取将客人笼络为回头客。"他有自己的理论。而他压根没想到，这一次，恰恰是个错误的选择。

二十六　我愿意，愿意为你洗手做羹汤

他们一坐下，勤快的伙计就送来一壶花茶，一小碟开胃花生米和一小碟泡菜。再拿来菜单让他们点。柳杨轻车熟路地要了一只五斤重的鱼头，做火锅。

一会儿，中年老板亲自提着鱼头，来给他们过目，以示新鲜。柳杨看到鱼头下留有一大截鱼肉，便对老板说："老板，你这鱼头上带的鱼肉太多了，麻烦你把鱼肉切掉些。"她经常来此地吃鱼头，因此知道这种草鱼肉煮到锅里后，像木渣子一样，难以下咽。再者，鱼头二十八元一斤，但鱼肉只有几块钱一斤。这老板故意将鱼头上留这么多鱼肉，明显是个奸商。

而老板提着鱼头，还在狡辩："对不起啊小姐，那样我们不好做……"

柳杨不是个轻易动怒的人，但今天，在单啸风面前，作为这个城市的"地主"，这个老板居然如此蛮不讲理，她不禁感到面子上挂不住，但还是尽力忍住，尽量和气地对老板说："老板，我们以前在别人家吃，人家都能切掉鱼肉，你家怎么就不能呢？"

老板依旧毫不让步："对不起小姐，我们这里一向都是这样的……"

柳杨真恼了，她还没见过如此不识抬举的生意人。她站起来，对单啸风说：

"走，我们换一家！"单啸风坐着没说话，还在慢悠悠地喝茶。

老板这时却不让她走了："小姐，这鱼头是你要的，我特意为你杀了一条新鲜草鱼，这账怎么算？"

柳杨没想到，居然在家门口被要挟！老板大概把他们看作是外地游客了！是可忍孰不可忍！以前，她和同事朋友们出来吃饭，都是别人张罗着点菜，她从来不管。想不到今天她特意带着情郎过来尝鲜，却遇到这等窝心事。柳杨是那种"人不犯我，我不犯人；人若犯我，我必犯人"的人。看来今天只能自损形象，做一回悍妇了。

当下，看到店老板这副无赖的德行，不禁怒从中来。她往前一站，怒视老板："你想怎么算？难不成你这是黑店？还想宰我一刀？"老板晃晃手里的鱼头，无赖嘴脸毕现："五斤鱼头，二十八块一斤，你算算该多少钱？"

柳杨的肺都要气炸了！二十八块一斤鱼头，是论加工成成品后计算的。这鱼头还没加工，何来二十八元一斤之说？平常市场上十斤以上的草鱼，也就七八元一斤。这老板如此宰客，简直欺人太甚！她气得一拍桌子，也顾不得在单啸风面前保持良好形象了，情不自禁口出狂言："王八蛋！我看你这店不想开了吧？等着瞧！"

说着掏出手机，翻通讯录。可是，手却有点没出息地发抖。是的。她一生气，就会全身发抖，脸蛋发烧，心跳加速，腿脚发软，是真正的色厉内荏的那种。但不能让这恶老板将自己的软弱看在眼里。她侧过身，背对老板找号码。她有个朋友在市税务局供职，自有对付恶老板的办法。

这会儿，单啸风慢悠悠地站起来，一把拉过她，说："别跟这种人一般见识了，走就是，别坏了心情。"

谁知，这老板实在是个不识趣的主儿，他竟一把抓住柳杨的另一只胳膊："你想走，先把这鱼埋单了再走！"单啸风见状，身手极快地扣住老板的手腕："老板，你怎么能这样对女人？"说着手上一使暗劲，老板忽然哎哟哟叫着蹲了下去。

"老板，送你一句话，人在江湖混，就要有江湖气！"说着从口袋里掏出两张百元大钞，往地上一扔，冷冷地说，"你身上没有江湖气，又鼠目寸光，难成大器，建议你还是改行打鱼去吧。"

这番动静引起了一些吃客的关注，但没有人走过来劝解，大家都是事不关己高高挂起，乐得自己看热闹。餐馆的几个小伙计也闻讯赶来，甚至有人从厨房里拎来了菜刀。单啸风不慌不忙，冷面警告："你们要想继续做生意呢，就别再惹事了。要是还不知足,我就只能奉陪到底了!"

蹲在地上的老板一声未吭,大概从这手暗劲的较量中,已经感受到单啸风不是一般的强悍。何况人家已经丢下二百块,还是见好就收吧。伙计们没得到老板指令,也不敢擅自行动。单啸风牵住柳杨的手,扬长而去。

走在路上,柳杨一边紧张地东张西望,看看那个老板有没有带兵追过来,一边歉意地对单啸风说:"对不起,亲爱的,我不该带你来这个地方。"

单啸风紧紧地揽住她:"这有什么啊,老单我遇到的坏事比这坏多了去了。不过,宝贝,我这也是第一次看你真正生气,你生起气来,还是挺可怕的呢!"

柳杨的脸颊开始发热,自己的美好形象,在今天毁于一旦了。自己把最凶悍的一面,在心上人面前暴露无遗。而且,刚才真要打起来,吃亏的绝对是她和单啸风。想想刚才真不该较真,一个鱼头罢了,多点鱼肉,撑死了多掏二十来块冤枉钱而已,只要吃得心情愉快,还计较这些干吗?

这场风波,令二人胃口全无。最后,两人还是打车回家,柳杨下厨,做了一碗番茄鸡蛋面,吃得单啸风心满意足,直呼过瘾。

"早知宝贝有这一手,就该在家吃的。"单啸风摸着肚子,靠在厨房的门框上,看着柳杨洗锅碗。

"你要喜欢在家吃,那我明早去买菜,就在家做饭吃吧。"柳杨欢快地说。这样温馨的家庭生活,也是久违了。若他能留下,她倒愿意每天为他洗手做羹汤。可他愿意留下吗?

二十七　他倏忽而来,又倏忽而去

单啸风是第二天下午走的,他买的往返机票。中午,她做了拿手的红烧鱼、蒜蓉菠菜、香辣鸡翅、虾仁豆腐。她做好了饭菜,才去卧室喊他起床。昨晚在床上,又是一翻龙腾虎跃,几乎折腾到凌晨才睡。此刻,他仰躺着,踢开了被子,赤身裸体,令她又是一阵脸热心跳。这个男人,无论睡着还是醒着,都是那般性感。就是昨晚惩戒那个恶老板,也是表面上云淡风轻,暗地里杀机顿起。

起床时,他还像个孩子一样赖床,非要她来亲他一口,抱住他的脖子,他才肯起来。但她刚靠近床边,却被他一手拽倒在床,如鳄鱼拖住河边斑马,猎物到手,三下五除二,她身上的围裙、外衣,包括内衣内裤,全都飞了一地……

等到菜都凉透了,他们才洗浴穿衣,道貌岸然地来到桌前。

"看吧,都是你,菜都凉透了。"此刻,她肌肤滋润,一脸红晕,嘴上娇嗔,内心里却无比甜蜜。他不作声,只看着她嘿嘿笑,她更害羞,于是端了菜去厨房,回锅加热。

吃饭时,柳杨开了一瓶红酒。单啸风看到她一柜子的好酒,便问她是不是爱喝酒。她轻描淡写地说:"是前夫留下的。"她期待他再问点什么,他却转移了话题:"这鱼不错啊,我们北方人很少吃鱼,但你做的鱼,真好吃!"

她把鱼盘转到他面前,双手托腮,看着他吃。以前,她也经常做饭给邱平吃,但却没有今天这样如莲绽放的心情。爱情真是个魔术大师,能让人脱胎换骨,变得连自己都吃惊。

正吃饭间,他的手机响了。他看了一眼号码,一边接通,一边去了阳台接电话。声音极低,只是简单的嗯嗯啊啊。过了一会儿,他收了电话回来,继续大快朵颐。她是个极为善解人意的人,自然不会无聊到打听他的私事。

吃饱喝足,时间还充裕,单啸风在家里乱转乱看。在书房,他看到满墙的书,一本本抽出来看,又一本本放回去。书柜上有几本影集,他抽出来看看,里面有很多柳杨和前夫生生剥离后的残缺照片。他看了几张,叹口气,又无言地放回去。柳杨靠在书房门口,饶有兴味地看着这男人的背影。家里有个男人,味道都不一样了。哪怕厨房里飘满油烟味,哪怕她的头发上有烟火气,这都是一种生活中琐碎的温暖气息。

书房的一面墙上,贴着一张中国地图,上面密密麻麻地钉着一个个彩色图钉。他细细地看,回头笑问:"这都是你去过的地方吧?"

"嗯。"她简单地答。她有很多他不了解的谜语,期待他有兴趣继续发掘。

"你真行啊!去过这么多地方。全国好像没有几个城市你没去过了吧?"

是的。之前,她曾在集团下属的另一本知名社科类杂志做过三年记者,几乎跑遍全国。那时多么意气风发,多么热血沸腾,每月都有一半时间在天南地北间飞来飞去采访和组稿。后来,是因为邱平的干预,她才换了一个部门,从社科类杂志转到时尚杂志,从记者转为编辑,出差机会大大减少。

中国的东边最容易去,读大学期间就已走遍。她喜欢长三角地区的时尚气息、江南水乡的温婉秀丽、吴侬软语的清新甜腻。唯一不太喜欢的,是饮食。对喜食麻辣的她来说,太过甜腻的食物,总是令她毫无食欲。

中国的西边,甘肃的敦煌、青海的青海湖、新疆的乌鲁木齐,她都打着去采访组稿的旗号,假公济私走了一遍。一度还曾想穿越罗布泊,后因探险家余纯顺之死,而产生了退缩。旅行和探险是不同的概念,她只想旅行,不想探险。

至于中原的湖南、湖北、河南、重庆、四川、陕西一带,因工作需要,已是轻车熟路,多次往返。有一次,她还从陕西去了内蒙古的呼和浩特。

中国最南边的海角天涯——海口与三亚,她也去过两次。但与这优美风景不相符的脏乱差和当地居民的宰客行为,令她无比反感,再无留恋。

相比之下,贵州、云南、广西,因地势偏远,风景独特而令她回味无穷。她一直记得,2003 年的 4 月 1 日,她正在泸沽湖上泛舟,一个浙江的朋友给她打来电话,说:"张国荣跳楼自杀了!"她当时不以为然,今天是愚人节啊,谁信谁傻瓜。朋友语气沉重,说:"是真的。你上网看看就知道。"

回到落水村,找了一家网吧,果真是铺天盖地的悼念和哭泣。她并不是张迷,但却因为这条年轻生命的香消玉殒而唏嘘莫名。和生命相比,没什么比它更值得敬畏。当晚,她就给邱平打电话,生平第一次放低了身段和骄傲,温柔地对他说:"老公,我想你。"邱平却不耐烦:"我正忙着呢,明天有个非常重要的庭审。你玩你的吧!"一腔热情被兜头浇灭。为什么她总是一个人孤单地行走,因为没有爱人陪伴。

中国的最北边,北京经常去,东三省也去过两三次。有一次,她还从黑龙江的黑河口岸,去了俄罗斯的布拉戈维申斯克市玩了四天。站在与中国一江之隔的俄罗斯江边,看着中国国旗在对岸的边境上飘扬,她竟有种恍若隔世的感觉。那次,她从俄罗斯江边捡了好多漂亮的小石子儿带回来,放在家里的花盆里。邱平反而骂她神经病,千里迢迢从国外背几斤石子儿回来。话不投机,久而久之,她独来独往,在家日渐孤僻。

广东、香港和澳门近两年去得比较多,在时尚杂志工作的好处是,出差的地方都是些大都市,采访的都是名人明星。唯一的不足,就是出短差的机会多,长差的机会绝无仅有了。

至今,中国最令她念念不忘的地方,只剩下西藏。因有偏头痛,所以一直不敢尝试去高海拔山区。但这个地方,一直令她魂牵梦绕,有朝一日,她一定要去。

"你想去西藏?那好,什么时候?我陪你去,这也是我最想去的地方。"单啸风的手指停留在地图上的西藏那儿,眼神中透出向往之色。

"太好了!"她欢欣雀跃,就像他答应明天就陪她去一样。

"我得走啦,宝贝儿,我会经常来看你。"他抬腕看看表,嘴角露出无奈的笑。他揽过她的头,摸她的长发,拂她遮住眼睛的刘海,细致温柔。

"你是个好女人,我爱你,宝贝!"然后,他低下来吻她。她的双手缠住他的脖子,热烈地索吻,吻得他透不过气来。

终究,再缠绵的吻还是要分开。他依依不舍地松开她,去拿他的包。他没带行李,只有一个简单的随身小皮包,就像准备去办公室一样。在门口,他站定,转身对她说:"不要送我,我打个车直接去机场。下午好好睡一觉,养精蓄锐,明天上班。"她听话地点头,什么也说不出,她怕一开口就会哽咽。她不想让他看到自己的依恋和脆弱。

他打开门走了。她站在门口,看着他进入电梯,电梯门徐徐合上,阻隔了他和她的视线。她转身奔向阳台,从那儿可以看到他的背影。他的背影在树丛下时隐时现,向小区的大门口方向走去。转过一丛修竹,就不见了。

忽然觉得家里很空,心里也很空。他就像个过客,倏忽而来,又倏忽而去。

二十八　在每一个凝视你的时刻

晚上无聊,上网,发现叶菁在 QQ 空间更新了相册。点进去一看,乖乖,全是孟浪、叶菁和点点三个人游湖、吃饭、玩耍的照片。

这不是明显地昭告天下了吗? 更肉麻的是,每张照片上,都有一句话说明。其中一幅,是点点快乐地骑坐在孟浪的肩上大笑、孟浪抬头向上看点点的情景。叶菁写道:像不像一对与生俱来的父女?

柳杨看得鸡皮疙瘩都起来了,顺手拿起电话,拨了过去,劈头盖脸地问:"你这样秀恩爱是何居心啊? 还怕别人非议你不够吗?"

叶菁不恼,笑嘻嘻地:"这就是我的目的。不是说那些花儿是我自己送给自己的吗? 奶奶的,他们也太小看我叶菁了。"

"孟浪同意你这么做吗? 别忘了人家的感受哦!"柳杨提醒。

"他啊! 求之不得呢,都是他帮我上传的照片。"叶菁很得意,"我也基本上同意了跟他交往,从恋爱开始。"

"这个大男孩看起来确实不错的。不过,你不怕他太帅了,Hold 不住吗?"

"切!"叶菁大概在抽烟,几乎能听出她吸烟的滋滋声,她对柳杨的担心十分不屑,"你姐姐我是个提得起、放得下的人,谁 Hold 不住谁,还说不定呢。"

"拜托,你们之间的距离是一千多公里。你以为是十多公里吗?"柳杨一直认为,距离是爱情的杀手,异地恋,向来没什么好结果。

"我们也谈过这个现实。他准备向总公司申请,调到本省的分公司来工作,这样我们就能长相厮守啦。"

真是为他们多虑了。如此看来,孟浪还真是有决心。不由联想到单啸风。不管是现在还是未来,他都没和她谈过。他连她的过去,也不愿探究。究竟是不在意,还是无所谓?想到此,心又有点木木的痛,也没心情告诉叶菁单啸风来过的事情。

男人和男人是多么不同。爱情和爱情又是多么不同!

放下电话,尚无睡意。柳杨又点开 QQ 好友,一个个往下看。蓦然看到樊篱也在线,个人签名竟然改成了泰戈尔的名诗——世界上最远的距离,不是生与死的距离,而是我站在你面前,你不知道我爱你。

她觉得有些好笑,这个大男孩,又在跟谁表白呢!

想起前天放了他鸽子,又在电梯口被他看到那一幕,依然有些过意不去,便主动 Q 他:"嘿!今天怎么有空上来晃?"

好久得不到回复,干脆下了线,不管那么多,洗洗睡吧。

刚躺下,却又听到手机嘀嗒一声,是有短信息的提示音。打开一看,是樊篱发来的信息:"对不起老大,刚才锻炼身体呢,没注意看到你的信息。"她笑了,回一句:"没事。晚安。"

那边,樊篱看着手机屏幕,心痛无语。为什么偏要让他看到电梯口的那一幕?难道他又迟了一步?那个男人,他是谁?他如何闯进了她的心?他要怎样做,才能挽回劣势?

第二天一上班,总编叫柳杨去办公室,她去时,发现樊篱也在。原来,总编给他俩安排了一个出差任务,去北京给一位一线明星做专访。樊篱负责与北京某明星造型机构沟通拍摄该明星的封面和内页大片事宜。作为一本时尚杂志,每期都要刊登一两个明星的大片和专访。一般情况下,柳杨无须亲自出马,只有那些一线明星,怕小编们采访不到位,她才会亲自去。

时间有点紧,必须乘当晚的直达列车到京,明天一早就要开工。

两人一离开总编办公室,柳杨正要开口,樊篱先打断她:"订车票和取出差经费的事,你不用管了。你赶紧把你手头的事情处理一下吧!有事电话我。"说罢蹦上了楼梯。他知道她开口要说什么。周一上班,手里本来就有很多事。临时被抓出差,几乎要抓狂。好在,这个手下多么善解人意啊!

这趟赴京列车很人性,晚上九点出发,早晨七点到京,全程软卧,非常适合公干出差的人选择。如乘飞机,两边机场距离城市都很遥远,还不如这趟软卧,省时省力省钱。

樊篱开了他的陆虎来接柳杨,他帮柳杨把小行李箱放到车后备厢,然后很绅士地向副驾驶座一伸手:"请坐稳,请系上安全带。"柳杨坐上车,颇觉奇怪:"你小子中彩票啦?好阔气啊!"樊篱笑笑:"这车是我哥的,他去美国了,我不时帮他启动一下,不然车就放坏了。"

"男人就该开大车,霸气十足。"柳杨夸道,坐人家的车,就该多夸几句,不然不自在。

车的音响放着一首旋律优美的英文歌,歌词婉转动人,柳杨很快被吸引住。

I used to think that I was strong(曾以为我是那么坚强)

I realize now I was wrong(现在才发现我并非如此)

Cause every time I see your face(因为每一次看到你)

My mind becomes an empty space(我的心都变得神魂飘荡)

And with you lying next to me(当你依偎在我的身旁)

Feels like I can hardly breathe(我感觉我的呼吸不再欢畅)

I close my eyes(闭上双眼)

The moment I surrender to you(放任对你的思念)

Let love be blind(让这爱听从心的召唤)

Innocent and tenderly true(它是如此的纯真无邪,如此的轻柔真实)

So lead me through tonight(带着我穿过黑夜)

But please turn out the light(但请不要让灯光点亮)

Cause I lost, every time I look at you(因为我已迷失,在每一个凝望你的时刻)

……

"这是谁唱的歌啊？真不错！"柳杨是由衷地喜欢这首歌。

"这首歌名就叫《Every Time I Look at You》，演唱者是一个四人演唱组合，名为 IL DIVO，意大利语的意思是'非凡的表演家'，他们来自三个不同国度。他们的歌曲每一首都很罗曼蒂克。"樊篱说。

"嗯，确实好听，再播一遍吧！"

"要不要我亲自唱给你听？"樊篱看一眼柳杨。

"好啊！还没听你唱过歌呢。"

樊篱便关了 CD，自顾自唱起来。

I used to think that I was strong(曾以为我是那么坚强)

I realize now I was wrong(现在才发现我并非如此)

Cause every time I see your face(因为每一次看到你)

My mind becomes an empty space(我的心都变得神魂飘荡)

And with you lying next to me (当你依偎在我的身旁)

Feels like I can hardly breathe(我感觉我的呼吸不再欢畅)

……

樊篱的嗓音自然比不上歌手，但却唱得声情并茂。唱完，他转脸问她："这回听懂了吗?"

柳杨老老实实地点头："歌词真美！"

城市的灯火从车外一闪而过。

But please turn out the light(但请不要让灯光点亮)

Cause I lost，every time I look at you(因为我已迷失，在每一个凝望你的时刻)

……

二十九　无缘的你啊，不是太早就是太迟

樊篱做事还真细致，买的票都是下铺，并且是车厢的中间。常坐火车的人都知道，如果位置靠近车厢接头处，不仅颠簸厉害，且咣当咣当的声音更响亮。另外，又临近厕所，气味难闻。所以每次柳杨出差，只要坐火车，都喜欢购买车厢中间的铺位。

等到火车开动，柳杨才发现，这个四人软卧包厢，居然只有她和樊篱两个人，两个上铺都是空的。樊篱很高兴："嘿，没想到这成了我们的二人世界哎。"

柳杨自然也高兴，这种小空间里，人越少越好。万一碰到不讲卫生的旅客，臭袜子、臭鞋子就能熏死人。如果晚上睡觉，有人磨牙放屁打鼾的，就更可怕了。这些柳杨都曾碰到过。

刚做记者时，有一次她一个人出差到广州，也是软卧车厢，其他三个铺位都是男人，并且是一伙，说着她听不懂的粤语。一晚上她都胆战心惊，特意把包厢门留着一条缝，夜里也没敢睡踏实。好在这一趟有惊无险。后来有经验了，每次出差，如果这个包厢有三个男人，她就会找到列车员，要求换一个有女士的包厢，这样心理上感觉踏实些。

虽然做编辑记者，但她却不太喜欢和陌生人说话。常常一本书，一个 MP4，就能打发无聊的旅程。在路上，也不是没"艳遇"过。有些是飞机上，有些是火车上，甚至在航班大巴上，都不乏男人主动与她搭讪。往往对方会主动递给她名片，偶尔她也会礼貌地与人家交换名片，但大多数她觉得没必要再联系的，便借口名片已用完。有些应酬很疲惫，不如休息。

带樊篱出差，也不是第一次。以前几次，他俩一起出差，包厢里会有其他旅客。但共居一个软卧包厢，却是第一次。

晚上出发前，柳杨已经吃了晚饭，在家洗漱完毕。所以，一上火车，就上床躺倒了。柳杨感觉今天的脑袋有点昏沉沉的，是偏头痛的前兆，鼻腔处也开始隐隐作痛。而今天走得匆忙，百服宁也忘了带。此时抑制偏头痛最好的办法，就是睡觉。但太早了，也睡不着。于是从包里掏出一本小说来看。

即使三十多岁的女人，还是喜欢读言情。这会儿，被她捧在手里的，是一本

《曾有一个人,爱我如生命》。这是一家出版社的朋友刚寄给她的。知道她喜欢读小说,所以但凡出了好书,出版社的朋友都会给她寄来。作为投桃报李,她也都会帮朋友们写点书评,在报纸杂志上发表。

列车员推着餐车过来,樊篱买了一盒盒饭。柳杨说:"你居然没吃晚饭啊,干吗不跟我说? 我晚上煮的饺子,你可以去我那儿吃啊。"

樊篱笑笑:"晚上下班就去打球了,回家匆忙冲了个澡,没来得及吃。"说着埋头大吃。在柳杨看来,火车上的盒饭简直无法下咽,樊篱却吃得津津有味。柳杨拧开自带的矿泉水瓶盖,把水递给他:"慢点吃啊,别噎着。"

"我喝了,你喝啥?"他看向她。

"这不还有开水吗?"柳杨指指刚才列车员送来的开水壶。

他也就不再客气,接过去咕咚咕咚喝了半瓶。他并没有全部吃完,说是晚上睡前不宜吃得过多。然后他去处理了饭盒,又拿了牙膏牙刷毛巾去洗漱。

樊篱洗漱完毕回来,见柳杨已经扔了书,双手按着太阳穴,似乎想睡觉了。于是他问柳杨是否还出去,柳杨说不出去了,他便把包厢门从左至右拉上,咔的一声上了锁。他刚转身,忽然觉得似有不妥,又返身把包厢门的锁打开,把门拉开一小丝缝,门的左侧上面,有一个嵌入凹槽的铁搭扣,他把铁搭扣抠出来,便挡住了门的滑动。这样,门既被从里面锁住了,但又透了两指宽的缝隙。

这个细节柳杨看在眼里,心里有一丝感动。头痛有点加剧,她不由得用手指按起头皮。

"怎么,头痛又犯了? 怎么办? 我去问列车员是否有药卖。"说罢,他不由分说,便打开门,去找列车员。没一会儿,他带了一片晕车药回来。"他们只有这个,你看可以缓解头痛吗?""这个大概没用,不过也许可以让我尽快入睡吧,吃了再说。"樊篱细心地撕去药丸外面的塑料膜,递给她。看着她喝水吞药,他的眉头都皱了起来。

"好啦。睡觉。"柳杨侧身向里,希望这颗药丸能够起到一点止痛作用。

可是,躺下却久久难以入眠。偏头痛好似被火车的咣当咣当声惊醒的蛇,一点点复苏,一点点向她的大脑进攻,头痛越来越厉害,原本是半边脑袋痛,现在发展到整个前额都牵扯着痛,连同鼻梁部分。她只好侧过身,用拳头紧紧抵住左侧最痛的太阳穴,不知不觉疼得哼出了声。

"很疼吗? 怎么办呢?"樊篱的口气充满焦急和无奈,"今天临时出差,你下午一定非常紧张忙碌,一着急就头痛了。我妈也这样,一紧张就头痛。"

"没事……睡着了就好了……"其实头痛已经引发了全身难受,几乎想吐了。

樊篱却起身,坐到她的床沿:"我帮你按摩吧!我妈头痛的时候,从来不吃药,因为吃药副作用大。每次不是我爸帮她按摩,就是我帮她按摩,她很快就会睡着。"

不由分说,樊篱俯下身,抱起她的身子,把她的头放在自己的腿上,两手熟练地按摩起来。除了在美容院里,被美容师这样揉捏头部,在异性,这还是第一次。以前跟邱平在一起时,也经常头痛,但邱平,从未给她按摩过。

有一次她头痛,正好叶菁带了点点来看她。叶菁让点点帮她揉头皮,最后把她揉哭了。点点的小手,触动了她内心最伤感的地方——如果我有个女儿,这样轻柔地按摩我的头皮,即使疼痛,也是一种幸福。

而此刻,忽然又有了不一样的幸福感——如果有个男人,能在我头痛的时候,将我搂在怀里,如此轻柔地按摩我的头皮,这一刻,是多么幸福!

然而她终究心痛地明白,这一刻是樊篱,不是单啸风。

看来樊篱果真经常给他母亲按摩头皮的。他的手指力道刚好,先轻揉两侧太阳穴,再慢慢揉捏到前额与眼窝,手指分别往两边推压,再从前额依次往后脑勺按压,手指头用力,顺着头发向后梳理,一遍遍循环地做。然后捏到脖颈,脖颈处大概有一根筋脉通到四肢百骸,捏得柳杨全身酥麻。这样的感受,从未有过。

冰雪聪明如她,不是不明白这个男孩的心思——他是喜欢她的。只是,她不能。就像早年读过的席慕蓉的诗《莲的心事》中那一句:在芬芳的笑靥之后/谁人知道我莲的心事/无缘的你啊/不是来得太早/就是/太迟……

三十　请相信,我比他更爱你

柳杨不知道自己是何时睡着的。等她半夜醒来,才发现自己平躺在床,头痛明显减轻很多。换在平时,如果不服药,头痛不仅不会缓解,只能变本加厉。可见,昨晚的按摩,具有神奇的魔力。

樊篱不知何时已经回到对面的床上睡着了。他睡着时居然很安静,没有鼾声，借着门缝投进的过道里的灯光，他的面庞轮廓依稀可见，高挺的鼻梁，浓密的眉毛，厚薄均匀的嘴唇，让人联想到强壮与健康。想到昨晚被他抱在怀里按摩头部，心下不禁涌起一丝异样的暖流。

她轻轻地下床，穿鞋，轻轻地开门，去厕所。从厕所里回来后，发现樊篱也醒了，正躺在床上，睁大眼睛看着她。

"头还痛吗？"他问。

"不太痛了，谢谢你哦。"她钻进被窝，还是头朝外躺着。

他侧过身，目光炯炯地看着她。她平躺着，却依然能感受到她灼热的目光。"睡吧，还有两小时到站。"她有意打破这尴尬的气氛。

"柳杨……"他轻轻叫她的名字，以前他都是"老大、老大"地喊，这是第一次郑重其事地称呼她的名字，她的心脏猛跳了一下。

"睡吧。"她企图打断他的思绪，她隐约意识到他想说什么，有些话，隐藏比公开更合适。

"给你讲个故事吧。"他转过脸，平躺着，不再看她，双手交握胸前，开始轻轻讲述，"两年前的某天，我刚到单位不久吧！一天晚上，我加班到夜里十一点多，我们楼上的饮水机空了，我拿着杯子下楼找开水，准备冲杯咖啡喝。整个楼层都黑黢黢的，只有过道尽头上，有个办公室还亮着灯，饮水机就在那个墙角里。我走过去，忽然听到里面有人在吵架。我不是有意听人家的隐私，而是，其中有个声音很熟悉。"

说到这里，他停顿了一下，柳杨的心脏开始紧缩。

是的，那一天，她出差刚回，拖着行李箱回到办公室，独自加班到很晚，处理积压了一周的稿件，没想到邱平居然迫不及待找到办公室跟她谈离婚。

"求求你了，你先回家好不好？有什么事情，我们回家好好谈，楼上还有加班的同事，我们不要在办公室争吵，好吗？"她疲倦地看着他，语气里透着恳求。

"我们还有什么好谈的？"邱平更加大声地嚷嚷起来，"离婚又不是什么见不得人的事情，怕什么？你们杂志社不是整天挖人家隐私、打听人家八卦吗？怎么你现在反而道貌岸然起来了？难道自己婚变，就懂得羞耻了吗？"

"你先回家吧，等我处理完手里的事情，我们再平心静气地谈谈。好吗？"

"你醒醒吧，这个家，我是不会回了。你好歹也是一个杂志主编，怎么就这么提不起放不下？这婚，你不愿意离也得离！《婚姻法》你多少会懂一点吧，只要我们分居六个月以上，你不想离也得离！"说完，邱平摔门而去。身心俱疲的她,在深夜的办公室里,绝望而压抑地哭泣起来。

"我站在墙角,听到办公室里有压抑的哭声传出来,我很想进去安慰她一下……终究,我没有进去。但是,我一直很心疼很心疼那个女人,那个一直像女神一样让我敬畏和爱慕的女人……"樊篱的声音无比低沉。

黑暗中,有泪水爬过面颊,侵入嘴角,咸咸涩涩的。她也没想到,从那时起,就有一个大男孩,怀着隐秘的心事,暗暗关注着她,在意着她,甚至,保护着她。每次有酒会,或是出差,他总是主动请缨陪她同往。

"每一次,我上班看到你的笑脸,就想着你内心藏着怎样的暗伤。我希望能做一个强大的男人,站在你的身边,当你哭的时候,把自己的肩膀靠上去。那天,我在你家喝酒,玩真心话大冒险的游戏。我说了很多真心话,但不知道你记住的有几句? 那天,我说的每一句,都是真的! 当你喝多了,我抱你进房间的时候,你在迷迷糊糊中,喊着另一个男人的名字……我想,那个男人,应该就是前天我在你家电梯口看到的那位吧? ……为什么我总是出现得不是太早,就是太迟? ……"他的语气似乎有点哽咽。

她的心像被一只手揪着,木木地痛。她不知如何应答他,唯有流泪。爱情无须说"对不起",说出去就是伤害。

"但是,我不会退却! 我爱你! 柳杨!"他翻身坐起,伸展长臂,捉住她放在被子上的手,紧紧握住,"我要和他公平竞争! 请给我们公平的机会。请相信,我比他更爱你!"

她哭得越发厉害。她柳杨何德何能,居然会得到这个才华横溢的大男孩的倾慕? 如果说孟浪喜欢叶菁,是因为养姐的缘故,那么樊篱呢? 又是因为什么?

"不要……"她无力说下去。经过这场感情波动,头痛又开始发作。她用拳头抵住脑袋,痛苦地将头埋进了枕头里。

"怎么? 又痛了?"樊篱紧张了,蹲在地上帮她揉头皮。她的头发遮住了脸,他理顺她的发,才发现她泪如泉涌,她的泪水糊了他一手。这下,他也心痛加剧。他坐过来,把她的头抱在怀里。

"别哭了、别哭了,越哭头越痛……"他喃喃着,手指不像第一次按摩那么从容,这次有点慌张和无措,"对不起,都是我不好,惹你哭了……我不该这时候跟你说的……对不起……"他越紧张,她哭得越厉害。

突然,他低下头,毫无征兆地吻上她的嘴唇! 只有这招,才能阻止她的哭。她先是抗拒,然后用力推他,打他,都无济于事。他的臂膀如铜墙铁壁,箍得她透不过气来。渐渐地,她开始安静。他的吻轻柔缠绵,好像要吸掉她全身的力气,他的嘴像一个有魔力的黑洞,拽着她不停地下沉、下沉……

终于,她还是猛地推开他,大口喘气。她的语气里有着掩饰内心虚弱的、色厉内荏的严厉:"我们不可以这样!"男孩有一瞬间的愣怔,似乎没料到她会用如此严厉的口吻。她坐起来,缩到床的另一头,眼睑低垂,冷冷地说:"樊篱,我想你误会了,我对你的好感,仅限于同事之间!我一直把你当兄弟,我想以后也是!我希望今天的事情到此为止!"

说完,柳杨去小桌上拿水喝,手却抖得拿不住水杯,必须两只手捧着,才不至于将内心的虚弱暴露在这个大男孩面前。就在刚才,在他吻她的电光石火间,她突然惊醒:必须当机立断、斩草除根,不然将后患无穷。

在她说话的时候,樊篱一直看着她。等她说完,他不仅不恼,反而笑了,说:"我怎么觉得你说话的时候,很心虚啊!你是不是内心里也很喜欢我,只是因为那个男人在前,又不想落下劈腿的骂名,所以才决定牺牲我?"

被他说中心事,她不禁恼羞成怒,摸出背后的枕头砸过去:"我不是跟你开玩笑,我说真的。从此请和我保持一米的距离!"

"OK!我保证可以做到。但你能说出几个暂时不能爱我的理由吗?"他反攻为守。碰到这样的高智商"情感无赖",真是气结。柳杨负气躺下,侧身向里。左侧太阳穴依然跳痛,但她不敢表现出来。

"柳杨,你可以现在不爱我,但你不能阻止我爱你!总有一天,你会爱上我!"说完这句,他也回到他的床上。好吧,既然她现在无法取舍,欲速则不达,给她时间,给她机会,最后让她心甘情愿地将他射出的箭收入囊中。

几番辗转反侧,包厢里终于平静。

柳杨并没有睡着,在铁轨与车厢的哐当声中,在偏头痛纠缠的疼痛里,心乱如麻。

三十一　不是两败俱伤,就是相得益彰

在北京出差的两天,每天忙到半夜才疲惫地回到旅馆。她曾忙里偷闲,给单啸风发过一条信息,不巧,他出差去了越南。也好,可以一心一意忙工作。

这次北京之行,工作是圆满的,任务是出色的。而柳杨和樊篱的关系,却有了一丝微妙的变化。

柳杨对樊篱,前所未有地摆上一副公事公办的架势。每次开会,提到美编部,如果是批评意见,柳杨的批评比以前更刻薄;如果是表扬,柳杨的表扬会比以前更夸张。似乎不这样,不足以让樊篱感到距离感。而樊篱对柳杨,一如既往地关心和恭敬。应酬场合,他还是她的酒会保护神;工作场合,他是她的得力干将;普通场合,比如编辑部的聚会或聚餐,他绝对是个焦点人物,不仅人帅,而且事事张罗仔细,活跃而不张扬,谦恭而不谦卑。无论哪个部门的男女老少,没有不喜欢他的。

柳杨看得出来,美编部和编辑部各有一个小花痴对樊篱情愫暗生,还不包括其他部门的小花痴。柳杨是过来人,一眼洞穿小花痴们的小心思——每次部门聚餐,或是中午去食堂吃饭,小花痴们都争先恐后要坐到樊篱的身边。身边的座位没抢到,那就坐对面,这个角度,直线对视、脉脉含情最合适。

周末,编辑部组织春游,去郊区的湖隐山庄钓鱼。编辑部的四个男编辑各开一辆车,加上美编部的樊篱一辆车,每辆车坐五个人,二十个人正好四辆车。结果,几个女同事纷纷抢坐樊篱的车,惹得编辑部的其他几个男同事们,个个都是羡慕嫉妒恨。在几个小花痴里,柳杨认为,美编室的插画师小艾和樊篱比较适合。无论外貌气质还是工作爱好,两人都很般配。同时,小艾是柳杨的同校小师妹,当年小艾来单位实习工作,还是柳杨举荐的。因了这层关系,柳杨决定极力撮合小艾与樊篱。

柳杨相信,爱情既可以发展成怨恨,也可以拓展成友情。她希望把樊篱对她的爱,拓展成友情。

她指派小艾和其他两个已婚女编辑坐樊篱的车。钓鱼时,一男一女为一组,她也特意将樊篱和小艾分在一组。晚上在渔庄里搞篝火晚会,大家表演节目,她让小艾和樊篱表演情歌对唱……瞎子都能看出来柳杨的用意。

然而,事实并不如她意。那次钓鱼回来,编辑部就开始风传:樊篱是个 Gay,并说是樊篱亲口说出来的。这回,轮到柳杨大跌眼镜了。不用问,樊篱一定是用这种"自取其辱"的方式回击了她。她这才明白,这个男人,不是她想象的那般容易驾驭。

樊篱拿着新一期杂志版面来找柳杨签版。柳杨在审版时,他也不走,就往柳杨对面的沙发上一坐,跷起二郎腿,目不转睛地看着柳杨。柳杨被他看得不自在,便说:"你回办公室吧,我审完了再电话给你。"

樊篱说:"不急,我就在这里等。"脸上是笃定的表情。柳杨知道他是故意的。我就坐在这里,你能奈我何?

柳杨干脆不理他,视他如空气。有个小编敲门进来汇报选题,看到樊篱在座,微微一怔,以为两个"大佬"在商谈工作要事,准备退出去,柳杨招手:"没事,你进来。"编辑递上选题报告单,柳杨逐一细看,和编辑细细分析选题的可操作性,找出亮点和角度,不合适的选题就直接红笔划掉。

小编走了,室内又归于平静。柳杨虽然眼在版上,心却不在。此刻,她的心就像一只被关在屋子里的麻雀,在有限的空间里乱飞乱跳,扰得她一刻都无法平静。她暗暗恼恨樊篱的笃定与冷静。现在好像反过来,他在驾驭她了。

终于审完版,签过字,叫声:"樊总监,你可以拿走了。"樊篱站起来,伸个懒腰,从柳杨办公桌上拿起厚厚一摞版面,探身凑近柳杨说:"放轻松点,别那么紧张。爱人和被爱,是一件很幸福的事情……"

"停!"柳杨双手前挡,侧身向后,"你越界了!"

樊篱直起身:"对不起!以后我会注意。"然后站到她的办公桌对面,居高临下地看着她,半晌才说,"别对我冷冰冰的,当最冷遇到最热,你知道会出现什么情况吗?"没等她答话,他自顾自说道,"不是两败俱伤,就是相得益彰。"

说罢,开门出去,嘴角挂着一丝令人心悸的笑容。

不是两败俱伤,就是相得益彰。——嗯,我不要两败俱伤,也不要相得益彰。

中午下班,叶菁来柳杨的办公室,叫她一起去食堂吃饭。柳杨说:"我这几天说不出的不舒服,颈椎病好像也犯了,想去做个美容和全身SPA,放松一下,你有空么?"

叶菁乐呵呵地:"我再没空,你一声招呼,我也会挤出时间来陪你啊。"于是摸出电话预约美容顾问。

"明天下午两点,怎么样?"叶菁举着手机问柳杨,柳杨点头。

两人下楼,往食堂走。院子里,春天的桃花开得正艳。不少已经吃过饭的同事在花园小径上散步消食。不远处的一处花坛边,樊篱拿着一部微单,正聚精会神地拍摄微距桃花。旁边,几个小花痴围着看热闹,同时指指点点说着什么。

没来由地觉得窒息。现在,只要看到那个年轻的身影,看到他微蹙的眉,凝

神的眸,心跳就会失去规律。

"唉,你和那个'海边艳遇'最近进展得怎样? 最近都没听你提他了。"叶菁点燃一支烟。整个办公大楼禁烟,所以每天一出大楼,她就会点起一支烟。

"啊? 他啊!"柳杨的思绪被拽回来,她看到樊篱已经起身,仿佛有意无意地看了她一眼,微笑了一下。她赶紧转回视线,专心回答叶菁的问题。

"这几天都没联系他。前几天去北京出差,给他发过信息,但他去了越南。"单啸风自从那天离开后,至今半月有余,都疏于联系。只是偶尔发个信息来,说很忙,对不起宝贝。等忙完这一阵,就来看她。

"有些男人,是属风筝的。你松一松,他就飞得没影儿;你紧一紧,他就回家了。"叶菁喷一口烟。可是这种掌控只能针对老公,对一个从一夜情发展起来的情人,这种掌控根本无济于事。因为,他压根还不是她的风筝,松紧她都无法掌控。

三十二　你站在我面前,却隔着世界上最远的距离

还在四月中旬,柳杨就开始琢磨五一长假去哪里玩。她在电话里问单啸风,如何利用这几天。

"几个哥们约着去澳门玩儿,你想不想去?"他说得漫不经心。

"你们是去赌博吧? 那我去做什么。"她有些小失落。如此难得的长假,他居然没有第一个想到她。

"那宝贝你想去哪儿呢?"他马上换了口气。哦,他还是在意她的,她不由小小地开心了一下,想了想,说:"我想去丽江。"几年前,她曾借到昆明出差之机,去过一次丽江和泸沽湖,丽江待了一天,泸沽湖待了一天,来去匆匆,许多美景来不及欣赏,留下许多遗憾。何况,丽江是座爱情天堂,独自一人去旅行,煞了许多风景。她曾许下心愿:如果恋爱了,一定要带着她爱的那个人,一起来一次丽江。

他竟然一口答应了:"好吧,我陪你去丽江。"

"你那些哥们能放过你吗?"

"他们?"他打个哈哈,笑嘻嘻地说,"缺了我,他们肯定会有点遗憾,但他们

不会寂寞的。宝贝如果你没有我陪，你会寂寞的，所以我无论如何也要陪你啦。"

听了这话，一股蜜糖顺着耳孔灌到了心里，瞬间全身都甜蜜滋润起来。女人哪，为什么耳朵根子那么软呢？这下，她心满意足了。"那我马上订票订旅馆，假期很难订的呢！"

"我的机票我自己订吧，我的时间不太好掌控，到时候我还不知道从哪个城市飞过去呢。你订好机票后，告诉我航班号和到达时间，我尽量比你早点到，好去接你。"在这点上，他倒是很细心。心里不由再次一暖。

她订了4月30号晚上的一趟航班，先到昆明，在昆明玩一天，5月2号再飞丽江。她订好机票后，把航班号和预计到达时间发信息告诉了他。他回：旅馆我来订，你甭管了。

接下来的半个月，过得极其漫长，想到即将到来的"蜜周"，柳杨激动得夜里春梦连连。

五一快到了，单位效益好，又要发福利了，无非是大米、食用油、卫生纸和水果之类。这天下班后，每个部门轮流去一楼的后勤部领东西。轮到柳杨的编辑部，她率领一众小编下去领东西。樊篱刚好也在，他见柳杨把自己的一份领到后堆在台阶上，便不由分说，把柳杨的东西搬到自己车上。有个男编辑见状喊道："樊总监，你搬你的吧，柳主编让我给她送回去。"樊篱说："还是我送吧！顺路。"如果坚决阻止，反倒显得矫情，柳杨只能随他去。

东西送到家，樊篱毫不客气地拆开樱桃箱子，抓出一把樱桃，拿到厨房去洗。"我来尝尝这樱桃甜不甜。"柳杨明白，他这是没事找事呢！

"这樱桃真甜，你尝尝。"樊篱一边吃着，一边捧上用玻璃碗装着的樱桃，递到柳杨面前。

柳杨随意地捻起一颗，送进嘴里，果真水甜肉厚。

"这张CD是你喜欢的，没事听听吧。"樊篱说着，自顾自打开了柳杨家的CD机，把自己带来的一张CD放了进去。

瞬间，难以抗拒的美妙音乐泻入整个空间，让人心神俱醉——《Every Time I Look at You》——那天去火车站时，樊篱在车上放过的歌。

樊篱坐在阳台的藤椅上，闭着眼睛，一晃一晃地，跟着音乐小声哼唱着每一句。西下的夕阳穿透窗户，投在他的身上，他今天穿着白色衬衫，整个人被一束逆光衬托，熠熠生辉。柳杨不禁看得怔住。

单啸风虽然也来过家里,但他从未轻松惬意地坐在摇椅上,安静地听完一首歌。他喜欢看电视,尤其是无聊的枪战片,哪怕在床上和她缠绵,也喜欢开着电视。她很想了解他所从事的行业,了解他的家庭,以此了解他的内心,但他总是把自己封闭得很紧。相对的是,他也从未试图了解过她。

而此刻,面前这个大男孩,却如此惬意地坐在她的摇椅上,享受着黄昏的阳光和美妙的音乐,他的心和他的人,都如此光明坦荡。他爱她,却不愿给她太大压力,而是用无微不至来打动她。如果、如果没有单啸风——她暗暗自问。谜底是显而易见的。就像叶菁难以从孟浪的鲜花炸弹中全身而退一样。

"要不要一起下去吃碗 biáng biáng 面?"柳杨不敢让这个大男孩在家中待得太久,得找个借口把他赶出去!

樊篱懒洋洋地从藤椅上站起来,伸个懒腰,说:"哎,真想在这个藤椅上睡一觉啊。你家布置得太温馨了,让人流连忘返。"他走到她面前,看着她的眼睛,说,"我已迷失,在每个凝望你的时刻!"他伸出右手,手掌自上向下,轻轻地拂过她的面庞。她的眼睛,随着他的手指掠过,闭上又睁开。他们四目交顾,他的眼睛里有深情,她的眼睛里有慌张。

"五一,我想去西藏,你有兴趣吗?"

西藏!那次他俩在家里喝酒,玩真心话大冒险的时候,她曾说过,中国还有一个地方令她魂牵梦萦,就是西藏。可是,现在……现在不行,她要去丽江。

她不想告诉他她要去丽江,万一他说陪她去呢?她只好胡乱找理由:"现在去时间不太好,太早了,只有七、八、九这三个月,才是去西藏的最佳时间,还能看到无比壮观的雪顿节晒大佛活动。"

"那时不是没假期吗?再说那时的游人太多,现在通往拉萨的列车已经开通,游人将会像潮水般向拉萨涌去,再不去,以后只怕去了也会后悔。"

他说得没错。但她真的不能去。

"那你先去帮我探路吧。"她换了副轻松的表情和口吻,开起玩笑,"旅途中会有不少艳遇,说不定会有奇迹发生。呵呵呵……"

"艳遇?哈哈哈……"他大笑,冒出一句话,"艳遇的开始往往是干柴烈火,结束往往是灰飞烟灭。"柳杨如雷轰顶!他说这句话,是有意还是无意?难道,他已明了她与单啸风的纠缠,不过是一场艳遇?

"真的不去?"他不死心地追问。

"真的不去。"她坚决地答复。

他失望地叹息一声，说："你是因为和我一起，所以才不去？"

不能再纠缠下去了，她岔开话题："你要多拍点照片哦，等你回来，我们就做一期西藏专辑吧，总编那里，我会去报选题，应该问题不大。"

自从那次从北京回来后，她和他在一起，总是一副公事公办的口吻。他能一眼看透，这依旧是她伪装的坚强。自从两年前，在深夜的办公室，他无意中看破她伪装的坚强，就知道这个女人的内心是一口井，唯有坚持不懈地挖掘，才有可能会抵达她深深隐藏的内核。

"那你五一准备怎么过呢？"

柳杨想，是说实话呢，还是说谎话呢？一瞬间，脑海中滚过无数谎话和实话的纠结。最后，吐出口的还是实话："我和……朋友去丽江玩。"她不能给他任何希望。

他眼睛里的火苗瞬间熄灭。是的，他敢肯定，她所说的朋友，就是——那个男人。

蓦然，又想起他写在 QQ 上的那句名言：世界上最远的距离，不是生与死的距离，而是，我站在你面前，你不知道我爱你。而更残忍的是，她明知道他爱她，却回绝得如此不留余地。

"好吧，我走了。"他装作无意地开玩笑，"如果我不再从西藏回来，请不要找我，也不要想我，因为那时我要么做了藏传佛教僧侣，要么长眠于珠穆朗玛峰了。"

"胡说！"她真的有些生气了，无论如何，他是个好男孩，他应该有更美好更阳光的生活，他不能自暴自弃，"你一定要回来！给我带西藏雪莲花回来，据说女人吃那个特别好。"

"呵呵，这个容易做到，"他嘻嘻笑着，拿了桌子上的车钥匙，"我得去健身房了。拜拜……"他走了。房间里也暗淡下来。暗夜的大袍，再次罩上了城市的天空。

他独自走在暗夜里，一首年代久远的老歌不经意浮上脑海："你这样一个女人，让我欢喜让我忧……"

命运，为何让他喜欢上柳杨这样一个女人？

第五章
誓如潮水

那女子涉江采下芙蓉
也不过是昨日的事
而江上千载的白云
也不过 只留下了
几首佚名的诗

那么 我今天的经历
又有些什么不同
曾让我那样流泪的爱情
在回首时　也不过
恍如一梦

——席慕蓉《悟》

三十三　我们是彼此的奇迹

　　四月三十日晚上，叶菁开车送柳杨去机场。这个假期，叶菁不准备出去，孟浪会过来陪她和点点。"我想让点点和他多多接触，培养起感情，这将对我们以后的生活起到极大的积极作用。"

　　"听起来你俩好像在谈婚论嫁啦？"柳杨揶揄道。

　　"切！又不是二十郎当的少男少女了，我们这个年龄，还玩躲猫猫游戏啊？大家都是成年人，说话做事都讲究时效性啦！其实他比我还积极，他这次来，也想见见这边的旅行社领导，看有没有可能调到这边的分社工作。"

　　在自己的人生规划上，叶菁远比柳杨更有主见一些，她总是想到做到，不会瞻前顾后，做了就不后悔。柳杨经常恼恨自己缺少叶菁的果敢和豁达。心态决定性格，性格决定命运。所以，在外人看来，叶菁总是活得比柳杨更精彩。

　　"宝贝儿，好好享受你的幸福一周吧，向你那位亲爱的问好。"在机场分别的时候，叶菁抱了抱柳杨，然后又凑到她耳边低语："有了快感你就喊，男人就喜欢听女人喊。如果你不介意，把精彩的片段拍下来，回来我们一块儿欣赏。"

　　"去你的！"柳杨又羞又怒，一把推开死党，"你从哪儿学的这花花肠子啊？难怪把人家清纯小帅哥迷得失魂落魄的……"两人在笑闹中分别。

　　在机场，忽然接到魏凌打来的电话，说他正在深圳机场，准备飞到她的城市，陪她过五一。他还像过去那样自以为是，凡事都喜欢替她做主。以前恋爱时，每到假期说去哪里玩，也都是他说了算。只是，如今早已沧海桑田。有些时光，再也回不去了。他以为，现在的她还是几年前那个天真幼稚的少女么？

　　"对不起啊魏凌，我这会儿也正在机场呢。不过我是飞去昆明，男朋友在那里等我。"她说得风平浪静，像和一个朋友闲聊。对方稍稍愣怔了一下，装作轻松地说："哦，这样啊！那……祝你们玩得愉快。"

　　上一次，他也是突然出现在柳杨家门口的 biáng biáng 面馆，拿着玫瑰，想要给她一个意外惊喜。可是魏凌，你现在已经不是我的惊喜了。

　　登机前，柳杨给单啸风发去一条信息："亲爱的，我们两小时后能见面了。"他的回信在下一秒就过来了：你一下飞机就会看到我，宝贝！

他前几天就到了昆明，说在那里刚好有公事要办。公事办完，正好陪她度假。

在飞机上，柳杨的心情激动得就像去赴一场美妙的盛典，或是一次义无反顾的私奔。想到即将来临的见面场景，只觉得全身的细胞都在沸腾和歌唱。

夜里十一点二十分，航班准点降落在昆明老机场巫家坝机场。一到出闸口，柳杨就看到了单啸风，他居然捧着一束香水百合，鹤立鸡群般地站在迎接亲友的人群中。看到她，他的嘴角扬起一抹淡定的微笑。她像个孩子般，拉着箱子呼呼地奔过来，鞋跟嗒嗒嗒地敲击着地面，掩饰不住的兴奋之情，两人隔着栏杆就抱在了一起，亲了一块……热恋，便是如此吧！

他将花束交给她抱着，然后一手拉了她的行李箱，一手牵了她的手，向停车场走去。他们走几步看一眼对方，眼角眉梢都是笑意。

一辆黑色奔驰 G550 越野车在等着他们，开车的是个魁梧精干的小伙子，全程无话。车到翠湖宾馆，单啸风叮嘱小伙子道："明天等我电话。"小伙子恭敬地哎了一声，驾车离去。

迫不及待进入房间，迫不及待地拥吻在一起，迫不及待地扯去全身所有赘物，迫不及待地缠绵在一起……

忘记了饥饿，忘记了时间，忘记了睡眠，忘记了身处何地……唯有缠绵，是此刻唯一的主题。

"我要好好滋润我的女人。"他一边说一边用力。他是个魔鬼一样的男人，他的周身散发着危险的气息。这正是她深深为之沉醉的一种气质，哪怕无可救药。

"饿不饿？"他问她。两个小时后，他们终于结束了第一轮战斗。他靠在床头抽烟，一只手穿过她的脖颈，落在她坚挺的胸上，依旧不安分地拨弄着。

"嗯，好像有点饿呢，可是我不想起床出去吃东西，最好这会儿有人拿着好吃的来喂我。"她撒娇道。

"哦，你这个贪吃鬼，刚才吃了那么多，还不够？"他取笑她。他喜欢看她羞恼的样子，一点不像个三十多岁的女人，她的心理年龄看来只有十七八岁。而真正十七八岁的女孩，却又少了几分成熟风韵。而她就恰到好处，外表独立刚硬，内心柔软感性，正是他喜欢的类型。他一向自信可以驾驭所有类型的女人，而她这一类的女人，更具挑战性。

其实他把吃的早就准备好了。他预先在宾馆餐厅订了餐，只需一个电话，服务生便将丰盛的晚餐送到了这间豪华套间的客厅里。

当她披着睡袍,被他牵着来到套间外面的客厅,只见餐桌上点着两支蜡烛,一束怒放的红玫瑰置于餐桌中间的水晶花瓶中。两个盖着不锈钢盖子的菜盘置于桌上,刀叉摆放整齐,她不禁惊呆——这个男人太有心了!心里更是涌上无以复加的爱意。

"你究竟是人还是神呢?"她叹息着说。

"我大概介于两者之间——是魔鬼。"他一边说,一边揭开铮亮的不锈钢盖,盘子上躺着上等 T 骨牛排,香气扑鼻。

"来,宝贝儿,庆祝我们再次相聚。"他端起斟上了法国波尔多红酒的水晶杯,在桌子对面看着她。她忽然觉得,这一幕似曾相识:应该是在一个遥远的梦里吧,也是一模一样的此情此景,只是当时对面的男人模糊不清。如今,这个梦竟然活生生地实现了。是的,曾经的梦只是一个预兆,此刻,好梦成真。她从来没有想过,如此浪漫的情景,真的会出现在自己的生命中。她就像一个赶夜路的人,不期然地被一块石头绊了一跤,爬起来一看,绊倒她的原来是块金砖。他对她来说,就是这样的一个奇迹!

或者,无论她捡到了他或是他捡到了她,对彼此来说,都是奇迹吧!

夜半醒来,柳杨看看身边这个生龙活虎般的男人,似在梦中。她睡在他的左侧臂弯里,他仰面而睡,侧面看去像一座棱角分明的山峰,眉骨清晰,鼻梁高挺,就连下巴也是极有个性的方形。她忍不住用牙齿轻咬他的左耳,他毫无反应,睡得如此深沉,想来真是累坏了。她不再折腾,埋在他的怀里静静睡去。

三十四 失去的永远是最好的

第二天直到九点多钟才起床,洗漱后去吃云南著名的过桥米线。两人走路去的米线店,一路上十指紧扣,她依偎在他身边,欣喜雀跃如初恋的小姑娘。说话间,她不时仰头去看他,这个稳健冷峻的男人,正用自己肥厚的指尖划她的掌心,痒痒的,性感的。她不由想起昨晚的缠绵……如果时光就此停顿,多好。

吃过配料丰富、令人眼花缭乱的过桥米线,单啸风打了一个电话,昨晚接机的那个小伙子很快便驾车前来,带着他俩直奔石林而去。由于夜里睡眠太少,刚刚又吃得太饱,柳杨上了车就觉得犯困,单啸风便让她躺下,头枕着自己的大腿睡觉。柳杨一开始觉得难为情,毕竟司机很年轻,可她很快发现这个司机虽然年轻,但却很有司机道德——后视镜是翻向上面的,根本看不见后座上的动作。司机对单啸风的态度也极为恭敬,一口一个"单总"。柳杨有点纳闷:单啸风的公司不是在北京么?

由于上午出发较晚,他们便选择了去大石林。司机把他们送到后,帮他们买好门票,让他俩自己进去玩,他则在车里睡觉等待。

柳杨终于忍不住要问单啸风了:"这个司机怎么对你那么恭敬啊,一口一个单总,他是什么人啊?"

"哦,我们公司在这里有个分部,他是这里的主管。其实,他也是我的亲外甥。"

"你的亲外甥?"柳杨不禁有些惊讶,又有些心虚。舅舅在外甥的眼皮底下,和一个女人玩暧昧,是不是太过分?

"别担心,他的一切都是我给的,他对我十分忠心,不然我也不会让他见到你。"他搂紧她的肩膀。

"那他怎么不称呼你舅舅,而称呼你'单总'?"

"他在公共场合一般就叫我'单总',大概是习惯了吧……要不,回头我问问他?"他狡黠地刮刮她的鼻子,"别纠结啦,没关系的。我都不怕,你怕什么?"

是啊,我怕什么呢!这不恰恰说明,他爱她爱得没有隐私么?如此一想,心境顿时豁然开朗。

石林里人山人海,尽管穿着清凉的背带裤和T恤衫,戴着遮阳帽和墨镜,闷热的气候还是让柳杨感到头晕。顺着人流,草草看了几处怪石嶙峋的景点,拍了一些照片,柳杨便说累了,想回去休息了。

单啸风逗她:"是不是昨晚太辛苦了,今天精力不济?"尽管他戴着墨镜,看不清他的眼神,但她还是能感觉到镜片后他坏坏的眼神。蓦然间,便感到体内暗潮涌动。真可怕啊!这个男人哪怕只是一句话,一个眼神,她便开始沦陷。

她暗叹一声:我已无药可救了。

回去的路上,由于得知司机是单啸风的外甥,柳杨不敢造次,正襟危坐,努力保持自己的淑女形象。单啸风却要拉她靠向自己,双手要么不安分地摸她的腿,要么搂她的肩膀,要么亲她的耳垂。她又羞又恼,怒目瞪他,他报以坏坏的咪笑;狠狠拧他,他回之以龇牙咧嘴。这个男人真是个魔鬼!能奈他何!

　　车到昆明市区,外甥准备带他们去一个叫什么至尊豪庭的高档酒店吃海参鲍鱼,柳杨赶紧拒绝,坚持说自己特想吃一些当地特色小吃,外甥便带他们去了一个热闹的夜市。这里有很多当地传统小吃,柳杨点了汽锅鸡、大理豌豆粉、饵块、玫瑰豆腐等小吃。单啸风爱吃肉,于是他点了一些卤鹅头和卤鹅翅,要了三瓶啤酒,三人坐在人声鼎沸的夜市街头,吃得不亦乐乎。

　　单啸风一边啃鹅头,一边说,我多年以来都没过过这样的夜生活了。柳杨问他,你平时的夜生活是怎样的呢?

　　"不能说不能说,一说就是错。哈哈哈……"他仰头灌下一大口啤酒,和外甥交换了一个心照不宣的眼神,哈哈大笑起来。

　　柳杨听到过单啸风叫外甥"小宝",便突然转脸问小宝:"小宝,你舅舅是不是很坏?"

　　小宝正在啃一个鹅翅,闻言一愣,嘴里正好咬下一块鹅翅肉,不知如何作答,那副模样有点滑稽。

　　单啸风接过话茬:"我要不坏,你会爱吗?"这句话很早之前就流传过了——男人不坏,女人不爱。但男人要坏到何种程度,才最合适呢?

　　当晚,回到酒店,又是一番折腾,最后筋疲力尽地躺在床上,一个身都没翻,一觉睡到单啸风的手机唱起歌来。原来天已大亮,小宝已在楼下大堂里等着,再不去机场,便会误了飞丽江的航班。

　　两人赶紧从床上一跃而起,匆忙中,两人抓错了内裤,又一番手忙脚乱地折腾。最后,柳杨都没来得及化妆,只在脸上喷了一点柔肤水,抹了点乳液,素面朝天就往机场赶。

　　紧赶慢赶,到达机场时,距离飞机起飞只剩下四十分钟。急匆匆换好登机牌,跑到安检口,发现安检通道前排着长队。单啸风又拉着柳杨急忙跑到绿色通道,恰好机场广播里正在喊着他俩的名字,安检人员以最快速度检查完他们的行李,放他们过了关。等他们上了飞机,迎接他俩的,是整个机舱里的怒目而视。

　　直到在自己的位置上坐下,柳杨才抹掉额头的汗水,一边用手扇着风,一边喘着气说:"太刺激了!太刺激了!"

　　"还想再来一次?"隔壁那人一脸坏笑地凑过来。

　　"呸,你这个坏蛋。"伸出右手作势欲打。忽然,她盯住自己的手指,愣住了。下一秒,焦急出现在脸上:"我的戒指呢?戒指呢?"

那颗马蹄莲形状的铂金戒指,是她拿到第一笔四位数的稿费时,给自己的犒劳,谢瑞麟的设计,她喜欢的就是它独特的造型,马蹄莲形状的小花蕊里,还藏有三颗小蝌蚪般的小花茎,十分别致。每次孤芳自赏中指上那枚别致的小小马蹄莲,总是无比欣慰。可今天却丢了!

昨晚两人在大战时,她乱抓乱摸,大概是戒指不小心刮到了他的皮肤,他说:你手上戴的什么啊,这么锋利,刮疼我了。果真,他胸前一长条被刮伤的红印痕。她便不假思索地摘下戒指,放在了床头柜上。今早,急着赶飞机,匆忙之下,早已忘了它。

柳杨的心情立刻灰暗起来。他想打电话给小宝,让他去酒店房间找一找,却发现飞机已在滑行,空姐正在进行机舱安全讲解。此刻开机讲电话,无疑会引起公愤,何况刚才两人已经拖了一飞机人的后腿,人家正有火没处发呢。

"算了,宝贝儿,丢了就丢了。"他柔声哄着。

"什么丢了就丢了啊?不是你的东西,你当然不心疼。"从小到大她都没有丢过东西,这次,却一丢就丢掉了心头好。更可恨的是,这人还站着说话不腰疼。这么嚷嚷着,眼泪也不知不觉挂到了脸颊上。

"这么伤心啊,难道是哪个相好送的定情物?"他用拇指揩去她的眼泪,还有心思打趣。一语提起伤心事,自己与他相好这么久,他却连任何礼物都没送过呢,此刻却好意思说风凉话,心里越发地不爽。她有个特点,一生气就不说话,于是一路心情抑郁,任由旁边那个人又亲又哄,却是愁眉难展。到后来,他也累了,自顾自闭目睡去。刚打了个盹儿,飞机就开始降落了。

飞机一落地,他便掏出手机,给小宝打电话。早上,他们走得匆忙,没来得及退房,小宝从机场回去后,帮他们办的退房手续。听说他们在房间里丢了一枚戒指,小宝立即驱车赶回酒店查问。

柳杨听着他们通电话,心里已经不抱任何希望。大概房间已经打扫过了,她对服务员的拾金不昧表示怀疑。果然,半个小时后,小宝打来电话,说房间已经被打扫过了,当班服务生说什么也没看见。

柳杨闷闷不乐地说:"算了,它跟我缘分已尽。"

单啸风叹了口气,摸摸她的头发:"宝贝,别难过,人这辈子,失去的东西多了,慢慢就学会洒脱了。"这番话说得有点禅意。她也暗暗安慰自己:丢了的已经丢了,再纠结、心疼也毫无益处,还是好好珍惜这来之不易的美好时光吧。

三十五　流淌在丽江的誓言

小宝在丽江有朋友,朋友开了车来接他们,送他们到古城最高档的和府皇冠假日酒店住下,这也是小宝已经安排好的。小宝确实会办事,订的是一间豪华套房,房间里有一张巨大的床,推开窗就能看见远处的玉龙雪山,在阳光下闪着耀眼的白光。

之前她第一次来时,住的是纳西特色的木阁楼,夜里枕着窗下的潺潺流水入睡,白天背着包,在古城里独来独往。其他游客都是成群结队,唯独她,孤独来去,人越多,越觉得凄清。本来,这一次是怀着度蜜月的心情来的此地,却因丢失了最喜欢的戒指,幸福感被莫名其妙地打了折扣。

仿佛为了弥补失去马蹄莲铂金戒的精神损失,下午在古城闲逛的时候,柳杨赌气般买了一大堆银饰。戒指、手镯、项链、吊坠、头饰,像个二手贩子,整了一大包。单啸风站在旁边,不阻止、不反对,也不鼓励,任由她自挑自选自购。

回到房间,她把购物袋呼啦一声,倾扣在床上,一件件拆开包装,一个个试戴,然后不厌其烦地到镜子前摆造型,找感觉。单啸风打开了电视,一边抽烟,一边看她折腾。

"这个好看吗?"她戴着一个叮当作响的纳西族项圈,蹭到他身边。"好看好看。"他嬉笑着敷衍她。女人的这种饰品情结大概是与生俱来的吧,一个几十块钱的小首饰,就能让她开心半天,女人的快乐也忒容易满足了。可是这个女人不太一样,下一秒,她又嘟嘴了:"唉,再好的东西,还是比不上我的马蹄莲戒指……"

"淹死的娃儿最乖。"他轻轻吐出一句话,顺便喷出一口烟。

"你说什么?"她向他瞪眼。

"没什么。就是小时候听到的一句老话,形容失去的永远是最好的。"他眯缝着眼睛,透过烟雾看面前这个女人。要怎么爱她,才好?

第二天,去了牦牛坪和玉龙雪山。他用他的尼康给她拍了不少照片,她也用自己的傻瓜机拍了不少两人的合影。在牦牛坪,她说脚痛了,不想再走,他便在她面前蹲下来,让她趴上他的背,背她涉水而过。她忽然就想起他们初见的那一夜,在遥远的南海边,他用他宽阔的脊背,背起了她对未来的爱和希望。趴在他的背上,险险又哭出来。

"老天啊,请你让这一刻成为永恒吧!"她看着不远处的雪山,贪心地许愿。

在雪山半山腰的小径上,有几个脸色黑红的当地妇女,抱着脏兮兮的孩子,坐在地上卖虫草,要价十二块一克。他二话不说,把附近三个当地人的虫草全都收购了。她劝他不要买,怕假货,他却很固执,一定要买。他身上的现金不够,把她身上带的三千块现金也搜刮了。总共花了七千五百块,只买了一把那种晒干了的长虫尸体一样的东西,她看着都有点瘆人,别说吃了。

回去的路上,他跟她解释:现在的虫草,价格高得离谱,在西藏和青海一带的虫草产地,卖五六万一斤还算便宜的。这东西,回去送客户最合适。

她一时有点无语,第一次觉得,他与她,不像一个世界的人。

回到城里,第一件事就是去银行取款。由于是假期,银行大都不上班,他们只能到 ATM 机上取款,由于每卡每天在 ATM 机上只能取五千,他刷了三张卡,取了一万五,塞给她五千。但她只拿了三千,其余的没要。和他在一起,在花钱方面,她向来十分自觉。就像买自己喜欢的银饰,都是自己掏的钱。这到底是自卑,还是自尊?她也说不清。也许只是一种独立的习惯。

晚上,他们在一米阳光酒吧吃饭,刚好坐在紧靠路边的窗口。石板路上行人来来往往,背包游客络绎不绝,偶尔也会有缠着花头巾、穿着民族服饰、弓腰曲背的纳西老人挎着篮子蹒跚而过。柳杨拿着傻瓜机,不停地咔咔咔乱拍。忽然,一个核桃般的苍老面庞闯进她的镜头:"姑娘,要镯子吗?纯银的,手工做的……"一个纳西老婆婆停在窗口边,满脸慈祥地看着柳杨。

老婆婆的篮子里,全是琳琅满目的小饰品,布艺小头花、银簪子、发卡、手镯和手环等。看做工,就比柳杨昨天在店里买的差了很多,但看着老人的核桃脸,她不禁动了恻隐之心。在篮子里翻翻捡捡,挑了七八样东西,老人说每样十块钱,她也不还价,给了老人一张百元大钞。老人从贴身口袋里费力地掏出钱包,要找钱给她。柳杨说不用找了,老人没反应,原来有点耳背。柳杨不得不大声说:"不要找啦!"同时对老人摇手示意。老人明白了,满脸核桃绽放成了菊花,没牙的嘴巴也咧开了。"好人有好报,好人有好报……"老人一路喃喃着,一路走远了。

这时,正好店小二送来他们点的菜,看到柳杨在摆弄刚买的小玩意儿,便笑着问他们:"你们猜这位老人多大年纪了?"

"八十?"柳杨抢答。店小二但笑不语,转脸看单啸风,单啸风说:"你这么问,我只能往大里说了。九十?"

"九十九岁,快一百岁了。"店小二露出一个得意的笑容,"这位老人每天在街上卖小玩意儿,风雨无阻,也是我们丽江一景呢。"

"哎呀,那我太幸运了。刚才应该和这位百岁老人合张影的。"柳杨一脸遗憾,转脸,她又开始遐想,"要是我能活到一百岁,还能天天挎着篮子卖小饰品,那是多么美好的事情啊!"

"最美好的事情,是你挎着篮子卖小饰品,我帮你数钱,嘿嘿……"对面那个人,从烟雾后透出一个狡黠的笑。

"如果我们能够活到一百岁,我希望,我们俩一起从玉龙雪山上跳下殉情,那一定是这个世界上最浪漫的事情,因为再活下去,也挺辛苦的。"

"你真是个悲观主义者。"他不屑地喷一口烟,"好不容易活到一百岁,还自杀?只有你才干得出。切!"

那天,就围绕着"如果活到一百岁",生发了无数的幻想和话题,两人争得不亦乐乎。不过,想想只要能够活到一百岁,无论跳崖殉情,还是卖小饰品,都是无比美好的事情。可是,会有那一天吗?誓言如水,流过不回,可他连如水的誓言也不给。

本来按照原计划,第三天他们去更远处的古村落走走,体验当地纳西人的风俗民情。丽江古城已经十分商业化,令柳杨有些失望。谁知,就在第三天早晨,他突然接到一个电话。当时她在梳妆打扮,他在阳台上吸烟听电话。她听不清他在说什么,但看他的表情,知道事情非同小可。

"对不起宝贝儿,我得提前回去了,小宝那里出了点棘手的事情,必须我回去处理。"他挂掉电话,走到她身边,扶着她的肩膀,一脸歉意。她从未了解过他是做什么的,直至这次到昆明,看见了小宝,从他们有限的几句对话中,可以隐约猜测到他是做生意的,至于做什么生意,却一无所知。她从未刻意向他打听过,他也从未如实向他交代过。

"那……我也和你一起回去吧。一个人玩,很没劲。"他要提前离开,她忽然也意兴阑珊起来。"败兴"一词,用在此刻真合适。

"别啊!好不容易来一趟,就好好玩玩吧。"他有些歉疚地看着她,大手盖在她的头发上,满脸无奈。

他们原计划是在这里做一次深度游,玩到五月五日返回昆明,住一晚,六日上午再从昆明飞回各自的城市。

"算了,一个人玩真的很没劲,再说我以前已经一个人来过一次了。"说罢,她开始动手收拾行李。他跟在后面,心事重重。

最后,他也没有强求她留下,两人打车直奔机场。还好,因为还没到假末,机票改签很顺利。到了昆明,小宝来接他们。这次没住翠湖,改到了皇冠假日。

一到宾馆,将她安顿好,他就立即跟着小宝去办事。临走前,他很歉意地抱抱她,说:"对不起,宝贝儿,你先照顾自己吧。我跟小宝去处理事情。"

"晚上回来一起吃饭吗?"

"不好说呢。要看情况。你别等我们,如果饿了,就去酒店餐厅吃饭。千万别等我们。"正要转身,他又想起什么似的,嘱咐道,"没事别给我打电话,我可能不方便接电话。我完事后,会给你打电话的。"说罢,在她嘴唇上匆匆落下一吻,就出门了。

听着房门合上的啪嗒声,她忽然觉得自己像一个被抛弃的小孤儿,在一个陌生的城市里无依无靠。尽管中午没吃饭,她也不觉得饿。躺在床上,开始胡思乱想。迄今为止,对她来说,他都是一个神秘莫测的人,满身都透着危险气息。可是,为什么自己偏偏就迷上了他呢?孽缘,是不是就是如此?

三十六　他的爱,对她有着太多保留

下午闲着无聊,柳杨上网查了一下本市地图,准备按图索骥,四处逛逛。听说昆明的鲜花十分便宜,她准备买几捆回去送同事好友。到了鲜花市场,排山倒海的各种花卉令她眼花缭乱,一问价,果然比其他地方的花店便宜许多。她选了一家比较大的鲜花铺子,卖花姑娘伶牙俐齿,极力推荐成捆的香水百合。

"好多明星结婚都从我家订花呢,那谁谁,结婚时用的香水百合就是从我家进的,眼睛不眨就订了上百万块钱的花儿……喏,这是她来我家挑花的照片……"

最后,她挑了三捆香水百合、五捆玫瑰,几束干花,预付了订金,让卖花姑娘于后天上午装箱后送到酒店,尾款货到时再付。

走出花市时,她的手里捧着一束香水百合,在花市里熏陶了一个多小时,心情已然好转许多。

回到宾馆，天已擦黑。尽管她把手机的音量调到最大，手机一刻不离口袋，但那个令她牵肠挂肚的电话一直没有打来。

晚上，到酒店餐厅简单地吃了一碗米线，完全食不知味，心思全在那个人身上。此刻他在哪儿？为何还不回来？需要他处理的事情，有没有危险？

十点、十一点、十二点……黑夜沉睡已久，他依然杳无音讯。五星级酒店的隔音效果很好，铺着厚厚地毯的走廊，听不到一个脚步声。

一整夜，那个神秘的人，都没有回来。

柳杨几乎一夜未睡，直到窗帘的缝隙间透进一丝曙光，大脑一片混沌的她，终于昏昏睡去。

又是一个令人心神不定的梦。在一艘来历不明的快艇上，他站在船头，做各种奇怪的造型，逗她发笑。突然，一个浪头迎面打来，船体一个颠簸，他以一个倒栽葱的姿势，坠入海里……

一身冷汗地醒来。房间里有一股除了香水百合之外的奇怪气味。她想翻个身，却拽不动被子，有什么东西沉沉地压在另一半被子上。她费力地睁开眼睛，透过窗帘的光线，终于看清——那个人不知何时已经回到房间，正无声无息地趴着睡在她身边。她看看床头的闹钟，中午十一点二十三分。

一颗心，在看到他的一瞬间，终于咚的一声回到了原位。她轻手轻脚地下床，去洗手间洗漱，却赫然发现洗手间里一片狼藉，地上和马桶上都是吐过的污渍。她觉得一阵恶心。他回来后折腾了那么大的动静，她居然毫无察觉，真是睡得太死了。她用毛巾擦掉地上和马桶上的污秽，扔在浴缸里，然后放水冲洗。

不管怎样，回来了就好。

在他睡着的时候，她一直坐在旁边看着。他有一个男人中难得的优点——睡觉时不打呼噜。他喜欢趴着睡觉，脑袋歪向一边，偶尔还会有口水流到枕头上，这使得他看起来像个婴儿般可爱。偶尔，他会在睡梦中放一个大大的响屁，把她从梦中惊醒，而他自己却浑然不觉。这使得他看上去又像某个笨笨憨憨的动物，比如河马或大象。

她用相机拍了几张他酣睡的照片，一边拍，一边自得其乐。

等他彻底醒来，已是下午三点多钟。他的眼睛还没睁开，却张开双臂，口里胡乱地喊着："宝贝儿，来，让我抱抱。"

她一头扑进他怀里，亲他胡子拉碴的下巴，亲他的眼睛和耳垂，也不顾他没刷牙,直接将自己的舌头送进他的嘴里。他的激情在她主动的撩拨下渐渐苏醒,他把手伸进她的衣裙,熟练地探索着,方向感奇准。来不及扯掉所有衣服,就开始了战斗……这个魔鬼一样的男人,睡着时是一头睡狮,醒着时更是一头雄狮。

自始至终,他都没有告诉她,这一夜他去了哪里,做了什么,为何醉成那样。她也没有追问。她感觉,自己与他之间,始终隔着一层似有若无的纱窗,彼此小心翼翼地维护着一种进退有度的空间距离。

直到洗漱完毕,穿戴整齐,他才从包里取出一个古色古香的木盒子,递给她。她狐疑地看他一眼,他投给她一个鼓励的眼神。她迟疑着打开木盒子,只见里面躺着一只珠圆玉润的绿玉手镯。她对玉石向来不懂,分不出好歹。不过这一只看起来通体碧绿,青翠欲滴,想来货色一定不错。

他抓过她的左手,将手镯套进她的手腕。"不错不错,正合适。"

"你不是很忙吗? 怎会有时间去购物?"她口里如此说着,却掩饰不住地开心。他毕竟还是有心的,以此弥补她失去马蹄莲戒指的伤心。

"再忙,我也得照顾到宝贝的情绪啊!"他亲亲她额头,然后把她往门口拽,"走吧,我饿昏了,小宝带我们去吃海鲜。"

柳杨是个敏感的人,那天晚上吃了什么,她几乎没往心里去,而是小宝对她的称呼,让她玩味许久,小宝叫她"柳老师"。她不知这是单啸风授意的,还是小宝自己揣摩的。小宝在她面前,已经不见外地叫单啸风"舅舅",但却叫她"柳老师"。叫她"柳老师"的人太多了,读者、作者和同事们,她都受之坦然,唯独小宝叫她"柳老师",让她有点想法。

现在称呼"舅妈"肯定为时过早,但按照他们关系的发展,难道不是奔着"舅妈"去的么? 尤其单啸风对小宝称呼她"柳老师"似乎还有一种默认,这不禁让她有些委屈和泄气。小宝即使开玩笑似的叫一声"未来的舅妈"也好啊! 难道他俩现在的关系,小宝还看不出来? 那么只有一种可能:是单啸风授意或默许小宝称呼她"柳老师"。既然叫"舅妈"不合适,叫"柳小姐"更不合适,只有"柳老师",这种大众化的、切合职业特色的称呼,看起来最合适。

为什么?

是因为事实上小宝有真正的舅妈? 还是认为她不够做舅妈的资格?

纠结了好久,都得不出一个答案,只是徒增了烦恼而已。有时候,她真想做一个没心没肺的女人,傻不拉叽、直截了当地问那个人:喂,你结婚没有? 有没有太太？但柳杨是柳杨，不是那种傻不拉叽、直截了当的女人，所以，她只能独自郁闷。

晚上回到酒店，依旧闷闷不乐。单啸风也看出了她情绪不佳，问怎么了，她懒懒地答：吃撑了吧！他捏过她的脸，让她面对他，用霸道的口气说："我们好不容易在一起度个假！不许无理取闹啊！"

不许无理取闹！在他面前，她似乎没有了自我，完全被他的气场笼罩和震慑。忽然就觉得，自己爱得多么壮美无私。而他，虽然爱得理直气壮，但却总让她感到，他的爱对她有着太多保留。

三十七　在你的感情世界里，我到底是哪种角色

是谁说的，走得最急的，都是最美的风景。

最后一晚上在一起的时候，柳杨像个刚刚坠入爱河的小女生，一整夜躺在单啸风胳膊里，抱着他不放。这种热烈缠绵，是她的生命中前所未有的。她从未把"我爱你"挂在嘴边，他也没有，但他们彼此都能感受到对方深入骨髓的爱。这就是所谓的心心相印、心有灵犀吧。她宁愿相信是的。

第二天去机场的路上，他不顾小宝在前面开车，在后座上揽着她的肩膀，对她悄悄耳语："我会抽时间去看你，好好照顾自己的身体，别让我担心。"

她一句话不说，满腔忧郁，满心不舍。她将手掌放进他的掌心，被他握着，从他手掌传来的暖意让她有种想哭的冲动。自从认识了他，她似乎变得多愁善感起来。每一次的见面，都充满激动和期待，但每一次的分别，也相应地充满不舍和忧伤。如果说，"柴米油盐酱醋茶"是日常生活必需品，那么，"酸甜苦辣咸"就是爱情必尝的滋味吧。

单啸风的航班比柳杨的航班早半小时，他的登机时间到了，她送他到登机口，不顾众目睽睽，两人狠狠地拥抱、亲吻。他的不舍，通过他双臂的力量传来，更让她感到酸楚。这样辛苦的异地恋，要维持多久呢？

她本来想洒脱地笑着与他告别的，但在他转身走向闸口的时候，她还是没能控制住自己的情绪，泪水没出息地流了一脸。旁边一个中年妇女奇怪地看着她，掩饰不住鄙夷的眼神。也难怪，看他俩的年龄，早已过了年少轻狂时。但如

　　果是正常夫妻，哪会在大庭广众之下如此缠绵的。如果说他们的离别像是小三和情夫的离别，反倒更令人信服。

　　等他的航班开始起飞，她就开始给他发信息。她要让他在下飞机后的第一眼，就看到自己的思念已经捷足先登飞到他的眼前。

　　她去洗手间时，手上的镯子碰上了洗脸池，叮当一声脆响，吓了她一跳，她仔细检查手镯，怕有任何闪失。镯子沉甸甸，坠着她的心。即使他的爱是个圈套，像这只镯子一样圈住了她，她也是甘心的。这样想着，镜子里的脸上，已经慢慢浮出笑来。

　　在飞机上，回忆这几天在一起的细节，时而幸福得忍不住发笑，时而惆怅得长叹一声。下一次，又是何时再见呢？

　　带着一大箱花卉回到熟悉的城市，依旧是叶菁开车来接的她，叶菁盯着她左看右看："哎哟，这几天没少快活吧，看你这滋润的，红是红白是白的，像一朵出水芙蓉，真让人羡慕嫉妒啊！快说说你俩的风流韵事……"

　　柳杨伸出手作势欲打，叶菁眼尖，一下看到她手上的镯子："添新货啦？哪儿买的？是从云南买的缅甸翡翠吗？"

　　柳杨说："我也不知道，是他送的，我不懂玉。"

　　"那我带你到一个朋友的玉器行鉴定一下。"

　　"干吗要鉴定啊！管它值不值钱，我戴着好玩呗。"柳杨的右手下意识地护住左手腕，生怕叶菁抢了似的。

　　"真是好心当作驴肝肺。我是为你着想呢！假若这镯子值个好几万，你成天戴在手上，万一有个闪失，你后悔不后悔？"

　　这倒没想过呢。被叶菁一提醒，好像还真是那么回事。

　　叶菁掏出手机，拨出去一组号码："喂，刘老板吗？我是叶菁啊，这会儿你有空吗？我一个朋友刚从外地买了个玉镯，想麻烦你给鉴定一下，行吗？"

　　"你怎么提到风就是雨呀？鉴定急什么啊？"等叶菁挂了电话，柳杨埋怨她。

　　"我们今天正好顺路，明天就开始上班了，大家都忙，谁还特意跑一趟啊！"叶菁安慰她，"放心，这个玉器行老板曾在我们杂志上做过广告，我们都是朋友了，免费给你鉴定，不就是落个放心嘛！"

　　鉴定的结果，令柳杨和叶菁目瞪口呆——这是一只极品天然缅甸老坑翡翠玉镯，市场价值有二十万元之多！

　　柳杨摸着玉镯，迟疑地问玉器行老板："真……真的值这么多钱？"

老板说:"你要不信,我给你十五万,你卖给我,好不好?"

在回去的路上,柳杨还将右手握在左手腕上,护着手镯,神色茫然,似乎还没从刚才的震惊中回过神来。叶菁一边开车,一边腾出手来,在柳杨头上敲了一记:"别再神游啦。他这点小意思,你就感天动地啦?"

"我是……没想到,他对我……那么有心。"柳杨说。

"切! 这有什么啊! 第一说明他买得起! 第二说明他在乎你! 男人在乎女人唯一的表现,就是他舍得给女人花钱! 你那前夫……不也挺有钱吗? 可他给你买过超过两万的首饰吗?"

说的也是。和邱平结婚六年,他给她买的最值钱的就是那枚结婚钻戒,当时花了五千多。离婚后,她将那枚钻戒快递给了邱平。听说邱平现在的小妻子生下白胖儿子的时候,他不仅在太子酒轩开三十桌席,还当场送给小妻子一枚1.5克拉的大钻戒。可见,男人为女人花钱,花多少,确实是有心术的。

"跟你说个更好玩的故事啊,在杂志上看来的。"叶菁一边驾车,一边眉飞色舞地讲故事。

一个富翁患上绝症,临终前,将情人和妻子一起叫到病床边,他当着妻子的面,对情人说:这辈子,我最爱的就是你。你跟了我二十年,无名无分,无怨无悔,你给我的爱是无价的,我无以为报,也只能用我无价的爱,来回报你。这是我保存了二十年的礼物,现在交给你! 富翁说着,从枕边摸出一个沉甸甸的红木盒子,交给情人。情人泪眼模糊地接过来,打开一看,里面竟然是一朵干枯的丁香花。原来,二十年前,他们相遇在一棵丁香树下,女孩的头发上落了一朵丁香花,男人捡起来放进了钱包,保存至今! 情人感动地抱着男人痛哭失声! 旁边的妻子气得咬牙切齿。

过了一会儿,男人又从枕边摸出一个包裹,递给妻子,说:这辈子我没爱过你,但你为我生了一儿一女,你为这个家操持了一辈子,我愧对你,我对你也无以为报,只有将所有房产和存折留给你,作为对你一辈子含辛茹苦的回报吧!

叶菁的故事讲完了,柳杨沉默了好一会儿,才若有所思地喃喃自语:"那我,在单啸风的情感世界里,到底是哪个角色呢? 是那朵无价的丁香花,还是那个有价的包裹?"

"你到现在还没摸清他的底细? 有没有家庭,做什么事业,你都一无所知吗?"见柳杨缓缓摇头,叶菁恨铁不成钢地叹息一声,"你啊,就是太善良了。"

怎么会不在乎呢! 其实她比谁都在乎。但是,和他在一起,却从来不敢触碰那个敏感的话题。也许,潜意识里,怕得知真相后,无法向自己交代吧!像他这么优秀的男人,怎么会人到中年还是单身?掩耳盗铃的人并不是真的很蠢,只是没有勇气面对真相而已。

三十八　你是一个很难追的女人

"哎,你和孟浪相处得怎样?我还没来得及问你呢!"进入市区后,开始堵车,正适合闲聊,柳杨想起自己最关心的话题。

"他啊,真的很不错,"叶菁情不自禁地微笑起来,"我们现在可算真正陷入热恋了,人家已经跟我谈婚论嫁啦,嘻嘻……"叶菁一脸幸福的表情,"现在的我才知道,什么是真正的爱情!哈哈哈……和一个比你小的男人谈恋爱,能激发我们的母性和柔情,能开掘我们的激情和浪漫。我本来已经死水一潭的心湖,经过这小帅哥的一通折腾,立马就变得春心荡漾起来……"

叶菁说得激情满怀,柳杨听得浑身直起鸡皮疙瘩,忍不住打断她:"好啦好啦,我看你俩这回真的是干柴烈火了……你说他想调到这边来工作,准备得怎样?"

"别提了,这次假期,我陪他去拜访了他们旅行社在本省分公司的头头,那家伙收下了我们两千多块钱的烟酒,可还对孟浪一个劲地打官腔,说什么分公司现在人满为患,孟浪来了怕是要从小业务员开始做起,两年后才能带队跑欧美线,分明是搪塞。我们回来后,商量来商量去,还是决定自己干,不准备给人打工了,他接下来准备去考《旅行社经理资格证书》,他想回贵州开个旅行社,自己当总经理。我全力支持他的这一想法。年轻嘛,有想法就要去实施。说不定,未来的某天,我也会移居贵州,做一个旅行社的副总哦,我本身就喜欢旅游,我俩也算志同道合了……"叶菁说得眉飞色舞。

"喂,你是不是比我还冲动啊?就这么相信他?宁愿丢掉成熟的事业、牵挂的家人,义无反顾地奔赴小情郎的怀抱?"柳杨见不得她这种走火入魔的憧憬,毫不客气地抢白。

"爱情是相互付出的,如果一方保守,一方付出,这种不平衡的状态,很难保持长久。这也是很多'第三种爱情'无法修成正果的残酷因素。一些男人女人,经历过情路坎坷之后,对人对事少了信赖,多了戒备,不愿付出,重在索取。这种不平等,直接导致了日后感情的颠覆。所以我相信,我的付出,对方一定能够感受到,并且会更爱我。我看人很准,我相信他是个做事业的人。我们俩商量好了,他先回去筹备资金,寻找营业场所,招兵买马,准备资料,向旅游行政管理部门申请旅行社资格证书等等。等到旅行社走上正轨,我再过去不迟。"

听着好姐妹的侃侃而谈,仿佛美好的未来唾手可得,柳杨沉默了。如果、如果单啸风也许给她一个未来,哪怕是一个虚无缥缈的未来,那么她,会不会义无反顾,舍弃现有的一切,追随他奔赴未来而去? 爱真的需要勇气。关键是,那个人,是不是值得她去勇敢呢?

节后上班第一天,柳杨将从昆明带回的花卉带到办公室,天女散花般,见者有份。然后上午照例开收心会,先是总编召集中层干部开会,接着是各部门开小会。

两个会议开完,就到下班时间了。柳杨正在办公室收拾东西准备锁门回家,一脸黝黑的樊篱出现在门口。

柳杨先是一怔,接着笑容开始在各自的脸上舒展,是由衷的、发自肺腑的微笑,似乎两人之间从未出现过尴尬或芥蒂。

"看,我给你带了什么!"樊篱递上一个普通的硬纸盒子。柳杨接过来,打开。只见一个封口塑料袋中,装着几团很普通的絮状物,如果不是焦枯的叶片和茎干显示这是一种植物,柳杨一定以为这是樊篱恶作剧,从哪件破棉袄里拆出来的破棉絮。

"这是什么啊? 愚人节早过了。"

"猜猜?"

"不猜。"说着,把盒子往办公桌上随便一丢。

"好吧,你厉害,"樊篱拈起一支絮状物,说,"我说这是西藏雪莲,你会相信么?"

柳杨看他一眼,确定他不是恶作剧,然后转身扑到电脑面前,在百度里一搜雪莲图片,嘿,果真是呢。可那么浪漫的名字,却是如此丑陋的模样,柳杨不禁有一丝失望。

"这个……真能吃? 怎么吃?"柳杨疑惑。

"它五年才能开花,花开如莲,性耐寒,喜生长于高山雪线以下,故名雪莲。你现在看到的,是它风干后的绒毛状花蕊,所以难免失望了。"樊篱靠在门上,闲闲地看着她,眼眸闪亮。虽然高原紫外线烤焦了他的肌肤,却让他更显健壮,黑白分明的眼眸显得更加熠熠生辉。

"这是我冒着生命危险,从珠穆朗玛峰上摘来的,可不是在土特产商店里买的。就念着我这片心意,你也该请我吃顿饭以示感谢吧?"

柳杨咬咬嘴唇,不好意思了:"那,改天请你吃饭啊!"

"择日不如撞日,就今天如何?"他还得寸进尺了。

"今天啊……"柳杨有点犹豫,"我和叶菁约了一起吃饭的。"

"哦,你们去哪吃? 加我一个好了。"这人还真不把自己当外人了。柳杨没辙,只好带着樊篱去了湖滨客栈。

叶菁上午在外面跑广告,直接从外面来了湖滨客栈,她先到的,随后见柳杨带来个"拖油瓶",不觉诧异:"嘿,樊帅哥怎么也有空与我们共进午餐? 你身边那些 MM 怎么肯放了你?"

樊篱露齿一笑:"二位美女从不给我机会,今天好不容易逮着了机会,自然不肯错过啦!"

本来两个好友准备聊聊这个假期的精彩细节的,谁知樊篱"死皮赖脸"地加入,让她们无法聊私房话,于是快嘴叶菁集中炮火,对准樊篱。

"哎,樊帅哥,有女朋友了吗?"

"没有。"

"要不要我给你介绍一个?"

"这种事,还是我亲力亲为吧。"

"要不上《非诚勿扰》吧,那上面有个十一号女嘉宾,人称女神,多少男嘉宾前赴后继选她做心动女生,都被她拒绝。我看只要你一上去,绝对十拿九稳,手到擒来,女神乖乖就范。"

"哦? 我从来没看过这个节目呢。我看哪,到电视上相亲的,不是自恋,就是脑残,"樊篱看看柳杨,慢条斯理地说,"真正优秀的男人女人,还用得着去电视上相亲吗? 现实生活中都忙不过来呢。"

"这么说,你也很忙咯?"

"是啊,我确实很忙,"他看着柳杨说,"我忙着追一个很难追的女人。"

"谁啊? 说来听听,有多么难追,说不定姐姐还能帮你出谋划策呢。"叶菁来劲了,点上一支烟,饶有兴味地等着樊篱的下文。

樊篱看看柳杨,她正心虚地低头喝着蘑菇汤,头都不敢抬,但耳朵根子却慢慢红了。樊篱笑了笑,说:"算了,现在说还为时过早,等差不多了,再跟姐姐讨教如何哄她开心吧!"

叶菁却紧追不舍:"这个女孩子我认识吗?是我们单位的吗?"

樊篱赶紧抱拳作揖:"哎呀,求姐姐先饶了我。现在真的是八字还没一撇儿,不便透露详情。等以后八字有了一撇,我一定请姐姐吃大餐,和盘托出所有详情,包括第一次亲嘴在哪儿,好不好?"

叶菁忍不住哈哈大笑,说:"你这个坏东西,和我们家孟浪有得一拼啊!"转脸又对柳杨说,"这种小鲜肉太危险了,专招我们这种少妇喜欢啊,柳杨你说是不是?"

柳杨瞪她一眼:"你以为所有女人都像你,喜欢姐弟恋啊……"然后不等叶菁说话,立即转移话题,"点点最近乖不乖?几天不见,我还真想她了。晚上去你家吃饭啊,我要看看宝贝去……"说完一抬眼,正碰到樊篱饶有兴味的眼神,她急忙别过脸,却感到耳朵根越来越热了。

吃过饭回单位上班的路上,叶菁还在琢磨樊篱喜欢上的女孩到底是谁。"没准,他喜欢的这个女孩我还认识呢,不然他不会那么紧张,我得明察暗访看看。"她自顾自沉浸在自己的推理中。

柳杨没好气道:"你这么纠结干吗啊?他喜欢谁跟你没关系啦,你已经有你的孟浪了,别再不正经了。"说归说,还是很心虚:万一叶菁得知樊篱喜欢的女人是自己,会不会令她大跌眼镜?生活中总是会出现各种令人猝不及防的意外,尤其是爱情。

三十九　爱情是最容易盛开、也最容易枯萎的风景

堕入爱河的男人和女人,无论生理还是心理,都有异于常人。在一起时,有无尽的缠绵;不在一起时,有无限的相思。

五月下旬的一天晚上,又是甜蜜电话粥时间,两人使用频率最高的一个字就是"想"。单啸风说:"宝贝儿,我最近太忙了,离不开北京,不然我就看你去了。"

"那我抽空去看你吧!"柳杨随口说。

"行啊，我求之不得呢！"单啸风说，"你来，我陪你的时间还是有的，只是不太固定。"

于是柳杨学电影《周渔的火车》里的周渔，为了看望自己心爱的男人，她也成了铁路上的常客，每隔两周，就去北京与单啸风相会。她往往周五晚上去，周日晚上回。两个晚上都在卧铺火车上，唯有周六晚上，两人可以在宾馆里尽情销魂，连吃饭也大都是订餐送到房间。

单啸风从未提及带柳杨去家里过，柳杨尽管心里有疙瘩，但两人好不容易见面，恩爱还来不及，哪有时间浪费在"尔虞我诈"上。只是每次躺在火车上独自返回时，便忍不住又甜蜜又委屈。也想过乘飞机来去，起码可以省下两个晚上的时间在一起缠绵。但有一次单啸风无意中说过，北京机场离市区太远，他的公司离西客站较近，接送她都很方便，她便记在了心里。再说，火车软卧票比飞机票便宜很多呢！周末的机票，从不打折。

叶菁得知了她的疯狂之举，气得骂她："你这是犯贱，知道吗？你看我们家孟浪，都是他周末坐火车跑过来陪我。你倒好，自己颠颠地坐火车去看他，你累不累、傻不傻啊！女人总得矜持一点吧！跟你说，在爱情角力中，投入最多的那个，以后也受伤最深。你要学姐姐我，我也爱得很投入，但我绝不会爱得失去自我！"叶菁说得铿锵有力，满脸恨铁不成钢的无奈。

"既然是相爱，干吗非要分清你我啊！谁去看谁不都一样？难道两人相爱，还需要角力吗？累不累啊？"柳杨不屑。

"好好好，就当我没说好吧，"叶菁举手做投降状，"但愿我多虑了。"

七月中旬的一个周末，柳杨第四次坐火车去北京时，发生了一件事，让柳杨开始怀疑自己的疯狂之举是否值得。

照例是周六清晨到的北京，单啸风来接她。到了宾馆，柳杨去洗手间洗了个脸刚出来，就见单啸风拿着手机，一脸歉意地对她说："宝贝，十分抱歉，我今天陪不了你了。天津分公司有事，我马上得跑一趟天津。"

"去天津？我跟你一起去吧……"柳杨不假思索地说。

"呃……不是我一个人去，是和公司几个高层一起去。"

这分明是一种委婉的拒绝了，瞬间便觉得无趣。早知如此，这趟就不该来了。

"我尽量晚上早点赶回来陪你啊！乖，要不，你去国贸逛逛吧，喏，这张卡你拿去用，密码是123321。"他从钱包里抽出一张工商银行借记卡递给她。她没接,他便随手放在了床头柜上。

这个早晨的见面一点也不温馨浪漫,反而因为他急着要走,显出了几分仓促和急迫。就连常规的亲吻,也有点草草敷衍的意味。

"对不起啊宝贝,我明天一定陪你一整天……"正说着,他的手机响了,他看了一眼来电,匆匆对她说,"我走啦,他们来电话催了。拜拜啊……"说罢,匆匆在她嘴巴上蜻蜓点水亲了一下,便开门走了。

柳杨一屁股坐在床上,觉得好没劲。忽然,门口响起敲门声,她立即跑去开门。他出现在门口:"对了,宝贝,没事别打我电话啊,今天去天津有一个很重要的会议,不方便接电话,我忙完了会给你打电话。"原来他折回来是交代这事。她默默地关上门,无力地靠在门背后。叶菁说得对,自己如此犯贱何苦来哉啊!

北京本来也有很多朋友,但因为这次是来京私会情郎,所以不方便联络他们。无聊之下,一个人去了西单图书大厦,泡了一下午,买了几本书。直到天黑,单啸风也没来电话。眼看到了晚饭时间,柳杨打车去了朝阳区的簋街,到单啸风喜欢去的花家怡园饭店,点了一盆麻辣小龙虾,要了一瓶啤酒,一个人无聊地吃起来。

虽然小龙虾的味道不错,柳杨却颇觉无聊,尤其其他客人都是成群结队的,唯独自己孤影自怜。柳杨拿出手机,打了个电话给单啸风,铃声响了好半天,对方却没有接听,这才想起早上他的叮嘱——"没事别打我电话",便无奈地挂了电话。但转头想想,此刻已经不是工作时间,应该可以通电话了啊!难道还不方便通话?又觉得有必要解释一下,便发了一条信息过去:亲爱的,我一个人在簋街吃虾,想你了,所以忍不住打个电话给你,你现在在哪里啊?方便的话,给我回个电话吧!

依然没有回音。一夜都没有!

第二天早上醒来,手机里没有被造访的痕迹。怕错过他的来电,她一夜没有关机,手机电量已快要耗尽。她一边充电,一边又忍不住发了一条信息过去:亲爱的,你起来了吗?今天是否很忙?如果很忙,我就先回去了吧!下次再来看你。

信息发出后,她便起床洗漱,刷牙时也心神不定,不时从卫生间出来看看手机,依然无回音。心里的失望一点点加剧。北京,第一次成了她无趣的地方。

数着分钟熬过一上午,再也不想无望地等下去。她明知下午的火车没有直达班次,过路车应该是有的,便毫不犹豫提了行李,打了车去火车站。结果还算幸运,凭着记者证补到了一张回程硬卧票。

爬上上铺,和衣躺下。她的侧面下铺坐着一对少男少女,大概是利用暑假出去旅游的小情侣,两人的耳朵里各塞一只耳机,头靠头一起听 MP4,男孩一边听一边跟着哼唱。从他哼唱的旋律上,听得出是周杰伦的《青花瓷》。可男孩跟不上周杰伦的节奏,唱不了几句,就口齿不清了,惹得女孩一个劲地捶他。"你这家伙,调子跑到广州去啦……"两人笑着滚作一团。

青春年少,最是恋爱好时光。想当年,她和魏凌,不也如此年少轻狂过么?那时,天不怕地不怕,以为爱情是不老的神话。然而风雨兼程许久之后才明白,爱情是最容易盛开也最容易枯萎的风景。

而单啸风这片风景,难道已经过早枯萎了么?

柳杨不知道,当单啸风焦头烂额地处理完所有事务,驱车飞奔至宾馆时,已经人去屋空,除了那张工行借记卡,一张留言的纸条都没留下。她是真的恼恨了吧?千里迢迢不辞辛苦颠簸而来,只为与他的片刻温存,却偏偏他遇上棘手之事,不得不奔赴异地处理。就在这短短的十几个小时里,他已经辗转三地,数十小时没合眼。

以前的他,是有几分洒脱不羁的,从未和任何一个女人保持过超过三个月的关系,甚至从未主动给女人打过电话,发过信息,都是女人对他死缠烂打,令他不胜其烦。偏偏这个女人,不仅不主动黏糊他,还对他若即若离,不禁让他有几分牵肠挂肚起来。

当他能够分身打她的电话,她的手机却始终处于无法接通状态。她的任性有点出乎他的意料,以她的年龄与阅历,应该善解人意、委曲求全到让人心疼才是。却不知,在她看似柔软如棉的外表下,却藏着一颗刺猬般的心。怎样才能软化她满身尖刺呢?

第六章
无可救药

她曾对我许下
一句非常温柔的诺言
而那轮山月
曾照过她在林中　年轻的
皎洁的容颜

用芳香的一瞬　来换我
今日所有的忧伤和寂寞

在长夜里痛哭的人群里
她可知道　我仍是啊
无悔的那一个

——席慕蓉《无悔的人》

四十　恭喜你，怀孕了

柳杨这一趟狼狈的北京之行，被叶菁狠狠骂了几次，叶菁要她最近一段时间冷处理一下单啸风。女人在爱情中，不能总是站在被动位置。

"你不能让他感到，可以对你招之即来挥之即去。你要让他感到，他对你来说可有可无，就像餐后甜点。"这天快到中午下班时间，叶菁将孟浪托花店送来的玫瑰匀了几枝拿过来，插到柳杨办公室的水杯里。

"你看，还是我们家孟浪好，周末不辞辛苦跑来陪我，人不在，也有花儿陪我。你那位，送个二十万的手镯又怎样？除了有点钱，一点诚意都没有。"

"少给我说教啦！头都大了。"最近一段时间，柳杨没少听她的唠叨。其实不用叶菁说，自从北京之行不辞而别后，柳杨心头委屈难平，她从未主动与单啸风联系过。他发来的信息和打来的电话，她也爱理不理。他的短信也不像之前一段时间来得那么勤，往往是早晨醒来一句"早安"，晚上睡前一个"晚安"敷衍了事。他是真的忙，还是不屑？最近的心情很低落，她也懒得答复和探究。也许叶菁说得对，他们的关系是应该冷处理一下了，欲火烧得太快太旺，不是烧焦就是很快灰飞烟灭。情人关系的理想状态，应该是轻歌曼舞、细水长流的呀！

"哎，手镯怎么不戴啦？"叶菁发现柳杨的手腕上光溜溜的。

"不习惯手腕上有个东西，打字时老在桌子上磨来磨去，丁零咣当的……"

叶菁意味深长地看她一眼："是不是有啥想法了？"

柳杨摇摇头："也许你说得对，我是该冷静冷静了。"看她一脸落寞的样子，叶菁又不忍心了，反过来劝她："人生苦短，也不要太委屈了自己，冷静几天也够了，不要总是端着架子，他要是对你足够好，你就顺着自己的心意走。记住，不管你做怎样的决定和选择，我都会无条件地支持你！"

柳杨感动了：有死党如此，还复何求？

正说着，下班铃响了。楼道里响起一阵奔跑声。一些年轻同事迫不及待地去食堂冲锋陷阵了。

两人也锁了办公室的门，往楼下走。已是八月初，酷暑袭人，柳杨撑了遮阳伞，两人共伞往办公大楼后面的食堂走。刚一离开空调房，进入烈日当空的户外,柳杨直喊胸闷头晕:"这几天大概天太热了,我一走到外面,就头昏脑涨的,好几天都胃口不好,不知道今天有什么好吃的。"

食堂今天有粉蒸肉和酸菜鱼,都是柳杨平时爱吃的,她各拿了一份。结果,刚嚼上一块粉蒸肉,她忽然没来由地感到反胃,胃里的酸水一阵阵往上冒。实在控制不住,跑去了卫生间。

从卫生间出来,柳杨对叶菁说,这肉大概有问题,千万别吃,刚才我都吐了。叶菁说:"这肉没问题啊,我也吃了的。"然后,她怔怔地看着柳杨,半晌,探过头,小声地问:"该不会……有了吧?"

"什么有了?"柳杨不解。把粉蒸肉的碟子推得远远的,专吃酸菜鱼。

"你这个女人,真是糊涂。"叶菁看看四周,见近处无人,方才小声地、眉飞色舞地说,"我说,你是不是怀孕了?"

如果不是叶菁,柳杨大概会给面前这个女人泼一脸水的。谁不知道不能怀孕是她的隐痛?谁不知道她因为不能怀孕而被丈夫抛弃?

"你真无聊!"柳杨恨恨地回了一句,继续吃酸菜。

叶菁怔了一下,马上明白柳杨为何骂她:"不是的,亲爱的,我怎么会揭你的短呢。万事皆有可能。你仔细回忆一下,这个月例假是不是没来?"

"我的例假经常不来呢。哎——"柳杨隔着桌子,伸手给叶菁头上来了一个爆栗,"你能不能不在吃饭的时候,说这么恶心的话题啊!"

虽然叶菁的话不那么中听,却在柳杨心里掀起了涟漪。这几天,恶心的感觉一直有,刷牙、吃饭的时候都会有。有天早上去 biáng biáng 面馆,闻到一股烤肉的味道,忽然就反胃了,面也没吃,就跑了出来。她以为这几天颈椎病犯了,所以恶心不舒服。至于例假,她的例假向来不准时,有时三十天来一次,有时四十天来一次,也吃中药调理过,但依旧不准时。可这次例假最后一次是六月二十号来的,今天已是八月三号,眼看至今已有四十多天没来例假,难道?……可是,和邱平那会儿,不是从来没有过么?

"别那么不自信,要不先买根试孕棒试试看吧!"叶菁提醒她。

纠结了一下午,晚上下班,还是去附近的一个药店,像做贼一样,买了一根试孕棒。晚上,忐忑不安中,给单啸风发了一条试探性的信息:亲爱的,在哪儿呢?

然而,一个晚上,手机一直很安静。

夜里,做了一个梦。一个眼睛黑亮的孩子,冲她扬手笑着,她大喜过望,伸

手欲抱那孩子,孩子却咯咯笑着跑远了,她追过去,弥漫的雾气很快吞没了孩子,她急哭了,醒来时眼眶涩涩的。抬头望,窗口已溢满亮色。

怀着说不出的心情,柳杨拿出试孕棒,去了卫生间。按照试孕棒上的说明,接了尿液,滴在上面。然后,她把这玩意儿丢在一边,不敢去看。对着镜子,里面呈现出一个茫然憔悴的面孔,双目无神。空洞的大脑里,此刻反复纠缠着一个问题:会不会真的怀上了?如果真怀上了,怎么办?如此想着,目光无法控制地瞟向一边的试孕棒——两条明显的红杠!

恭喜你,怀孕了!瞬间,鼻腔一酸,泪水潮涌而来。这是神赐的奇迹吗?

该将这个消息第一时间告诉谁?当然是他!她看看手机上的时间,早上六点十分。他大概还在睡觉。他曾说过,一般上午九点前,他都在床上。

想了想,还是把电话打给了叶菁。叶菁大概还没有起床,因为她口齿不清地喃喃着:"谁啊……这么早……"柳杨说:"是我……"

"哦……"只是一秒,叶菁的声音忽然清醒无比,似乎从床上跳了起来,"是不是真的怀孕了?"真是心心相印的好姐妹。她就知道,柳杨这么早来电话,绝对有要事相告。

"两道红杠杠……"柳杨嗫嚅着说。对她来说,此刻,还不能意味这就是个绝对的好消息!

"妈呀!真是恭喜你了!"叶菁兴奋得在那头大叫,"真应该开个新闻发布会啊!柳杨这只母鸡也能下蛋啦!"

柳杨却无法兴奋。对她来说,就好比无意间得到了一块稀世珍宝,却又不能展示在光天化日之下。毕竟,这块珍宝,得之不易。

"肇事者知道这个好消息了吗?"叶菁还不了解她此刻内心的波澜,满心为她欣喜着。

"还没告诉他。你不觉得现在的我就像揣了个定时炸弹,我的生命与荣辱,已经开始倒计时了吗?一个单身女人怀孕了,孩子的父亲身份不明,这种消息,往往是人们最津津乐道的话题,我好像还没有足够的心理能力来承受这份重压……"

"亲爱的,你想得太多了,你该积极乐观一点。你先告诉孩子他爹,你已经有了他的种,看他如何表现。或许,他立马就会跪在你面前求婚也未可知呢。"

"如果他不想要呢?他不想要这个孩子,也不想要我呢?"在死党面前,偶尔不自信也不会丢人。

"切！说哪儿的话！他不要？他敢不要？"叶菁先是义愤填膺，接着又忽然心平气和，"如果他真不要，那咱自己养着行不？正好点点多一个玩伴，我们姐妹俩一起来养。俗话说，一只羊是放，一群羊也是放。凭我们的经济条件，养三五只羊都绰绰有余了。反正我爸妈已经退休，在家看两只羊还是不费劲的！再说，你生下孩子，那些关于你不能生育的谣言正好不攻自破，让那个有眼不识金镶玉的邱平干瞪眼去吧！哈哈哈……"叶菁永远都是如此积极乐观，世上几乎没有可以难倒她的事。

被叶菁如此不管三七二十一地开导，似乎瞬间，前面变得一片光明。

"嘿，被你这么一说，我心情好多了。无论如何，我要感谢上帝赐给我这份礼物，我一定要保护好。"说着，柳杨的左手情不自禁地摸上了腹部，似乎感到一股力量由指尖传遍全身。好吧，既来之，则安之。

宝贝，我爱你！

四十一　给孩子一个出生的理由

为了确诊自己是否怀孕了，上班后，柳杨向总编告了两个小时的假，去市妇幼医院进行早孕检查。结果，还是阳性。妇科医生好心地提醒她："按照你末次月经的时间推算，你妊娠已有四十六天，而且是高龄孕妇，现在一定要注意身体上的任何细微变化，稍有不适就要入院检查。"

妇科医生准备当天就给柳杨建孕妇档案，并问她是否带来了老公和她的身份证。柳杨一下子怔住，匆忙说忘记带身份证了，下次再来建档，说罢心虚地离开了医院。

走在路上，柳杨不禁喜忧交加。喜的是，自己也能做妈妈了，忧的是，不知孩子的父亲是否如她一样喜悦，还是……她不愿顺着这条线想下去。

前面马路中央的斑马线上，一对中年夫妇正一起推着一辆婴儿车穿过马路。父亲不时探头向婴儿车中探望，脸上溢满笑意。一幅最平常不过的画面，在柳杨眼里，却是堪比天堂的美景。

恍惚中，她拨通了单啸风的电话。单啸风喂了一声，马上换了极小的声音："宝贝儿，我在开会，结束后回电你。"她甚至没来得及说一个字，电话已被挂掉。

听着手机里传出的滴滴的忙音,柳杨忽感凉意渐生,想了想,她还是在手机上打了一行字:"我怀孕了!"然后按了发送键。此时此刻,她再也顾不得矜持与委屈,腹中的这颗生命种子,可以包容一切委屈。

发完信息,她如卸下千斤重担,心情豁然开朗。转眼看到路边有一家重庆麻辣凉粉小店,麻辣香味扑鼻而来,嘴里津液顿生。不由分说,立即跑进店里要了一碗麻辣凉粉,放了多多的醋和辣酱,直吃得神清气爽,满意而归。

下午刚上班,叶菁便打来内线电话,关心动向。

"还是没告诉他?"

"发信息了,没回信。"

"他大概要给你一个惊喜吧。这种极品男人,都是不按常理出牌的。"

但愿吧。柳杨在心里默默地叹气。

一整天,都没有收到回复信息。他是没看到,还是自己没有发送成功?可是手机的发件箱里,明明保存着那条已经发送成功的信息啊。好吧,他的无声无息,已经表明了一种态度。也许,叶菁说得对,我们自己来看护这只羊好了。可虽然做好了最坏的打算,心里还是隐隐不甘。

傍晚,柳杨刚下班回到家,叶菁就提来一罐鸡汤。"我妈下午炖的。亲爱的,从现在开始,你得注意营养结构了。我妈说了,你的孕期和产后营养餐,她全包了。你看我家点点,从出生到现在,都没进过医院。家有一个退休护士长老妈,还是不错的。"叶菁轻车熟路地去了厨房,从橱柜里拿出碗筷勺,盛了一碗热气腾腾的鸡汤,送到柳杨面前。

接过鸡汤,柳杨稍作夸张地感叹:"唉,关键时刻,还是阿姨最疼我。阿姨的这份深情,我何以为报啊!"

"少贫嘴了,赶紧喝汤。"

柳杨正低头喝汤,门铃响了。叶菁一边跑去开门,一边嘀咕:"谁啊?你约了谁来家里?"柳杨纳闷,没约谁啊:"大概是抄水表的吧。"

"哎,你是?"叶菁开了门,不由一愣。

"我找柳杨。"来人直接往屋里闯。

坐在客厅的柳杨听到声音,如闻花开,马上放下碗奔过来,不顾叶菁双目睽睽,一头扎进男人怀里。怨恨没有了,委屈没有了,只有满心轰然的狂喜!

单啸风,果真是个不按常理出牌的人。

柳杨意识到叶菁还在,赶紧轻轻推开单啸风,羞赧地向他介绍自己的好友:

"这是我的好朋友叶菁,来给我送鸡汤呢。"

"哦,你好!我叫单啸风。"这个男人马上转身,礼节性地向叶菁伸出右手。只是短短的零点几秒,叶菁立即明白,聪明如斯的柳杨,为何在不知对方一切底细的情况下,如飞蛾扑火、万死不辞。这个男人身上,有一种其他男人身上罕见的强大气场,霸气外露,像坦克一样无坚不摧,这种男人如慢性毒药,一旦沾惹,终身难戒。

叶菁识趣地拿起车钥匙和手提包:"我不在这做电灯泡了,你俩慢慢享受二人世界吧,嘻嘻。"说罢开门走了。

转身,单啸风就将柳杨拦腰抱起,向卧室走去。柳杨挣扎:"不行不行,小心孩子……"

"放心宝贝儿,我会小心的。"

……这是怎样的销魂荡魄,也只有他才能给。即使,就在此刻天塌地陷,与他魂断此间,也心无怨悔。

难怪张爱玲曾说:女人一旦爱上一个男人,如赐予女人的一杯毒酒,心甘情愿地以一种最美的姿势一饮而尽,一切的心都交了出去,生死度外!这番话,应该是在她爱上有妇之夫胡兰成之后的切身感受吧。

"哎,玉镯呢?怎么没戴?"

当两人偃旗息鼓、躺在床上休息时,单啸风发现柳杨两腕空空。柳杨不好意思说她去鉴定过了、因为贵重而舍不得戴,只说:"我每天必须用电脑打字,手镯总是在桌面上撞来撞去,我怕撞碎了,所以就摘了下来……"

"玉要天天戴的,对身体好。再说,每天看到它,不就像看到我嘛!"他拿起她的手,亲了一口,随即,他又抚摸起她的肚皮,"哎,你说,好好的,跟我怄什么气啊……"

"你……喜欢这个宝贝吗?"她转移话题,不想再提那不开心的细节。

他哧哧笑起来:"当然,我非常喜欢,这是宝贝你送给我的最好的礼物!"他情不自禁地俯下身,亲了一口柳杨的肚皮。

是的,当他看到她发来的"我怀孕了"的信息时,他正在北京总公司开会,这条信息让他情不自禁地就笑了起来,惹得一众副手面面相觑,不知就里。正在发言的开发部经理更是冷汗直冒,以为老板嘲笑他的发展思路。但见老板只是对着自己的手机笑得邪乎,才意识到老板此刻的心思都在手机上,悄悄松了口气。

那边单啸风根本没去听开发部经理的发言,他转脸向旁边的秘书言简意赅地吩咐:"两件事:一,给我订一张马上飞去 H 市的机票。二,通知小王马上送我去机场。"然后站起身,对一众副手说:"今天就开到这里吧！我有急事需要去处理,明天上午继续开会。"

事情对他来说就这么简单任性。四小时前他还在北京公司的办公室里对着数十名下属发号施令。四小时后,他已经躺在另一个城市的一个女人的床上卿卿我我。

"宝贝,你知道吗？我希望我这辈子能有五个孩子哪！"

"五个？你野心不小哦。难道你要做超生游击队?"虽然是打趣的口吻,心里却微微有些难过。她不敢问他已经有了几个孩子,他也没有向她求婚,就连如何让这孩子生下来,也没有规划。只说喜欢。可是仅仅喜欢,孩子就会有未来么?

她微微地恼恨自己。如果不是这般骄傲自尊,如果只是个市井妇女,她大可以和他开诚布公——"事到如今,你肯不肯娶我?"或"你必须对我负责",可这话,在她心里滚了几十遍,却始终难以启齿。她多么希望他主动提及,哪怕是她最不希望接受的结局:宝贝,对不起,我不能娶你。那么,她便可以自寻活路。

她惆怅地睡下,背对着他。他在睡着之前搂紧了她,依稀咕哝了一句:"宝贝儿,我最近太累了。只有在你的床上,我才是最放松的,睡吧,我爱你……"接着亲了亲她的脖颈,抱着她沉沉睡去。

睡在他火炉般的怀里,她纠结难眠,她希望他能明了她的心境,如今她要的,不是简单的爱,而是,给孩子一个出生的理由。

四十二　爱真的需要勇气

第二天早晨,柳杨去上班前,单啸风还在酣睡。她没有惊动他,悄悄起床,洗漱,出门买早点。这是个寻常的早晨,但她的心情却从没有像今天这般轻舞飞扬过,买什么都是双份,两份豆浆,两根油条,两个五香蛋。还有什么比和爱人一起吃早餐更快乐呢！

回到家,看到单啸风像个孩子一样趴在床上呼呼大睡,便不忍心叫醒他,让他多睡一会儿吧，也许就如他所说，只有在这里，他才是最放松的。柳杨轻手轻脚地在餐厅里吃完早餐，又细心地在桌上留了一张字条：亲爱的，你起来后记得吃早餐哦！豆浆如果凉了，放微波炉转一分钟即可。我去上班，中午回家和你一起吃饭。她怕关大门时太用力会将他惊醒，于是细心地用钥匙轻轻地锁了门，然后步履轻松地上班去。

柳杨一上午上班都心不在焉，好像今天的时间过得特别慢。好不容易熬到中午十一点，少有地提前开溜，急急忙忙打车往家赶。然而，回到家已经人去屋空。早点倒是已经吃完，便笺纸的反面写了一行字："宝贝，公司事情紧急，我必须立即回去，昨天来得紧急，只带了这点钱，你要每天摄取足够的营养，我会争取经常来看你，保重！"便笺纸旁边有个信封，打开一看，一沓百元大钞。

忽然觉得很无力，一下坐在椅子上不想动弹。这时叶菁正好来电话，问她在哪，一起去吃午饭。得知她在家，说话有气无力的样子，叶菁马上说："你在家别动，我马上来。"

有一个情同手足的死党真好，即使面前刀山火海，她也会冲在你的前面。柳杨无力地趴在桌子边，泪水掉了一地。

叶菁有柳杨家的钥匙，直接开门进来，看到柳杨趴在桌子边，一副孤苦无助的样子，不禁又急又气。"哎呀，你这个样子？他人呢？"柳杨依旧趴着，不说话。

叶菁游目四顾，看到桌子上的信封，抓起来，掏出钱，数了数："嘿，扔下五千多块钱？他什么意思？让你买营养品，还是堕胎用？"她越说越激动，"昨晚你们怎么谈的？他到底什么意思？"

她把柳杨的脑袋扒拉起来，两人面对面——面前的这个女人哪像个意气风发的"白骨精"啊，纯粹一个孤苦无依的小可怜儿。叶菁把柳杨的脑袋揽入怀中："哦，宝贝儿，别难过了。我猜是你太矜持了，一些话都不好意思说出口。现在，我们先去吃饭，养好精神，再做打算。"

几乎被叶菁生拉硬拽着，柳杨被带着去咀香园吃了一顿午餐。柳杨喜酸辣，所以她毫不犹豫就点了酸辣藕丁和酸菜粉丝。叶菁说："不能老吃这种没营养的口味菜，也要讲究营养均衡啊！"于是叶菁点了清蒸鳜鱼和蒜蓉菠菜。等到鱼上来，柳杨觉得没味道，又向饭店要了一碟"老干妈"辣酱，拿鱼肉蘸着吃。叶菁跟她开玩笑："你又喜欢酸，又喜欢辣，看来你可能怀了双胞胎呢！"柳杨置之不理，只顾大快朵颐，面上依旧闷闷不乐。

叶菁打开手机，给柳杨念段子，想逗她开心。

"记者问一农民:中国的墓地贵,死不起怎么办? 农民答:那就让死得起的先死吧。呵呵呵……"叶菁念完,自顾自笑了起来,柳杨只是咧了咧嘴角。

"情人和老婆的最大区别是什么? 回答:情人摸一下你的头发,你下面就硬起来了;老婆摸一下你的下面,你的头发就竖起来了。哈哈哈,这个太逗了……"叶菁笑得合不拢嘴。

"你吃饱了没有? 吃饱了埋单,走人!"柳杨气冲冲地说完,啪地扔下筷子,拿上包,走了,把目瞪口呆的叶菁扔在了餐桌旁。

柳杨从来没有向叶菁发过火,这是第一次。换了别人,叶菁早翻脸了,可她理解柳杨今天的不愉快。她掏出钱包,埋了单,将剩菜打了包,提着回到车上。柳杨撑着遮阳伞,正在路边站着,一袭长裙,背影修长寂寥。这样一个精致优雅的女人,是应该得到幸福的。叶菁暗叹着,走向柳杨:"走吧,亲爱的。"她拍拍柳杨的肩。

柳杨回过头,一下扑在叶菁肩膀上,哽咽着:"对不起亲爱的,我不该冲你发火……"叶菁拍着她的背:"算啦,我大人不记小人过。嘻嘻……"

到了车上,柳杨才缓过劲来,幽幽地说:"亲爱的,从感情上,我迫不及待地想要这个孩子,这是上天赐给我的绝好礼物! 但是从理智上,我却十分忐忑不安。因为我有种预感,单啸风肯定有家室,他每次都是来去如风,神秘莫测。他从不和我谈未来,也不谈他的过去,连他的具体工作都含糊其辞,他连我的过去也不愿了解,分明就是'三不男人'的典范……"

叶菁一边开车,一边开导她:"别想太多啦。我都跟你说过了,即使他是个不负责的男人,那咱们俩把这孩子独自抚养长大,不行吗? 只要你有做单身妈妈的信心和决心,就什么都不怕! 现在的单亲妈妈多了去了,也不多你这一个。"

"可人家那是离婚的,我这是……名不正言不顺的……"

"这有什么? 你就说,你怀的是试管婴儿呗! 反正外面都知道你不孕,正好是个借口。"

好像任何问题到了叶菁那里,都能被她化解于无形。被她这么一开导,柳杨的心情瞬间雨过天晴。

没有谁的人生平坦得像溜冰场,生活有时就像扭麻花一样,顺境与逆境总是交错而行。

四十三　是谁导演了这场戏

不知道是不是她怀孕了的缘故,单啸风的联系空前地密切起来,每天好几条信息,都是问吃得好不好,睡得安不安。她一一答复,心里又温暖又惆怅。他关心她,在乎她,但就是不提孩子的未来。

有一天晚间,她刚洗完澡躺在床上,他正好打来电话。她惊魂未定地告诉他:"我刚才洗澡,跨出浴缸的时候,脚底踩滑了,差点摔一跤。我吓得赶紧双手乱抓,正好抓到了浴帘,好在浴帘的钩子钩得比较结实,没摔倒,不然后果不堪设想……"她的心到现在还怦怦乱跳。

他也吓坏了,宽慰了几句,接着说:"要不我给你请个保姆吧,有人照顾你,我也放心一些。"——等等,什么叫"我给你请个保姆"——这话听来有点不顺耳,潜藏着一股生分与施舍的意味。

她的心忽然又似乎被一只手揪住,木木地痛起来。总是在不经意的时候,一句话就刺伤了她的心。他们之间,似乎横亘着一条无法逾越的暗流,他避开不谈这条暗流的性质,但她却敏感地意识到这条暗流的力量与莫测。

"不用了,我会照顾自己的。"她闷闷地说,丝毫不掩饰自己的不开心。

"怎么了? 不高兴了? 宝贝儿,不要怪我不去看你,我最近特别忙,请你理解。等我忙完这一阵,争取到你那里待几天。"见她不吭声,他顿了顿,说,"最近这段时间我都在北京,要不你来北京待几天?"

"我最近没有去北京出差的机会。再说,怀孕了我也懒得跑。"

"这样吧,你十一放假来北京待几天,让我也好好照顾照顾你,好不好?"他的语气无比恳切温柔,她的心不由柔软起来。也许,这次去可以好好谈一谈孩子的未来? 还有两个星期就到十一了。那时候,她已经怀孕四个多月。再不谈,肚子就要显山露水了,刻不容缓。

当下,便决定十一再去北京。柳杨在电话里把十一期间去北京的打算和叶菁一说,叶菁也表示赞成。

"这次见面,放聪明点,找个合适的机会,把关键的事情说了,商量个办法,这个时候不要顾及什么尊严,这是天大的事。如果退一万步,他有家室,不能娶你,但也要给你一个说法,咳咳咳……孩子生下来后,他每月出多少赡养费给你们娘儿俩? 别怕丢人,这是为孩子要福利,丑话先说在前头,虽然我们可以自己养孩子,但该争取的福利,还是一分不能少。既然他那么不厚道,不主动提出来,我们也不能一直沉默做傻瓜,毕竟这是为了孩子的将来。咳咳咳……"

叶菁病了,咳嗽了一个星期还没好,担心是感冒,怕传染给柳杨,所以这几天都没和柳杨一起吃饭了。

"我知道该怎么说,最关键的是我拉不下那个脸。但这次去,我一定会打开天窗说亮话的,毕竟为了孩子的未来,我相信他也会理解。"

柳杨给自己打气,接着她问叶菁:"你十一怎么过? 要不去北京和孟浪一块过? 我们一起去北京?"

"我准备十一和他一起回贵州,顺便考察一下贵州的旅游资源,准备申请成立一个旅行社。我有个朋友是广西桂林一家旅行社的老总,我邀请他十一一起去贵州玩玩,顺便向他取取经……"叶菁说。

"看来你是铁了心要跟孟浪一条道走到黑了。"

"人生能有几回搏啊! 我也想抓住青春的尾巴,好好拼搏一次呢。每周一看到桌子上那束鲜艳的玫瑰,就像给我注射了一针鸡血,我一再告诫自己,不能丢了这个男人。就连我们部门的小美女们都说,这样的好男人,绝世罕见,咳咳咳……"

"你啊,别搏不搏的,先把咳嗽治好,我劝你还是别抽烟了,外出应酬也少喝点酒,咳久了,伤肺……"

"好啦好啦,碎嘴婆,我干活儿了,拜拜,咳咳咳……"

挂掉电话,柳杨看着桌子上的一盆文竹,发了一会儿呆。去北京后,怎样启齿呢? 难道真像叶菁教的——"嘿,我俩该谈谈了,孩子出生后,你给多少钱?"这不是她的个性和风格。她是个温婉的,内秀的,宁愿天下人负我,不愿我负天下人的人。不然,也不会到现在都不知道对方的底细。

柳杨晚上下班回家,手里提着叶菁的妈妈炖的猪蹄黄豆汤。不料,刚打开门,不禁大吃一惊,家里有人——邱平! 她都记不清,到底是他以前的钥匙没还她,还是他早就配了一把钥匙备用。她心里暗暗懊悔——该换锁的。

"你来干吗? 你是律师,别忘了,你现在是私闯民宅!"在他面前,在现在的他面前,再也用不着温婉内秀。

邱平明显比几个月前憔悴,头发凌乱,胡子拉碴,少有的不修边幅。

"柳杨……我……我是来请求你原谅的!"邱平的声音在她听来如此陌生。因为无论婚前还是婚后,他在她面前,从来都是趾高气扬的,从未如此低声下气过。

"你不觉得你站在这里是多余的么?"此刻,柳杨觉得多看一眼面前这个人都会反胃。

"我知道你恨我,但我还是希望你能重新给我一次机会。"

原来,生活中有些桥段,真是比电视剧还狗血。邱平那个刚出生不久、视若珍宝的儿子,竟是他的小妻子和前男友的种。他一直蒙在鼓里,直到那个男人找上门来,争夺这个孩子,他才如梦初醒。

当时他坚决不肯相信这个噩耗,又不敢闹得沸沸扬扬,只得抱着儿子,和那个情敌一起,三人到医院做了一次 DNA 检测,等结果出来后,他才心如死灰。小妻子哭得死去活来,承认跟他在一起后,又和前男友偷偷约会过几次,没料到却珠胎暗结。小妻子说要舍弃了儿子,继续跟邱平过日子,将来再给他生个儿子。他甩了小妻子一耳光,把她和儿子的东西全都扔了出去。第二天,他便一纸诉状上了法庭,由于小妻子出轨生子,铁证如山,法庭判了离婚,小妻子净身出户。

"走过这段人生弯路,我才知道,你是最好的,我不该鬼迷心窍……请你,再给我一次机会,好吗?"看着面前这个可怜兮兮的男人,柳杨又怜又恨。真是造化弄人啊!她真想仰天长笑。如果把邱平的这出戏如实写出来,都能拍一部肥皂剧了。

她一声不吭,跑到房间里,从床头柜里拿出一张纸,递给邱平。是她的怀孕诊断书。

"不好意思,我怀孕了。请你以后不要来骚扰我。"柳杨说着,去了厨房热猪蹄黄豆汤,她感到饿了,需要补充多多的能量,给宝宝,也给自己!

她听到大门砰的一声被关上。面对着锅里咕嘟咕嘟香气四溢的黄豆猪蹄汤,她真想放声大笑,但却感到眼眶发热,潮水泛起。

到底,是谁导演了这场戏?

四十四 成败在此一举

还是那趟列车,还是软卧下铺,只是,包厢里多了三个陌生人。十一长假,购票极为困难,她的票还是神通广大的叶菁托人从火车站内部买到的。叶菁开车把她送到车站,临别使劲抱了抱她:"亲爱的,你一定要争气,一切为了孩子。等我从贵州回来见。"

孟浪也是今晚乘火车到本市,明天他们二人一起乘飞机去贵州。

上了车,柳杨对先到的另外三个室友比较满意。对面的下铺是个六十多岁的老太太,慈眉善目的,正和上铺的两个小年轻在聊天。听他们的对话得知,两人是一对年轻夫妻,去北京度蜜月。老太太则是去北京的大儿子家住些日子。柳杨向他们报以友好的微笑,老太太和蔼地问她:"姑娘去北京,是回家,还是去玩?"

柳杨笑了笑,说:"我去看朋友。"

柳杨无心说话,于是拿出手机查看。正巧,手机应时地嘀嗒响了一声,是樊篱发来的一条短信,说他二上西藏了。"对我来说,世界上有什么地方百去不厌,那大概只有西藏了。希望有一天,你愿意跟我一起走西藏。"

她微笑了起来,这个大男孩,依旧痴心不改呢!想了想,她发了一句话过去:我这会儿去北京会男朋友呢,你要是不介意,下回我仨一起去西藏,他也喜欢西藏。

她知道这句话很伤他,但没办法,她不能给他留下太多的幻想与期待,那样不公平,也不人道。

良久,他回了一句话:如果你感到不快乐了,就回来找我。再见!

她没有再回复,拆开发辫,散开头发,和衣躺在下铺上。蓦然间,脑海里开始浮现出几个月前她和樊篱出差去北京同在一个包厢的情景。那一晚,他帮她揉偏头痛发作的脑袋,轻声唱歌,最后……他吻了她。

为什么会想起这些?真要命!

她摇摇脑袋,闭上眼睛,却毫无睡意,并且总是固执地追根溯源,回到那一晚樊篱吻她的场景去。没办法,她只好翻身坐起,从包中掏出电子书,打开,最新阅读显示的是渡边淳一的《失乐园》。她有个习惯，每隔一段时间，就会重温过去读过的最喜欢的书。《荆棘鸟》《失乐园》《生活在别处》《简·爱》等，很多经典作品值得反复阅读。

几年前，她读过《失乐园》后，还曾写过一篇读后感，发在一家大报的副刊上，结果引来一片争论。因为她在字里行间，表达了对男女主人公婚外情的同情和羡慕，甚至还有隐隐的渴望。她认为，久木和凛子的爱情很纯粹——久木只是个普通的文人，而且事业正走下坡路，无权无势，更非大款富豪，两人的爱情没有任何功利目的。凛子爱的是久木这个纯粹的男人，爱他的激情似火和成熟男人魅力。甚至，在久木离婚、净身出户后，凛子竟然瞒着情人，外出打工赚钱养活自己和情人。如此情怀大义，不是一般的情人可以做到的。

其次，她认为他们的爱情很伟大——他们爱对方胜过爱自己的生命。在走向殉情的过程中，久木一直是被动的，一度甚至有些害怕凛子对死亡的渴望。直到最后，他渐渐被凛子决死的信心感化，他决定偷来砒霜，陪她一起死，在另一个世界继续他们爱的盛宴。诚然，他们的爱伤害了各自的家庭。可是，如果就那样日复一日，在坟墓般令人窒息的家庭里如行尸走肉，最后带着一副干瘪的皮囊和满腔遗憾死去，又是多么残忍的事情！

第三，她认为他们的爱情很经典——她把凛子、久木的婚外情和罗密欧、朱丽叶的经典爱情相提并论。因为死亡，所以经典。婚外情也是情，他们的爱情虽然违背了伦理道德，但他们也有爱的权利。就如罂粟，虽然它是罪恶的代名词，但它的美丽没有罪。如今，婚外情已经成了家常便饭，可却没有几个如凛子和久木般经典的、和功利无关、携手殉情的婚外情。

写这段文字时，她还与邱平维持着貌合神离的婚姻。当邱平有了外遇，提出离婚时，她却做不到洒脱放手。邱平曾不止一次地拿她写的这篇文章来指责她"做人不如作文"，写文章是一套，做人又是另一套。

她反驳他："《失乐园》的婚外情让我觉得很美好，你的婚外情让我觉得很丑陋！"邱平是律师，反击迅速："你现在的心态，就是凛子丈夫的心态。你在文中不是还批判过凛子的丈夫是多么卑鄙残忍的一个人吗？你去照照镜子，你和他有什么区别！"

虽然已经时过境迁，但回想起邱平那时不择手段的离婚大战，柳杨仍是心痛到窒息。她关掉电子书，数着脑海中蹿过的白花花的羊，强迫自己睡去。

很早就醒了。火车还像一头穷凶极恶的狼，在暗夜里拔足狂奔。铁轨与火车,就像一对磨合得没了脾气的老夫老妻,一路吵吵闹闹,却又一路赤胆忠心地相伴着向前延伸。包厢里的其他三个人依旧沉睡着,老太太在轻微地打鼾,上铺的新郎在磨牙。柳杨轻轻撩开枕头边的窗帘,晨曦还不明显,除了远处一闪而过的点点灯光,什么也看不见。此刻,那个人还在睡梦中吧!

随着火车狂奔的脚步,距离那个人越来越近,心里却越来越忐忑。这条线路走过多少次了,却没有一次像今天这样百般纠结,既迫不及待想见到那人,又害怕见到后话不投机,陷入绝望。这是一次非同寻常的奔赴,有点义无反顾的味道。成败在此一举!

实在睡不着了,柳杨轻轻地爬起来,开门去洗脸刷牙。镜子里的脸色看起来有些灰暗,睡眠不足,眼圈发黑。带着这样的气色来见他,实在让人沮丧。不过,想想腹中的宝贝,一切辛苦都值得吧。

洗了脸,往脸上扑了爽肤水,使劲拍打脸部肌肤,使之变得弹性红润,再抹上乳液,点上眼霜,最后上了一层薄薄的 BB 霜。再稍微描了一下眉毛,涂了一点唇膏,脸色立马鲜活起来。她不是个喜欢化妆的人,除了出席一些大场合,会偶尔用一下眼影、睫毛膏和腮红,其余时间基本上是素颜。

将自己收拾停当,柳杨便坐在包厢外面的小凳子上,掀开窗帘,看着车窗外一闪而过的村庄出神。此刻,大概还在河北境内,原野还未彻底醒来,灰蒙蒙一片。那些黎明前的村庄,就像一些贪睡的孩子,不到太阳照上屁股,不会钻出被窝一样。

然而天越走越亮,就像从黑暗走向希望,心情也渐渐明朗。越接近北京,心情越发激动。忽然想到一件事——他,会不会带自己回家?

四十五　一句话,一个吻,就足以让她死心塌地

早晨七点,列车准时靠站,车厢里开始嘈杂起来,各式行李箱被人从包厢里拖出来,占据了过道。上铺的小两口已经下来,坐在了柳杨的下铺上。柳杨只带着一个装着一些换洗衣服的大背包,气定神闲地坐在小凳上看着窗外。外面有几个"小红帽",推着手推车在等客,她想看看,那个人,是否会来站台接她。

就在这时,手机发出嘀嗒一声,短信提示音。拿出来一看,是单啸风发来

的:宝贝,我在北二出口处等你。看到"宝贝"二字,血液便已经开始回暖。不管此行如何,不管这段故事的最后是逗号、句号、感叹号,还是省略号,都不重要,重要的是,此时此刻,他依然爱着她!

远远地,她就看到站在北二出口处的他,新理了平头,大清早也戴一副墨镜,真是个与众不同的人。一见她出了闸口,他就奔过来,远远张开双臂,像蝙蝠一样将她揽入怀中。然后,不顾众目睽睽,不顾旅人如织,低头就是狠狠地亲吻,不是敷衍的碰碰嘴唇,而是舌头探到她的口中,淡淡的烟味儿,深深的纠缠,她感到心跳和血液开始唱歌、沸腾……

到了停车场,她随他来到一辆像个巨型蛤蟆一样的丰田皮卡车跟前。

"咦,你换车啦?"她问。之前她来北京时,他开的都是尾数"9999"的奥迪 A8。

"男人嘛,哪能只有一辆车,这是我的车里最性感霸气的一辆,像我这个人一样,哈哈哈……"狂妄几乎是他一贯的风格,却不令她讨厌。

车很高,他几乎是把她抱进车里的。"宝贝儿,一路辛苦了吧。"他启动了车,左手掌握方向盘,右手揽过她的脑袋,在她额头上亲了一下。然后,右手就一直抓住她的左手不放。

"哎,好好开车。"她提醒他,心里却如沐暖阳。

"哧哧……"他笑,"宝贝儿你太小瞧我了,搁这地儿,我闭着眼睛也能开车,信不?"都说北京人牛啊,还真不是瞎说。

坐他开的车,有着坐过山车的惊险和刺激,不过却很安心。他的车技是一流的,他的右手始终握着她的左手。真的甘心把自己交付于他,哪怕从此行走天涯。

她曾有百分之五十的希望,他会带她回家。结果,另一半的百分之五十成了现实——他带她来到香山脚下,一个幽静典雅、白墙红顶的五星级国际度假酒店。有一丝丝的失望情绪如雾一样从心底弥漫开来。终究,他没带她去他的家。那么,一定是不方便了。

他去登记房间,让她坐在休息区等待。如此华丽典雅的酒店,富丽堂皇如皇宫,却让她感受不到一丝兴奋。哪怕他带她去的是极小的蜗居,哪怕厨房里只能放下一口煮面的锅,她也会感到幸福。——只因此中的意义大相径庭。

他拿了两张门卡过来,牵她的手,带她去房间。这家酒店的主体是一群仿古建筑,只有两层,占地面积却很广阔,除了主楼拥有的两百多套房间,另有数十套别墅依山脚而建。他们的房间在主楼的二楼,打开门,就见房间中央一张两米的双人床。巨大的落地玻璃窗,窗外正对香山,满眼翠绿中,点缀着簇簇红叶。阳台上,两把靠椅,一张圆桌,在此品茗赏景真是不错。

"怎么样?这儿还行吧?"他一把抱过她,似乎期待她的夸赞。

"嗯,挺不错的。"她答,想想觉得答复太过简单了些,又补充说,"之前到北京出差,都是在东城区跑来跑去,很少来西北边,没想到这里景色独好呢!"

"北京好玩的地方多着呢,这回带你好好见识见识。走,我们下楼吃早餐去,这里的自助早餐十分不错。"她像个温顺的小妇人,随着他的牵引,下楼去吃早餐。

早餐品种果然丰富,还有她爱吃的烟熏三文鱼,各色水果更是应有尽有。柳杨给自己拿了满满一盘,正吃着的时候,他问她:"宝贝儿,这几天想去哪儿玩?"

"北京来过太多次了,没什么特别想去的地方。"她一边吃着烟熏三文鱼,一边说,然后接着问他,"你这几天会一直陪着我吗?"

"说不准哦。我是属风的,呼呼……随时都会被刮走。不过今天和明天,我可以确保陪着你。这几天,我们可以去十渡吃虹鳟鱼,也可以去平谷摘桃儿……"他好像想起什么,"对了,你有驾照吗?我不在的时候,给你一辆车,你随便开着逛去?想去哪儿就去哪儿。"

随便开着逛?在京城?开什么玩笑。她心里翻腾着这些话,却没说出来,于是说:"我驾照倒是拿了两三年了,但一直没摸过车,那点技术,早还给驾校了。"

"哦,要经常开才行。这样,我给你弄辆车,帮你开回去,你就能天天练手了。以后有了孩子,更需要车了。"他说得轻描淡写的样子,她却觉得这话怎么听着有点别扭呢!——社会上的二奶们,是不是这样的待遇?其实她更想接着话茬说:孩子出生后,需要的不仅仅是车。但一想到此时他们刚见面,又在餐桌上,时机和气氛都不对,便咽下了这个话头。

吃过早餐,柳杨想去爬香山,单啸风说:"十一的香山人很多,再说,现在爬山,会不会影响到宝宝?"

"不会的,我咨询过医生,适当的散步,晒太阳,这样的有氧运动比较适合初期孕妇,只要不是剧烈运动就没问题。我带了运动鞋,我们慢慢走,走累了就歇一歇,不会太累的。"

于是,柳杨回房间换了运动鞋和运动衣。单啸风又到车里,取了他的棒球帽给她戴上,顺便又拿了两瓶矿泉水。他的细心,又让她感到一丝暖意。可是,为什么在有些事情上,他却表现得那么粗心呢?

十一爬山的人真是多,上坡时,都是后人顶着前人的屁股,大都是携家带口的。柳杨爬了没一会儿,就已经气喘吁吁,汗流浃背。单啸风比她更是有过之而无不及,一边爬一边哼哼:"哎哟哎哟,早知如此,打死我也不来爬山啦。躺宾馆睡觉,多舒服呀!"

柳杨笑他:"一看你爬山这架势,平时就是养尊处优,极少运动的吧!"

"偶尔打一打高尔夫,"他喘着气,抬手抹掉一脑门子汗,看着她,露出一脸淫笑,"我宁愿在床上搞运动,哧哧哧……"

"去你的,就会贫嘴,"她气得捶他一拳。看看山顶,再看看身边拥挤的人群,加上渐渐升高的太阳,她也开始打退堂鼓了,"要不我们原路返回吧,太多人了,我怕回去偏头痛又会犯。"单啸风求之不得,直接转身下行。

下山的时候,她在前,他在后。忽然,他喊道:"站住!"她惊愕地停下脚。他走上前,小心地从她的发上摘下一片小小的红枫叶,扔了在地上。

就在这一瞬,蓦然想起叶菁曾对她说过的那个"丁香花"的故事——情人与妻子的区别,便借题发挥,跟他开玩笑:"你怎么不保存这枚枫叶啊?它可是我们爱的见证呢。"

"你们女人哪,就是喜欢花前月下,现实生活哪有那么多的浪漫哦!"他捉住她的手,"我还是喜欢这种活色生香的拥有,踏实。"说罢,不顾身边人潮往来,在她嘴上印下一吻,她又开始眩晕了。

都说女人是感性动物。一句话,一个吻,就足以让她对某个人死心塌地。

四十六　疼痛是慢性的

回到房间,第一件事就是沐浴。单啸风一定要拉她洗鸳鸯浴。因为怀孕,柳杨克制了许多,也不许单啸风太过造次,适可而止。

风平浪静后,两人泡在圆形冲浪式浴缸里,柳杨靠在男人的怀里,男人从后面兜住她,男人的手还在她的乳房上拨弄。她拿过他的手,放到了小腹上。

"你喜欢男孩,还是女孩?"她开始找话题。这个时候说,气氛正好。

"我都喜欢,宝贝,"他从后面亲亲她的耳朵,"你生的孩子,一定又聪明又漂亮,如果是女儿,一定要像你;如果是儿子嘛,那当然像我更好了!"

他依然不提孩子的未来。

是继续兜圈子,还是直奔主题?会不会伤他自尊,影响彼此的感情?犹疑间,已经失去了谈话的最佳时期——单啸风的手机不合时宜地响了。他立即弹起来,越过她的身体,水淋淋地离开了浴缸。她在浴缸里躺着,有那么一刻,恨自己的优柔,恨自己不够市侩,不够泼辣,不够勇敢。

"你考虑过孩子的将来吗?你愿意给孩子一个安全安定安稳的家庭吗?你愿意给我们的孩子幸福吗?"这都是叶菁教她的,可她却开不了这个口。她不愿意在他还没有准备好的时候,拿孩子来威胁他——你必须立即娶我!她不是那样的女人!也永远做不了那样的女人!所以,注定她会是那个受伤的人。

可是眼下,孩子已在她腹中萌芽,越来越茁壮,几个月后,这棵幼苗将会破土而出。时不我待啊!

浴缸里的水温渐凉。她爬起来,冲了冲身体,披上浴袍,来到房间。他已躺在床上,正在看《非诚勿扰》。一个被誉为"女神"的"白富美"女嘉宾,正在接受一个男嘉宾的真情告白。男嘉宾大概因为近距离面对"女神",精神紧张,说话结结巴巴,词不达意,一脑门冷汗。主持人想帮帮男嘉宾,于是点拨他:"你今天来台上的目的是什么?"

谁知,男嘉宾不知哪根筋搭错了,张口就说:"为了让更多人的认识我,给我写邮件。"台下的观众哄堂大笑,主持人脸都黑了。

单啸风笑着骂:"傻×一个!"

"你也喜欢看这种节目啊?"柳杨掀开被子,依偎到他身侧。

"我平时哪有空看电视啊,也就跟你在一起,才会放松一些。"他揽过她,拥在怀里。外面阳光正好,室内风光旖旎。这样的情景天长地久多好。

想想,有些话,还是不得不说。干脆,还是单刀直入吧!

"亲爱的,有些话,我说了,你别介意好不好?"

真是鄙视自己。为什么要用如此低声下气的口吻?而上一秒钟,脑子里组织的却是另一句话——"亲爱的,你能给我们的孩子一个家吗?"为什么一开口,却又不知不觉变成了恳求的口吻?如果叶菁知道了,定会骂自己没出息。

这样想着,气势上已经懦了。

"我……我想,在孩子出生之前,我们应该给他(她)安排一个温暖的家,迎接他(她)的到来。"她倚在他的胸前,低眉顺眼地说这句话,她不敢抬头看他的眼睛,那样她将更加开不了口。她暗暗恼恨自己没出息。

他有半晌没开口。她以为电视里的嘈杂声掩盖了她的声音,他根本没听到她在说什么。于是,她接着说:"你是不是有什么为难? 你说出来,无论什么情况,我都能理解。如果是真正的困难,那么我们一起克服。"

嘴上虽然这么说,心里却是忐忑不安的。万一,他真的说出自己无法接受的现实,自己真的能够坦然面对吗? 他会让她陪他一起克服吗?

他依然不吭声。这回,她能确信,他听到了,只是不愿表态而已。如此一想,心开始下沉,忽然底气尽失,什么都不想说了。

无聊的相亲节目结束了,他开始换台,换来换去似乎都没有找到喜欢的,于是干脆关了电视,房间里一下子安静下来。安静得让人心慌。她像只小猫,蜷缩在他胸前,一动不动。她怕自己一动,这种美好就会变成另一种心境和状态。

他从床头柜上摸到烟盒,抽出一根,点燃,大口吸烟。她终于不能再蜷缩在他怀里了。她爬起来,一声不吭去了卫生间,关上卫生间的门,便开始流泪,无法控制。镜子里,那个伤心欲绝的女人,如此可怜又可悲。

他明知她怀着孕的,居然还在她鼻子底下抽烟。这个细节即可看出,他唯一在乎的,只有他自己!

他来敲门。她不应。她已经哭得无法起身。心似乎在崩裂,疼痛是慢性的,就像南极逐渐融化的冰川,无力挽救,无法回头。

他开始大力拍门,同时喊着:"宝贝儿,开门! 你在干吗? 快开门啊!"她真担心再不开门,他会一脚踹开。于是深吸气,掬水洗了洗已经红肿的眼睛。然后,磨蹭着开了门。

他站在门口,眉心拧成了"川"字,一只手撑在门框上,研判地看着她。然后,他一伸手,便将她捞进怀里,紧紧地,搂得她透不过气来,像第一次在海边初见时那样。

眼泪再次汹涌而出。他依旧一言不发,任由她哭泣。这几个月来,她已经发现,他不是个多话的人。他做的,比他说的要多。可是,他不说,她如何知道他会怎么做? 在看不到的将来来到之前,女人宁愿相信承诺。

四十七　你可知道，我无药可救地爱着你

"别想太多了，去吃饭。"他吻去她的泪，细腻温柔如往昔。可他越是细腻，她越是心痛，越有一种即将被抛弃的痛惜。——因为，他依然不肯说出一句对未来的承诺。

尽管难过，饭还是要吃的，因为体内有一个小生命正嗷嗷待哺。她任由他带着去了近郊的一个野生甲鱼庄。那些甲鱼都养在室外的池子里，池底有浅水和石子，池子上面搭建着一个个凉亭，成为一个个开放式的小包厢，环境很是别致优雅。客人们可以随意挑选那些在浅水和石子上爬行或蛰伏的甲鱼，服务员拿个网兜捞起来，称重后拿去厨房，红烧、清炖，随客所欲。

单啸风点了一只四斤重的甲鱼，一半红烧，一半炖汤。在等待甲鱼煮熟的时间里，他牵她的手，带她参观甲鱼庄的前后院，刻意地逗她开心。可她的心上已经压上了一层阴霾，偶尔的一阵微风怎能轻易扫除？

甲鱼上来了，鲜美浓稠的汤汁，肥厚糯牙的甲鱼裙边，味道一流。但她想到那只甲鱼刚刚还在池底爬来爬去，便下不了口，只是喝了两碗汤，吃了几口青菜，已然感到饱了。

单啸风要了一瓶十八年的五十六度五粮液，边喝边吃。他的酒量极好，一斤白酒不在话下。但看到她早早放下筷子，他也觉得食之无味，便也停了筷子，看着她，眉头皱到一起。

"宝贝儿，无论多么不开心，你一定要吃好喝好，你现在不是为自己吃，而是为了宝宝吃呀！"嗯，他还好意思提宝宝，说明他是在乎宝宝的。可是，为什么又刻意回避宝宝的将来？好吧，既然他此刻提到了宝宝，干脆就借题发挥好了。

"你决定用什么方式来迎接宝宝呢？宝宝在我肚子里已经六个多月了，可你还没做好迎接的准备，你不陪我去医院做检查，医院也没法给孩子建档。你只是说喜欢，让我生下来，却不告诉我，你准备怎样迎接？难道让他(她)出生于一个没有父亲的单亲家庭？我是你的什么人？代孕妈妈，还是情人？或者，说不好听点，还是个可耻的第三者？拜托，请你不要再顾左右而言他，给我一个明确的答复好吗？"

一口气说完这番话,连柳杨自己都愣住了。说完才发现,再难以启齿的话,一旦开头,也没有想象中艰难,如同开闸放水,滔滔不绝,覆水难收。

这是第一次!第一次用这种口吻与他对话。她心痛地明白,这次之后,也许他们的关系再也回不到从前。为什么风花雪月的背后,总是隐藏着看不见的刀枪剑戟呢?难道,这就是情人之间的真实面目?

他仰脖干掉了一满杯白酒。在酒精的烧灼之下,他的眼睛里布上了血丝。他也不吃菜,继续斟酒,继续喝。

她默默地看着他喝,有心劝他别喝了,却又心虚。你挑衅了人家,却不许人家喝闷酒吗?问题已经抛出,就看他如何回应了。

可是,有那么一刻,她忽然又有点鄙视自己:怀就怀了,想要就留下,不要就打掉,干吗要来烦扰男人?从一开始,人家就没给你任何承诺和希望,是你自己一厢情愿要后续。萍水相逢的男欢女爱,都是你情我愿的事情。为什么出了问题,就一定要拉上男人来承担?男人又没要你怀他的孩子,你自己不会做保护措施么?不会悄悄地去做人流么?如果真心想要孩子,那就悄悄生下来好了,没必要把自己搞得像个怨妇,一定要男人负责。在男欢女爱上,两人是平等的。在高潮来临欲仙欲死的时候,怎么没想到感谢男人的辛勤付出?却在种下苦果后,要找男人的麻烦。既然爱他,既然愿意付出一切,那就坚持到底好了。他的为难,已经说明一切。他一定身不由己,一定无法给她未来。苦苦相逼的结果,不是得到,就是失去。而在他心不甘情不愿时得到,结局未必幸福。自己写过那么多虚虚实实的爱恨情仇故事,为何事到临头,却无法看清方向?无法调整自己的心态?

她在那里做着自我解剖,没留意一瓶白酒已经被他三下五除二喝见了底。然后,他招手叫来服务员结账。服务员说了一个数字,他从钱夹里掏出一沓钱,数也不数丢给了服务员,然后大跨步向外面走去。

她很担心他如何开车,于是转身又去餐厅买了一瓶矿泉水,拿来给他喝。他却一摆手:"没事,这点酒只配给我漱口而已。"

他等她上了车,启动,疾驰而去。

酒后开车,她不敢火上浇油让他分心,乖乖地坐在副驾驶座上,绑上安全带,一言不发。他一路沉默。大概觉得沉默的气氛太压抑,他按下了音响的按钮,熟悉的旋律随即流出——

深情吻住了你的嘴

却无能停止你的流泪

这一刻我的心和你一起碎

大雨下疯了的长夜

沉睡的人们毫无知觉

突然恨透这个世界

因为要离别

……

是阿杜的《离别》，那次初见时，从海上回来的快艇上，年轻船老大播放的那首歌。他依然记得！

忽然越发鄙视自己！他不是在海边说过吗？——"幸福如流沙，抓得越紧，溜得越快。我们的幸福来之不易，享受当下每一天，不好吗？"可是现在，为什么却要如此苦苦相逼？说到底，自己还是不够洒脱。

她不由自主地伸出左手，盖了他放在变速杆上的右手上。前方的路似乎看起来遥不可及，其实终点就在不远处。世界上从来就没有走不通的路，就看你是否愿意去走。不是有很多单亲妈妈么？多她一个也不算多吧！不是还有叶菁这个好帮手吗？当下，已然有了一个决定：就这样吧。不再提孩子的事情，一个人承担好了。既然这个孩子是上帝赐给自己的礼物，那就好好珍惜，不必与人分享。

"退一步海阔天空"——真的有道理。好像就在瞬间，心境豁然开朗。

"亲爱的，刚才吃饭时的话，当我没说，"她清清喉咙，目视前方，继续说，"我是个平凡的女人，难免会有世俗之念。原本，我希望和你永远生活在一起，共同构造一个幸福的家，迎接我们未来的孩子。但这只是我的一己之念。刚才我已经想通，如果你有难处，我可以独自抚养，尽管这样对我可能有些不公平，但是没办法，我爱，我做不到舍弃，我必须生下他（她）。但是你放心，我不会要你负责任。只要……"她努力控制自己的声音不至于颤抖，"只要你经常来看望，让他（她）知道，自己是个有父亲的孩子，就够了……"

真的这样就够了吗？是不是有些自欺欺人？但是，还能如何？他连承诺都不会给，更不可能给她一个圆满的结果。所以，还是有尊严地离开吧！

是因为感动吗？他翻过右手，握住了她的左手。紧紧地，几乎握到她要喊痛。

忽然,他一个刹车,把车停在了路边上的紧急停车带上,打上了双闪灯。她以为车出了故障,正要询问,可是突然地,他揽过她,狠狠地吻上来!他猝不及防地把她搂住,几乎是疯狂地吻她,从来没有如此疯狂如此热烈过。他想借这个吻表达什么呢?歉意,还是感动,抑或只是狂喜。有这么个女人,不要名分,愿意为他生孩子,并且无须他承担任何责任。这个女人,是不是很傻很天真?

她的泪水再次没出息地涌出来,流进两人纠缠的嘴唇和舌头,想必他已尝到其中的苦涩滋味。爱情就是如此吧,即使我什么都不说,但是我的泪水,可以让你知道,我是怎样怀着隐秘的绝望和希望,无药可救地爱着你。

四十八　现实总是叫人更加悲伤

第二天早晨,她尚在梦中,就听到他的手机在响。他接了电话,哼哈了几句,便开始穿衣。

"宝贝儿,今天不能陪你了,我得去一下工地,出了点事。"他语气急促。

"现在不是放假吗?"她不满地嘟囔着。她忽然敏感地回忆起来——上一次来北京,似乎也是这样的情景。

"有些单位是不会放假的。宝贝儿,你好好休息,想吃什么,就让餐厅做好送到房间,这家的鱼翅羹不错,你尝尝。下午如果想出去逛,就……对了,要不我把车留给你,想出去就开车,反正车上有 GPS,到哪都不会迷路。"说着就要解开车钥匙给她。

她慌忙摇头:"我不要不要!我哪敢在北京开车啊!你给我我也不敢开。"他犹豫了一下,收起了钥匙:"好吧,如果晚上我能抽开身,我会来陪你。"

他匆匆地刷了牙洗了脸就走了。她躺在床上,百无聊赖,看看手表,已经七点多,干脆起床吧。

到餐厅吃了早餐,然后绕着宾馆走了一圈,空气很好,阳光灿烂。闲着无聊,坐在花园的长凳上,想着给叶菁打了个电话。叶菁和孟浪正在黄果树瀑布游玩,嘻嘻哈哈笑声一片。叶菁还不忘问她:"你和那个属风的男人谈得怎样?"

"还好吧!"柳杨一语带过,赶紧转移话题,"你呢?和小情人感觉如何?"

叶菁更加夸张地大笑,然后走到一个安静处,小声说:"感觉特棒!比我想象中更好,虽然床上功夫欠佳,但在我的调教下,这两天突飞猛进,哈哈哈……"叶菁就是这样的率性,装都装不了。

两人嘻哈一番,互道保重,收了线。可是,心里始终有个地方,似乎有一条线被牵扯着,试着拨了樊篱的电话,依然是忙音。是高原信号不好?还是他的手机出了问题?

刚刚惆怅地收起手机,铃声又响起来。她以为是对方回拨过来的,看也没看号码,便欢喜地接起来:"嗨,樊篱,你还好吗?"

"嗯……我是魏凌。"居然是魏凌。她一下子卡住了,不知如何继续。

"柳杨,我在 biáng biáng 面馆呢,昨晚很晚才到,不想打扰你休息,就住在了威斯汀国际酒店,现在,你能出来吗?"

"哦,真抱歉,我不在家,我在另一个城市呢。"他还是那么自以为是,三番五次地搞突然袭击,不请自来,何苦来哉。

"什么时候回来?"他还不死心。

"大概会待到上班吧。好不容易有假期,我们想好好放松一下。"她故意说"我们"。他应该明白吧!

有几秒钟的沉默。他竟然说:"柳杨,你别骗我了。我找人打听过了,你现在根本没有男朋友。上次在 biáng biáng 面馆门口见到的男孩,只是你的同事。你别骗我了,你现在还是一个人,我对你是真心的,请再给我一次机会……"

"既然你都知道了,我就说真话吧。我真正的男朋友在北京,我现在人就在北京,我已经怀了他的孩子。你若不相信,就等我生下孩子后,来喝我孩子的满月酒吧。"说真话总比说假话容易,张口就来,说完还感到无比轻松。对这种死皮赖脸之辈,只能快刀斩乱麻。

果真,话筒里一阵静默。良久,魏凌才长叹一声,说了一句歌词:现实总是叫人更加悲伤。然后,他仓促地补了一句:祝你幸福!便挂了电话。

现实总是叫人更加悲伤。多好的词啊!

这是魏凌与她分手那一年最流行的一首歌,许美静的《铁窗》。她曾把这首歌录在 MP4 里,辗转地听,反复地流泪。

我的心早已经一片黑暗

再没有什么是可以点燃

　　我只剩眼角的一滴泪光
　　怎能把这世界照亮
　　对你的恨已经慢慢变少
　　对你的爱依旧无法衡量
　　在原谅与绝望之间游荡
　　唯一的感觉是伤　伤　伤
　　我以为你给了我一线希望
　　我伸出手却只是冰冷铁窗
　　若现实它总叫人更加悲伤
　　就让我在回忆里继续梦幻
　　我以为我从此能快乐飞翔
　　在梦醒后却只是冰冷铁窗
　　若现实它能叫人更加勇敢
　　就让我在地狱里等待天堂
　　……

　　魏凌的电话有点令人败兴，柳杨也没了继续闲逛的兴致，加上太阳正渐渐升高，温度开始上升，柳杨决定回房间去。但又觉得回房间也很无聊，不如去图书大厦逛逛。于是便走向服务台，准备打听一下去西单图书大厦怎么走比较快。

　　服务台那里挤着三个人，一个戴墨镜的高个男子，很高，似乎超过1.90米了吧，却又很瘦，像一只长颈鹿，还有一个年轻女孩和一个三十多岁的孕妇，从孕妇的腹部隆起状态来看，大约已有五六个月，他们正在向前台接待员询问着什么。接待员小姑娘很为难的样子，一遍遍地对他们说："对不起啊，我们不能泄露客人的信息，不然我就会被炒鱿鱼……"

　　柳杨刚好走到旁边，只听那个孕妇气愤地说："这是我老公的身份证和我的身份证，我俩是同一个地址，难道还不能说明我们的关系吗？"

　　"对不起女士，除非是公安部门需要，我们会配合，但是您这属于个人行为，我们内部有规定，不能随便泄露客人信息，请您谅解！"接待员说得不亢不卑。

　　"小姐，我们保证绝对不会骚扰你们的客人，只想确认一下，这位先生昨晚是否在这里开过房，请你帮个忙好吗？"那个戴墨镜的高个男人对接待员说。接待员依旧答复"对不起,我不能"。

那个孕妇一转头,看到柳杨站在旁边,像找到说理的地方似的,开始向她倾诉:"你看看,你看看,他们这是什么服务态度?我只是想让他们帮忙查一查,我老公是否在这里开过房,就这点小事,他们也不能做,这是什么服务态度啊?我要投诉……"少妇满身珠光宝气,架在头上的墨镜是Dior,手里的包是LV,左手无名指上一颗硕大的钻戒,右手腕上一只通体碧绿的翡翠镯子。

柳杨不知说什么好,只能对这个孕妇报以一个包含着理解和无奈意味的微笑。在这短短几句话之中,她已经捕捉到几个关键词——老公、身份证、查房。毫无疑问,这是太太来捉奸了!孕妇见柳杨对她发出了表示"理解"的笑容,似乎更加理直气壮,转头又对那个接待员小姑娘说好话:"你就帮帮忙吧,小姑娘,大家都是女人,我是个孕妇,我保证我不会闹事,要是存心闹事,我昨晚就带人来捉奸了。现在我只是想确认一下,他是不是在这儿开房了,我都不会进房间,只想看看他是不是开了房而已……你要是不相信我是他老婆,我再找找看是不是带了结婚证,要是我带了,你总该相信了吧……"

说着,孕妇把那张身份证放在了柜台上,打开皮包翻起来。柳杨的注意力忽然被那张身份证吸引了过去:单眼皮、国字脸、高鼻梁、嘴唇不厚不薄。虽然是黑白色,虽然是证件照,但是这个人,已成生命中的烙印,没什么比这张脸更熟悉了——单啸风!只是,这个人的名字笔画比较简单——单古今。

她有一阵的眩晕窒息,那个孕妇还在叽叽呱呱地说着什么,她已经听不见了。他果真有家庭,并且太太已经身怀六甲!他居然化名单啸风与她周旋!难怪他从不和她谈未来,他已有自己的未来,他的未来根本不属于她!

留下那几个人在前台纠缠,柳杨跌跌撞撞地上楼,直到跌进房间,她依然没能从眩晕中挣扎出来。雾霾一样的室息感堵在胸口,她张开嘴巴,像搁浅的鱼那样大口呼吸,却感受不到空气的存在。想哭,却哭不出来。

她抓起背包,关上门,从酒店侧门走了出来。她没有勇气走过大堂,没有勇气再看一眼那三个人。

"生活永远丰富得超过人的想象。"这好像是有一次开例会时,总编说的一句话。而此刻,她只相信:生活如画皮,有时候,你会分不清爱人与魔鬼的区别。

四十九　成熟与年龄是不成正比的

还能去哪里？

当柳杨回到熟悉的村庄，回到大伯家时，全家人又惊又喜。柳杨平时极少回来，即便回来，也是清明节左右，回来给父母上个坟，然后给大伯大妈留下一点钱，便回城里去。大伯现在虽然不缺钱，但于她来说，是一片感恩之心。每次回来，她都会大包小包带回很多礼物。有给大伯大妈的脑白金、高钙奶粉，有给堂弟柳小山的运动衣、运动鞋，给堂妹柳苗儿的护肤品、连衣裙。唯独这一次，回来得最狼狈，两手空空，失魂落魄。不过大伯大妈从不计较这些，像远嫁的闺女好不容易回了娘家，柳大妈乐得合不拢嘴，立即煮了一碗柳杨小时候最爱吃的桂花米酒酿蛋，放了冰糖，端到柳杨手边。熟悉的香味扑鼻而来，蒸气熏得她眼眶湿润。这就是家，无论你走到哪里，无论你多么落魄，亲情都不会抛弃你。

柳杨老家柳家坝依山傍水、风景秀美，绵延数十里的柳家坝河常年清澈，一到春夏之际，河边垂柳依依，桃花点点，如同世外桃源，清清河水滋养着数百户生于斯长于斯的村民。俗话说，靠山吃山，靠水吃水。改革开放之前，柳家坝山上种植的都是些红薯大豆，值不了几个钱。改革开放之后，村民们纷纷承包起山地，种植各种果树，树下还套种其他农作物，没几年就发家致富了，两三层的小洋楼接二连三地矗立起来，一家比一家漂亮，甚至有些城里人也开始往这里搬。

柳杨的大伯年轻时做过村干部，思想比较有前瞻性，除了承包了几十亩山地种植果树，三年前，柳大伯还跟着电视里的"刘老根儿"学，将自家的四合院和承包的果林做抵押，向农村信用合作社贷款二十万人民币，把四合院改建成了上下两层楼的木结构小旅馆，风风火火地搞起了农家乐。柳大伯有一个儿子和一个女儿，儿子柳小山读的是农大，毕业后没有找到更好的去处，便被父亲叫回家，父子俩一起培果育苗，建房扩院。女儿柳苗儿高中毕业没考上大学，之后便被爹妈框在家里帮忙。一家人经营着农家乐，倒也有声有色。

柳大伯家的四合院上下两层，共有 12 间房，自家住前院的 4 间房，其余全都是客房。柳小山找同学给自家的客栈做了个网站，起了个很好听的名字，叫

"杨柳依依客栈",挂在好几个驴友网上,为客栈招来了不少生意。平时客人不太多,但节假日都会客满,甚至加床。

节日的柳家坝游人如织。春季,城里人成群结队地来柳家山赏桃花、梨花和摘草莓;夏季,城里人喜欢在柳家坝河上玩漂流、钓鱼,或是在河边支起麻将桌搓麻将;秋季,城里人又拖儿带女地来山上摘桃儿、摘梨、摘苹果。即使冬天,也有柿子和山核桃吸引城里人前来采摘。柳家坝一年四季都很热闹,宛若世外桃源。

上午,大伯家的院子里,几个来自美院的大学生正在收拾画具,准备去写生,他们是那么活力四射、朝气蓬勃,其中好像有两对情侣,走到哪里都形影不离,卿卿我我,让站在阳台上的柳杨心生感慨——青春是人生最美的风景,只是,这风景总是在来不及抓住的时候,便稍纵即逝。

目送这帮年轻人嘻嘻哈哈地出门去,柳杨不禁惆怅。由于这次从北京逃跑仓促,手机的充电器在酒店里也忘了拿,这会儿手机也没电了,电脑也没带,落得彻底清静。不去想单啸风现在怎样了,他已成她心口的刺,不能想,一想就刺痛。他应该多少有些了解她,若不是遇到碰触自己底线的事情,她绝不会夺路而逃、不辞而别。如果他足够在乎她,他就会反省,并主动来向她道歉。

穿着堂妹柳苗儿的家常布衣、拖鞋,柳杨坐在院中的大槐树下,帮大妈择菜。中午已有两桌客人预定了来吃饭,都是自产的茄子、辣椒、豆角、青菜、土豆、洋葱什么的,河里捞的新鲜鱼虾,自己家养的土鸡,柴火大灶炒菜,新鲜原味,绿色健康。

大妈一边择菜一边和柳杨拉家常:"杨杨啊,你最近身体怎么样?脸色有点差,是不是哪里不舒服啊?"

"都是工作累的,我们经常出差……"柳杨有点语塞。自从母亲去世之后,大妈对她视如己出,她也把大妈当作亲妈一样,有什么心事都会和大妈说,就连第一次来例假,也是大妈教她如何处理。但唯独,她从未和大妈聊起过自己的感情生活。即使和邱平结婚,也是两人私订终身之后,才对大伯大妈和盘托出。大伯大妈并未责怪她的先斩后奏,反而对她选择的归宿十分欣慰。是的,那时她和邱平是多么般配的一对。一个是记者,一个是律师,都是社会上有身份、有地位的阶层。这对一个出身农村、自幼失去双亲的孤儿来说,是多么令人欣慰的美好归宿。

即使后来,她和邱平分道扬镳,也是在办完离婚手续之后,她才给大伯大妈打了个电话,平静地告诉他们:"对不起,大伯大妈,我和邱平离婚了。"

在短暂的惊诧之余,大妈虎气熊威地安慰她:"没什么大不了的,杨杨,我相信这事一定错不在你!如果你实在感到委屈,就回家来歇一歇,你永远是这个家的孩子!就是你回家来歇一年,什么也不做,大妈也养得起你!"大妈的一席话,惹得她瞬间泪如雨下。

这会儿,她真想歇一歇了。就在这儿,山清水秀的地方,好好放松一下,彻底的,无畏的,自我的。

"大妈,在外面漂泊太久,现在才发现,还是家乡最安宁美好。"她一边帮大妈剥洋葱,一边说。洋葱呛得她眼睛难受,泪水刷地流下来。

大妈在切土豆丝,头也不抬,菜刀切得菜板咚咚响,干脆利落。"丫头啊,大妈早说过,你要觉得外面累了,就回家来,这里永远是你的家。"

泪水流得越发凶了,她用手去擦,不想,手上的洋葱味更加刺激泪腺,更加泪如雨下。大伯正好提着水桶来打井水,见状,马上转脸埋怨老伴儿:"老太婆,你又跟闺女说什么不开心的事情啦?惹得闺女眼泪嗒嗒地……"

柳大妈从菜板上抬起头,一看柳杨泪流满面,马上丢下菜刀奔过来,夺下她手里的洋葱:"我说的吧,让你别剥洋葱,你非要剥,这下搞得哭天抹泪的,连大伯都误会了,别人看了,还不以为你满肚子委屈啊。赶紧洗洗手,别剥了。"大妈将洋葱全都拿走,扫净洋葱皮。大伯赶紧从井里打出一桶水,让柳杨洗手。

虽然洗了手,柳杨依然泪水汹涌。大妈对柳杨说:"帮我去后院烧火吧,我去炒菜了。"说着端起装满菜的簸箕就往后院去了。大伯看看柳杨,说:"杨杨啊,这天儿这么好,下午去果林里摘梨吧,今年的梨子又大又甜。"

大伯大妈应该什么都心知肚明吧,却什么也不问。柳杨觉得有些羞愧,三十几岁的人了,还像孩子一样感性。难怪有人说,成熟与年龄是不成正比的。

第七章
世事无常

假如爱情可以解释
誓言可以修改
假如　你我的相遇
可以重新安排

那么
生活就会比较容易
假如　有一天
我终于能将你忘记

然而　这不是
随便传说的故事
也不是明天才要
上演的戏剧
我无法找出原稿
然后将你
将你一笔抹去

——席慕蓉《错误》

五十　童年的味道

虽然村里早就通上了煤气和自来水,但农村的大部分老辈人依然保留了传统的灶火炒菜煮饭。山上多的是枯枝败叶,拾一个冬天的柴火,就够做半年的饭。大锅猛火炒出来的菜又香又脆,城里人就特喜欢吃这种带着烟火气的农家菜。

中午,柳苗儿带着摘梨的客人们回来了。不一会儿,柳小山也带着去玩漂流的客人们回来了。院子里顿时热闹起来,开始摆饭,两只小方桌一拼,十多个客人围桌而坐,喝着柳大伯自家酿的苞谷酒,吃着纯净天然的农家菜,城里人个个觉得新鲜惬意,嚷嚷着说要是能够住在这儿,想不长寿都难。

有个客人对柳大妈说:"大妈,我想拿城里的两套房子跟你换这个院子,外加办两个非农户口。你家愿意吗?"大妈大概见多了这种信口开河的客人,也打着哈哈:"说真的啊?那您下次来,记得带房本儿哦!"

客人们吃饱喝足,在院子里支起桌子打麻将。柳苗儿忙着给客人端茶倒水、切水果,客人们直呼比城里的五星级饭店服务还周到。

一个客人的小男孩缠着柳杨跟他玩。小家伙五六岁的样子,嘴巴很甜,精力旺盛,极其好动,满院疯跑,追得鸡飞狗跳。柳杨一坐下来,他就喊:"姐姐,你追我啊,追我啊!"柳杨哭笑不得:"我跟你妈妈差不多大,你该喊我阿姨。"小家伙不屑:"切!女人一让男人喊她阿姨,就表示没戏了。"

一句话惹得全场大笑。"小小孩子都成精了,这都从哪儿学的歪门邪说啊?"麻将桌上,一个女人一边摸着麻将,一边笑着问这孩子的妈。孩子妈还没来得及搭腔,这孩子立马接上了:"电视上看的呗!哎,你们都老了,不看青春偶像剧了,所以你们都不懂新鲜词了。姐姐,你懂吗?"小男孩认真地看着柳杨,等她回答。

一个粉雕玉琢的小小孩儿,黑亮的眼眸,浓浓的眉毛,凸凸的大脑门儿,粉红的小嘴,鼓鼓的腮帮,简直就是蜡笔小新的翻版。柳杨心里似乎有根柔柔的琴弦被拨动,不由母性大动,一把搂过小家伙,一边揉他的脑袋,一边笑着说:

"当然啊,姐姐当然懂你了。你会学蜡笔小新说话吗?"

"当然会说啦! 人家都说我像小新哎。姐姐,你听我唱《大象歌》……"小家伙挣开柳杨的怀抱,走开两步,又开两腿,唱,"大象,大象,你的鼻子怎么那么长……"一边唱,还一边扭屁股。这下可好,大家笑声震天,连树上的麻雀都被惊飞了。

"哈哈哈,你家这个超级宝贝,实在太可爱了,长大了不知会让多少女孩子飞蛾扑火呢。哈哈哈……"有人笑得直揉肚子。柳杨曾陪叶菁家的点点看过几集《蜡笔小新》,知道这一集的典故,所以也笑得直不起腰。这样一个宝贝,真是人见人爱的。

唱完《大象歌》,表现欲极强的小家伙又开始学黑猫警长,动不动就来一句:"别担心,我会处理的。"活脱脱一个小大人的模样,惹得大人们笑声不断。

柳杨坐在小板凳上,屋后的阳光从槐树的枝叶间洒下来,空气中依然飘着槐树花的清香,忽然感到一种恬淡的心满意足。恍惚觉得,这个小小孩儿就是她未来的儿子! 未来的某一天,她也会像这群女人一样,坐在院子里打打麻将,晒晒太阳。旁边,她小小的儿子正在追狗逐猫,怡然自乐。人生可以过得很慵懒,不必追名逐利,甚至不必迁就不平等的爱情。

晚饭吃的是韭菜烙饼、炕土豆、烧茄子和小米粥,都是柳杨记忆中童年的味道。晚上,鸡鸭进笼,猪羊进棚,玩了一天的客人们意犹未尽地回到各自的房间,进入沉沉的梦乡。

直到全部收拾洗刷完毕,柳家人才各自回房休息。由于客房爆满,柳杨和柳苗儿住一个房间。与堂妹同睡一床,柳杨不仅不感到别扭,反而有种久违的亲切感。尤其是床铺下大妈新铺的干稻草,虽然躺下去窸窸窣窣,但稻草特有的清香却弥漫了一屋。本来大妈是要给她铺棉絮的,柳杨却坚持要睡稻草床,那是难以磨灭的童年的味道。

柳苗儿比柳杨小十四岁,柳苗儿自三岁开始,就和柳杨睡一个被窝。那时候,柳苗儿还时不时地尿床,柳杨隔三岔五就要换洗床单,姐妹俩的感情一直很深厚。

柳苗儿正当十九岁花季,满脑子的诗情画意。已经十一点多了,她依然毫无睡意,睁着乌溜溜的大眼睛问柳杨:"姐,男孩子要是喜欢一个女孩子,一开始会怎么表现?"柳杨已经很困了,被"小大象"缠着玩了一下午,加上有孕在身,早就觉得疲倦,她躺在薄被里,嘴里嘟囔着:"睡吧……明天……我告诉你……"下

一秒,已经沉入梦乡。

柳苗儿叹口气,伸手拉灭了电灯。情窦初开的她,有很多不懂的问题想要向堂姐请教呢。屋外,漆黑的大幕覆盖人间,却不知,有多少悲欢离合的故事正在悄然上演。

柳杨是被一声接一声的鸡鸣叫醒的,鸡鸣声远远近近,此起彼伏,好像一场公鸡大合唱。看看窗户,天还是黑的,院子里却开始已经有了动静。是勤劳的大伯大妈开始早起干活儿了。记忆中的农村,就是这样日出而作,日落而息,生活简单,周而复始。相比城市里的快节奏,农村就像一辆不紧不慢的马车,嘚嘚嘚的蹄声就是它的生活姿态,闲适舒缓。而城市则是一辆动力强劲的跑车,一上路便飞驰千里,速度就是它的生活姿态,超越速度,享受快感。难怪很多城里人的口头禅是:好累。农村人也经常说累,是那种抡起锄头刨地的累。但回家扒两碗饭,喝几口井水泡的大叶茶,躺在硬板床上睡一觉,体能便复原了。而在城里呢? 一旦感到累,却不是睡一觉便能恢复的。城里人的累,是一种慢性病,传染病,不治之症。

柳杨睡不着了,又担心翻来覆去将柳苗儿闹醒,干脆悄悄起床,下楼去。院子里的槐树下亮着一盏罩灯,大伯在修簸箕,大妈在井边搓洗衣服。两人都不说话,各做各的活儿。柳杨小声喊了声"大伯大妈",两老人回头看到她,大妈惊讶地小声招呼:"怎么不多睡会儿? 才五点不到呢。起来做啥?"

"睡不着了,起来呼吸呼吸新鲜空气。"柳杨小声说。有一滴露珠从槐树上不偏不倚落到她的鼻子上,凉凉的,如一只冰凉的手指摸上她的鼻子,舒服得让她轻微战栗了一下。

柳杨开了院门,晨风微凉,她裹紧柳苗儿的外套,溜达上了河堤。谁家院子里的桂花暗香浮动,沁入心脾。熟悉的记忆潮涌而来。十多岁时,每天早晨上学之前,她常常提着一桶大妈搓过的衣服,来河边捶洗。在所有的家务活儿里,她最喜欢来河边洗东西。她喜欢河水流过手指的清凉感,尤其夏日,她喜欢挽起裤腿,蹚进水中,河床清澈见底,水流平缓,河边的大石头圆滑平坦,是天然的捶衣平台。把需要捶洗的衣服一件件揉搓,放在石头上,举起木头棒槌,一下下地捶洗,直到衣服没有了肥皂泡,完全干净为止。夏日清晨,河边一字排开花红柳绿的捶衣女,犹如一幅立体的乡村油画,所以吸引了不少城里的画家或摄影师来此采风。

柳家坝河,是柳杨记忆中爱恨交加的地方,它曾吞噬过她的三位至亲。

五十一　早安，故乡

　　柳杨十岁那年八月,几场暴雨过后,上游的一些养鱼塘被冲毁,河里冲来很多鱼儿。河里风平浪静的时候,村里有很多年轻人去河里张网捞鱼,再拿去镇上换钱,柳杨十八岁的堂哥柳大山也在其中。

　　可是那一天中午,灾难却不期而至。那天上午,虽然天气阴沉,但整个河段如往常般风平浪静,许多年轻人在河里乘着木筏捞鱼。临近中午,其他年轻人都回家吃饭了。由于那天柳杨的大妈去了外村走亲戚,大伯那时是村干部,正巧那天去了镇上开会,家中无人,柳大山不急着回家吃饭,便一人在河中继续捞鱼。

　　事后,许多村民回忆,他们在家吃饭时,都听到了远处传来的隐隐的轰鸣声,他们都以为是天上的雷声,殊不知,却是远处山洪暴发的咆哮声。

　　观看过钱塘潮的人,应该都会被那铺天盖地、吞山挟海的气势所震撼。那天中午被山洪冲击的柳家坝河,也是如此气势。等到柳大山发现大事不妙时,咆哮而来的水流已经冲翻了他的木筏,他在水流的冲击中抱住了一块石头,距离河边十多米远。汹涌的洪水一路攻城略地而来,水位瞬间高涨,大山从一开始的露出肩膀,渐渐只能露出头部。有村民看到后,在河堤上来回奔跑,拼命呼喊"快来救人"。

　　注定那天是柳杨家的灾难日。柳杨的爸妈正在家中吃午饭,听说侄子被困河中,立即扔下饭碗,奔到河边。情急之下,柳杨的爸爸顾不得危险,他将几根绳子打结系成一条长绳,然后一头拴在河边的一棵柳树上,另一头拴在自己的腰上,涉水去救大山。当时河中水流湍急,泥沙俱下,水位高涨,而在他们下游一百多米处,就是柳家坝水库,由于连续几场大暴雨,水库已经溢洪。所以,人一旦落水,势必凶多吉少。

　　很多村民闻讯而来,在河边紧张地看着这场冒险的营救。可是水流实在太湍急,柳杨的爸爸走不了几步,便被水流冲得东倒西歪,根本无法前行,他灵机一动,抱起一块石头,努力往前走。就在这时,一波更迅猛的洪峰袭来,柳大山被冲离石头,向下游急速漂走。眼见侄子被冲走,柳杨的爸爸急得扔掉石头,向前扑去,就在这时,系着他的绳子被冲断了,他也被湍急的水流席卷而去。柳杨的妈妈见状,不顾一切地向水里扑去,想抓住丈夫身后的绳子,然而,她不仅没能抓住丈夫的生命之绳,反而也被无情的大水冲往下游……三天后,村民在几千米外的下游陆续找到了三具柳家亲人的遗体。

成了孤儿的柳杨被大伯大妈收留。虽然那时已经实行计划生育,但由于大伯家的不幸遭遇,村里和镇里还是网开一面,允许大妈再生一个,于是,才有了柳苗儿。

往事如水,在春日静寂的晨曦中,清晰如昨。

苦难的力量在于,它会使脆弱的人更脆弱,坚强的人更坚强。柳杨被很多人认为属于后者。但柳杨自认为除了身上的孤儿标签,她从未与众不同。就算后来的读书、恋爱、结婚、离婚、工作,别人都说她的性格偏向于自尊心极强,喜争强好胜。但她知道,这不是真实的自己。真实的自己是:因为无所依赖,所以自己既是自己的山,也是自己的水。该刚时刚,该柔时柔。环境造就性格,性格决定命运。

如同此时,怀着深爱的男人的孩子,却逃之千里,宁愿自己承担重重困境,也不愿依赖不可知的未来。如果她没有这样做,大概也就不是柳杨了。

东方的山峦开始变色,一丝浅粉色从山顶边缘晕染开来,天亮了。村子的上空开始漾起炊烟,似烟若雾,飘来飘去。河边也开始有了动静,谁家的几只鸭子扑啦啦飞进水里,呱呱叫着,吵醒了河水。远处的河边,传来第一声啪啪的捶衣声。

早安,故乡!

以前回来,都是来去匆匆,因为难得有个假期,所以早上都很贪睡,直到日上三竿才会起床。而现在的心思怎么变得如此细腻温婉,甚至多愁善感了?柳杨纳闷自问。脑海里似乎有一根细细的丝线,牵扯着一个朦胧的谜底。它很敏感,稍一凝神细思,它便飘忽难寻。到底是什么?

胃部好像有些反应,似饥饿感,又似一只小手轻揉着胃部。是宝宝醒来了吧?蓦然地,刚才那个朦胧的谜底骤然清晰:是孩子!她生命中的生命!她从京城逃离的时候,第一时间想到的安全之地,就是这里!这里曾是她生命的摇篮,也将是孩子的生命的摇篮。潜意识里,她的孩子也应该属于这里。其他任何地方,都没有比这里更令她安心。

单啸风,哦,不,应该是单古今,绝对找不到。

　　大妈真是天下最好的女人。当柳杨告诉她，自己怀了一个有妇之夫的孩子，大妈先愣了一下，却什么也不问，然后轻描淡写地说："你尽管生下来，我给你带！我负责给你带得白白胖胖、健健康康的。等到孩子要上幼儿园了，你再带到城里去。农村的幼儿园还是比不上城里的。"

　　"大妈，你不怪我没脑子吗？这种事情，毕竟是丢人的……"她嗫嚅着。

　　"怪你干啥？以前还总以为你不能生，这下有孩子了，高兴还来不及呢，还怪你？做人是面子重要，还是有个自己的骨肉重要？不要想太多，女人生个属于自己的孩子，就是天大的成就。"

　　大妈的语气闲闲的，但柳杨明白，大妈对这个孩子的期待，不亚于她。自从父母为救大山去世之后，大妈始终觉得对不起柳杨，不知如何疼她爱她才好。当年，以为柳杨不育，大妈不知求神拜佛多少次，四里八乡的巫婆神汉都认识她，不管偏方妙药，大妈都信以为真，高价求来，送去给柳杨吃。念着大妈那份心，柳杨从未拒绝过。

　　"大妈，没准就是您那时帮我求的灵丹妙药起的作用呢。"

　　"要真是那样的话，我就更开心啦！"大妈乐得满脸开花。

　　柳杨的孕事，成了柳家的头等大事，全家沸腾，欢天喜地。大概是大妈私下关照过，谁都不打听孩子的父亲，只关心柳杨的身体和孩子的长势。柳杨害喜和母亲差不多，喜吃酸辣菜，大妈做的萝卜泡菜就成了她的零食。每天早晨，柳小山就去河里捕来鲜鱼活虾，或清蒸活鱼，或做酸菜鱼，或是辣椒炒虾米，任由柳杨吃个够。

　　在家待了三四天，十一假期结束了。柳杨要回城，结果大妈坚决让她将柳苗儿带走。"让苗儿好好照顾你，起码一天三顿能让你吃好喝好。在外面吃既不卫生，又不营养。苗儿一直也闹着要去城里见见世面，这正好是个机会。"

　　"苗儿走了，家里忙不过来怎么办？"

　　"过了十一，来玩儿的客人少了，家里也没什么事了。即使有事忙，小山的女朋友也能来家帮几天呢。你放心，家里缺了苗儿，不会塌下天。"

　　大妈一边说，一边收拾着刚杀的一只母鸡，让柳杨带回去。"听说城里的鸡鸭都打了激素，还是家里养的吃得放心。等下半年家里杀了猪，再给你腌几十斤腊肉，够你吃一年。"

　　大伯也早就去地里摘了新鲜的大蒜、青菜、茄子等蔬菜，用袋子装好，大包小包地让柳杨带走。而柳苗儿早就收拾好了自己的行李，一定要跟姐姐去城里。

"姐,你放心,等你把宝宝生下来,我也就回来啦,绝不会给你添麻烦。我妈说了,我这次去,主要任务就是陪你、照顾你。要是我没做好,我妈说,以后嫁妆都不给我置呢!"柳苗儿摇着柳杨的胳膊,眼巴巴地望着她。

亲情就是这样,不由分说,不拘小节,用不着客套,柳杨的心融化了。再说,孕期确实需要有个人陪在身边。于是她不再推辞,带着柳苗儿,兴冲冲回城。

五十二　你能给我一个合理的解释吗

回到城里,叶菁带着大包小包的贵州土特产和点点率先赶来报到。"哎,你这家伙,这几天手机也不开,家里也没人,害得我整天胡思乱想,以为你跟姓单的那家伙临时起意,出国潇洒去了呢!"

"哪里啊!一言难尽。"柳杨懒懒地应她。

两人坐在沙发上,开着电视,一边吃着贵州特产玫瑰糖,一边说话。柳苗儿带着点点在书房里看童话书,丝毫不影响两人说悄悄话。

"这个假期怎么样?和他谈得如何?"叶菁率先抢问。

尽管不想再提,但心里的阴霾总需要一个宣泄口。柳杨于是将去北京后遭遇的点点滴滴,宣泄殆尽。

"换了你,你会怎么做?"说完了,柳杨像卸下一个沉重的包袱,随即抛了一个问题给叶菁。

"唔……我大概不会像你那样逃之夭夭的,我肯定会抓住姓单的,问个明白。有时候,鸵鸟心态并不能解决实际问题。难道……你们就这样结束了?"

"我也不知道。只是一时气急,连他的脸都不想再看到。再说,也怕宾馆服务员架不住那几个人咄咄逼人的攻势,说出我们的房间号,他们冲上来打我一顿,那我就惨了。所以,当时情急之下,就选择了逃跑……你不觉得在当时的情况下,唯有这样才是上策么?"

"啧啧啧,你们文人啊,大概风花雪月的电视剧看多了,言情小说写多了,说话行事都变得很奇葩,凡人都难以理解。上次你也是这样莫名其妙地逃跑,这次又是,你是在考验人家的耐性啊?"叶菁不敢苟同地摇头叹气。

"不过亲爱的，"叶菁抓住柳杨的一只手，看着她，"我早说过，无论你做什么决定，我都无条件支持你，只要你想清楚了。"她腾出一只手，去摸柳杨的腹部，"再说，孩子生下来就有两个妈妈，会很幸福的。"

"友情如此，'妇'复何求啊！"柳杨哈哈大笑。其实，这一刻的她却很想流泪。

"如果姓单的不肯就此罢手呢？看他不像是一般人，行事绝对也很另类。"

"我会有办法的，"柳杨说，然后岔过话头，"别说我了，说说你和孟浪怎么度过这甜蜜一周的。"

和柳杨苦涩的假期相比，叶菁的这个假期算是甜蜜得过分。

"这一次，我们的关系，从亲吻突破到更深层的肉体接触。每天游山玩水，尽情做爱，总之……一切都很完美！"叶菁很得意。

"真无耻。"柳杨笑着捶她。

"你又不是没经历过，装什么玉女，你和那姓单的，只会有过之而无不及，嘿嘿……"两人在沙发上咕咕笑作一团。

接着，叶菁开始说起正事。

"这次我们还重点考察了一下贵州旅游市场，我很有兴趣。就在今年五一期间，国家出台了新的《旅行社条例》，旅行社的准入门槛大大降低，注册资金三十万，如果经营出境业务，只需存入质量保证金一百四十万，以前的保证金是四百万呢。所以我和孟浪都觉得这是个入行的好机会，不想错过。"

"你有那么多钱吗？我只知道你有钱，但不知道你这么有钱啊！"柳杨故意瞪大眼睛看着叶菁，眼神里闪着狡黠。

"去你的，"叶菁不理会柳杨的调笑，认真地说，"我准备拿我和我爸妈的房子做抵押，两套房子，勉强可以贷到一百万，加上我的存款，一百四十万的保证金差不多够了。孟浪工作没两年，没什么存款，他的钱连租房子和添置办公用品都不够。话说……"叶菁拍拍柳杨的大腿，"你要是有闲钱，也可以入股。换了别人，我都不带他玩儿的。"

"我呀，撑死了可以帮你凑个十万八万吧。我又不像你那样会拉广告，一个单子的提成就是好几万。我就靠死工资和一点稿费过日子。我不入股，就算帮你忙，替你交一年房租好了。"

"我还有个办法，从董色鬼那里拿到他们公司今年在大陆区的平面广告代理，如果一切顺利，这一单我就能拿到十多万提成。"

"那家伙可是不见鱼儿不撒鹰的主儿,不好对付,你要小心点。上次那个酒会,幸亏樊篱处处维护我……"想到董色鬼那只红彤彤的酒糟鼻和烂歪歪的桃花眼,柳杨不禁一阵反胃。

"人在江湖漂,哪能不挨刀啊!唉,每一分钱,都不是好挣的。好啦,从现在开始,我俩都脱胎换骨,开始新的人生吧!"叶菁伸出右掌,和柳杨互相击掌,两人哈哈大笑。

正笑着,忽然门铃响了起来。"这么晚了,谁会来找你?"叶菁看看柳杨,两人面面相觑。

"会不会是那个姓单的又追来了?"叶菁话音未落,柳苗儿已经从书房里蹦跳着去开了门。

门开处,竟是樊篱。柳苗儿愣了,樊篱也愣了。两人互相瞪着眼睛,打量了好几秒钟。

樊篱压根没想到,柳杨家里会突然出现一个陌生女孩,更不会想到,叶菁也在这里。

"嗨!"他冲三个目瞪口呆的女人挥挥手,大步走进客厅,同时将手上的一个小袋子随便放到了餐桌上。

"你从西藏回来啦?"柳杨了解叶菁心思敏感,心想今晚坏了,跳进黄河也洗不清了,于是赶紧没话找话问樊篱,"你给我从西藏带了什么好东西?"

"呵呵,我给你带了一些藏红花和虫草。我刚好开车路过这里,看到你家还亮着灯,所以就上来了。"

樊篱迅速调整情绪,主动和叶菁打哈哈:"叶姐姐也在啊?好巧,我也给你带了一些,明天给你带到办公室。"

"哇哦!"叶菁意味深长地看看樊篱,再看看柳杨,碍于柳苗儿在旁边,没有直说——难道这小子说的"难追的女人"竟然是柳杨?柳杨这家伙也没跟我老实交代啊!

"来吧,给两位姐姐汇报汇报你的西藏见闻,这次又窜到了哪儿?"叶菁还是识大体的,主动给樊篱解围。

这会儿,柳苗儿懂事地给樊篱泡了一杯茉莉花茶端了过来。柳杨顺便给樊篱介绍:"这是我堂妹,叫柳苗儿,来城里玩玩。苗儿,这是樊篱樊大哥。"柳苗儿乖巧地喊了一声:"樊大哥,请喝茶。"同时把茶杯递到樊篱手上,樊篱赶紧站起来接过,显得有些局促。

这种氛围,对樊篱来说,真的感到如坐针毡,尤其面对叶菁那双洞若观火、似笑非笑的眼睛。坐了十分钟,他站起来,以还要去锻炼身体为由,仓促而逃。

等他一脚跨出大门,门被他反手关上,叶菁终于憋不住,哈哈哈狂笑起来,直笑得两眼泪水横流。柳杨只是绷着脸,看着她笑。

好不容易止住笑,叶菁才指着柳杨:"你你你……干的好事……"柳杨紧张地看看书房,还好,书房门关着,柳苗儿带着点点在里面玩。她可不想让苗儿误解她。

"我我我……是清白的……都是他一厢情愿。"柳杨学着叶菁的口气,脸色却很严肃。

"我没说你不清白啊,呵呵呵……"叶菁喘着气,喝了口水,说,"我真的没想到,这小子口口声声说的'难追的女人'就是你,我一直把他当你的小跟班,也以为他是个同志,压根没想到,他也喜欢姐弟恋。啧啧啧……"

"我早就跟他明示过,我们之间不可能,他也知道我现在有了男朋友,只是还不知道我已经怀孕。但他铁了心要追我,我能拿棍子赶他滚吗?我自己也很心烦呢,你还笑……"她拿眼瞪叶菁,显示满心无奈。

"老实交代,你是不是也对他有感觉?要不这么重要的事情怎么不跟我汇报?是不是心虚?"

"好啦好啦,时间不早了,点点该回家睡觉了。"柳杨不想扯这个话题。不知为何,她有点心烦。现在她没有心思聊樊篱,单啸风的欺骗,才是她心里最大的隐痛。

晚上躺在床上,她还在想:单啸风,你能给我一个合理的解释吗?

五十三 爱上一个不该爱的人,注定会遍体鳞伤

黑暗的角落里,隐藏着一扇门,里面关着一头野兽。尽管一再告诫自己,不要去想它、看它、碰它,但每次偶尔路过,却总是难以抑制地去接近、张望,试图推开那扇门。她害怕它,却又控制不住地思念它。其实它也可以从里面打开。她甚至暗暗希望如此。

这只野兽,名字叫单啸风!

一周,两周,三周……这只野兽一直沉默,没有张牙舞爪地侵犯,也没有虚情假意地问候。就像从来没有出现过,消失得无影无踪。

柳杨独自去一家私立妇幼医院建了档,定时去做产检。周末则由叶菁陪着,去采购婴幼儿用品,买孕妇装,每天的生活看起来波澜不惊,心底却暗潮汹涌。

每次用手机,看到里面保存的"单啸风"三个字,心脏就开始皱缩。如果不是彩色 B 超单上那块拇指大的小肉团,她甚至会怀疑:过去的几个月,是不是一场梦?

那扇门,始终没有从里面打开。那只野兽,也一直没有出现。

叶菁曾向柳杨要单啸风的电话,说要打电话质问他究竟怎么回事,被柳杨拒绝了。

"既然我已经决定独自抚养孩子,便已与他无关了。这样也好,孩子属于我一个人,我一个人的宝藏,多好!"彼时,她轻轻抚摸着肚子,想象着在与宝宝对话。

"真的考虑好了? 流言蜚语也不怕?"叶菁拿话激她。

"流言蜚语和我生命的延续,哪个更重要?"柳杨笃定地坐在阳台的摇椅上,想象不久的将来,会有一个小小的人儿,来到她的生活中,不离不弃,陪伴她到永远——这一幕,想想就足以让人幸福得要融化。

有一天,柳杨在那家私立医院做产检时,恰好碰到单位一个老同事的女儿在那里做实习生,于是柳杨怀孕的消息逐渐在单位里流传开来。集团领导倒是开明,从未找柳杨旁敲侧击询问过什么。但集团几百号员工,还是各有各的猜想。让柳杨觉得又好气又好笑的是,人们传得最多的竟然是这样一个版本:柳杨因为不能怀孕,被前夫邱平甩掉,于是痛定思痛,决定无论如何也要有一个属于自己的孩子,于是悄悄地去做了试管婴儿手术,这才怀了孕。

听闻此言,柳杨哭笑不得。不过也好,这种传闻,总比真相体面得多。或多或少,她还能得到一些善意的心理安慰。

但有一个人,看她的眼神,总是复杂得令她不敢正视——樊篱。自从她怀孕的消息满天飞后,她敏感地发现,站在她面前的樊篱,再也没有了过去的那种玩世不恭。有一段时间,他甚至把招牌的裴勇俊式发型剪短,理成了平头,配上他在西藏晒黑的肌肤,平添了几分沧桑感。只是对她,依旧呵护有加。

一天中午下班时,大雨倾盆,柳杨正准备打电话叫叶菁开车送她回家,樊篱已经站在了她的办公室门口。"我送你吧,下雨路滑。"

"不用了吧,我叫叶菁送我好了。"不知怎的,在他的注视下,她居然感到有些心虚。是羞愧吗?

"走吧,我已经把车停在门口了。"

再拒绝,就太矫情了。柳杨只好收拾好包,锁好门,跟他下楼。外面雨正大,好在她穿了防滑雨靴。下台阶的时候,樊篱一直走在她身边,虽然各撑一把伞,但却能感受到他的紧张与小心,一只手总是作势欲扶的样子。上了车,发现副驾驶座上有个蓝色靠垫,柳杨便顺手拿起来,准备放到后面的座位上去。樊篱说:"别丢啊,把它放在腰部,坐着不是更舒服吗?"

看样子,人家是特意为她准备的。一股暖流涌上心头,柳杨便安心地靠上靠垫,果真柔软护腰,温暖无微不至。

一路无话,几分钟后便到了柳杨家楼下,这次樊篱却没有死皮赖脸想蹭饭了,准备掉转车头就走,反而是柳杨觉得不好意思,主动邀请他:"上去一起吃吧,柳苗儿每次做饭都会有多的。"樊篱没再客套,锁好车,一起上了楼。

可是一开门,便觉得不对劲——门口的地上,一双男人的大鞋子像两张大嘴,吃惊地对着柳杨。向客厅看过去,心脏一阵紧缩——单啸风!那扇关着野兽的门,还是被它从里面打开了。

柳杨转身,看着樊篱,希望他能识趣地离开,因为今天这顿饭,看来是没他的份儿了。

可樊篱却反手关上了门,然后从她身边挤过去,打开厨房门。柳苗儿正在里面炒菜,看到樊篱进来,柳苗儿鼓鼓嘴巴,悄声问:"樊大哥,你是和姐姐一起回来的吧?"

樊篱不答她,却板着脸问:"你姐姐不在家,你怎么敢把陌生人放进来?"

"他……他在楼下按门铃,说是姐姐的男朋友,是……孩子的爸爸……我从门禁里看到他还带着那么多东西,外面又下雨,我……我就让他上来了……"柳苗儿紧张地看着樊篱,不知道自己做错还是做对了。

樊篱不禁暗笑自己傻,人家都生米煮成熟饭了,自己还执迷不悟,愚痴莫过于此吧。

洗了手,从厨房出来,那男人已从沙发上站起,向他走来,伸出右手:"你好,我叫单啸风,谢谢你帮我照顾柳杨。"口气颇有男主人之风。

"男人嘛,应该的。"樊篱答得不卑不亢。刚才看柳杨的表情,他们之间分明是出了问题。现在这男人冒出来,有何贵干?

两人伸手相握,各自都用了七分的力气,眼睛对视,嘴角微扬。男人之间的较量有时很微妙,一句话,一个眼神,都会蕴含杀气。

柳杨在卫生间对着镜子练了很久的微笑,感觉脸部肌肉不再僵硬,这才走出来,看着两个暗自较量的男人,故作轻松地说:"吃饭吧。"

这顿饭吃得有些压抑。柳杨和单啸风基本无话,唯有柳苗儿和樊篱不时你一言我一语,说一些玩笑话。柳苗儿问樊篱:"樊大哥,蒜苗炒腊肉挺好吃的,你怎么不吃?"

"我吃腊肉但不能吃蒜苗,不然我下午会被办公室的女孩子轰出门去。"

柳苗儿便咯咯咯笑起来:"你真逗。"

柳杨遵医嘱,少吃多餐,现在胎儿正在迅速成长,吃多了会顶住胃部,很难受。吃了几口饭,她便放下了筷子。柳苗儿去了厨房,捧了燕窝盅过来给柳杨,一边对她说:"姐,这是最后一盅燕窝了,要不要让叶菁姐再帮着买点?"

"不用买了,我带了几盒来,都是上好的印尼血燕。"单啸风说。柳苗儿看向柳杨,见后者没表情,便也不再多话。

吃过饭,樊篱没有赖下来要在沙发上午睡,而是立即告辞。临走,他问柳杨:"下午要我帮你向总编请假吗?"

"不用,我下午会去办公室的,还有很多工作要做。"

"那到点了我来接你?"

"嗯……好吧,我会给你打电话。"

单啸风也很有风度地送樊篱到门口,说"再见"。

樊篱乘着电梯下楼,每万分之一秒的坠落,都让他感到巨大的失重感,恍若地心引力正在引他坠入深渊。世界上最绝望的事情,莫过于眼睁睁看着你深爱的女人,怀上了别的男人的孩子,而你还做不到放手和离开!

只要你一笑　我就又都不介意
你对我任性　我竟然还觉得荣幸
不在乎爱情　会是自由的天敌
根本已经为你　失去我平常的冷静
虽然我还不擅长　幸福这种东西
可是我真的很想　把所有你要的　都放在你的手心

爱像地心引力　无法抗拒
一寸一寸　深深地被你吸引
心碎也没关系　等待也都愿意
……

好像在哪里听过这样一首歌，这会儿电光石火般涌进樊篱的脑海。

爱上一个不该爱的人，注定会遍体鳞伤吧。

五十四　各自珍重，后会无期

关上门，又是另一种心境。

柳杨是真的有些倦怠。那个人、那头从黑暗的门中蹿出来的野兽，他来干什么？原本伤口已经慢慢结痂，却在见面这一刻，被他生生撕扯，血肉崩裂。她需要躲起来，包扎一下，喘口气。

就在她关上房门的一瞬间，被单啸风逮住，他挤进来，关上门。靠在门上，双手一拢，拥她入怀，她死命地要挣脱他，捶他、踢他、咬他，他就是不松手。

"好了，宝贝，是我错了，别生气了，行吗？这样对孩子不好……"他的声音，依旧柔情款款。在她听来，却犹如闷雷滚滚，四野昏暗，所有的伪装通通缴械，所有的坚强通通崩溃，瞬间大雨倾盆，天塌地陷。

不要告诉我你无能为力！不要告诉我你心怀愧疚！不要告诉我你还爱我！什么都不要说！

台湾著名漫画家朱德庸说过：人一生总会爱上几个人及恨上几个人，只要你爱上的不是你恨的，你恨上的不是你爱的就行了。可不幸的是，恨上的恰恰是那个深爱的人，怎么办呢？世间却没有答案可供参考。

她在他怀里哭到抽搐。生平第一次，爱与恨，如此刻骨！和魏凌没有过，和邱平也没有过。这个魔鬼一样的男人！明知他是魔鬼，却无法不爱！明知已陷入他的魔掌，却甘心沉沦。这就是命中注定的劫数吧！

直到哭得喉咙沙哑，浑身无力，脑袋昏沉，才任由他扶上床，躺下。她的眼睛肿得只剩下一条缝，却足够看清楚他的脸，痛楚、无助、忧郁，从未见过的种种情绪交织在他的脸上。他好像也憔悴了很多,头发长了,抬头纹粗了。想必,他也是受煎熬的。

面对这样一个倔强、自尊、傲气的女人,他所有的伪装也在崩溃。这是个让人爱到无力、欲罢不能的女人,她不骄不媚,不卑不亢。如果她和他闹,和他吵,也许他会觉得坦然一些。偏偏她不,她把自己封闭起来,让他去猜测,去探究,去寻找。而他,何尝不想给她想要的东西,怎奈造化弄人。

他一直不知道,太太在他身边安插有眼线,他的一举一动又太过随意散漫,被太太盯上并不意外。柳杨当时从宾馆逃离的确是明智之举,否则后果真的不堪设想。只是,现在他要如何解释,如何安慰,才能让她少伤一点?

"宝贝,我知道……这样做,对不起你,但是……"他坐在床沿,身体半匍匐着,将脑袋埋于她的胸前,声音哽咽,她从未见他如此沮丧过,"我有很多事情你都不了解,我也不想把你牵扯进来,不管未来如何,你都是我心灵最后的净土……宝贝儿,我爱你,从来没有一个人,让我如此又疼又爱过……"

他抬起头,嘴唇寻到她的嘴唇,温柔地吮吸着。冰凉的唇,冰凉的泪,如刺进心中的冷箭,却被温热的血液浸暖,化成一阵钝钝的暖痛。

名著《荆棘鸟》中有一句名言:只要世上还有一双忠实的眼睛为我哭泣,便值得我为生命受苦。是吗? 是这样吗? 她不是梅吉,他也不是拉尔夫神父,但在此刻,为什么她却能深深体会到这句话的爱与痛? 原来,世上的爱与痛都是一样的。哪怕渺小如一只鸟,就为了报答那一番深情,爱到尽头,便不惜为之荆棘刺胸,流尽身体的最后一滴血,将最美的歌声留在云霄,直至歌竭而亡。

"没什么对不起……"才吐出这几个字,柳杨就发现自己的嗓音因为刚才的哭泣,变得十分粗哑,她咳了两声,清清喉咙,说,"最难以接受的时期已经过去了,只是没想到,你还会回来。"

说完这句,险险地又要哭出来。十一期间,从北京狼狈不堪地逃到老家,假期结束,回到单位上班,他一直杳无音讯。她以为,东窗事发,他真的消失了。社会上不是有很多类似敢作不敢当的男人么? 可他,果真就不是一般的男人!

"这段时间,我在香港给你安排好了一切,房子、车子和存款都在这里,这样也能给孩子一个好的出生和成长环境。只是,我不能陪你们……"他从上衣口袋中掏出一个信封,从中倒出一张银行卡和一串钥匙,放到她枕边,"不用担心生活问题,一切都安排好了,相信我!"

这就是他能给她的最好的安排吗? 这算什么? 金屋藏娇? 还是,他想用这些,买断他们之间的过往?

刚刚才渐渐柔软的心,瞬间布满荆棘,受伤的感觉如万箭穿心。他以为她是谁?是那种为了钱不惜一切代价的女人吗?她要的,就是一张让人丰衣足食的银行卡,和孩子未来的香港身份吗?就算什么也没有,难道这世界,还容不下她的小小的孩子吗?孤儿时代她都茁壮成长过来了,她不信她就不能独自将孩子抚养长大!

她挣扎着推开他,从床上坐起来,然后默默地到洗手间洗脸梳头,整好衣衫。他一直跟着她,小心观察着这个女人的表情。是的,她和任何女人都不一样,比刺猬还要敏感。稍不小心,就会竖起满身尖刺,让人无法靠近。偏偏就是这样一个女人,令人无法不生敬畏和怜惜之心。她不明白他的隐痛,他也无法和盘托出。既然命中注定要与她纠缠不休,那就认命了吧!

她将枕头上的那张银行卡和那串钥匙拿起来,装进信封,站到他面前,将信封递到他眼前,平静地与他对视,吐字如刀:"单啸风……不,单古今,从今往后,你我各不相干!我的孩子,我会照顾,与你无关,你无须多虑。现在,我要去上班了。请你,也离开我的家!各自珍重,后会无期!好吗?"

各自珍重,后会无期!

她到底是怎样的一个女人?要怎样才能让她不至于如此敏感和骄傲?她难道不理解他的一番苦情苦意吗?如果他不愿意对她和孩子负责,他何苦千里迢迢地跑来自取其辱?何苦煞费苦心安排香港的一切?何苦在一个女人面前如此低声下气?他单古今,不说一跺脚便能地动山摇,至少,在某些领域,也是一方神圣。可今天,居然在这个女人面前,狼狈如此!

好吧!各自珍重!后会无期!

耳听得大门砰的一声关上,柳杨像被按了行动键的机器人,机械地走到窗口,推开窗户,风雨扑面而来,窗帘噗噗地抽打着她的脸颊。灰蒙蒙的视野里,只见楼下的他已经冲入风雨中,他奔走得好快,一头板寸在一棵桂花树下一闪,如一只受伤的野兽遁入丛林,狂奔而去,踪迹难觅。

> 外面下着雨　犹如我心血在滴
> 爱你那么久　其实算算不容易
> 就要分东西　明天不再有关系
> 留在家里的衣服　有空再来拿回去

不去想爱都结了果　舍不得拼命找借口

不勉强你再为了我　心不在　留不留都是痛

我可以抱你吗　爱人

让我在你肩膀哭泣

如果今天我们就要分离

让我痛快地哭出声音

我可以抱你吗　宝贝

容我最后一次这样叫你

你也不得已

……

此时此刻，最适合听张惠妹的这首《我可以抱你吗》……

是痛恨交加吧！柳杨只觉得眼前一暗，身子往后一倒，幸亏身后是床，她一手撑在了床上，心知不妙，忙喊"苗儿快来"。柳苗儿一直懂事地躲在厨房，不偷听他们的隐私，这会儿听到单啸风出门，便从厨房里出来，再听到柳杨急促的一声喊，忙跑进房间，见到柳杨一脸苍白、摇摇欲坠的样子，吓坏了，赶紧扶住她卧床休息，一边惊恐地嚷嚷："姐，姐，你不要紧吧？脸色这么难看，你哪里不舒服？要不要去医院？"

就在这时，柳杨忽然感到腹部有些异样，像痉挛，又像坠痛，心跳也快速加剧，她喘着气嘱咐苗儿："快……快给叶菁打电话，送我去医院……"

五十五　你爱或者不爱我，爱就在那里，不增不减

要有怎样的勇气，才能抗拒你含泪的眼眸？

要有怎样的绝望，才能目送你越走越远？

躺在病床上，柳杨闭上眼睛，脑海中便开始回放那一日单啸风决然而去的背影。他是个不一般的男人，他不会死皮赖脸地恳求你的原谅，不会为自己狡辩，不会指责你的对错，他只会按照自己的意愿行事，只会在你驱逐他的时候——不分辩一句，转身就走！毅然决然！

叶菁坐在病床边批评她:"你做得太绝了!但凡有点自尊心的男人,都会拂袖而去。人家为你默默准备了那么多,你却一句话便将人家打入死牢。换位思考一下,你会怎么做?你以为你还年轻,可以随意任性地去和男人较劲?他能为你做到这样,已经空前绝后了。多少有妇之夫惹出风流情事后,为绝后患,将情人砍了、炸了……新闻上你也看得够多了。总之啊,女人有自尊有傲气是不错,但也要适可而止啊!女人在适当的时候示点弱,只会让男人更喜欢自己……"

"好了好了,别再给我说教了,烦心。"柳杨抚摸着腹部,心有余悸。还好,虚惊一场,胎儿无恙。不过医生警告说,以后再也不能出现大的情绪波动,毕竟是高龄孕妇,万一出现问题,后果不堪设想。再者,怀孕期间,保持心情愉快,对胎儿的身心健康也十分关键。

在医院保了几天胎,柳杨回到家继续调养。鉴于她的特殊情况,总编特许她每周周一、周三、周五去单位办公三天,其余时间在家审稿即可,这对她已是天大的恩赐了。

在她住院期间,樊篱也来看过她几次。一次,他带了一套几米的书给她解闷。另一次,他带了一束桂花去,插在瓶中,暗香浮动了许多天。

还有一次,他把自己的电脑带了来,给她看他在西藏拍的一些照片,她整整看了两小时。每一幅图片,他都精心地配上了说明文字。在一幅雪山碧湖风景照的下面,他这样写着:这就是传说中的纳木错湖了,她是西藏人心目中的天湖,是西藏三大圣湖之一,也是世界上海拔最高的咸水湖,湖面海拔 4718 米。看到远处那座终年积雪的山峰了吗?他仿佛一个巨人,忠心耿耿地守护着纳木错湖。相传,纳木错是天湖女神,她和念青唐古拉山是一对恋人。因为远古时代的一次地壳运动,这对有情人分隔两地,从此只能泪眼相望,互守终身。纳木错的水为什么那么蓝?因为,它是念青唐古拉山思念的泪水。

读罢这段文字,柳杨心里竟然有点小小的悸动。她终于明白,为什么他要去那么遥远的地方,对一个怀着无望的希望的人来说,没有什么比爱的朝圣更值得去做。

樊篱再来的时候,她对他说:"看了你在西藏拍的图片,完全可以做一期西藏特辑,标题就叫——《等你亿万年》,你看怎样?"

"嗯,主编到底是主编,标题一起,立意马上就出来了,不错不错!不过我想,是不是可以配上藏族著名诗人仓央嘉措的情诗?这样就更应景了。我记得他最著名的一首诗,叫作《见与不见》。"他清清喉咙,即兴朗诵起来,"你见,或者不见我/我就在那里/不悲不喜/你念,或者不念我/情就在那里/不来不去/你爱,或者不爱我/爱就在那里/不增不减/你跟,或者不跟我/我的手就在你的手里/不舍不弃/来我的怀里/或者/让我住进你的心里/默然,相爱/寂静,喜欢。怎么样? 我觉得这首诗,可以做题头。"他双目灼灼地看着她,等着她说出欣赏。

谁说不是呢? 这样的情诗,在大学时代,在和魏凌相爱的日子,她不知抄录了多少,顾城、席慕蓉、普希金、仓央嘉措……每一首情诗,仿佛都是为她的爱情而写,她那么虔诚地、恭恭敬敬地抄下,以为爱情从此永恒。但爱情永远在诗歌之外,只能歌颂,不能挽留。

"嗯,确实很切题,我会给总编送审。"她说得轻描淡写,其实内心里,却是寂寥落寞。情诗,于她来说,好像也没有资格多聊了。

偶尔,如果天气不好,刮风下雨,柳杨不便散步回家,他便会在下班时开车带她回去。有时应邀上去吃顿便饭,有时候直接便走。

有一次,她正站在单位门口的马路边等出租车,樊篱正好从外面进单位,看到她,便停下来,问她要去哪里。她说去医院。他二话不说,将车掉了个头,停到她身边,示意她上车。副驾驶座上,依然放着那只蓝色靠垫。

到了车上,他一边挑 CD 给她听,一边对她说:"今天苗儿怎么没陪你?"

"她感冒了,就没让她陪我。本来想叫叶菁的,结果她最近咳嗽得厉害,在家休息呢。"

"下次再去医院,跟我说一声,我陪你。"他边说边塞进一张 CD,车里立即响起班得瑞的《春野》。这并不是一首催人泪下的曲子,却没来由地让她感到心潮起伏。

"以后你要多听点班得瑞,这是很不错的胎教音乐,估计儿歌你不爱听。"他脸上的微笑很真诚。她也报以一个微笑,却觉得仓促而虚假。她难以想象,对他来说,要有多大的勇气和包容,才能坦然面对现在的她。

到了医院,樊篱细心地帮她拎包,搀扶她上下楼。妇产科大夫给柳杨做完检查后,打开了办公室的门,一直等在门口的樊篱见门开了,便走了进去,柳杨对他说:"还没结束呢,你还是在外面等我吧。"不明就里的医生却招呼他留下:"孩子的父亲也应该听听,正好有些事要交代你。这个时候啊,丈夫一定要体贴妻子,家务事多承担一些,要让妻子保持好心情。再过两个月,胎儿月份渐大,孕妇下肢会略有浮肿,丈夫要经常给妻子做一些腿部按摩。再有啊,性事也别太频繁,并且要注意体位,可以采取后进式,不要太用力……哎,小伙子,你别难为情,这都是科学道理……"

妇产科医生是个年近五旬、经验丰富的女大夫,心直口快,她一边说话,一边给柳杨写产检日志,却没注意到,面前这对"夫妻"脸上已经阵阵红潮。

可恶的是,樊篱还一个劲地点头,哎哎哎地应着,大夫越说越起劲,结果柳杨只好借口办公室太闷,先出来到走廊透气去了。

等到樊篱从医生办公室出来,两人都不好意思开口。直到上了车,樊篱才抹抹一脑门的汗,说:"这大夫的话也太多了。"柳杨这才扑哧一声笑出来,尴尬的气氛稍微缓和了一些。

"不好意思,让你受罪了。"她说。想想,抿着嘴又笑了。

"没啥,也算提前接受准爸爸教育吧。"他发动了车,小心地拐弯,加速,疾驰而去。侧面,可以看到他忍俊不禁的笑容。

"对了,刚才医生说你要补钙,刚好我哥从美国给我妈寄来了一堆补品,里面就有液态钙,明天我给你带来。"

"是你哥哥寄给你妈妈的,我怎么好意思吃啊!"

"那有啥,再让他寄就是了。"

与如雾如魇的单啸风相比,眼前这个大男孩,就是个横刀立马的保护神吧!

五十六 多事之秋

这个秋天,似乎注定是个多事之秋。最不顺的是叶菁,首先她费尽力气,也没能拿到董色鬼的广告合同。其次,她的咳嗽转成了肺炎,治疗了一段时间后,又做了一次胸透,发现她的左上肺有斑片状密影,结果被查出患有肺结核,很快被关进了结核病医院进行隔离治疗。叶菁被查出肺结核后,单位一时间风声鹤唳,立即采取防控措施,食堂和她的办公室全都被医院来人彻底消毒,与她同部门的同事也全都去医院做了相关检查,好在无一人被传染。因叶菁常来柳杨家吃饭,柳杨和柳苗儿也一起到医院做了结核病检查,所幸一切无恙。不过家里也做了一次彻底的喷雾消毒,柳杨为此在家附近的一个旅馆住了两天。

短期内,叶菁和柳杨不能见面,只能通通电话,或上网聊天。

"你说这不是要命吗？我和孟浪的公司刚开始运作，我就得了这么一种要命的病，真是天不助我啊！"虽是感叹命运不济，叶菁的口吻依旧嘻嘻哈哈，一如往昔的乐观。

柳杨问："你那公司运作到哪一步了？要不要我做什么？如果有什么需要跑腿的，你吩咐，我来做就是了。"

"就是等钱了。我好歹凑了五十万，已经打给了孟浪，他在贵州做先期准备呢。房子抵押贷款的事，银行还在审核中。不过，好事多磨，说不定等我一出院，等待我的就是一片大好前途呢！"

"孟浪知道你病了吗？"

"我当然要告诉他啊，我也让他去医院检查过，谢天谢地，他没被传染上。哎，你说怪不怪？我家就我一个人得了这破病，我爸妈和点点都没事呢！不过家里还是彻底消了毒……这种病，真是折磨人啊，把药当饭吃，天天像坐牢，无聊死了……"

"那你就当休假好了。你每天都风风火火的，这是老天劝你休息呢！唉，我早劝你戒烟，你不听……"

"好啦好啦，碎嘴婆……"每当柳杨说到戒烟，叶菁便不爱听，立即岔开话题。两人每天晚上都要躺在床上煲电话粥，直到叶菁说"哎呀，孟浪来电话了"，或者"手机没电啦，挂了"，又或者"哎，你怀着孕不能用太久电话呢，算了，就此打住吧"。

接下来的日子，柳杨过得缓慢而平静。按期去做产检，听胎教音乐，少吃多餐，注意营养搭配。每天傍晚，在柳苗儿的陪伴下，在湖边慢走一小时。只是在办理准生证的时候，由于柳杨是未婚，遇到一些制度上的难题，令她很烦心。

"别担心，难道还能让你活活憋着孩子不让出生么？"叶菁在电话中宽慰她，"顶多就是一时上不了户口吧。孩子出生后，总会有办法上户口的。中国那么多超生游击队都优哉游哉地活着，我们凭什么不能。再说了，现在去香港和国外生孩子的孕妇一拨一拨的，实在不行，咱出国生去，生下来就是外国人呢……"

"那也不是说去就能去的啊！"想到单啸风说已经给她和孩子在香港安排了一切，心又开始木木地痛。自始至终，他都像一个迷雾中的魔鬼，令人无法捉摸与掌控，而自己却又无法逃离他的掌控。自从那次从家里将他轰走之后，他再无信息。决绝得令人绝望。但如果不是这样，就不是他的风格了。

怕住院的叶菁十分无聊,柳杨便从家里搜罗出不少过去买的韩剧 DVD,让柳苗儿给她送饭菜时,顺便带给她看。

一天晚上,柳杨照例给叶菁打去电话,忽然听到她的声音不对,好像哭过,鼻音很重,情绪也不高。柳杨纳闷,遇到再大的困难,叶菁也从不像小媳妇那样哭哭啼啼的,这是怎么了。

"你这个死东西,干吗带这些韩剧给我看,害得我眼睛都哭肿了。"叶菁一边擤着鼻子一边埋怨她。

"原来为这个,吓我一跳,我还以为出什么事情了呢!"柳杨笑起来,"原来你也会哭啊?你以前不是经常嘲笑我,说看韩剧是弱智和脑残的表现吗?现在也轮到你了,嘿嘿……"以前叶菁总是风风火火忙工作,回家又要带孩子,还经常加班给客户做策划,从没安心地看过一部完整的电视剧。

"你说,如果我得了不治之症,孟浪会不会陪伴我,不离不弃,一直到死?他会不会像韩剧中的男主人公那样,背我到海边,让我在他怀里静静地死去?"

"神经病啊你!"柳杨脱口骂她。以前的叶菁那么自信果敢,今天是怎么了?"不就是个肺结核吗?你至于把自己想得那么悲壮?切!吃饱了撑的吧?"柳杨不由分说,把叶菁数落一顿。以前总是叶菁数落她,今天总算逮着报仇雪恨的机会了。

"你以为你是韩剧女主人公啊?会在你身上发生一些感天动地的悲情故事啊?你太把自己当回事了,别没事找事。明天我就让苗儿去你那把 DVD 收回来,让你瞎想去……"

叶菁急得喊:"别啊别啊,我只是看了韩剧,心里有点感触罢了。谁想得绝症啊,不就是有感而发嘛!再说了……"叶菁又擤了擤鼻子,低声说,"如果真有那么一个男人爱我爱到死去活来,就是老天让我得绝症,也值得啊!人这辈子,能死去活来爱几回啊……"

"你愿意,我还不愿意呢。好死不如赖活着,你这是因为生病了,才有这些奇思妙想、无稽之谈,要是让你这会儿在外面活蹦乱跳地 K 歌、喝酒,你才不会这么说呢。爱情和生命,一个虚,一个实,皮之不存,毛将焉附?还是活着好,活着才有一切。"

今晚真奇怪,这番对话,换在以前,是两人互相换位说的。以前叶菁总是嘲笑柳杨的多愁善感、优柔寡断。她还让柳杨学她,洒脱一点,自由一点,不要受羁于太多的世俗枷锁。可现在,这女强人,怎么一下子就变得弱不禁风了?

为了将叶菁从看韩剧后的胡思乱想中解救出来，柳杨打开电脑，找到一个笑话网站，念笑话给她听。"一男子去医院检查身体，检验结果出来了，但医院误拿了一个孕妇的报告给他，检验结果怀孕了。男子看过报告后，走到老婆面前，扇了老婆一个耳光，骂道：我说我要在上面，你不干，偏偏你要在上面，这下我怀孕了！"叶菁没笑，还讥讽道："这有什么好笑的啊，一看就是瞎编的。"

柳杨再念："一人在办公室老是放响屁，同事忍不住说：你能不能不出声？然后便见他坐在那摇来晃去抖个不停。同事又问：你在干什么？那人回答：我调成振动的了！"

"粗俗，恶心！"

"那就来个深刻的。"柳杨越挫越勇，再接再厉，"一位老板家里离公司很远，为了上班方便，老板和他的女秘书 Mary 合资在公司附近租了一套公寓。一天，太太特意去他们的住处吃晚饭。饭桌上，太太一直注意老公与女秘书的互动，老公也发现了太太的目光。于是，老公主动跟太太说明：我知道你在想什么，不过我可以向你保证，我和 Mary 是纯粹的上司与下属关系，我们之间绝对清白。几天后，Mary 跟老板说：自从你老婆来吃过晚饭后，我就一直找不到那把纯银的汤匙了，我怀疑是她拿走了。老板说：别担心，让我来处理这件事。之后他发了一封邮件给太太：亲爱的老婆，我不会说你'拿'了那把纯银汤匙，我也不会说你'没拿'那把纯银汤匙，不过有一件事情大家都注意到了，就是自从你在这里吃了晚饭之后，那把纯银汤匙就不见了。爱你的老公！很快，老婆的回信到了：亲爱的老公，我不会说你和 Mary'睡'在了一起，我也不会说你和 Mary'没睡'在一起，不过有一件事情大家都注意到了，那就是如果她的确每天晚上是睡在自己床上的话，她早就该找到那把纯银汤匙了。"

柳杨一边念，一边自己笑得上气不接下气。谁知，叶菁听完，却冷冰冰地甩过来一句话："我从来没发现你这么啰唆过，你什么时候变得如此婆妈啦？好啦，别啰唆了，我困了，睡吧。"说罢率先挂了电话。

柳杨还没从笑话的劲儿中缓过神来，愣愣地拿着嘟嘟作响的电话，不知所措。叶菁变得奇怪了。

五十七　来者不善

周五上午,柳杨照例去单位。刚给小编们开完会,布置完任务,楼下前台的接待员给她的办公室打来电话,说楼下有人求见。她问是什么人,回答说是热心读者,特意从外地赶来见她的。这种事情,是屡见不鲜的。柳杨顺手拿了两本最近两期的杂志,乘电梯下楼去。

到了楼下接待大厅,接待员向她指指休息区:"柳主编,找您的读者在那儿。"休息区位于侧面落地窗边,人影有点逆光,看不太清楚,柳杨走近了,终于看清楚来人。

两个人,一个高个子墨镜男人,一个年轻妇女。

"柳主编您好!"高个子男人率先站起来,友好地向她伸出手。像长颈鹿!

似曾相识!对了,在北京香山某宾馆见过,是单古今妻子的同伴!彼时,他们正在那里缠着服务员,查找单古今在此开房的证据。

柳杨瞬间感到眼前阴云密布,大脑轰鸣,周身的血液如暴雨倾盆,手脚却冰凉。小时候看战争片的恐惧感又来了!期待刺激,然而极度害怕!为什么动物们交战时,总是会张牙舞爪?那是一种宣战的气势!但她的气势在哪里?

来者不善!

然而他们看起来是和善的。至少他们都微笑着。

大厅里人来人往,两名保安就站在大门外,这一刻至少是安全的。她想。

柳杨伸出手,与对方相握。她懊恼自己的手太冷,暴露了自己内心的胆怯与恐惧。

"坐吧。"他们看起来反而像主人,邀请柳杨坐下。她没坐,只是站着,双手紧紧抱着怀里的杂志,努力保持着声音与身体的平稳:"你们好,请问你们怎么称呼?"不知道这样的反攻为守是否合适,不过总算得体。

"鄙人姓董,您就叫我小董吧!这是王小姐。"男人向柳杨介绍着。

"你们好!"柳杨轻轻地点头示意,嘴角应该是有弧度的吧!不管怎样,兵来将挡水来土掩,刀山火海也得硬着头皮上了。她暗自懊恼没带手机下来,关键时刻,该最先通知谁呢?

"是这样的,我们有点事情想与您沟通,但不知这里是否合适?"高个子男人征询似的看着她。在这里谈当然不合适。他们了解她的软肋:我们已经掌握了你的工作单位,你自己权衡利弊吧!

"呃……附近有一家茶馆,要不我们去那里?"

"可以。"

她说要上去请一下假,转身离开大厅。好在今天穿的是一件长及脚踝的布裙,除了自己,谁也不会知道她的双腿在打战。进入电梯,她从电梯壁的镜子中,看到自己苍白的嘴唇与脸颊,还有紧张无助的眼神。

多么富有戏剧性的一幕! 以往只在小说、杂志和电影、电视剧中出现的原配斗小三的桥段即将在身边上演。主人公居然就是自己。是生活太讽刺,还是自己太掉以轻心? 怎样应战才不会输? 至少不会立刻战死沙场? 还好那个孕妇没来,按照时间推算,这时的胎儿在肚中大概已有七八个月左右,即将临盆了。那么她派出这两个"杀手"杀上门来,所为何事? 想置她于死地吗? 他们好像没有认出她来。是的,那次在北京香山某宾馆"狭路相逢"时,她是长发飘飘,现在因为怀孕,她剪成了齐耳短发。那次穿着长裤、旅游鞋,现在是长裙。那天她从外面进宾馆时戴着墨镜,今天她素面朝天。那天只是几分钟的匆匆一瞥,他们应该不会留下深刻印象吧!

如此一想,心里陡然轻松了一些。至少他们是没有任何她与单啸风在一起的证据的。可他们又是如何得知她的存在的? 但此刻已经容不得她多想,心乱如麻。

回到办公室,她拨通内线电话,对总编说,要出去接待几个读者,有事打她的手机。收拾好包,准备锁门离开时,忽然感到有些犹豫。就这样单刀赴会吗? 会不会有危险? 别的不怕,如果他们伤害腹中胎儿怎么办? 叶菁还在医院隔离,找谁呢?

犹豫了几秒,她还是拨通了樊篱的手机。"现在忙吗? 不忙的话,陪我出去一趟。"樊篱答应得十分爽快:"好啊! 就现在? OK! 我马上下楼。"任何时候,他都是随叫随到。

樊篱是走楼梯下来的,两人几乎同时到达一楼大厅。樊篱去停车场取车,那两人已经坐在门口的一辆深绿色三菱越野车中。柳杨走到车跟前,对开车的高个子男人说:"你跟着我们就好。不远,十分钟就到。"

十一月的早晚已有凉意,白天因太阳高照,尚有暖意。大院里有两棵红枫树,在这深秋里呈现出一片热烈灿烂的红霞,层层叠叠、郁郁葱葱。不由想起前些日子在北京,单啸风从她头上拈下一片枫叶的情景。恍若隔世! 他是否知道,他的"妻妾"正在进行一场杀气腾腾的正面交锋?

樊篱的车到了跟前,柳杨上了车,那辆三菱一路跟着他们。

在车上,柳杨提前给樊篱打预防针,"这些人大概来者不善,等下,你要注意保护我……"她字斟句酌,不知如何启齿。难道实话告诉他:自己不小心做了人家的小三,现在被原配追杀,请你保护我?

樊篱愣了一下,旋即反应过来,赶紧宽慰她:"别担心,有我呢! 我会见机行事的。"他将右手伸过去,抓住她的左手,紧紧一握。

从她的欲言又止中,他已经隐约猜测到,这些人大概和她那个神龙见首不见尾的北京男人有关吧。她怀上了他的孩子,他却消失不见,这是怎样一个卑劣无耻的男人? 从那次在她家门口,看到那个男人掠她入怀,到她每个周末和假期奔赴北京约会,再到她如今的怀孕……她走的每一步,都像穿着冰刀鞋踩在他的心上。心在四分五裂中,依旧顽强地为她而跳动:你要幸福,一定要幸福! 然而,结局却是如此残酷!

柳杨不知道,很多个夜晚,樊篱跑步到她家的楼下,怀着怎样无望的希望,仰望她的房间,直到她的窗户疲倦地闭上眼睛。

似此星辰非昨夜,为谁风露立中宵。缠绵思尽抽残茧,宛转心伤剥后蕉。

说的就是他的相思苦吧! 真正的爱,是尽管得不到,也愿意用自己的痛苦,换来她的快乐。就像她每次穿着冰刀鞋踩着他的心去和另一个男人幽会,他也能微笑着对她说:"一路平安!"

"到了。"她把手从他的手掌中轻轻抽开,继而对他露出一个无奈的笑。

你这样一个女人,让我欢喜让我忧。让我甘心为了你,付出我的所有。——看到她的笑,他的脑海中,不期然地冒出这句歌词。

五十八 孩子是我的

柳杨选择聚湖山庄茶楼是有道理的。首先这里很安静,环境高档,一壶普通茶要 580 元,极品茶就更贵,所以单位同事很少来。其次她也极少来,没有熟悉的服务员,万一出什么丑事,至少不会被迅速地传扬开去。她要了个临湖雅间,她将那两人让到里座,自己坐在靠门的位置。樊篱先去了一下洗手间,出来后自然地坐在了柳杨身边。

这家高档茶楼,本来讲究的是饮功夫茶,但由于他们要聊私事,所以选择了泡壶茶。柳杨征求那两人的意见,为他们要了一壶极品铁观音,为自己要了一壶花果茶,樊篱要了一杯龙井。柳杨尽量在举手投足间,显示出"地主"的气势。

四个人围着方桌坐定,开场的还是那个高个子男人。到了室内,他摘下了墨镜,眼神犀利,他先冲着樊篱说话。

"这位先生,我们想和柳女士说一些私事……"

"没关系,我是她的至亲。"樊篱笑容满面地打断他。

"哦,这样? 你们是姐弟?"高个子男人显得饶有兴味。

"董先生,我们还是抓紧谈事吧。不好意思,我们的时间不太多,等下还要赶回去开个会。"柳杨说。这种局面下,被动是难免的,但总不能被对方牵着鼻子走。

"看来柳女士也是个爽快人,那我们就直奔主题吧!"

董姓男子清清喉咙,问柳杨:"柳女士,您认识单古今这个人吗?"

"不认识。"回答得十分干脆,毫不犹豫。她只认识单啸风。

对方明显一愣。董姓男子向王小姐递了个眼神,王小姐打开包,抽出一个卷宗,递给董姓男子。董姓男子从中抽出一张照片,递给柳杨。"就是他,认识么?"

怎么会不认识? 耳鬓厮磨过多少次了,最熟悉的,是硬硬的平头,雕塑似的鼻梁,还有嘴角那抹坏坏的笑。心里有枚刺,轻轻地颤动了一下。

就在这时,服务员敲门,适时地送来了泡好的茶。氤氲的茶香似有醒脑功能,混沌的思绪渐渐清晰。既然避不过,就面对好了。

"我认识这个人,但他不叫单古今。"这是实话,所以说得理直气壮。

"哦,碍于身份,他与你交往时用化名也正常。"董姓男子说着,直逼柳杨的眼睛,"他是我的表哥。柳女士您是聪明人,应该明白您与他……是什么关系了吧!"

尽管有思想准备,还是禁不住颤抖。她用指甲在桌下掐着自己的腿,想让疼痛从心里转移。身边伸过一只温暖的手,握住她的手。这次她没有抽出来。

"我想你们大概弄错了。"柳杨没想到樊篱这时会先下口为强。她转脸看他，他镇静得令她感到陌生，"我和柳小姐是未婚夫妻，我们已经有了孩子，正准备结婚。听你们的意思，似乎说她和这位单先生有私情？这是不是有点太荒唐？"最后的语气加重了声调，他的手掌也在用力，是给她力量，还是给自己力量？

董姓男子显然有备而来，并不接樊篱的话头，而是打了个哈哈继续往下说："是这样的，我表哥和表嫂结婚已有十多年，他们有一个十四岁的女儿，现在第二个孩子即将出生。我表哥很厉害，短短十多年时间，把一个几十人的建筑队，做到了数万人的大公司，在国内建筑界小有名气，在全国有数十家分公司，很多一线城市都有我们的地产项目，我表哥在官场、商场路路通，黑道白道都有人。自然，男人太能干，女人就往身上钻，我表哥身边的女人也不计其数，为他怀过孕的女人……"他伸出手指，一个个掰着，"一、二、三、四……我知道的就有六个，都是我出面帮他摆平的。其中还有一个俄罗斯女人。至于被他'宠幸'过的女人，就不计其数了，三位数总有了吧！"

董姓男子的目光像冰刀一样刺在柳杨的脸上，寒光闪闪，冰冷彻骨！要不是樊篱紧紧握着她的手，肩膀倾斜着让她靠着，她大概会像泡软的茶叶一样，落到地上去了。

"我的表嫂很大度，她对我表哥的荒唐行为一向宽容，她唯一的要求就是，无论表哥在外干什么荒唐事都可以原谅，但就是不能有孩子！想必你们也能理解我表嫂的心情吧？作为一个妻子，她能允许丈夫在外面胡来，已经做得够好了！所以……我们的意思是，只要柳女士愿意拿掉这个孩子，我们愿意付给你一百万精神损失费。这是我处理过的表哥的滥情后遗症里，付得最高的数字了。我们也经过调查了解，你是个高智商的有头有脸的人物，我表哥和你在一起的时间比其他任何女人都要久，可见他对你还是有点感情的，我也不想让我表哥日后对我有意见，所以擅自做主，支付你这笔巨额赔偿费，希望你能考虑。为了证明我们的诚意，我把我们公司的王律师都带来了。"王小姐在旁面无表情地点着头。

简直是奇耻大辱！

"你……"柳杨想张口，却虚弱无力，气息短促。

"柳女士，请您别激动。我的话还没说完呢！如果您坚持要留下这个孩子，也许后果将不堪设想！"董姓男子继续进攻。

樊篱忍不住拍案而起："你们有什么证据说这个孩子属于姓单的？既然还

带了律师,你们就应该知道,一切要以事实为依据!"

"我们的事实就是……"董姓男子看了柳杨一眼,说,"我表哥已经亲口承认柳女士肚子里的孩子就是他的。"董姓男子的潜台词是:我表哥已经将你俩的奸情向我表嫂全盘招供了,你不承认也没用。

"哈哈哈……"樊篱大笑几声,掩饰心虚,"岂有此理! 这孩子分明是我的!"

此时此刻,奇耻大辱事小,保护胎儿事大! 他太了解这个孩子对于柳杨的意义了! 他必须做她的后盾! 也只有他能做她的后盾! 他在桌下握她的手,将滚烫而强大的力量传输给她。

"或许柳女士心里最明白,这孩子是谁的!"董姓男子又把枪口瞄准柳杨,脸上带着似笑非笑的表情。

一定要坚持住! 不然就输了,不然就无法保护宝宝了! 柳杨给自己打气。她努力控制住双手的微微颤抖,捧起茶杯,喝了一口热茶,一道暖流瞬间穿过喉咙,顺着食道流到胃里,冰冷的胸口立刻暖和起来。她努力镇定,调整呼吸,然后放下茶杯,目不斜视地盯着董姓男子的眼睛,努力扯起两边的嘴角,云淡风轻地说:"很不幸,我和你表哥只有短暂的露水情缘,早已结束。你们也看到了,现在我和未婚夫很恩爱,我们即将……奉子成婚。我过去的一切,他都不计较。至于你的表哥为何会信口雌黄,想必他另有诡计,你还是回去问他比较好。"

炸弹踢回去了,至于炸不炸,怎么炸,她已不关心。那个野兽竟然将她出卖给他的家族,如此无耻,也就没什么可惋惜的了。

她看看表,站起来,转头对樊篱说:"我们该回去了,会议要开始了。"然后又转脸面对董姓男子和王律师,"对不起了二位,我们要先走了,你们要是不赶时间,就再坐一会儿。"

董姓男子和王律师相视一眼,董姓男子站起来,居高临下地看着柳杨:"柳女士,我们的诚心已经向你表达了,事实真相你心里比任何人都清楚。既然话已如此,我们也没什么可说的了。我还是那句话,如果这孩子真是我表哥的,您还要坚持生下来,也许后果将不堪设想!"

怎样的不堪设想? 谋杀吗? 柳杨下意识地用手护住腹部,眼里渐渐射出愤怒来。樊篱怕她情绪波动太大,赶紧揽过她的肩,贴身耳语:"亲爱的,千万别动怒,我们走吧!"

樊篱紧紧揽住柳杨的肩向外走去,她在他的搀扶下瑟瑟发抖。他在耳边轻声说:"别担心,一切有我!"直到坐上车,他打开暖气,她才一点点复苏过来。

"对我这个救火队员还满意吗?"他存心缓解气氛。

兵临城下,他能临危不惧,单刀赴阵,四两拨千斤,化解危机,已属不易。和姓单的相比,他是多么纯良果敢。柳杨抬起头,给了他一个含泪的微笑:"谢谢你,优秀的救火队员。"

"什么时候嫁给我?"他一边开车,一边漫不经心地说。

"什么?"她没反应过来。

"奉子成婚啊!"

"你……"她瞪他一眼,"这你也当真?"

"你可以考虑一下啊!孩子也需要一个父亲,不是吗?而我也是求之不得的。"

就当一个玩笑吧!她干脆不再说话,可脑子却停不下来。单啸风,你在哪里?你到底是个怎样的魔鬼,欲将我和孩子置于何地?到底该怎么做才能保护孩子?

五十九　从此,我和你,两不相欠

叶菁听说单啸风的太太派人来和柳杨谈判的事情,气得大骂单啸风人面兽心,转而又骂柳杨有眼无珠。柳杨只是握着电话,任她絮叨。死党就是能和你一起笑、一起哭、一起骂,而不感到难为情的人。

叶菁在结核病医院住了一个月,然后带着一堆药回了家。柳杨去看她,她戴着口罩,坐得远远的和柳杨说话。

柳杨说:"你都已经好了,还这么紧张干什么?"

"还是小心点吧,毕竟你肚子里还有个小生命,我现在都不让点点和我住一起呢。再说啦,我每天打针吃药的,变得好丑,不想让你看见,哈哈哈……"

"孟浪什么时候来看你?"

"要让他看到现在的我,不如让我自杀算了,还是等我恢复一段时间再见吧。"

这还是柳杨第一次看到叶菁的不自信。再强悍的女人,一旦堕入爱河,便变成了毫无自信的小女人,敏感、自卑、迷茫、多疑,多年修行,一朝尽废。

柳杨让柳苗儿做了几个菜带过来。叶菁在住院时,柳杨也经常让柳苗儿做好饭菜,用一次性饭盒装了,给她送去。她最爱吃柳苗儿做的酸豇豆炒肉末,香辣可口,特别下饭。但今天,叶菁好像没什么胃口,吃了小半碗饭,便推开碗筷,说吃不下了,然后就赶柳杨和柳苗儿回家,说她感觉有点累,想睡觉了。

打车回家的路上,柳苗儿歪着脑袋对柳杨说:"姐,我怎么觉得叶菁姐身体状况很差啊,简直瘦得吓人……"

柳杨何尝没有发现,只是心痛得说不出来而已。曾几何时,叶菁是那么美丽骄傲的女人,只要走出家门,永远意气风发,妆容精致,走路铿锵有力。但今天,出现在眼前的叶菁,却是一个"画皮"后面的女人。她显然也精心打扮过,但却掩饰不住满脸的松弛和疲惫,眼睛毫无光彩,头发枯黄,全身皮包骨头,虽然说话时刻意地想要表现出欢乐,却掩饰不住地中气不足。

病魔真是个可怕的魔鬼。

"家里还有燕窝吧?明天你就开始炖,每天给叶菁送一盅。"柳杨嘱咐柳苗儿,苗儿嗯嗯点头。

此后,柳杨不顾叶菁的一再抗议,还是隔三岔五就去看她。她把樊篱从西藏带回的雪莲花炖了乌鸡汤,拿去给她补身子。叶菁一边喝汤,一边跟她开玩笑:"我把你坐月子吃的好东西都给糟蹋了,真是罪过啊!"柳杨捶她:"你赶紧给我好起来,回单位上班。缺了你,这个季度的广告任务都没完成,老板开会时,对着广告部的虾兵蟹将大发雷霆呢。"

叶菁说:"我也急啊,不管在医院,还是在家里,我都没闲着,一直和客户在网上和电话上联络沟通。不过你也知道,人都很市侩,平时见面都跟你称姐道妹的男人,一看你病了,就变得现实起来,加上同行们竞争激烈,谁盯得勤,谁就有可能得到蛋糕。所以我准备下周一就去单位上班,争取在元旦前拜访一些重要客户,明年还得指望这些财神爷呢。"

"你不要命啦,你现在这个样子,瘦得吓人,怎么去见客户啊?"柳杨急了。

"嘿嘿,这正好施展一下苦肉计啊!"叶菁夸张地做一个拥抱的动作,"一见面,我就抱着客户哭,说我都病成这样子了还来求你们,你们好意思拒绝吗?"柳杨被她的举动弄得哭笑不得。

进入十二月,年关将近,各个单位都忙得不可开交。年终总结,部门聚餐,集团年会,个人和单位都忙得不亦乐乎。

一天晚上,柳杨接到一个电话。没有来电显示,她接起来一听,这声音似曾相识。直到对方喊她"柳老师",她才想起来是谁。昆明的小宝,单啸风的外甥。小宝是她与单啸风之间唯一认识的人。小宝似乎也知道她怀孕之事,首先问她最近身体可好。

不知为什么,接到小宝的电话,犹如接到单啸风的电话,心脏骤然激烈起跳。她有一种直觉,小宝来电,一定和单啸风有关。

她尽力按捺住声音里的激动,淡淡地说:"还好吧,一切都好。"

单啸风在哪里?小宝是他派来打探军情的么?

"那个……我舅舅他……"小宝欲言又止。她一下子紧张起来。他怎么了?出了什么事情?她想催问小宝,单啸风到底出了什么事,却又碍于自尊,只得极力控制自己的心跳与焦急,等待小宝的下文。

"我舅舅他最近不在国内,去国外谈一个项目,他叮嘱我要经常联系你,如果你有什么需要我做的,我会立即赶过去。"小宝说。

他不在国内?他去了哪里?是不是为了逃避?他是否知道他那悍妻派人来找过她?他怎么不亲自给她一个说法?

可小宝下面的一句话,让她的心脏再次收缩起来。

"舅舅让我转告你,让你好好带孩子,他还会回来找你的。"

回来找我?他还不知道他那悍妻的所作所为吗?她已经派人来追杀他们的孩子,他居然能远避国外。他长得不像个懦夫,为何行为却如此怯懦?

她感到喉头发干,舌根发苦,不知为何会有这种感觉。她摸过床头柜上的水杯,喝了一口,却又呛着了,剧烈咳嗽起来。小宝惊慌的声音从话筒里传过来:"柳老师,您没事吧?"

在外面看电视的柳苗儿也不放心地推开房门,站在门口看着她:"姐,怎么了?"她冲柳苗儿摆摆手,表示没事。柳苗儿懂事地关上门,继续回客厅里看电视了。

柳杨轻咳了一会儿,平缓了一下喘息,然后向小宝要详细地址。小宝不解其意,说柳老师您有事就给我打电话,我二十四小时不关机的。

"别担心,就是寄点东西给你,没什么别的事。"

小宝告诉了她地址和邮编,她在一张纸上记下。

第二天,她打电话给一个信誉好的快递公司,将那只缅甸老坑绿玉手镯用心包好,用快递寄给了小宝。

从此,我和你,两不相欠!

六十　时而欢喜,时而悲伤

一日,叶菁从外面拜访客户回来,兴冲冲来到柳杨家,正好又碰到樊篱在帮柳杨家换灯泡。过去柳杨有点喜欢小资情调,家里所有的灯都是朦朦胧胧的。不知是不是怀孕的缘故,现在柳杨喜欢家里都是敞敞亮亮的。于是决定将所有的磨砂灯泡换成透明灯泡,将四十瓦的换成八十瓦的,将卧室里的纱罩顶灯换成施华洛世奇的紫色水晶吊灯。她说,天天晚上躺在床上,看着美丽的灯,心情都会变得温暖和柔软。

客厅中央,樊篱站在梯子上换灯泡,柳苗儿在下面帮他扶梯子和递灯泡。叶菁并不避讳二人,进门就对柳杨嚷嚷:"亲爱的,今天我去拜访了一个客户,得到一个重要讯息,我觉得这对宝宝和你的未来来说,是个万全之策。"

原来,叶菁有个客户的太太怀了第二胎,为了逃避国内计划生育政策对生二胎的处罚,便办了个美国签证,以观光旅游名义去了美国,直到顺利生下孩子,才带着美籍婴儿回到国内。

"听说现在美国有不少华人办的月子中心,专门帮助赴美产子的孕妇做一条龙服务,从机场接机开始,直到你生完孩子坐完月子,将你们母子送上回国飞机为止,其中包吃包住,还包办孩子出生后的一切入籍手续,服务十分周到,并且花费也不贵,才十多万人民币左右。如果你去美国生孩子,不仅能远远逃离姓单的家人的骚扰,还能让孩子获得美国籍,以后有机会享受西方教育,一举数得,你看,是不是万全之策?"

这倒是没想过的。以前只知道有很多内地明星孕妇去香港生孩子,没想到如今孕妇们走得越来越远了,孩子都生到大洋彼岸去了。

"有那么容易吗?听说办美国签证很不容易的。如果被美国移民局查到,会不会被遣返?"柳杨表示怀疑和担心。

"你傻啊,亏你还是媒体人呢。这几年,美国不是因为次贷危机导致全美经济低迷吗?现在只要有钱,就能办美国的旅游签证,听说还特别容易,因为美国人就等着你给他们送钱去呢!再说啦,我也知道你会有很多疑问,所以我跟客户太太也说好了,如果你想去美国生孩子,她可以毫无保留地告诉你具体怎么做,从办理签证开始,怎样过面试关,过美国海关时该怎么说,她都已经有经验。她还可以帮你联系她生孩子的那家月子中心,有熟人介绍,你还担心什么?对了,她说,怀孕六七个月时出去比较合适。因为现在美国的观光旅游签证一般都是半年期限,在那待三四个月待产,生完孩子后坐一个月月子,刚好在签证到期内回国。一切都很完美!"叶菁说完,兴奋地一拍巴掌。

柳杨依旧不放心:"人家美国海关官员难道是瞎子?我一个孕妇,挺着大肚子跑到美国来观光,本身就很值得怀疑!"

"这我也问过客户太太。她说啊,因为亚洲女人身材都比较娇小,加上又是冬季,穿的衣服较多,不显怀,美国海关不会太注意到你是个孕妇。如果是夏季,孕妇穿得少,反而风险大一些。你现在的月份刚刚好。"

"但万一签证遭拒或者到了美国被海关识破呢?那不是因小失大、前功尽弃?而且丢人都丢到国外去了。"柳杨依旧表示怀疑。

"只能走一步看一步啊,谁也不能打包票这一步就是百分之百的安全。眼下你怀孕也七个月了,如果想出去生,就得紧锣密鼓办签证了。你好好考虑一下,要是觉得可行,我带你去见一见这位客户的太太,向她当面请教具体如何操作。OK?"

说完,叶菁风风火火地走了,她说女儿今天有点拉肚子,她得赶紧回去看看。

樊篱换完灯泡,柳杨又叫他帮忙修电脑,家里的台式电脑总是死机,大概中了病毒,需要卸载了系统再重装,她想修好了给柳苗儿用。

柳苗儿在厨房里炒菜,锅铲和铁锅亲热地碰撞着,发出一阵悦耳的炒菜交响曲,缕缕菜香也从门缝中钻出来,在房间里飘来飘去。

"嗯,真香啊!"樊篱一边折腾电脑,一边贪婪地吸吸鼻子。此时柳杨正站在一排书架前,手指在一本本书之间游离着,这些书都是她的挚爱,每一本书都有她购书时写下的年月日和购于何处。

见柳杨没有吭声,樊篱便回头看她一眼。见她正专心整理自己的藏书,他又回头盯着闪着蓝条的电脑屏幕看了一会儿,终于忍不住,转过转椅,面向柳杨,出其不意地说:"你真想去美国生孩子吗?"

"什么?"柳杨一下子没反应过来,下意识地反问。

"为什么放着捷径不走,偏要去翻越万水千山?"

"你在说什么呀?"柳杨明白樊篱是在"进攻"了,却"负隅顽抗"。

樊篱站起来,靠近柳杨,看着她的眼睛:"我那天说的是真心话,嫁给我,我们一起来抚养这个孩子! 相信我,我不是一时头脑发热,我很清楚我在做什么。"

柳杨有点发蒙。如果说那天在茶馆,樊篱面对单啸风表弟的步步紧逼而临时起意说出奉子成婚的话,那么此刻,他在柳杨家书房里,在隔壁厨房锅碗瓢盆的交响曲中,在头顶灯光的照射下——这不是一个适合开玩笑的场合。这里的气氛一点也不暧昧,不适合调情,却与生活息息相关。

"嫁给我! 好吗?"

不像是玩笑,更不像是请求,却像是命令。霸道,狂妄,不容置疑。他目光灼灼,似乎比八十瓦的灯泡还亮,烧灼着她的脸颊和心脏。

似曾相识的态度! 此时此刻,似乎还有过之而无不及。原来男人在"霸占"女人的时候,总是霸道得近乎无赖。可自己为什么不反感,反而还觉得受用?

无力的感觉再次袭来!

她挣扎着吐出一个模糊的音节"不……",却冷不防被他抱住,"行"——字还没出口,已被他的唇堵住! 电光石火间,那次在火车软卧包厢里的情景再次闪现。有些刹那,真的会定格成永恒!

"吃饭啦!"柳苗儿一边敲书房的门,一边喊,声音意外惊动了两个贴在一起的人。唇是热的,眼神是迷离的,心是狂跳的。连对视,都变得心虚。

直到坐在餐桌前,柳杨还是一副神游太虚的样子。也许是为了掩盖内心的紧张,樊篱不停地和柳苗儿说笑,对柳苗儿的厨艺赞不绝口:"苗儿,你这手艺,完全可以和街对面的小餐馆师傅媲美了,赶明儿你开个小餐馆吧,保证红火。"

柳苗儿做菜确实已经得心应手。腊鸭炖干莴苣、红烧豆瓣鲫鱼、腐乳空心菜、排骨藕汤,香喷喷摆满了一桌,又给柳杨鲜榨了一杯胡萝卜汁,还贴心地加了蜂蜜。

见樊篱夸自己,柳苗儿羞涩地笑笑,说:"这都是跟我妈学的家常菜,哪能和人家大厨相比啊!"

"想当年我在法国留学时,餐馆里这样一桌菜,就要三四十欧元啊,并且还没这么好吃,我们每隔两个月才能和同学下馆子打一次牙祭。"

"怪不得你会跑回来。"柳苗儿笑着给樊篱夹了一块腊鸭,"这是我妈亲自腌的腊鸭,鸭子也是自家养的,在城里可买不到这么地道的腊鸭呢!"

"国外什么都好,就是我们的中国胃很难适应。"樊篱一边大快朵颐,一边说,"还有偶尔的寂寞,所以我回来了。"

柳杨不说话,一口一口喝着胡萝卜汁,看着说笑的樊篱和柳苗儿,心思还在刚才书房里的纠缠上。假如……假如未来的日子就这样过,会有什么不妥吗?

"来,吃一块鱼。"樊篱细心地剔掉鱼刺,将鱼肉夹到柳杨碗里。柳杨如梦初醒,惊慌推辞:"哎……你……你吃吧……我自己来……"柳苗儿看看柳杨,再看看樊篱,眼里透出狐疑的神色,却没说什么,只是大口扒饭。

吃罢晚饭,樊篱告辞,去健身房锻炼了。

柳苗儿洗过了碗,换上外套,准备陪柳杨下楼散步,这是姐妹俩每天晚上的必修课。

"苗儿,晚上有点冷,你多穿点啊!"柳杨坐在门口鞋柜旁边的矮凳上,一边换鞋子,一边叮嘱柳苗儿。她先换了平时穿的运动鞋,想想又脱了下来,拿起鞋架上的另一个大鞋盒。这里面是一双夏季打折时买的中帮平底靴,好不容易等到天冷,现在终于有机会穿了。她打开鞋盒,只见一个白色的信封躺在鞋盒里。她以为里面装着当时买鞋的发票,随手就将信封拿出来放在了鞋柜上。放下的一刹那,忽觉手感不对,里面的东西比轻薄的发票沉得多,还有响声。

她将信封口朝下,哗啦一声,里面的东西掉了下来。

一串钥匙和一张香港花旗银行卡!

六月惊雷!所有往事排山倒海,席卷而来。原来,她欠他的,远不止一个缅甸老坑翡翠玉镯!

柳杨坐在矮凳上泪如雨下。柳苗儿站在房门口,目瞪口呆。

原来,那天单啸风在临出门之前,还是不失理智地将那个信封悄悄放进了门口鞋柜上的一个鞋盒里。

人们总喜欢把解决不了的难题交给时间。可时间有时像个活得太久的老巫婆,时而清醒时而糊涂,她清醒时挥舞快乐的魔棒,她糊涂时吹起悲伤的号角,将可怜的人们玩弄于股掌之间,乐此不疲。作为当事人,柳杨并不能左右自己的快乐与悲伤。她只能在时间这个巫婆的指挥下,时而欢喜,时而悲伤。

第八章

天意难违

流血的创口
总有复合的盼望
而在心中永不肯痊愈的
是那不流血的创伤

多情应笑我　千年来
早生的岂止是华发
岁月已洒下天罗地网
无法逃脱的
是你的痛苦　和
我的忧伤

——席慕蓉《囚》

六十一　这个世界有上帝吗

这天晚上十点多钟,柳杨已经睡下,忽然电话铃大作,接起来一听,竟是叶菁的妈妈打来的,叶妈妈在电话里哭喊着:"杨杨,你快来,叶菁她……晕倒了……"

"好的好的,我马上来,您赶紧拨打 120 救护车!"

柳杨匆忙和柳苗儿赶到叶菁家。120 救护车已经停在叶菁家楼下。原来叶菁晚上突然剧烈咳嗽,吐出一大摊鲜血,人已昏迷。

世事无常。

诊断的结果令人震惊:叶菁患的竟是肺癌! 之前的肺结核竟是误诊!

在医生办公室,大夫告诉叶菁的父母和柳杨:"我们会尽全力治疗病人,但希望渺茫。因为之前的误诊,已经耽误了最佳治疗时机,现在只能看病人的造化了……"

叶爸叶妈老泪纵横,老两口一左一右,抓着大夫的手,苦苦哀求:"大夫,求您一定要救我女儿,我们老两口就这一个孩子,她还有个四岁的女儿,她要是不在了,我们这个家,就崩溃了……求求您啦……呜呜呜……"

柳杨强忍着和老人们一样放声大哭的冲动,尽量保持着冷静,问大夫:"她最多还能……活多久?"

"根据以往的经验判断,一年左右吧!"

一年? 三百六十五天? 叶菁只剩下最多三百六十五天的生命? 怎么可能? 一定是哪里弄错了,就像上次被误诊为肺结核一样错了! 也许依旧是肺结核,现在却被误诊为肺癌了!

柳杨不死心,拉着叶菁又换了一家在本市乃至全国都赫赫有名的肿瘤医院,并找到该院院长、全国肺癌领域的著名专家高杰,请他亲自检查。几年前柳杨做报社记者时,曾正面报道过这家医院和高院长。没想到,多年前建立的工作友谊,却在此时派上了用场。

为了确诊,柳杨坚持让叶菁把 X 光、CT、核磁共振和活检,全都做了一遍。

结果,还是一样——肺癌中晚期!

在院长办公室,高院长征求叶家人的意见:是告诉病人病情真相,还是隐瞒?

叶菁父母的第一反应,就是要求对叶菁隐瞒病情。但高院长接着又说出了另一番话:"基于医德,我们不能对病人隐瞒病情,而且患者对病情有知情权。通过接触,我发现病人还比较乐观,即使我们不告诉她真相,但她进了我们医院,也会明白自己患了何种病,只是不知严重程度如何。她还年轻,对生活一定有着极为强烈的欲望,尤其是上有父母,下有幼女。所以,我个人建议,我们可以采取委婉的方式告诉她病情,但一定要鼓励她积极配合治疗,尽量延长她的生命……"

尽量延长——叶菁还是没救的。

"高院长,叶菁……她到底还有多长时间?"柳杨哽咽着问。

院长看着手中的核磁共振片子,指着肺叶部位,带着遗憾的口吻解说:"主要是发现得太晚了,如果发现得早,尽早手术切除病灶,加上科学有效的治疗和护理,治愈都有可能,但现在已经晚了。从活体病理检查和片子来看,病灶已经出现了转移,慢慢会向脊椎扩展。现在我看病人的精神面貌尚好,或者可以考虑手术后再化疗加放疗。但这样做,病人会很痛苦……"高院长还在说什么,柳杨已经听不见看不见了,她的眼前,只剩下叶菁戴着呼吸机、骨瘦如柴、奄奄一息地躺在病床上的情景。若不是柳苗儿时刻扶着她,大概她会瘫倒在地,一坐不起了。

谁说命运是公平的呢?叶菁命运的公平在哪里?面对叶菁时,要用怎样的毅力和演技,才能表现得若无其事?

好不容易将叶爸叶妈劝回家吃点东西再来,柳杨回到叶菁的病房,她正站在窗口看风景。这也是高院长亲自特批的一个单人病房。窗外临近一个生活小区,附近有个不大的菜市场。时值早晨,小菜市场一片繁荣景象。

柳杨站到叶菁身后,顺着她的视线看过去。狭窄的菜市口,熙熙攘攘,叫卖声此起彼伏,充满俗世情趣。一个男人推着三轮车,上面装满各种新鲜蔬菜,一看便知是某个小餐馆出来采购的老板,他一边奋力推车,一边扯开嗓门大喊:"哎,借过借过,让一下让一下。"

一个妇女一手牵着儿子,一手拎着装着豆浆油条的塑料袋。儿子手里拿着一根油条,一边咬着,一边又留恋地看着旁边一个煎饼摊子。

一个驼背老太太,左手拎着装了一点菜的塑料袋,右手挂着拐杖慢慢走着。

她的苍苍白发,在阳光下闪着银光。

一个腿部残疾的乞丐,坐着自制的滑轮车,慢慢从远处滑过来,他一手拿着个破旧的搪瓷缸,一手撑一根棍子,靠着棍子撑地的力量向前移动……至于各种讨价还价的声音,更是不绝于耳。

每个人的早晨都千篇一律,但每个人的人生却千差万别。柳杨很少起早去菜市场,偶尔去一趟,也几乎都是下午下班后,顺便捎点菜带回家。以前,她每周去一次超市,往往买够一周需要的食物。自从有了柳苗儿,她更是绝迹于菜市场了。现在看到这幅市井画面,亲切中又有些陌生。市井人生,似乎才是真正的人生。

"你别总在医院待着啊,这里的气氛不好,宝宝会不喜欢的。你回去休息吧,我没事。"叶菁依旧站在窗口,背着身子对柳杨说。

"等一下,柳苗儿下去买早点了,我吃了再走。"柳杨说。

两个人又一阵沉默。柳杨现在有点害怕单独和叶菁在一起,她怕叶菁忽然问她关于病情的问题。可叶菁还是问了。

"高院长是不是说,我没多久活头了?"叶菁忽然直奔主题。柳杨一时愣住,不知如何答复。"你别瞎想啊,不是你猜的这样……"她正在费力地字斟句酌着,病房门被推开,柳苗儿双手拎得满满地走了进来。柳杨松了一口气。

"快趁热吃,我买了酒酿丸子,茶叶蛋,雪菜包子……"柳苗儿一边说,一边把吃的东西放到了靠墙的小桌上。柳苗儿身上穿的全是柳杨的衣服,牛仔裤、羊毛衫和小夹袄,扎着马尾辫,秀气的五官未施粉黛,青春逼人。

叶菁走过去,拉过柳苗儿的胳膊:"哎哟,苗儿真是越来越漂亮了,活脱脱一个小柳杨。哎,对了,你能穿你姐姐的衣服,就能穿我的衣服,我家衣柜里的衣服你随便挑,喜欢的都拿去。反正我以后都得住在医院了,只能穿病号服,那些衣服闲着也是闲着。对了,还有皮鞋,那些装在鞋盒子里的,都是没怎么穿过的,你要是合脚,都拿去。"

柳苗儿毕竟是孩子,一下子没反应过来,用惯性思维说:"咦,都送给我,你不要了吗?"

柳杨却明白叶菁的心思。她是想在自己走之前,将能送人的东西都送人,免得自己过世之后沾上晦气,只能烧掉,太可惜。

"赶紧吃吧,你不是最喜欢喝甜酒酿嘛!嗯,这味道还真不错。"柳杨怕叶菁继续说一些伤感的话,于是走过去,打开塑料袋,将一碗酒酿放到叶菁手里。

酒酿还是熟悉的味道。酸酸的,甜甜的,淡淡的酒香和桂花香,还有丝丝的蛋花漂在里面,小丸子糯软可口。叶菁坐在病床上,用小塑料勺一口口舀着喝。蓦然地,碗里开始下雨。一滴两滴三滴四滴……随之倾盆而下。

"为什么?为什么这种厄运会降临到我头上?我的点点怎么办?我爸妈怎么办?我才三十多岁,老天为什么就要剥夺我活下去的权利,这是为什么啊?"叶菁的爆发是突然的,装酒酿的塑料碗被她摔在了地上,汤水四溅,白色的小丸子洒落一地,叶菁发疯般上去踩着,踩着,仿佛踩着可恨的病魔,"我又没干过什么坏事,老天为什么要这么惩罚我,为什么啊?呜呜呜……"叶菁抱着柳杨大哭起来,这是柳杨第一次看到叶菁流泪。

为什么呢?为什么呢?这个世界有上帝吗?他在哪儿?为什么人们希望他出现的时候,他总是消失不见?他接受世人的顶礼膜拜,却又对世人的苦难视而不见。是他欺骗了世人,还是世人欺骗了自己?

柳杨独自回的家,她坚决让柳苗儿留在医院照顾叶菁。病房里有个长沙发,柳苗儿回家抱了一床小被子来,晚上柳苗儿可以在沙发上过夜。白天,叶菁的父母来换班,柳苗儿再回家。周而复始。

六十二 嫁给我,就当做公益吧

柳杨偷偷从叶菁的手机里找到了孟浪的电话,然后背着叶菁,用自己的手机给孟浪打个电话,准备告知他实情。柳杨的想法很简单:除了亲情之外,爱情,在此刻应该是叶菁最大的精神支柱。有了爱情信念的支撑,出现生命奇迹也说不定。却没料到,电话那头传来的是冷冰冰的提示音:对不起,您拨打的电话是空号。

怎么会?难道自己记错了号码?

过了几天,柳杨又去医院看望叶菁,然后趁着叶菁去洗手间的机会,打开叶菁的手机查通讯录,可找来找去,却再也找不到孟浪的电话号码了,连孟浪的名字也不见了!

叶菁删了,删了关于孟浪的一切!一切都结束了!为什么?什么时候结束的?叶菁为何没告诉她?

再见叶菁,柳杨什么也不问。依叶菁的性格,如果她想倾诉,柳杨根本不必问。如果她不想说,问也没有用。

世上有很多事情,往往太出乎人的意料。不然,这个世界也就没有那么多爱恨情仇了。爱情是什么呢? 在诗人眼中,是所有美好字眼的代名词。在病人眼中,是希望,也是绝望。在现在的柳杨眼中,只是一团焰火燃烧后的灰烬。

第一次手术之后,叶菁接受化疗,头发开始大把掉落,加之呕吐腹泻,身体急剧消瘦。就像一阵深秋的晚风,扫落了枝头最后几片绿叶,叶菁生命中的严冬,无法阻挡地降临了。

叶菁的治疗需要很多钱。虽然单位为每个员工买了医疗保险,但根据保险条例中的有关规定,叶菁能够享受的报销项目,只占所有治疗费用的几分之一。尤其是一些昂贵的药物,保险公司几乎不报。

叶菁已经没有了钱,她所有的钱全都用在了孟浪的创业梦上。她的父母只有平时省吃俭用的五六万,根本是杯水车薪。单位也搞了募捐,一个七百多人的事业单位,最后得到的捐款也就两万多元。叶菁缺的不是人缘,而是人员缺少信心。当今社会,更多人愿意锦上添花,却不愿雪中送炭。而叶菁得的几乎是不治之症,更是个无底洞。

柳杨拿出自己的存折和工资卡,到银行一查,总共有十六万多点,她全都转存到了叶菁的治疗账户上。

到医院后,柳杨找到高院长,提前对他打招呼:"高院长,我还要拜托你一件事,如果叶菁的治疗费用完了,您让财务室千万不要找叶菁本人或她的父母要钱! 千万千万不能! 如果治疗费用完了,直接跟我说,我去想办法。"

"在医院里,我见过很多亲人间为治疗费用闹矛盾,甚至大打出手的事情,你对朋友的仗义,令人感动。放心吧,我会交代下去的。我也会尽可能地为你的朋友减免一些费用。"

高院长一边感慨着,一边翻阅着叶菁的病历:"但病人的病情不容乐观,虽然手术后的两次放化疗暂时控制住了癌细胞的转移,但这也只是暂时的。想必你也知道,放化疗法在杀灭癌细胞的同时,也会杀死正常的细胞,所幸她的体质还算不错,不然,早就扛不住了。我们从手术后切下来的肿瘤看,这是典型的肺腺癌,特别容易转移。所以我们现在经常给病人做痰液检测,也定期给她做胸透检查。幸好病人的心态比较积极健康,配合治疗。我每天查房时,总是看到她笑容满面,在电脑上和朋友们聊天,写东西。有一次我问她在写什么,她笑着说在写遗嘱,说要给她的女儿留下所有想说的话,让女儿长大后慢慢看。如此乐观的病人,还是不多见的……"

叶菁是个聪明人,虽然医生对她病情的严重性,没有说得那么明确,但她已经预感到,自己是凶多吉少了。为了父母与女儿,积极治疗是必须的,但也得提前安排好后事。她在网上查过很多关于晚期肺癌的资料,知道这种病的期限。要怎样活,才能在有限的生命长度里,尽可能地扩充生命的宽度?

手术后两周,叶菁感到体力恢复得还算不错,便接受了高院长的建议,带着药物回到家静养,然后定期去医院复查。加上临近春节,过年的热闹气氛感染着每个人,在家里养病,总比在医院里面对各种病躯和哀号更适宜。

私下里,高院长告诉柳杨:化疗对病人的身体伤害太大,何况已经是晚期,应尽量减少病人的痛苦,所以在病人的病情得到控制后,最好让病人到一个空气清新的地方,安静地疗养,同时辅以中药巩固治疗,增加抗癌营养品的补充,提高免疫力,这样比住院更适合病人的康复。

柳杨听说灵芝在辅助治疗癌症方面效果不错,又听说灵芝的产地在长白山,便四处托人购买。但凡单位有人去东北出差,便被柳杨抓着代购灵芝。

一天,樊篱带着一个盒子到柳杨办公室:"我妈去年生病,有人送了一盒灵芝给她,她没吃,哪天你带给叶菁吧。"

柳杨心中一暖,自从叶菁生病后,樊篱几乎成了她和叶菁之间的使者,确切地说,是车夫。她有任何事,都可以差遣樊篱去跑腿。叶菁每次去医院复查,也是他接送。

一次,叶菁从医院复查回来,樊篱开车,叶菁坐在前排,自顾自絮叨着:"人这一生中,总会有几个割头换颈的好友,和几个老死不相往来的冤家,否则便不能算是一个丰富的人生了。而我是多么幸福啊!左边一个男闺蜜,右边一个女闺蜜,此生有你俩相伴,死也瞑目啦!"柳杨从后排捶她:"快过年了,你不能说点好听的,什么死啊死的。"

"好吧,我正要跟你谈正事呢。"叶菁一本正经起来,"你去美国生孩子的事情,开始办了吗?我那客户的太太前天还特意打电话给我,关心这事了呢。她刚好春节后要去一趟美国,如果你现在申请,也许来得及跟她一起走,路上也有个照应。至于怎么申请,她都有经验,可以帮你。"

"你别管我啦,现在你最要紧,我才不会出去呢。"她一边说,一边从后视镜里偷眼看樊篱,他也正在看她,眼神清澈。

"你别意气用事了,你在国内生,出生证有了吗?孩子生下来你保护得了他(她)吗?你怎么这么死心眼呢?"叶菁又恢复到以往那种恨铁不成钢的语气。柳杨不想和她抬杠,惹她激动,干脆沉默。

叶菁还在继续絮叨:"我还指望你将来帮我养点点呢,假如我走了……点点就靠你了,我要看到你生活平安,我才会瞑目……"

叶菁的最后一句话,如一把重锤,狠狠击打了柳杨。是的,点点是叶菁今生最大的牵挂,万一某天她走了,照顾点点是她柳杨责无旁贷的责任。柳杨的泪水不知不觉地流下面颊,她看向后视镜,正好碰到樊篱从后视镜里投来的深情一瞥。

先送叶菁到家,车里只剩下两个人后,樊篱才开口:"嫁给我,好吗?就算你谁也不为,就为了让叶菁放心,为了肚子里的孩子,为了将来我们一起抚养点点,牺牲一下你自己,嫁给我,好不好?就算做公益吧……"

"不行!真的不行!"她冲口而出。

六十三　种下仇恨,收获报复

几场北风刮过,窗外的梧桐树叶几乎落尽。偶尔有几片叶子,瑟缩着蜡黄的面孔,可怜兮兮地挂在枝头,挣扎着不肯委身于尘土。灰色的天空偶尔可见一群鸽子呼呼飞过,扑棱棱地消失在某幢屋顶之后。

就在这个阴冷的冬日午后,柳杨接到了一个神秘电话。彼时她刚刚小睡了片刻,开着空调的房间暖意融融,她平躺着,腹部的被子隆出一个小丘,宝宝在酣睡呢!

就在这时,床头柜上的手机响了起来,她拿起一看,是个陌生号码,便决定不理它,类似无聊的广告骚扰电话简直防不胜防。电话响了六七下,终于停了。可过了不到三十秒,它再次顽强地叫起来,依然是同一个电话号码。她犹豫了一下,还是按下了接听键,万一是某个广告客户或热心读者呢!

话筒里传来一个女人彬彬有礼的声音:"您好,请问是柳老师吗?"

"是我,你哪位?"柳杨礼貌地问。

"我呀,是你们杂志的一个忠实读者……"果然是热心读者。

"您好,您怎么称呼?您有什么事?"读者就是衣食父母啊,必须有足够的耐心倾听他们的心声。

"您就叫我……紫薇吧,《还珠格格》里的紫薇,这当然不是我的真名,但很好记。我今天想讲个故事给您听,看您是否有兴趣写出来,好不好?"

"嗯,您请说。"

柳杨从被子里撑起身子,坐直了一些,又把另一个枕头靠在腰部,做出了长时间倾听的准备。

"从何说起呢!就从我的第二个孩子说起吧!我刚刚生下她还不到两周,提前一个月早产,生下来只有四斤八两重,昨天才从医院的保温箱抱回家。我第一胎生的是女儿,今年已经十四岁,现在英国读初中。我很想生个儿子,谁知,第二个还是个女儿。我今年已经三十九岁了,本来不想再生孩子了,这纯粹是自讨苦吃,但我老公非常想要一个儿子,我是为他冒险生的孩子。"紫薇说话很轻,也许婴儿就睡在她身边。

"你老公家非常重男轻女吗?"柳杨不失时机地问了一句,表示她在认真倾听。

"按照国家政策,我们都不能生二胎的,但我老公有办法,即使三胎四胎都能生。在我怀孕两三个月的时候,我就发现他在外面又有了外遇,也许这次外遇早就有了,只是我没有发现而已。他经常借出差之名去外地,一去就是好几天。其实他在婚前婚后一直都有外遇,我只是睁一只眼闭一只眼罢了。"

"这样一个花花公子型男人,是什么原因促使您愿意嫁给他?"柳杨开始感兴趣了。这个女人,要么太蠢,要么太天真!

"我们算是各取所需吧……不过这个不重要,重要的在后面。"紫薇自顾自地顺着自己的思路往下说,"他以前的拈花惹草我都能一笑而过,我和他曾经认真谈过,他在外面怎么胡来我都不管,他只要不把别的女人或孩子带回家来就行。但我第二次怀孕后他的这次出轨,我不能坐视不管了。这一次,他动了真情。"紫薇说到这里,停顿了下来。

"嗯!然后呢?"

"然后……有一天晚上,他回家来,跟我摊牌,说他在外面有了一个女人。这个女人,也已经怀了他的孩子。他要我接受那个女人和那个女人的孩子!否则,他会和我分居,等我们的孩子一岁后,就和我离婚,然后和那个女人结婚。"

不祥的预感开始在柳杨心里冒泡,她下意识地看看手机上的号码,仿佛想看清电话那头这个叫紫薇的女人的真面目。脑海中电光石火间,她想起了十一在北京香山某宾馆的前台看到的那三个人。彼时,那个身怀六甲的孕妇手里拿着一张身份证,来找她名叫单古今的丈夫是不是带着情妇在这里开了房。

她在脑海里努力回忆在北京香山某宾馆的前台看到的那个孕妇,回忆她的声音,似乎像,又似乎不像。或许只是巧合?她感到呼吸有些困难,她赶紧做深呼吸,手脚分明又感到发冷,膀胱也明显发胀。

"对不起,我去上个洗手间。"说罢将手机扔在被子上就去了卫生间。可坐在了马桶上,却尿不出来。对面的镜子里出现的是一个眼神惊恐的女人。也曾设想过原配与小三狭路相逢、针锋相对的场景,只是从未想到过这一种。

该来的总会来。就像一句说烂了的台词——出来混,总要还的。即使躲得了现在,也躲不了将来。她之前调兵遣将,想用一百万买断柳杨腹中胎儿的生命未果,现在又想要什么花招呢?

磨蹭了半天,又回到了床上,捡起手机,发现电话依旧保持在通话状态。柳杨拿起手机,轻声说:"对不起,让您久等了。请继续!"

对方也很轻柔地说:"我知道您还想听下去。"

"他这样郑重其事地告诉我,我就知道,这次他是玩真的了。我以为他会看在我高龄怀孕第二胎的分上,至少等我生下孩子后再说。但他说等不了了,因为他要给那个女人一个交代。呵呵呵……我是他的合法妻子,他不要给我交代,却要给那个女人一个交代,哈哈哈哈……"紫薇的笑听起来既像苦笑、嘲笑,又像冷笑。在柳杨听来,颇觉毛骨悚然。

她知道,这时候她已经没必要装作在认真倾听,不需要发出"嗯、啊、然后呢、请继续"等废话了,她必须听下去。对方费了多少力气找到她,就会费多少力气逼她就范。

"再然后,他就真的离开家,住进了宾馆。有一天晚上,我去宾馆找他回家,在宾馆门口摔了一跤,导致了早产。还好,他良心发现,在医院里陪了我两周,等我和孩子出院回家后,他又住进了宾馆……由此我知道,他的心和他的人都回不来了,我的心,也死了。他对我太绝情了!作为女人,你也知道,如果在一个女人心里种下了仇恨,收获的就只能是报复。

"作为结发妻子,我掌握有他很多秘密。他做了将近二十年生意,在生意场上也有很多见不得人的违法行为,偷税、漏税、行贿、涉黑、洗钱……但我在举报信里只写了最轻的一个违法行为,我只想要惩罚他,凭他的精气神和身子骨,三五年的牢狱之灾还是能挺过来的,说实话,我宁愿去探监,也不愿意他在别的女人床上厮混。举报信很快就发挥了作用,可他被检察院带走后,问题越查越多,最致命的是,他还涉嫌非法集资,涉案金额上亿,这些事情我并不知道。如果知道,我也不会轻举妄动举报他了……"

窒息!窒息!

单啸风真的已经身陷囹圄!?

"你……现在……准备……怎么办?"柳杨像被人扼住喉咙,说不出来的气短心慌。

"说实话,我也有点悔不当初。我虽然恨他,但我不能让两个孩子失去父亲,尤其我的小女儿刚刚出生,还不知道父亲的模样,我不能让孩子长大后怨恨我……所以我只能变卖所有的家当,四处筹钱,帮他积极退赃,或许能保他一命,但缺口实在太大,我只怕也无能为力……"

话筒里蓦然传来婴儿的啼哭声,紫薇匆忙说了声"今天就到这儿吧",便收了线。柳杨却兀自握着手机,呆呆出神。

是单啸风家的女人吗?这是不是她的一种计谋,既报了老公的出轨之仇,又断了情人的后享之福?也许,这只是一个相似的故事,主人公根本不是单啸风?

但是,如何考证?

六十四　他是魔鬼,还是神

给小宝打电话的时候,手在抖,心在疼。当小宝的声音从话筒中传来的时候,柳杨控制不住地哭了,不是那种号啕的哭,是捂着嘴巴的饮泣,抑制着内心比号啕更深的痛。小宝是单啸风家族中唯一见证她和单啸风情人关系的人,对她来说,小宝此刻就是单家的亲人。小宝极有耐心地没有打断她的哭,等她哭够了,小宝才喃喃地说:"柳老师,您要保重身体,不要太激动……"

柳杨努力抑制住奔泻的泪,问道:"你舅舅……真的……出事了?"她多想听到小宝用惊讶的口吻反问她"您说什么?我舅舅正在国外潇洒呢……"

但小宝的回答令她失望了,小宝说:"我舅妈太狠了!她为了报复我舅舅,把舅舅送进了监狱……她现在也后悔了,到处找关系捞我舅舅,可哪有那么容易?我管理的云南分公司七拼八凑,也就一千来万,舅舅的窟窿实在太大了……"

"他把钱都花到哪里去了?"脑海里闪出单啸风的模样,全身上下没一件名牌,除了在北京见他开过几辆豪车,没见到他的其他奢靡之处,即使几次外出旅行,吃住行都还算低调。

"唉,我舅舅有一个习惯,他喜欢赌石,每次来云南,他都要去赌石市场转转。少则百万,多则千万地赌石,您或许知道,赌石市场有句行话,'神仙难断寸玉',一刀穷,一刀富。上次您和舅舅一起来昆明时,舅舅让我陪他去了赌石市场,说找一个配得上您的玉石。那一次,舅舅为您淘到了一只上等缅甸老坑翡翠玉镯。舅舅高兴之余,当场又花一千二百万买了一块树化玉。"

原来如此!单啸风,你究竟是个什么属相的魔鬼?

"这次我为了帮舅舅筹钱,自作主张帮他把树化玉出手了,由于事情紧急,只卖了五百万,唉……不过,柳老师,事已至此,您也别太伤心,您保重身体要紧。您知道吗?我舅舅对您是非常用心的。有一次,舅舅在酒后告诉过我,您怀了他的孩子,可我舅妈也怀着孕,短期内,他不能离婚,但他又不想辜负您,所以他在香港给您买了一套公寓,还在香港的银行帮您存了一些钱,这些您知道吗?舅舅出事前跟您交代过吗?……"

什么?原来鞋盒里的那个信封里,居然装着他不择手段为她和她的孩子筹集的未来!

柳杨再也忍不住,哇的一声,抱着话筒号啕大哭。

"小宝,帮我一个忙,帮我退赃……"别说这钱来路不正,即使这钱来路光明正大,她也不可能接受!单啸风,你当我柳杨是什么人了!?

小宝也在电话里哽咽起来:"柳老师,您受苦了……"

小宝坚决不让柳杨用快递,怕路上有闪失,小宝当即订了第二天最早的航班前来 H 市。

那一夜,柳杨几乎一夜未眠。她把信封抱在胸前捂了一夜,信封里的钥匙都被捂得滚烫。

单啸风,你究竟是怎样一个人?

和她在一起时,他从未提过自己的事业,从未用自己的光环去换取她的膜拜,和那些吆五喝六的暴发户、土豪相比,他的低调内敛是多么可贵!可是,在他低调内敛的背后,却又藏着那么多奢靡任性的秘密!

可是,归根究底,他是爱她的,虽然这种爱用了另一种极端的方式。站在人性的层面去考量他对她的爱,他何尝不是一个敢作敢为的大丈夫?她因他对她的欺骗而怨恨!却又因他对她的爱而感动!她为他流了一夜的泪水,怨恨或感动,泪水都明白。

这个男人,一面是魔鬼,一面是天使。

小宝第二天站在柳杨家里的时候,几乎没有认出她来。浮肿的眼睛,臃肿的身材,只是那种恬淡的气质未变。看到小宝,柳杨如见亲人,马上眼眶泛泪。她想起五月和单啸风去云南的情景,那时多么甜蜜幸福,如今才过去几个月,却好像颠覆了整个世界。

小宝挺有心地从昆明机场买了几盒云南有名的土特产鲜花饼给她品尝,另外还带来一个沉甸甸的盒子。小宝说,那是属于她的东西,坚持让她保存。她狐疑地打开外包装,里面是那只有些熟悉的木盒,打开木盒,里面赫然装着她寄回给小宝的缅甸老坑翡翠玉镯!

"这个我不能要!"她把盒子啪嗒盖上,推给小宝。

小宝沉默了一下,说:"柳老师,这个玉镯您最好收下,这是我舅舅那次在云南花了很大心血才找到的。他说金银珠宝都配不上您,俗气,只有玉和您的气质十分相配。所以,无论如何,您也得留下!这是他对您的一片心。您放心,这只手镯是舅舅用自己的钱买的,很干净。"

留下了手镯,是不是就留下了他的心?柳杨捧住盒子,忍不住泪如雨下。想起昆明那一夜,他神秘地不知去向,回来时酩酊大醉,还带着这只木盒。原来,他那晚出去,千辛万苦,竟是为了寻觅这只手镯。

柳杨问小宝,他此去能否见到单啸风?小宝说:"现在舅舅已被拘留,除了律师,大概谁也不能见。"

她很想问问小宝,他的舅妈是个怎样的女人,他舅舅和舅妈的感情怎样?却不知如何开口。自己是个可耻的第三者,有什么资格和权利去打探别人家的隐私?小宝却仿佛洞穿她的心事,主动提起来:"我舅舅其实是个崇尚自由的人,喜欢独来独往,以前经常一个人自驾游,他是个典型的天蝎座男人……"

"天蝎座?我从来都不知道……"柳杨喃喃自语,认识单啸风这么久,居然从来没有关心过他的生日呢!

"我舅舅是十一月七号生日,我舅妈是狮子座,他俩在一起总是摩擦不断,舅舅心烦时就跑得远远的。他在全国二十多家城市建立分公司,部分原因是壮大公司,部分原因也是为了逃避家庭……"

难怪正月十五会在海边与他遇见!

"既然在一起那么痛苦,为什么不考虑……离婚?"也许小宝会因这句话看轻她,不过她还是想问,"你舅舅看上去是那种特立独行的人,不会甘于被家庭桎梏啊!"

"说来话长……"小宝说,"我舅妈的爸爸原先是个高官,在事业上帮助过舅舅,不然舅舅的事业不会发展得这么快。舅舅是个懂得感恩的人,加上舅妈的爸爸前几年已经去世,他更不愿意被人骂过河拆桥、忘恩负义,所以就这么凑合着过了,我舅舅的内心其实很苦闷……"

是的,她还记得某一天,他曾哽咽着对她说过那番话:"宝贝,我有很多事情你都不了解,我也不想把你牵扯进来,不管未来如何,你都是我心灵最后的净土……"

他是天蝎,她是双鱼,当神秘的天蝎遇到多情的双鱼,艳遇的力量犹如火星撞木星,也许毁灭,也许重生!

"你舅妈……前段时间还派了两个人来,想用一百万让我打掉孩子。"柳杨原本不想告诉小宝实情,既然小宝主动说起了单啸风的不幸婚姻,不如就揭开所有遮羞布,把所有的秘密公开好了。

"有这样的事情?"小宝惊叫道,继而又恍然低语,"我舅妈……她是会做得出来的。您要多保重,以防她还会做出什么出格之举,因为我舅舅现在也保护不了您,您一定要小心……"小宝的担心溢于言表。

"没事的,放心吧,我会注意的,毕竟这是法治国家,再说我也没有承认孩子就是你舅舅的。"柳杨继续说,"他们还把你舅舅形容成一个不折不扣的花丛浪子,好过的女人不计其数,但我不相信……"柳杨没好意思说接下来的那句"他们还说有几个女人为他堕过胎",毕竟小宝是单啸风的外甥。她之所以说出上半句,是为了从小宝这里验证一下,单啸风究竟是怎样的人,即使小宝有意维护舅舅,但她听着也会舒心。

小宝一边转着手中的茶杯,一边低着头说:"喜欢我舅舅的女人肯定不少,但我舅舅不是那种没底线胡来的人,这点您相信我,也要相信我舅舅。"说最后这句话时,他抬起头,看着柳杨,认真地说:"我说几件事情,让您了解一下舅舅。"

小宝讲了几个单啸风的故事。

二〇〇八年五月汶川地震,单啸风个人捐了五十万,公司捐了五百万,并且不让媒体点名道姓地报道。后来灾区重建,他亲自带着重庆分公司的数十名员工,去灾区建了十所小学,结果他本人感染了疟疾,在重庆住了半个月医院。

公司一个员工的孩子被人贩子拐走,单啸风给那个员工放了长假,让他全心全意去找孩子,工资照发,直到找到孩子为止。

公司有个农民建筑工出了工伤事故死亡,公司按照最高金额赔偿。单啸风个人出钱抚养农民建筑工的两个孩子上学,直到孩子年满十八岁。

有一年他自驾经过青藏线,见到沿途有很多藏区孩子缺少学习用品,他之后每年都会定期给那里的学校寄去整车的学习用品,并且认养了三十个藏区孩子,一直捐助他们到大学毕业。

……

小宝一边喝茶,一边讲单啸风的故事,柳杨一边听,一边怔怔发呆。

原来他既是魔鬼,又是神!

小宝直接从 H 市飞去北京,将香港公寓的钥匙和银行卡交给单啸风的律师团去处理。趁小宝去洗手间,柳杨还是把那只装着手镯的木盒悄悄放进了他的行李包。

对她来说,这个落入俗套的伪爱情故事,已经不值得纪念。最好的纪念,便是遗忘!

六十五　活着简单，生活复杂

柳杨陪叶菁去医院复查。高院长说叶菁恢复得还行,但如果能去一个山清水秀、空气清新的地方疗养,吃一些健康的无公害蔬菜,将更有利于她的病情好转。

"柳家坝怎么样?"柳杨提议。高院长笑言:"柳家坝不错啊!开车走高速,也就三四个小时,方便回来复查。"

叶菁一听,也欣然应允:"好啊好啊,早就听你说你老家多么多么美,我终于有机会去亲自感受了,等过完年,我就去柳家坝。"

"干脆跟我回家过年算了,我一过完年就准备走了,你长这么大,还没去乡下过过年吧? 我先带你熟悉熟悉环境,那是我从小长大的地方呢!"

"我走了,点点和我爸妈怎么办呢? 他们三个人在家过年太冷清了。"叶菁有点发愁。

"你什么脑子啊?"柳杨嗔道,"他们当然也一起去柳家坝过年啊! 反正学校放寒假了,点点也不用去幼儿园了,你们就在柳家坝待着,等到开学再让你爸你妈带她回来,不就行了?"

"哎呀,我怎么没想到呢! 我这一病,思维也跟着病了,经常脑子转不过弯儿来。"叶菁豁然开朗,"那就这么定了吧,但不知你大伯大妈家是不是方便?"

"我大伯大妈一定求之不得我们回去呢! 不信,我马上打电话。"

柳杨马上给大伯家打电话,简略地说了一下叶菁的病情和目前的治疗情况,以及医生的建议。不出她所料,大妈果然十分爽快地答应:"你把小叶接柳家坝来吧,这里空气好,吃的都是纯天然绿色食品,对她身体绝对有好处。来吧来吧,我保证把她养得白白胖胖地回去……"柳杨在电话这头听得有点眼眶发热。无论外面多么冰天雪地,大伯大妈的胸怀永远是一座火热的土炕。

去柳家坝那天,是樊篱开车送的他们。由于一车坐不下,樊篱便请了另一个哥儿们小胡,开着两辆车来到柳家坝。

叶菁的爸妈对一家人来打扰柳家,感到过意不去,特意从城里带来了茶叶、烟酒和滋补品等礼物送给柳大伯和柳大妈,四位老人谦让成一团。点点兴奋地在院子里追一只花猫,一边跑一边发出咯咯咯的甜笑。柳苗儿跑进跑出,从屋里端出茶杯,放到梨树下的小木桌上,招呼大家坐下歇息。

叶爸爸一边环顾着温馨的农家小院,一边感叹:"只有到了乡下,才接地气儿,这空气里都散发着泥土的芳香哪……"柳大伯接话:"您要不嫌弃啊,尽管在这住着。"说着,柳大伯带着叶爸叶妈上楼参观房间去了,"我带你们看看房间,我家老伴儿已经为你们准备好了两间房间,都是朝南的,被褥是用今年收的新棉花弹的,屋子里添了火盆,纱窗帘换成了夹层窗帘,老伴儿还给你们每人缝了一双棉布鞋,可暖和呢!"叶爸叶妈万分不过意,一个劲念叨:"这可怎么好意思啊,给你们添麻烦了……"

晚上吃的是吊脚火锅,一个土鸡炖山药,一个腊排骨煮白菜,喝的是柳大伯亲自酿的米酒,主食是土豆炕饭,樊篱和小胡一个劲喊"好吃好吃"。

"这要在城里,一百块一锅都打不住,还没这么实在。"小胡吃得油光满面。

"农村没别的,就是吃得放心。不像城里,吃啥都担心。"柳大妈不停地往每个人碗里夹菜,"你们要是喜欢吃,下次再来。"小胡连连点头:"大妈,我肯定会再来的,不仅我来,我还会带我的朋友们过来。"

吃饱喝足,大家各自安睡。叶爸叶妈睡一屋;柳杨、叶菁还有点点睡一屋;樊篱和小胡睡一屋。他俩本想晚上开车回城,却由于贪饮柳大伯的米酒,哪知米酒又有后劲,等到两人酒足饭饱,已有眩晕之感,大伯大妈便极力挽留他们住下,明早再回城。

点点已经睡着,柳杨和叶菁尚无睡意,躺在床上聊天。柳杨说了单啸风非法集资、涉黑、洗钱、行贿等违法行为,又为她在香港置业,然后被他太太举报,如今身陷囹圄,她已委托小宝退赃等等,一长串故事讲完,她已口干舌燥,却泪盈于睫。

叶菁听完,先是长叹一声,既而说道:"你这个单啸风啊,果真不是一个凡人!你为他受点苦,也值了!虽然他非法集资并非都为了你,但至少还有心为你和孩子安排了未来。相比之下,很多男人只顾下半身快活,一旦情人怀孕,马上威逼利诱卸掉包袱,这个单啸风,也算难得啊……不过,更难得的是你,你见过哪个情人还去帮情夫退赃的?只怕别的女人遇到这种事情,立马卷款跑到国外享清福去了,把到嘴的肉吐出去,也就你这种傻女人做得出来。不过我理解你,你要是不这么做,你就不是你了。不过,还真是遗憾,他给你买的那套香港公寓,到底啥样呢?是不是背山面海,风景独好?你那张银行卡里,到底有多少钱?"叶菁的眼睛盯着木屋顶,开始臆想起来。

"你说,我咋就没有你这么好命?我怎么碰到的都是人渣呀?我以前总数落你有眼无珠,从魏凌、邱平再到单啸风,遇到的都是感情骗子,每次人家都全身而退,自己反而体无完肤。殊不知,我才是那个最最有眼无珠的人。骗你的人,都只是骗骗色而已。可骗我的人呢,却是财色兼收,我才是输得最惨的人,我才是天下最傻的女人,哈哈哈……"叶菁说着便苦笑起来,眼角悄然滑下一行泪。

柳杨在被子下面握住叶菁的手,给她无声的安慰。叶菁毕竟是叶菁,下一秒,她立马又换了一副无所谓的表情:"切!这世界离了谁不能活啊!那个姓孟的也就一人渣。还是网友说得好,人这辈子不碰到几个人渣,怎么成孩子他妈,哈哈哈……"叶菁的思维跳跃性很强,自嘲完,她马上话锋一转,"你到底是决定出去生孩子还是想其他办法弄个准生证在国内生?这都是迫在眉睫的事情,别再拖延了。"

"说实话,我真不知道该怎么办! 你大概也看出来了,樊篱对我的好感,还不是一般的好感,他要我跟他结婚,你怎么看这事?"

"哇哦!"叶菁忍不住惊叫起来,点点被惊动了,扭了扭身子,哼了哼。叶菁连忙伸手拍拍她,小家伙又很快睡去。叶菁一边对着柳杨挤眉弄眼,一边换了很小的声音,说:"我就知道这家伙对你有意思,但我没想到他居然……居然要娶你! 这不是一般的深情啊! 够种! 你怎么决定的?"

"我还没决定呢! 我能怎么决定? 我怀着别人的孩子嫁给他,对他公平吗? 别人会怎么看他? 他家人会怎么想?"

"你傻啊,现在除了我、樊篱和你的家人们,只要你不主动昭告天下,谁知道这孩子是谁的啊? 等你和樊篱结婚的时候,人人都会以为你俩早就好上了,现在是奉子成婚罢了。至于他家人,他的父母以前都出国留过洋,应该比较开明。如果樊篱是真心爱你,他们绝对干预不了。现在关键是,你愿意不愿意嫁给他?"

"说心里话,我对樊篱也不是没有好感,但这种好感和爱情还有很大距离,毕竟我经历过了单啸风,感情上不是一片空白,对他不公平……还有,现在单啸风身陷图圄,我怀着他的孩子和别人结婚,无论对他还是对樊篱,都不够尊重吧……"

"什么叫不够尊重? 难道你还想等单啸风出狱,再和他结婚吗? 别说他在生意场上有那么多违法行为,刑罚不会轻,万一他老婆一直不同意离婚,你就一辈子带着孩子单过吗?"

"其实从我得知他有家庭之后,我就没有想过要嫁给他! 再说,他和我如胶似漆的时候,他的妻子还怀着孕,这对我也是一种莫大的感情伤害。这两个心坎儿,我很难过去。现在我对他的感情,只有怨恨,而没有爱了……"

"所以,你应该很好抉择了。"叶菁反过来握过她的手,"在出国生孩子和嫁给樊篱这两条路之间,我赞成你选择后一条。前一条路看似光明,但走起来也很艰难;后一条路,你用心去走,一定会是一条简单幸福的路。至于你刚才说的,这样做对樊篱不够尊重,我不同意你的说法,他爱你,你愿意嫁给他,就是你对他最大的尊重! 他知道你怀着别人的孩子,还坚持要娶你,就是他对你最大的尊重! 你们之间是相互尊重的,你不要没事钻牛角尖,跟自己过不去,好不好?"

"你真的这样认为吗?"

"是的。"

夜深了,静得似乎能听见落叶坠地的声音。叶菁打了个哈欠,说:"别想那么多了,吉人自有天相。我相信你肚子里的孩子就是你命中的贵人,你要有信心! 不早了,睡吧! 明天的事情明天再说。"

两人相依着躺下,柳杨却久久难以入睡。脑海里翻来覆去着不知从哪里读到的两句话:活着是一件简单的事,生活却是一件复杂的事。

六十六　最暖胸怀是故乡

再翻一座山　渡过一条河
就是外公外婆的村落
喝一口泉水　唱一支老歌
看那袅袅炊烟舞婆娑
采一朵野菊　插在你酒窝
酿出牛郎织女的传说
吹一首牧笛　暖在你心窝
看那斜阳笑山坡
为了什么才离开　又为什么而归来
故乡是永远能给我原谅的胸怀
要走几段路　犯过几个错
才明白自己想要的太多
要恨几个人　伤过几次心
才了解为了爱要怎么做
一座城市　又一个城市
才知道流浪的路多颠簸
一次成功　又一次坎坷
才懂得陶渊明先生的快乐
……

柳杨在轻快的音乐声中彻底醒来,睁开眼睛,发现床上只剩下她一个人,点点和叶菁不知何时已经起床下楼了。看看手表,居然已经早上八点过几分。自从怀孕后,她就特别嗜睡,经常一夜无梦到天亮。窗帘的缝隙里已经透出了日光,一看就是好天气。歌曲是从院子里传来的,是羽泉的《归园田居》。在农家小院里听这样的歌,倒是十分应景。

柳杨下了楼,才发现院子里早已一派忙碌。柳小山开着收录机,正甩开膀子挥舞斧头大力劈柴;点点和外公站在院角的鸡棚边上,抓着玉米粒喂鸡;叶妈跟柳大妈坐着一边择菜,一边唠家常。

"呀,你们都在忙,只有我一个人睡懒觉到现在,嘻嘻。"柳杨甩着胳膊,伸个懒腰。

"哟,杨杨起来啦。我这就给你热粥去,我熬了地瓜粥呢。大伙儿都吃了,就剩你啦!"柳大妈拍拍围裙站起来。

"不用不用,大妈,你忙你的,我自己去热热就好了。咦,叶菁和小樊他们呢?"

"叶菁跟苗儿去河边溜达了。小樊和小胡一早就走了,说是走晚了高速上会堵车。我留他们吃了午饭再走,怎么留也留不住。小樊说,你哪天回城,打个电话,他再来接你。"柳大妈说着,走进屋里帮她热粥去了。

点点听到柳杨的声音,兴奋地跑过来:"阿姨阿姨,我和妈妈早上收了好多鸡蛋啊!我数了,有十六个鸡蛋呢,我第一次看到这么多的鸡蛋。我从鸡窝里拿出来的时候,还是热的呢!我带你去看……"说罢,牵了柳杨的手就往堂屋里跑去。

这个春节,无论对柳杨、叶菁、点点、叶爸叶妈和柳大伯一家来说,都是前所未有的热闹和欢乐。整个春节期间,雨雪一滴未落,每天风和日丽。

几乎每天早晨,柳杨都会被羽泉的《归园田居》叫醒,几天后,她几乎都能哼唱这首歌,会背下整首歌词了。她尤其喜欢那一句"故乡是永远能给我原谅的胸怀"。她深有感触地对叶菁说:"我无法想象,如果没有柳家坝这个故乡,我是否能够承受得了生命中那么多的挫折。每次只要一听到、一看到、一提到'柳家坝'三个字,心里就会泛起温暖的涟漪。对我而言,故乡就是妈妈的代名词。也许正因为父母过早去世,所以令我对故乡始终怀有深沉的依恋感……"

叶菁遗憾地叹口气,对柳杨说:"唉,真羡慕你有故乡,我连故乡都没有。在城里出生和长大的孩子,不知何处是故乡,不知乡情为何情,想想真是可悲……"

为了弥补叶菁的故乡情结,柳杨陪着叶菁踏遍她童年生活过的每个地方,包括她一跤摔倒、失去童贞的那个果园。她还带着叶菁去寻访自己的童年玩伴,可惜的是,她的童年玩伴大都远嫁外地,只有一个小学同学嫁在不远的外村,生了两个女儿,丈夫是个泥瓦工,她自己常年务农。柳杨联系过一次,说想请她出来吃顿饭,谁知小学同学在电话里操着乡音说:"我造业(作孽)啊,莫(没)得时间出克(去)呀,大伢小伢烦死老娘,老娘累得像个鬼,出克(去)掉底子……哪像你,拿官饷吃皇粮,快活似神仙……"言语里毫无同学间的亲热,却是对自己生活暗淡的极度不耐烦和对柳杨生活如意的羡慕嫉妒恨。

"得了,你也别和那些发小联系了,她们和你现在的距离不是用公里可以形容的,你就别再费心找她们了。"

两人又围绕着每个人几乎相同的出身却完全不同的命运展开讨论。柳杨说:"当生命还是一枚精子的时候,它的命运就已经被注定了,注定它在男人某一个激情喷薄的时刻,被冲刺进母体,之后它的所有生命轨迹都是沿着既定的跑道在运行,所以我是非常信命的。人在冥冥中,都是被一种神秘的力量指引着走完一生。即使你今天摔了一跤,和人吵了一架,也是命中注定必须经历的过程……"

"鬼话!"叶菁嗤之以鼻,"我宁愿相信命是命,运是运。命是与生俱来的生命,运是生命的运程,命是无法改变的,运是可以逆转的。就像你,原本命中注定是个面朝黄土背朝天的农村丫头,一辈子和泥巴打交道,但你不甘心屈服于命,自己闯出了一条完全不同的路,这就是你扭转了你自己的运,你的命不由你掌控,但你的运被你改变了,你承认吗?"

"NO!"柳杨摇头,"即便命是命,运是运,我还是相信,运由命生,运的改变是在命的基础上,运的走向,取决于命的安排,命可以主宰运,命是一切之主,没有命,就没有运……"

"好了好了,打住打住,我俩要这么辩下去,都成哲学家了,还不如斗地主来得简单快活……"

天气晴暖的下午,她们就在小院里斗地主,嗑瓜子,听音乐,看电视,织毛衣,或是陪着点点玩游戏,时间过得飞快。

六十七　归园田居

春节期间,柳家还降临一喜:小山向女朋友田珍珍家提亲成功,大年初二送了彩礼,定下了亲事。珍珍和小山原本是高中同学,她家住邻村,两人高考时,一个考上了师范,一个考上了农大。小山毕业后回家经营农家乐,珍珍师范毕业后回村当了一名小学教师。两人情投意合多年,双方父母也都很满意,于是在这个春节,两人顺理成章地定了亲,准备下半年结婚。

"哎,小山、珍珍,你俩这么年轻,怎么不出去闯荡闯荡?就甘心这么一辈子待在农村?"

那天下午,太阳晴好,小山、珍珍、叶菁、柳杨和柳苗儿几个人坐在院子里晒太阳、嗑瓜子、聊天,不知怎么就扯到了是城里好还是乡下好的话题上,叶菁便好奇地随口一问。小山和珍珍相视一笑,小山憨厚,不善言辞,珍珍倒是快人快语:"我在城里读了四年大学,发现城里人的幸福指数其实没有乡下人高。姐姐们算算啊,城里人不是房奴、车奴就是孩奴,整天压力巨大,吸的是雾霾,吃的是毒食,住的是蜗居,我觉得,无论在城里挣多少钱,都没有乡下人的幸福指数高。我们在乡下挣钱虽然少,但无论从空气质量、食品安全还是经济压力上,都比城里人轻松和优越得多。只要保持内心平衡,就很容易感到幸福。这种生活,才是最踏实的。我和小山之所以不愿去城里发展,也和我们的性格有关,我们都是那种小富即安型的人。再说了,大家都往城里涌,乡下怎么办?总得有人守着吧。你看,无论江湖上多么风起云涌,这里总是风平浪静,呵呵呵……"

"珍珍的想法很明智,我赞同。"叶菁说,"要不,我也把城里的房子卖了,到这来租几亩地,没准我的病在这山清水秀的地方,会彻底痊愈也说不定呢。"

"是啊是啊,叶姐,我从网上也看到过类似消息。说有个中年女子,也是得了什么癌症,医生说她顶多还能活五年,她先生就卖了城里的房子,陪她到一个山区租了几亩地,自己种蔬菜、养鸡鸭,自己吃不掉的,就拿去集市卖钱。几年以后,那女子不仅癌症痊愈,还成了当地的绿色蔬菜种植大户呢……"柳苗儿抢着说。

几个人开始七嘴八舌,议论农村的种种好处。叶菁听得热血沸腾,立马叫来爸妈,跟他们商量,说想卖了城里的房子,来柳家坝租地过日子。叶爸叶妈对视一眼,叶爸说:"菁儿啊,你要觉得这儿好,我们全力支持!这几天住下来,我跟你妈都觉得这儿适合养老。等点点大一点,再送回城里上小学也不迟。"

接下来两天,柳杨就陪着叶菁在村里转悠,找合适的租房。还真有那么巧,村里刚好有户人家,两个儿子都在城里工作,大儿子刚刚添了孩子,老两口准备过完春节就去城里帮大儿子带孩子,正愁家里的房子没人照应。通过柳大伯的介绍,叶菁和房东谈好价格,一年租金一万元,包括房前屋后的半亩菜园地。叶菁十分兴奋,立即着手,准备将自己的房源信息挂到网上交易。

柳杨却建议她先不要急着卖掉城里的房子:"你先将城里的房子出租嘛!你和你爸妈的两套房子,每月租三千块钱绝对没问题。然后用城里房子的租金付乡下房子的租金,还略有结余。你们在这里住个三年两载后,如果觉得柳家坝真的适合长久居住,再卖房不迟,再说现在的房价又不是最高的时候,现在抛售划不来。何况,农村现在也到处拆迁,万一哪天柳家坝也被拆迁,你们又到哪里去住呢?"其实柳杨还另有一层担忧:万一叶菁的病情无法好转,撒手而去,好歹还有两套房子供叶爸叶妈养老,点点也有家可归。叶菁想想也有道理,便不再坚持卖房,开始准备出租。

对柳杨和叶菁来说,这个春节过得很有意思。自从工作之后,她们便从来没有如此放松地接近过自然。山野、田趣、乡情,远离城市喧嚣,远离压力和烦恼,玩得无拘无束,浑然忘我。

少无适俗韵,性本爱丘山。误落尘网中,一去三十年。羁鸟恋旧林,池鱼思故渊。开荒南野际,守拙归园田。方宅十余亩,草屋八九间。榆柳荫后檐,桃李罗堂前。暖暖远人村,依依墟里烟。狗吠深巷中,鸡鸣桑树颠。户庭无尘杂,虚室有余闲。久在樊笼里,复得返自然。陶渊明的这首《归园田居·少无适俗韵》,更符合柳杨和叶菁的心情写照。

直到长假结束,柳杨该回城了,依然流连忘返。

大年初七,樊篱开车来接柳杨回城,柳杨依依不舍地抱住叶菁,笑嘻嘻话别:"好好养病啊,我会常回来看你的。"

叶菁紧贴柳杨耳语:"记住我说的啊,别太矜持了,难得还有人愿意娶你,半推半就得了,嘻嘻……"

直到带着柳苗儿坐上樊篱的车,与家人挥手作别,柳杨还没从亲情的缠绵中回过神来,一路上沉默寡言。只有柳苗儿神采飞扬,又能去城里生活了,这是从小生活在农村的女孩最为向往的。

"姐姐,我想业余时间去学服装设计,可以吗?"柳苗儿从副驾驶座上侧过脑袋来问柳杨。

柳杨愣了愣,答道:"可以啊! 趁年轻多学点东西,总没坏事。"

"女孩子学服装设计不错,我可以帮你打听一下职业技术学院还招不招生。"樊篱接着说。

"太好了,樊大哥,先谢谢你!"

正说着,只听公路边的一个村庄里传来一阵呜里哇啦的吹拉弹唱声,一队头缠白纱、身披麻布的队伍走在乡村小道上。农村人都知道,这是谁家有人去世出殡了。

"刚过年就去世,不知是有福还是无福。"樊篱叹息一声。

柳杨看着那一队逶迤的送葬队伍,却想起了另一番话:人生永远奇妙得无法预测。每一秒都有人生,有人死,生者不知为何生,死者不知为何死,生死交替,人生循环,此乃天命。

六十八 天意难违,你就认命吧

上班的第三天,樊篱给柳杨的手机发来一条信息:你该去做孕检啦!

柳杨吓一跳:你怎么会记得这么清楚?

我当然记得啊! 上一次就是我陪你去的嘛! 医生叮嘱十三到二十七周,每四周检查一次,现在已经过去一个多月了,你忘记啦?

柳杨窘了,他比她还清楚做孕检的时间。

下午我没事,陪你去吧!

不用了,明天我让柳苗儿陪我去就行。

过了一会儿,手机信息消停了,柳杨开始埋头看稿。刚上班头两天,都是在开会,第三天总编去北京参加一个期刊界的表彰会,山中无老虎,猴子称大王。只要老板不在,各个部门看起来各就各位,实际上人坐在办公室,魂都飞到大楼外了。停车场的车一会儿溜出去一辆,才下午三点多,停车场已经空掉一半。

"笃笃笃——"有人敲门。柳杨头也不抬:"请进!"

"走吧!"樊篱推门进来,手指上摇着车钥匙。

"干吗去?"柳杨纳闷。

"去医院啊,刚才不是说了吗?去做孕检。"对方比她还纳闷。

她瞪住他,眼睛里有气恼、讨厌、无奈等情绪。他毫不退让地也看着她,眼睛里却是关切、俏皮、爱怜等神情。她敌不过他的注视,匆匆把一沓稿子装进包内,一边锁抽屉,一边嘟囔:"你真是讨厌哪!"心里却有丝丝甜蜜沁出来。人家一片好意,你好意思当作驴肝肺么!

没料想,这次孕检时却发生了一个意外,这个意外彻底扰乱了柳杨的阵脚。

意外是在柳杨和樊篱坐在妇科外面的椅子上候诊的时候发生的。樊篱手里拿本《母子保健手册》翻着,正指着某处给柳杨看:"你看你看,这里写着呢,十三到二十七周,每四周检查一次;二十八到三十五周,每两周检查一次;三十六周到分娩前……"

就在这时,两人都没注意到,一个人站在了他们面前:"小——二子——"两人惊讶地抬头,樊篱一个激灵站了起来,语无伦次:"妈……您……您怎么在这儿?"

樊母?柳杨也情不自禁地站了起来,感到头皮发胀,手足无措。樊母张宜君风韵犹存,一身得体的中年妇女打扮,优雅而不失时尚。她有一副亲切和善的面庞和一双洞察世情的眼睛,只是零点几秒的对视,她的视线马上从柳杨的脸上一滑而过,定格在了她的肚子上,脸上的表情瞬息万变,惊讶、惊喜、不解、疑惑……

还是樊篱机灵,马上向母亲介绍道:"这是柳杨,和我一个单位的。"这种模棱两可的介绍一般比较安全。但老妈也不是好糊弄的,转身抓过儿子的手,欲拉到一边问个清楚,偏巧这时护士出来喊:"柳杨,谁是柳杨?"

柳杨应了一声"是我",便向樊母礼貌地点了点头,转身往诊室走去,樊篱急忙追上去,做搀扶状:"哎,小心点……"呵护之情溢于言表。樊母正要追上去拉住儿子,却听得背后有人在喊她:"哎,宜君,我到处找你呢,你怎么到这里来了?"

樊母回头应答:"哦,碧霞啊,我刚到几分钟,看你还没到,想去上一趟洗手间的。"来人是樊母的一位好友,原来她们俩相约今天来医院看望一个朋友刚出生不久的孙子的。这一分神,樊篱和柳杨已经走进了诊室,樊母是个极为明白事理的人,自己还没了解清楚的事情,不便闹得人尽皆知,只得按捺下满心的疑惑,往产房探视老友的孙子去了。

检查结束后,樊篱像个特务一样,先走到门口探路,见母亲没在外面守着,才回转身对柳杨说:"我妈不在,走吧!"

柳杨瞪他一眼说:"不知你妈会怎么想呢,看你回家怎么跟你妈交代。"

"我妈思想很开明,我哥在美国娶了个洋妞做媳妇,我妈都没说一个'不'字,我妈还挺想得开,说娶个洋妞改变咱家的基因和血统,也算是个了不起的改革。这就是我那与众不同的妈,所以你绝对放心。"

其实他心里已经打起了小算盘,他了解他妈妈,善解人意、通情达理,如果他一口咬定柳杨是他的女朋友,肚子里怀了他的孩子,他妈妈一定会逼他马上结婚,马上! 这是个绝好的机会!

"你不要瞎说啊! 该说的说,不该说的不说。不要欺骗老人家。"柳杨像是看穿了他的心事,补上一句。

"那你说,什么事情该说,什么事情不该说啊?"樊篱狡黠地问,柳杨一时语塞。是的,在残酷的真相和善意的谎言间,到底该怎么做?

"我不管你怎么说,但你最好别将我和你扯上关系。"柳杨故意冷下脸来。她不是不明白樊篱的心事,之前的两次"求婚",已经表明了他的决心,没准他会借此机会和他父母摊牌也未可知。若真那样,该怎么办? 虽然叶菁好心地建议她为了孩子,半推半就随了樊篱,但做人起码的道德还该不该有呢? 如果她现在是自由之身,没有肚子里的小"累赘",面对樊篱锲而不舍的追求,她很难不动心,她不是不爱他,是不敢爱。何况现在,她这副模样,这副德行,她怎配得上他的纯真? 纵然感情上会有一些贪婪,理智上也不许自己造次。

樊篱把柳杨送到家,柳杨下车前还不忘叮嘱樊篱:"和你母亲谈话注意点,千万别把我俩扯一块去,就说你今天是帮忙好了。"

"我又不是三岁小孩了,我知道该怎么说话,放心吧!"此时的樊篱是一本正经、一丝不苟的,从他英俊严肃的脸上,看不到一丝开玩笑的神情,柳杨放心地下车了。

"这是个千载难逢的好机会,我得好好把握。有时候,天意就是可遇不可求的运气。柳杨,天意难违,你就认命吧! 呵呵呵!"樊篱如此想着,将车掉头而去时,已经忍不住得意地笑了。

六十九　近水楼台未得月

　　樊篱晚上从健身房回家,只见母亲还坐在客厅里一边看电视,一边等他。樊篱一进门,樊母就笑眯眯拍拍沙发:"小二子,过来坐。"樊篱知道老妈想要说啥,想要滑头:"哎呀,妈,我这一身臭汗,我先去洗澡。"樊母哪里会放掉他,一个健步蹿到儿子身边,一把扣住儿子的手腕:"别跟我耍花腔,乖乖给我坐着,坦白从宽,抗拒从严!"随着又冲着书房喊道,"老樊,老樊,你快出来,跟我一块儿审讯这臭小子!"

　　樊篱的爸爸樊正直从书房里不紧不慢地走了出来。樊篱拿只小塑料板凳,蹲坐到父母对面,装出十分谦逊听话的样子。"好好的沙发不坐,坐小板凳不难受?"樊母说。

　　"我刚锻炼回来,身上脏呢!"一边说,一边又不安分地拿遥控器调台。樊母一把夺过遥控器,把电视给关了。"你别给我装,乖乖地向我们如实招来。"樊母是那种非典型的中国母亲,和儿子处得像姐弟。每回娘俩逛街或去菜场买菜,樊篱都会和老妈勾肩搭背、"打情骂俏",常常搞得路人侧目、惊诧不已。

　　"那个……妈,您都看到了……"樊篱嬉皮笑脸道,"我这不是跟爸爸学吗?先把生米煮成熟饭,什么都好说了,对不对,爸?"

　　"你这臭小子……"张宜君笑嘻嘻地从沙发上抓起一只靠垫,向儿子砸来。

　　樊篱这话是有典故的。当年,他老妈张宜君从湖北美术学院刚毕业,被分配到老爸樊正直所在的省建筑设计研究所(现已改名为省建筑设计研究院)工作,同样毕业于美院的樊正直已经是研究所副所长了。樊副所长一下子就看上了这个新来的小师妹,他怕所里其他男同事捷足先登,小师妹刚上班半个月,他就借着近水楼台的便利,向小师妹发起了情感攻势。半年后,张宜君就珠胎暗结,怀了大儿子樊攀,于是奉子成婚。这在八十年代初期,还是一件难以启齿、惹人耻笑的事情。所以当张宜君怀孕到八个月就生下大儿子时,夫妇俩一致对外,异口同声说孩子是早产。

　　时过境迁,直到二十一世纪,当留学美国的大儿子带回来一个金发碧眼的洋妞时,张宜君心花怒放,才在未来的洋儿媳妇面前公开了这段当年难以启齿、如今已经正大光明的秘密。樊攀当时故作惊讶状："难怪我这么聪明,原来我是偷情的产物。"

"呸!什么偷情不偷情,我跟你爸是正大光明谈过恋爱呢!"张宜君不好意思地啐了儿子一口,却也双颊绯红。

如今,小儿子也效仿当年老子的魄力,神不知鬼不觉地先生米煮成熟饭,张宜君不忧反喜:"正好我退休了闲得慌,赶紧生个孙子让我带带也好。"

这时,樊正直慢吞吞道:"你不关心关心儿媳妇的来历啊?"

"我相信儿子的眼光,准没错。不过——"张宜君话锋一转,看向樊篱,"我看那姑娘好像年龄比你大一些?"

"哦,我妈果然厉害,这点年龄差你也看出来了。她叫柳杨,是我们杂志社主编。"樊篱这回倒是如实招来。

"啥?"张宜君睁大眼睛,"这么说,她是你上司?"

"是啊!老妈,我们是办公室恋情。"樊篱嬉皮笑脸地说,顺手拿起茶几上水果盘里的橘子剥起来,又被他妈一把夺下。"说完了再吃。"

樊篱于是转过身子,恭恭敬敬地坐到爸妈面前,做出一副洗耳恭听的样子。张宜君啪地一拍儿子的肩膀,一口气说道:"好小子,保密工作做得不错啊!给爹妈来这么大一惊喜,要不是我今天在医院碰到,你想瞒我们到什么时候啊?难不成想抱着娃娃回家,给我们一个惊到死的喜?我看那女孩的肚子也不小了,怎么?没考虑结婚?你们到底怎么想的?准备怎么办?"

樊篱干脆将部分情况从实招来。"她比我大几岁,一直不接受我的求婚,她说因为年龄差太大,没有安全感,我该怎么办呢?老妈你帮我想想办法嘛,她说她宁愿独自养孩子,也不想以后我们的感情出现了问题伤害到孩子……"

"她是不是离过婚,受过伤害,才会有这种恐惧心理?"老妈不愧是老妈,一针见血。樊篱哑了,不知道如何答复才不至于弄巧成拙。就在这时,樊正直开腔了:"关键不是离没离过婚,关键是你剃头挑子一头热,还是你俩两情相悦?"这老两口一唱一和,挤对着儿子。

樊篱也不笨,首先四两拨千斤:"老爹老妈,你儿子我也不是毛头小伙啦,难道还不会谈恋爱?"接着话锋一转,将了父母一军,"柳杨是个好女人,我们的爱毋庸置疑,只是我们之间的年龄差让她有些犹豫。所以,老爸老妈,如果你们想尽快抱到孙子,就帮我支招,让柳杨答应嫁给我吧!"

老爸摇头:"这个女孩子宁愿独自抚养孩子,也不愿随便进入婚姻,可见她是有主见的,大概不是随便就会被说服的。"老妈却不以为然:"再有主见的女人,都得走结婚这条路,你看那些不可一世的女明星,多有钱,多风光,多拽啊,最后人到中年,还不是找一个男人嫁了?我就不信她不想结婚,她只是担心咱儿子比她小几岁,没安全感罢了。让我见见她,和她聊聊,保证她一口答应做我儿媳妇。"

只是张宜君没想到,他儿子爱上的这个女人,和一般女人不一样。她也没想到,儿子虽然近水楼台,却未曾得月。

七十　你若无恙,世界不伤

小宝又打来了电话,告知柳杨关于单啸风的最新消息。小宝从单啸风的律师处得知,即使单啸风能够积极退赃,但死罪可免,活罪难逃,起码面临十年以上刑期。

"尽管如此,我舅舅家人也已经很满意了。毕竟现在是非常时期,能保命就已经阿弥陀佛了。"柳杨静静地听着,除了电话刚接通时,她的心脏由于没想到是小宝的电话而有一秒钟的震动之外,接着便越来越平静,好像是在听一个不太相熟的朋友的事情。

曾几何时,听到单啸风的名字,心里或大或小都会产生震荡,现在这是怎么了?

可小宝接下来说的一句话,却令柳杨的心脏像被充气的气球一样开始膨胀:"我……舅妈……让我谢谢您……"也许是意识到在柳杨面前称呼单啸风的太太为"舅妈",会令柳杨心理上有些不适,小宝开头说得有些吞吞吐吐,后面却越来越顺畅,"她……她说没想到您如此豁达大气,会积极退赃救我舅舅,她说她也被您的大度感动了。她准备和舅舅离婚,成全您和我舅舅。"

成全我和单啸风?原配甘心退出,成全自己的老公和小三?不知为何,听到这话,柳杨就想冷笑,想仰天长笑地冷笑!

从一开始的艳遇激情到如今的险象乱局,就像从一个表面看来馥郁氤氲、鲜果飘香的花园,一步步走进了一座神秘莫测、危机四伏的原始森林,从风光旖旎走到了险象环生,越走越忐忑,越走越迷茫,不知道是被引诱,还是甘心自堕。

就像一个很老的电视剧的主题歌唱的——"想要再回头,天涯路远,已隔万重山",山重水复之后,还能回到当初最纯良善美的心境吗？四周迷雾重重,当初牵你手进入花园的那个人不知被囚于哪座洞穴,生不见人死不见尸。巫师说,哦,他就在那里,你耐心等待,他会回来。可是,巫师终究是巫师,不是能救他的神,也不是令她信服的人。她茫然站在崇山峻岭中央,不知道出路在哪里,不知道何处是归途,不知道何处是陷阱,不知道哪里有生天。继续走下去,还是抽身回头,寻找生机？

"我舅妈……她说,她是被您对我舅舅的真爱感动了,她愿意退出,也是给您的孩子一个完整的家。"

骨子里的倔强和逆反又开始冒尖了。这算不算是个交易？ 自己该跪谢上苍,还是该对单啸风的太太感恩戴德？ 天知道这是不是那个女人不愿苦守十年空房而找的遁词？ 谁的阴谋不是披着华美的外衣？ 正室让位,小三登堂,多么"高大上"的原配！ 到底谁在成全谁？

"哈哈哈,小宝,"柳杨夸张地笑道,陡然提高的尖利嗓音令她自己都感到陌生和惊讶,"成全我？ 请你转告你的舅妈,我不需要她成全,我也不会成全她。人生不是靠他人成全就会完美的。你舅舅对我来说,也就是偶尔尝一口的点心,不值得我把它当主食来供着。另外,"她加重语气,"以后,你也不要和我联系了吧！ 就当我们从来没有认识过。"

挂掉电话,她大口喘气,脑袋开始胀痛。自己何时变得如此刻薄了？ 为何要对小宝不客气？ 小宝只是她和单啸风之间的信使,两国交战还不斩来使呢,何苦拿无辜的小宝撒气。

你若无恙,世界不伤。你若有恙,数败俱伤。一念生爱,再念转恨。一念缘起,转念缘灭。可以收拾心情,开始自己的人生了。

好像并没有经过太多的深思熟虑,就那么轻易地决定了要出国生孩子。打电话给叶菁说这些的时候,叶菁有一瞬的惊愕,转瞬便又体恤道："你无论做什么决定,我都支持你。想做就去做吧,别留遗憾,也别后悔。我把那个客户太太的电话给你,你自己联系就行了。她很热心,会告诉你怎么办签证,怎么联系美国的月子中心,别担心,一切都会很顺利的……"

告诉樊篱自己的决定时,倒是有过一刻的犹豫。不管怎样,这对他来说,或许都是一个不小的伤害。在这个世界上,除了叶菁和自己的家人,只有这个男人毫无保留地爱着她,想要尽一切力量保护她不受伤害,她却把自己缩成一个刺猬,拒绝对方的温暖。这世上总是此起彼伏地上演着阴错阳差的讽刺剧,不到最后一刻,都不会知道谁会向爱而生,谁会含恨而死。

柳杨拨通了樊篱的手机,想告诉他自己准备去美国生孩子的决定。电话接通时,门铃正好响起来,柳苗儿去上时装设计的培训课了,柳杨去开门。透过猫眼,柳杨看到樊篱正举着手机站在门口,笑嘻嘻地隔着门说:"我俩真是心有灵犀啊!"他是奉母命来约柳杨改天去家里吃饭的,可是今天,柳杨根本没给樊篱机会说出邀请。

每次到柳杨家,樊篱都会轻车熟路地打开音响,放进一张音乐碟,然后才坐下品茶聊天,今天他放了一曲《神秘园》,当空灵缥缈的《夜曲》满室飘荡时,樊篱又去烧了一壶开水,泡了一壶玫瑰花茶,端到阳台的茶几上。

"先喝点花茶,然后我请你去湖滨客栈吃晚饭,好不好?"是那么体贴谦和的语气和那么真诚征询的眼神,他似乎永远知道你在想什么,你想要什么,让你不忍拒绝。她和他分坐在两只藤椅上,面向窗外。夕阳的余晖打在布艺窗帘上,黄黄的、暖暖的色调。

阳台一角放着一盆造型别致的蜡梅,空调的暖风循环着它的暗香,在鼻尖绕来绕去。这株蜡梅还是春节期间樊篱从植物园买来的,等到柳杨从柳家坝回来后,特意从家里搬来送给了她,他对她的喜好和关心无微不至。音响里,一个女声在抒情而悠扬地唱着《夜曲》:

> 现在就让白天溜走吧
> 这样黑夜才会来守护你
> 天鹅绒,蓝色般的黑夜
> 如此寂静和真实
> 它拥抱你的心和灵魂
> 夜曲在响起
>
> 别哭泣,别叹息
> 你不必想为什么
> 夜晚永远在,永远见
> 随我梦游那夜晚
> 夜曲在响起

不要怕黑夜的降临
让你心中充满梦想和希望
像孩子熟睡一样
那么暖,那么深
你会发现我在那儿等你
……

柳杨知道自己将要说的话与这首歌营造的意境很不合时宜,但该说的还是必须说。

"我想来想去,还是准备去美国生孩子……"这些话当面说出来比较困难,但唯有当面说出,才能表现出足够的坚决。

许久许久,樊篱只是看着窗外的夕阳一点点地沉下去,窗帘一点点地由黄变暗,音响里反复播放着《夜曲》。

"去美国生孩子需要不少钱,你的钱够吗?我知道你把积蓄都给叶菁看病了,我还有一些积蓄,可以借给你。"

樊篱终于转眼看她,家里没有开灯,她却看到他脸上盛开的笑容,和他眼里钻石般闪亮的泪光。

七十一　绝望与希望并存

接着,柳杨开始紧锣密鼓地准备赴美旅游的签证申请。根据叶菁客户的太太许女士提供的经验,她首先要办好护照。这个不难,柳杨前两年曾随着单位的作者去欧洲开过一次笔会,护照还在有效期内。然后由单位开具了工作证明;由银行出具了她近三年的工资对账单和存款证明(其中有一周前樊篱刚打给她的十五万元存款);将房产证和离婚证都进行了公证。然后去美国大使馆指定的中信银行买了一张电话卡,与美国大使馆预约了面签时间。一切准备就绪,只等面签那一天了。

到了面签的前一天,柳杨带着柳苗儿坐火车到了北京,在美国大使馆附近的一家快捷酒店住下。第二天一早,柳杨就来到大使馆排队等候。虽然面签通知上写着她的面签时间是八点三十分,但直到十一点三十分才轮到她。

这是周一,面签的人似乎特别多。面签大厅里排着蛇形队伍,约有七八十人,熙熙攘攘,拥挤不堪。有好几次,柳杨累得站不住了,就和前后的人打个招呼,退到角落,靠着墙休息一会儿,再回到队伍里去。

早就听小道消息说,美国大使馆周一签证往往不太顺利,因为签证官刚刚从周末的狂欢中回到工作状态,周一是漫长工作日的第一天,比较沮丧、疲倦,心情不佳,所以签过率会很低。

果不其然,进了签证大厅,交了表,摁了指纹,接下来在排队的三个多小时里,柳杨看到不少人拿到的是白色拒签单或粉色待审单,拿到绿色签过单的人大约只有三分之一。拿到绿色单的大都是年轻人,说着一口流利的英语,看样子是去美国留学或工作的。还有一些是团体商务签证,或一些去美国探亲的老年夫妇,都比较容易通过。其他人的签过率则较低。

在柳杨前面,有一个操东北口音的大姐,当那个面无表情的白人女签证官问她是做什么工作的,她扯着嗓门说:"我是开公司的,我是总经理。"签证官问她去美国做什么,她说:"我就是想去看看,听说美国很漂亮,我从来没去过,同时也想去美国找找商机,看看能不能做一些中美贸易。"这位东北大姐长得人高马大,看来生性开朗,嗓门洪亮,说话时伴随着丰富的手势。签证官已经不问了,她还在自顾自说个不停,说她的企业有多大,每年给国家创多少税收等等。结果,她得到的也是一张白色单。大姐还傻乎乎地问签证官:"我这是通过了吗?"签证官面无表情:"对不起,我不能给你签证。"

"为什么?"大姐的嗓门陡然提高,"我有这么充足的材料,这么多证明,怎么还拒签啊? 你再仔细看看我的材料……"

"保安,保安。"签证官按了呼叫铃。不一会儿,旁边过来一名保安,将这位大姐"请"了出去。柳杨心想:千万别让这个女签证官面签我啊! 看她那副冷漠的表情,摊上她面签,一定凶多吉少。可是,怕什么,就来什么。

"下一个。"那个白人女签证官向柳杨喊道。柳杨一怔,心脏骤然猛跳起来,硬着头皮走向窗口。好吧,成败在此一举了。

柳杨秉承网上看到的关于美国大使馆的面签攻略:签证官问什么答什么,眼睛直视对方,保持平静不惊慌,不要没话找话,有时候多说多错。刚才那个东北大姐就是个教训。

"你什么时候离婚的?"白人女签证官一边看资料,一边冷冷地问话。

"去年二月份。"柳杨答。

"准备去美国哪些地方旅行?"

"主要是美国西海岸,旧金山、洛杉矶、拉斯维加斯等沿线。"

"为什么想去美国旅游?"对方还是没抬头。

"想去散散心,离婚了心情不太好。"根据网上的面签攻略,说签证官的问题有时候看似随意、无聊,其实是在测试你是否说真话。有经验的旅行社人士也曾告诉她:你这种情况,签证时风险较大,因为离婚时间不长,单身,容易让人怀疑有移民倾向。所以要尽量显得平静和真诚。

"除了现有的房产和存款证明,你还有其他存款证明吗?"签证官抬起头,直视柳杨。

柳杨心想糟了,这句问话说明她现在的存款太少了。

"离婚时我没拿到什么钱,前夫把财产都事先转移了,我总共只有十六万多点存款,后来一个朋友生病,我把钱借给她看病了。这十五万,是另一个朋友刚借给我的。"她实话实说,说完就知道这下完了。为了办签证,临时借十五万块钱凑数? 这不是自找死路吗?

女签证官不再理她,埋头继续看材料。不知为什么,柳杨忽然感到眼眶热热的,她想到了叶菁。就是为了她,自己也不该这时候走吧! 万一回来后,就天人永隔了呢?

她正胡思乱想着,听到女签证官在敲窗户。"嘿,恭喜你。你通过签证了。拿这个单子,去一楼办快递手续吧。"女签证官从窗口里递给她一张绿色的单子。

"什么? 我通过了?"柳杨眼眶含着泪水,难以置信地看着签证官,不知是该哭,还是该笑。

"是的,你通过了。离婚没什么大不了,没钱也没什么大不了,保持好心情很重要。祝你有个愉快的假期。"女签证官把其他材料装好,一起从窗口递给她,脸上居然还浮现出一丝难得的笑意。柳杨懵懵懂懂地接过材料袋,好半天没有回过神来。队伍里有几个人羡慕地看着她,有人小声对她说:"你真走运啊,这半天就你一个人通过了。希望我们也沾你的光,顺利通过。"

柳杨神游似的走出签证大厅。到楼下办理了 EMS 快递签证和护照的手续,交了钱,然后走出美国大使馆的大门。外面的冷空气一下子扑面而来,她穿上羽绒服,系好围巾,沿着长廊往外走去。老远的,就看到柳苗儿在人堆里踮脚张望。

看到姐姐出来,她高高扬起胳膊,喊着:"姐,姐,过了吗?"

"过啦!"柳杨也兴奋地挥手答应。外面等待的人都向她投来羡慕的目光。几个妇女马上向她聚拢过来,往她手里塞花花绿绿的宣传单:"恭喜你啊!要买机票吗?给我们打电话,保证全国最便宜。"

生活就是如此精彩纷呈,如此戏剧性。有时候,在绝望的灰烬里,也能蹦出希望的火花。

七十二　未来是一条看不见对岸的河

从美国大使馆出来,柳杨依然有点恍惚。真的通过签证了?是什么原因使她时来运转?她百思不得其解。那个看似冷漠的女签证官,为何最后会对她说出那番温和言语?是不是她看起来很可怜?被男人抛弃了,没得到什么分手费,就连出国旅游也要找人借钱。这样的女人,确实很可怜。也许,这个女签证官,也受过离婚之伤,所以对她惺惺相惜?她正胡思乱想着,却被柳苗儿打断了思路。

"姐,我们是不是该去吃顿好吃的庆贺一下?我还没来过北京呢。"柳苗儿撒娇地挽住她的胳膊。

"那当然应该啦。走,我们去簋街大吃一顿,簋街离这儿不远。"她不假思索,就说去簋街。于是走到路口,等出租车。车来车往。各种颜色、各种品牌、各种型号的车从眼前飞快掠过。

突然,一辆黑色奥迪 A8 从眼前一闪而过。像有一双手,拽着她的视线随车奔跑而去!多么熟悉的车影!可车牌号尾数却不是熟悉的 9999。惆怅如掠过街头的冷风,从她周身裹挟而过,没有放过她的每一根发丝。

天空是灰的,树木是灰的,墙和屋顶都是灰的,很多行人也是灰色的。在北京的天空下,她早已丢失了那只牵挂的风筝。曾几何时,有一个人载着她在北京城穿梭,习惯用左手掌握方向盘,右手握着她,时而亲她一下,时而附在耳边对她低语:宝贝,你属于我一个人!今生今世,永不分离!

耳边的气息尚存,手上的温度尚在,京城还是那座京城,可物是人已非。是这个世界太匆匆,还是爱情太匆匆?

还在失神,只听柳苗儿在耳边说:"姐,我刚才等你的时候,看到附近有地铁口,我们坐地铁可以到簋街吗?我还没坐过地铁呢。"

"是吗?有地铁?"她还是一副神游的样子,任由柳苗儿搀着走向地铁口。站在呼啸的地铁里,心依旧木木地痛。或许,此时此刻,他正在北京的地面上飞驰,而她在北京的地面下奔跑。他们,注定永远不会交汇。

到了簋街,柳苗儿东张西望:"姐,不是说鬼街吗?怎么家家都是大红灯笼高高挂,没有一点阴森的气氛?"

柳杨愣了一下,这才反应过来,扑哧一声笑了:"傻丫头,不是你说的那个鬼魂的鬼,是这个簋。"她用手指在柳苗儿的手心上写了一个"簋"字。柳苗儿纳闷:"好奇怪啊,为什么要叫簋街呢。"

是啊,为什么要叫簋街呢?单啸风第一次带她来簋街吃小龙虾时,她也曾问过他这个问题。他是这样告诉她的:听我爷爷说,清朝年间,东直门当时的地理位置相当于城乡接合部,所以它的作用,就是往城里运送建筑材料和往城外运送死人,城外就是坟场,城门内一长溜的棺材铺和杠房,有些早市杂货铺也是后半夜开市,早上散市,那时候,摊主只能以煤油灯取亮,远远望去,灯影幢幢,犹如鬼火,故名"鬼市"。这条街最怪异的是,什么生意都做不好,除了开饭店,于是很多小老板在此改行开餐馆,白天冷清,晚上生意反而十分红火,久而久之人称"鬼街"。到了现代,鬼街开发成了餐饮一条街,但市政府觉得"鬼"字终究不雅,于是有人翻找词典,终于查到一个谐音的"簋"字,簋街由此而来。

"原来如此啊!"柳苗儿听罢,拍手称奇,"簋街哪家最好吃?"她忽闪着眼睛问柳杨。

哪家最好吃?她并不知道。她和单啸风在一起时,去的总是花家怡园。并非花家的菜肴多么美味,只是贪恋花家曲径通幽的庭院,鸟鸣花香的优雅,还有,那人在对面带着似笑非笑的狡黠神情欣赏着她时的心旷神怡。

还是去了花家怡园。还是那样曲径通幽的庭院,还是那样的木头桌椅,还是那种味道的菜肴,但那份心情呢?再也找不回了。

吃饭的时候,柳苗儿一个劲地叽喳:"姐,你准备什么时候走啊?"

是啊,签证到手了,胎儿也有七八个月了,出国势在必行。

"我回去就要订机票了,不能再拖了。"

"姐,你走之后能不能跟我爸妈说说,我不想回家去了,我想留在城里找份工作,一边打工挣钱,一边自学服装设计,顺便还帮你看家,好不好?"柳苗儿嘴巴里塞得鼓鼓的,充满期待地看着她。

"没问题,你爸妈那边我会和他们说的,我想他们应该会同意。不过,"柳杨认真地警告堂妹,"你要想在城市里立足,一定要趁着年轻多学习技能,要自尊自爱,不能虚度光阴。要不然,我回来可饶不了你!"

"姐姐放心,我一定听你的。"柳苗儿爽快地应答,接着又问,"姐,你在国外生了宝宝,还回来吗?"

"当然要回来的,不然我在国外怎么生活啊!"柳杨正说着,她的手机响了,是一直惦记着她签证是否顺利的叶菁打来的。得知她顺利过关,叶菁兴奋得在电话里大叫:"我今天一早就在家念'老天保佑你'呢,可见你真是个贵人,老天也助你哪。"两人嘻哈一番,挂了电话。柳杨这才想起,也该给樊篱打个电话,告知这个喜讯才是。前天他送她们到火车站时,一再叮嘱过她,有了好消息,一定要第一时间告诉他。

电话拨了过去,对方却没接。她转而发了一条信息:签证顺利通过。

现在想想,好像世上只有这两个人,才是她的左心右肺。

吃过午餐,柳杨又带着柳苗儿去天安门拍了一些照片,便赶晚上的火车回去了。

未来如同一条看不见对岸的河,只有沿着脚下的石头一块块摸过去,半途淹死还是平安抵达,只有天知道。

第九章
爱如信仰

我相信　爱的本质一如

生命的单纯与温柔

我相信　所有的

光与影的反射和相投

我相信　满树的花朵

只源于冰雪中的一粒种子

我相信　三百篇诗

反复述说着的　也就只是

年少时没能说出的

那一个字

我相信　上苍一切的安排

我也相信　如果你愿与我

一起去追溯

在那遥远而谦卑的源头之上

我们终于会互相明白

——席慕蓉《我的信仰》

七十三　爱你是一种信仰

　　直到坐在中国国航飞洛杉矶的 CA987 航班上,柳杨依然没有从腾空而起的推背感中回过神来。想想看,三四百人被装在一个密封的巨大的"钢铁蜻蜓"里面,飞行十二小时之多,真是一种折磨。坐国际航班,最艰难的时刻一般会从起飞后第三小时开始,眼皮犯困,大脑混沌,却无法入睡,座椅变得坚硬,有婴儿开始啼哭,有人在嗑瓜子,有人在看电视,有人在聊天⋯⋯飞机的引擎声如数千只蜜蜂在耳边嗡嗡嗡,如果不是耳朵里听着 MP4,吃着樱桃,柳杨大概也要抓狂了。

　　MP4、水果、小吃都是樊篱给她准备的。樊篱真是细心,知道飞机餐会让柳杨没胃口,特意买了四个咸鸭蛋、老干妈辣酱和六必居的酱菜给她下饭,又在机场的水果超市买了两斤反季节的樱桃,还有美国红提和盐津葡萄干等小吃。

　　樊篱和柳苗儿一起送她到的北京,再送她到首都国际机场。本来柳杨是坚持自己一个人来北京,但樊篱坚持要送她,柳苗儿也坚持要一起来,她拗不过他俩,只好同意。

　　在柜台换取登机牌时,樊篱细心地帮她选了一个靠前且靠走道的座位,这样方便她随时站起来走动。十二小时的飞行,又是只能坐不能躺的经济舱,够辛苦的。托运完行李,送她到转乘轻轨去 T 三航站楼的安检口,该告别了。柳苗儿腻歪在姐姐身边,扯着她的胳膊,絮絮叨叨:"姐,你到了那边,一定要注意自己的身体啊! 有时间就上 QQ 跟我说话,我要是不在,就给我留言,我回家看到就回复你。你在那边没朋友,一定会很寂寞的,千万别闷出病来啊⋯⋯"

　　"放心,我会照顾好自己的。你一个人在城里,也要照顾好自己啊! 做服务员要手勤眼快,千万别偷奸耍滑,老板都看在眼里的⋯⋯"

　　柳苗儿利用业余时间去学服装设计,只是学费很贵,柳杨又出国在即,她想自食其力,可一时又找不到更好的工作。那天柳杨带柳苗儿去 biáng biáng 面馆吃面时,得知老板娘的母亲在家乡患病,老板娘必须回家照料,面馆急需一个帮手,柳杨便问柳苗儿是否愿意在这儿暂时做一段时间的服务员。柳苗儿倒也不挑剔,当即答应。虽然这份工作不怎么体面,收入也不高,但就在家门口,上下班方便,又能帮姐姐看房子,还管三顿饱饭,倒也不错。用柳杨的话说,这是"骑驴找马"的权宜之计。

"姐,你放心吧!我都这么大了,会照顾好自己的。再说,如果有什么我解决不了的难题,樊篱哥也会帮我的,对不对,樊篱哥?"小丫头一边说,一边把俏脸转向一边的樊篱,樊篱赶紧点头。

樊篱从随身包里掏出一个系着蓝色丝带的小袋子递给她:"这里面有我哥哥嫂子在美国的电话和地址,你要有什么困难,就找他们帮忙。我已经和他们说过你到美国的事情,他们会帮你的。袋子里还有一个 MP4,里面有一些好听的歌曲,无聊的时候可以听听。"

柳杨没想到,樊篱会细心到这种程度。当着柳苗儿的面,她也不好多说什么,只是笑笑,说:"你考虑得真周到,太感谢了!"

她犹豫了一下,克制住给樊篱一个拥抱的念头,只是和柳苗儿紧紧地抱了抱,转身拉过随身行李箱,向着闸口走去。走过闸口,再回首,发现眼前已经模糊不清。她仓促地向他们挥挥手,便低头快步向前走去。若走慢了,她害怕眼泪比脚步更快地掉下来。

坐着轻轨到达候机楼,还未到登机时间。柳杨打开樊篱之前给她的那个袋子,才发现里面除了写着他哥哥地址和电话的纸条、MP4,另外还有一张万事达银行卡。卡上贴一纸片,纸上是樊篱龙飞凤舞的字迹:这张卡里存有 2 万美元,以供不时之需,卡密码是 131420。一生一世爱你!鼻腔里陡然涌起一股酸涩,眼眶开始发胀、涨潮。他了解她现在的经济状况是拮据的,但他没有直接给她,而是用如此迂回的方式。

MP4 里显示储存有 240 首歌,有《神秘园》、班得瑞的轻音乐专辑,也有恩雅、席琳·迪翁、王菲、那英、张信哲等中外歌手的专辑,都是柳杨爱听的。他是如此了解她!甚至有时候比她自己还了解她!

此时,在万米高空,在离他越来越远的高度,她随便点开一首歌,久违的熟悉旋律响起来。

　　每当我听见忧郁的乐章
　　勾起回忆的伤
　　每当我看见白色的月光
　　想起你的脸庞

明知不该去想　　不能去想

偏又想到迷惘

是谁让我心酸　　谁让我牵挂

是你啊

……

我爱你　　是多么清楚　　多么坚固的信仰

我爱你　　是多么温暖　　多么勇敢的力量

我不管心多伤　　不管爱多慌　　不管别人怎么想

爱是一种信仰　　把我　　带到你的身旁

……

　　是张信哲的《信仰》,十多年前就开始流行了。那时樊篱应该还小吧,他怎么也会熟悉她那个时代的歌?爱是一种信仰,坚固的信仰,把你带到我身旁。心里很深很深的地方,传来一阵轻微的疼痛——曾有一个人,爱她如信仰。可是,如今那个人的信仰已经转向何方?也许,人生总是在不断的错位中,产生出错综复杂的信仰,来回击我们当初的天真和纯良!

　　透过舷窗,她发现飞机正与太阳背道而驰,就像她正在一点一点地与某种往事背道而驰。但愿前方,等待她的是光明,而不是黑暗。

七十四　你好,美利坚

　　柳杨一向信命,在国内时逢庙必进,逢佛必拜。十多岁时,有个走村串户的算命先生就曾算过她"难享祖业,奔波劳碌,才华横溢,自命清高",还说她将来必定"婚姻不顺,重情轻利,贵人相帮,事业显荣,远渡重洋,根扎异乡"。

　　她记得当时大妈怕时间长了忘记算命先生说的话,还请算命先生用毛笔写了下来,然后藏于她父母的遗像夹层中。直到柳杨去上大学时,大妈才将这张泛黄的算命纸找出来,塞进柳杨的钱包,让柳杨好生保留:"别不信,你的命都在这上面写着呢!"柳杨当时哭笑不得,觉得大妈过于愚昧。然而时过境迁,如今自己却越发迷信起命理来。当年算命先生的每一句话,如今都已验证。有时候,你不信命,命却信你。

在洛杉矶国际机场排队等候办理入境手续时,柳杨手里拿着护照和蓝色海关表,排在 U 字形长龙后面,她的心中一直在打鼓,生怕一着不慎,满盘皆输。尽管来之前,她已经做好各种思想准备,包括不能顺利通过美国移民官审查,被遣返回国等。她一边排队,一边在心中默念:老天保佑,让我顺利过关吧!为了遮掩微微隆起的腹部,她特意穿了一件宽松的薄毛衣,外罩灰色的连帽运动外套,同款运动裤,同时她将皮包斜挎在前面,并且努力昂首挺胸,根本看不出已身怀六甲。而且,她的肚子原本就比同月份的孕妇要小许多。

排在她前面的是一家三口,好像是夫妇俩带着十岁左右的孩子利用寒假来美国旅游,可他们一句英语都不会。移民官问他们来自哪里,要去哪里,在美国待多久,出示返程机票等问题,这家人面面相觑,一问三不知。移民官是个一脸严肃的黑人,见这家人一句英文也不懂,只得无奈地摇摇头,接着仰起脖子四处张望,嘴里叫着一个人的名字,柳杨猜测他可能是在叫一位懂中文的工作人员来帮忙翻译。可等了好几分钟,工作人员却迟迟不来。这位移民官颇为无奈,只得一遍遍地向着那家人重复一个单词:"Air ticket!Air ticket!"站在黄线外的柳杨终于忍不住,小声提醒那家人:"他要你们出示一下回程机票。"这家人如梦初醒,女人赶紧翻包包,掏出一个文件夹递给移民官。移民官一边接过去,一边冲着柳杨用英语说:"谢谢你帮了我!"柳杨报以礼貌的微笑。

移民官看过回程机票,接着要那家人按指纹,先右手后左手,柳杨又小声提醒了他们。待这家人办完所有手续,顺利通过了移民关,轮到柳杨办理手续时,不知是之前帮忙翻译带来的好感,还是柳杨的运气太好,这位黑人移民官只是例行公事地问了几句"你来美国做什么,准备待多久,带了多少现金"等问题,柳杨一一平静地作答。来之前柳杨就做过功课,知道移民官大概会问哪些问题,尤其现金不能多带。因为根据美国相关法律规定,旅客赴美时,如果携带超过一万美元现金,必须如实申报,那样比较麻烦,所以她只兑换了两千多美元现金带在身上,而且美国人平时都用银行卡,多带现金反而不安全。

在移民官问柳杨"美国哪些地方最吸引你"时,言外之意是想知道她可能会去美国哪些地方旅游,柳杨毫不犹豫地说:"我看过很多好莱坞大片,美国吸引我的地方实在太多,如果时间足够,我想走遍美国,想去体验拉斯维加斯的赌场,想乘坐豪华游轮去加勒比海,想见见美国硬汉施瓦辛格……"

移民官被逗笑了,说:"哦,漂亮的中国小姐,我敢保证,你参观过好莱坞影城后,就再也不会想看好莱坞大片啦！至于施瓦辛格……我们的州长先生,呃,我想你还是保留他在《真实的谎言》中的美好形象吧！"柳杨顺着移民官的幽默,心照不宣地笑起来。

按完指纹,拍完照,移民官在护照上写上允许她在美国的居留时间,然后啪啪地在护照上盖完章,整个手续便宣告结束了,前后不到三分钟。柳杨临离开时,黑人移民官还不忘送上一句:"祝你在美国玩得愉快！"

这是个好兆头吗？如此顺利地便通过了令人神经紧张的移民关？后来柳杨才看懂,这位移民官在她的护照上给了她六个月的居留期。这份好运难道也是老天保佑的么？那些网上说的"美国移民局小黑屋惊魂"看来只是那些运气不佳者的传说吧。她再一次想起小时候算命先生的话。她是幸运的。

取了托运行李,顺利地过了海关,柳杨那颗悬在半空的心终于彻底落回心窝。

她去了趟洗手间,刷了牙,洗了脸,梳理了头发,镜子里立即显示出一个焕然一新的女人。从这一刻开始,她就要在这个全新的地方,开始全新的体验了。

她推着行李车随着人流走出出境大厅,一眼便看到一个中等身材的华裔中年男子举着"迎接柳杨小姐"的牌子,她快步走过去。还没等她走近,那男子已经抢步过来,热情招呼道:"您就是柳小姐吧,我是杰克·蔡。"

这就是叶菁客户的太太推荐的那家洛杉矶月子中心的老板——杰克·蔡先生。在此之前,他们已经在邮件中发过彼此的照片,以便互相确认。

蔡先生接过柳杨的行李车,一边推着车向停车场走去,一边没话找话地寒暄:"柳小姐一路辛苦了,饿了吧？"

"还好,不饿,我在飞机上吃过了。呃,洛杉矶真暖和！"洛杉矶几乎比北京高出十多摄氏度,所有走出机场大门的旅客第一时间就是脱掉外套。柳杨也脱下帽衫外套,挂在胳膊上。

"我太太在家给你煲了虫草乌鸡汤,回家就能吃了。"

"太谢谢你们了！"

来到停车场,装好行李,上了车,杰克·蔡一边开车,一边开始闲聊。"柳小姐一看就是好命的人,所以今天出关很顺利。上周也有一个同样来自大陆的小姐,也是准备来美国生孩子的,结果被请进了小黑屋,待了十四个小时,最后还是被遣返回北京了。唉,那位小姐就是命不好啊！"

"为什么啊？"柳杨惊道。

"后来我打听到,这位小姐很年轻,才二十岁,还没有结婚,男朋友是个有钱人,家里有老婆,还有两个女儿,这个有钱人就想要个儿子,所以就让这个小姐来美国帮他生孩子。这位小姐办的是留学签证,但是英语却很差,移民官多问了几句,这位小姐越答越慌乱,头脑都乱了套,最后就说自己是来美国帮男朋友生孩子的。移民官以她欺骗签证官为由,第二天就将她遣返回国了。唉,这样的例子一年总要遇到两三个,所以我说柳小姐你是个好命的人……"

我的命真的很好吗?柳杨想起小时候算命先生的话,不由苦笑起来。好命歹命不是算出来的,是闯出来的。

冬春之交的洛杉矶,天空像一块透明的蓝色玻璃穹顶,置身其中,冷热适中。遥远的天边偶尔会飘过一缕丝绸般的白云,近处的褐色山丘上生长着一簇簇的绿植,素雅得如一幅淡墨水彩画。就在昨天,柳杨还对这个遥远的陌生世界充满未知的忐忑,今天却对这个世界充满期待。

你好,美利坚!——柳杨在心里和这个陌生的国度打招呼。只是她不知道,明天、明天的明天、明天的明天的明天……无穷无尽的明天,会构成一个怎样不可知的未来?

七十五　加州的阳光下,没有爱情

杰克·蔡的"美宝月子中心"是个夫妻店,夫妇俩是广东潮汕人,做这行已有七八年,接待过一百多名内地和港台的孕妇到洛杉矶产下美国宝宝,对这行很有经验。他们的服务从接机开始,到孕妇在美国的吃住行、孕前检查、生孩子、办理孩子出生证件手续,直到将母子送上回中国的飞机为止。

"美宝月子中心"位于一个环境雅致、临湖而居的小区,里面已经住了五个孕妇,柳杨是第六个。六个孕妇分住一栋连栋别墅,有一个广东籍阿姨负责做饭,每周有人来做一次卫生。柳杨的房间是二楼的一个雅间,房间布置得简单而温馨:浅灰色的地毯,白色木质百叶窗帘,一张1.5米宽的床,一只床头柜,窗前有一只单人布艺沙发和一个玻璃茶几,一个挂有十多个衣架的小衣帽间,布置得有点像国内的星级宾馆。唯一不同的是,这个雅间没有单独的洗浴间,柳杨必须与另一个雅间的孕妇共用一个洗浴间。所以这样的雅间会比带有单独洗浴间的套房每月便宜二百美元。其实对这样的安排,柳杨已经极为满意。尤其她的窗外就是一泓碧波,湖畔垂柳依依,树下栖息着一只只大鹅,偶尔可见两只大鹅陪护着一群刚刚孵出的小鹅仔在湖边的草地上嬉戏和觅食。这一幕,经常会让柳杨感动莫名。

可是,加州的阳光下,没有她的爱情,也没有她的家。

一周不到,柳杨已经与那五个"同病相怜"的姐妹熟稔起来。其中住在豪华房的两个大龄孕妇都是偷偷过来生二胎的,一个带了老妈陪护,一个带了保姆陪护。带老妈的来自上海,带保姆的来自温州。另两个孕妇是来自天津的一对好朋友,两人差不多时间怀上,于是约好一起出来生一对"美国宝宝"。还有一个孕妇,就是与柳杨合用一个洗浴间的,叫小游,是五个人中年龄最小的,今年二十岁,怀胎已有六个多月。

同吃同住同玩了两个多月,六个孕妇已经情同姐妹,尤其小游,已经把柳杨当作闺蜜,跟她无话不谈。

小游是个大大咧咧的四川姑娘,晚上没事就跑到柳杨的房间聊天。小游毫不避讳地告诉柳杨:"这个孩子是我给一个大款生的,我若给他生个儿子,他就给我二百万,若生个女儿,他就给我一百五十万,姐姐你说划得来不?"

小游喜欢穿一件胸前印有一个大嘴猴的睡裙,鼓着肚子,走路还一蹦一跳的,柳杨有点担心,又有点心疼,却不知如何接话才好。小游的长相属于中等偏上,长胳膊长腿,皮肤白得透明,手背上细细的血管清晰可见,一头中分的长发,漆黑柔顺。她眼睛很大,睫毛很长,鼻梁纤巧,唇形饱满。这样一个尤物般的女孩子,却甘心为了两百万人民币,用自己的身体做交易。其实类似的故事并不陌生,但亲眼所见,亲耳所闻,还是难免唏嘘。

"嗯,这个男人……你爱他吗?"柳杨手里剥着一个加州甜橙,有意无意地问了一句。并非有意打探隐私,只是,小游的选择让人实在有些惋惜。

"没什么爱不爱啦!姐姐——"小游穿着大嘴猴睡衣,跳上柳杨的床,盘腿坐在床上,腹部胀鼓鼓的,像在睡裙里装了一只倒扣的大盆子,柳杨总担心她蹦来蹦去的,会把这只盆子蹦掉下来。

"他有老婆,还有两个女儿。他说算命的说他命中会有五个孩子,三女两男,他老婆年龄大了,不能再生了,所以他就想让别的女人给他生。他对我挺大方的,还在我老家帮我买了一套房子,虽然没有北京上海的房子值钱,但在我们老家那样的三线城市,也算是不错了。他的要求就是我帮他生个孩子,儿子女儿都可以。还有啊，就是他的年龄虽然比我大一倍，但长得还不算恶心，如果啤酒肚再收敛一点，乍看还有点像孙红雷呢！所以我愿意花一年时间给他生一个孩子，二百万到手，然后挥手拜拜，两不亏欠，也没什么不可以吧！姐姐你说呢？”

“生完孩子怎么办？你养还是他养？”

“当然他养啊！他说他老婆因为生了两个女儿，心怀愧疚，又怕离婚，所以同意他在外面找女人生孩子。反正他家大业大，需要多生几个孩子来继承发扬家族企业，呵呵呵……”小游笑得没心没肺。

“生完孩子，拿了钱，然后你想做什么呢？”

“我早就计划好了，等生完孩子，拿了钱，就去法国留学，我喜欢时装设计。不然，靠我那做环卫工人的爸爸和在餐馆洗盘子的妈妈，我的梦想可能永远都无法实现。当然，我到国外生孩子这件事，我家人一点都不知道，他们都以为我拿到国外大学的奖学金，出国留学来了呢！如果他们知道了真相，以我爸爸的性格，他绝对会用扫帚将我活活打死。我妈不会打死我，但她一定会气得要自杀。虽然我爸妈从小就教育我人穷不能志短，但在这个笑人穷、恨人富的社会，我们穷人家的孩子想出人头地，就只能靠自己了。何况我又不会谋害原配、小三上位，我只是用我的青春和肉体，换一点钱，改变命运，实现梦想而已。姐姐，你不会因此看不起我吧？”小游说罢，眼巴巴地看着柳杨。

传说中的小三似乎都挺可耻的。她们不择手段，破坏别人的家庭，抢走别人的老公，霸占别人的财产……社会上不是流行过这样一则段子吗：女人如果不爱自己，就会有别的女人开你的车子，住你的房子，睡你的老公，花你的钱财，打你的孩子。因为小三的幸福是建立在原配的痛苦之上，所以小三就成了“过街老鼠”的代名词，网络上不时会蹦出原配在大庭广众之下将小三剥光暴打，甚至毁容、烧死的消息。

可是，也并非所有小三都那么可耻吧！小游就是那种目的明确、欲望简单、愚蠢可爱的小三。当然，她和真正的小三又有本质的区别，就像她自己说的，她又不会谋害原配、小三上位，她只是用她的青春和肉体，换一点钱，改变命运，实现梦想而已。在这个物欲横流的社会，这也算买卖公平吧！柳杨暗暗感慨。她一边将剥好的橙子递给小游，一边说：“我能理解你！”

小游接过橙子，吃了两瓣，忽然转过话头：“哎，姐姐，也说说你嘛！”

说我什么？柳杨愣住。她的故事丰富得足以写书，可若要倾诉，却不知从何谈起。何况这个比她小一轮的姑娘，又能理解她多少？难道告诉她，自己也是一个可耻的小三？或许严格一点说，她俩都不算是纯粹意义上的小三，充其量只是一个家庭里偶尔出现的捣乱分子，就像西方国家鬼节里出现的"不给糖就捣蛋"的小孩。她们只是给一个死气沉沉的家庭砸下了一颗哑炮，看着可怕，却不致命。生活的戏剧化就在于此。她俩唯一的区别是：一个是为了钱，为一个自己并不深爱的男人生一个孩子；一个是因为一场艳遇、结下一段孽缘，生一个自己想独自拥有的孩子。她俩到底谁更道德？谁更可耻？谁更可怜？谁更可笑？谁更可悲？

不由得思考得出神，柳杨的嘴角浮上一抹不知是苦笑还是嘲笑的笑容。

"说说你的幸福呀，姐姐，我猜你的背后一定有一个非常疼你爱你、潇洒英俊、事业成功的姐夫！"小游说。

"何以见得呀！"柳杨打哈哈。

"看人要看相啊！"小游笑嘻嘻地说，"从姐姐脸上看不出一丁点生活沧桑的痕迹，姐姐谈吐举止优雅从容，一看就是受过良好教育、生活滋润的大家闺秀。姐姐，我推测得对不对？"

柳杨微笑摇头，只顾吃橙子，不置可否。

"对了，姐姐，下个月我老公会和一帮人来美国考察，他们要去拉斯维加斯豪赌，他叫我也去玩玩，反正洛杉矶离拉斯维加斯很近，我们一块儿去玩玩吧！"

"我就不去了。"柳杨说，"你去见你老公，我去干什么……"

"去看看那传说中的人间天堂长什么样啊！人家还万里迢迢专门飞到拉斯维加斯度假呢，我们都近在咫尺了，不去多可惜啊！再说洛杉矶距离拉斯维加斯开车也就四五个小时，太方便了。加州我都玩遍了，我一直想去外州玩玩呢！等我生完孩子，我还想去夏威夷玩一趟再回国！好不容易来美国一趟，不去这些人间天堂玩一圈，就太亏了。"

小游跳下床，挨到柳杨身边，攀住她的肩膀，撒娇道："姐姐，你和我一起去，不用你花一分钱，吃住行我老公全包。你不是搞写作的吗？去看看花花世界，对你写作绝对有灵感哦！"

这话让柳杨心动了。出国前，她本来做好辞职准备的，结果总编格外开恩，破例给她办了留职停薪手续，要求就是让她每月写两篇"海外风情"稿充实版面，只要稿件见刊，工资稿费奖金照发不误。既然天赐良机，免费游赌城，何乐而不为呢！当下便与小游约定，下个月同游赌城。

七十六　被爱是一种奢侈的幸福

"孟浪来看我了。"一天晚上,叶菁在 QQ 上和柳杨视频聊天。

"是吗?他居然……"柳杨原本想说"他居然良心发现了",一想这话可能不妥,临到嘴边,硬生生换成了"他居然会来看你,太意外了"。为了不吵到隔壁的小游,柳杨尽量压低声音:"他表现怎样?"这才是她最关心的。

柳杨似乎听到叶菁轻轻地叹了口气:"目前表现还不错,他说再也不会离开我了。不管他这次是真情还是假意,他能做到这一点,我已经心满意足了。他之前的态度,我也不去深究,就当他小孩子不懂事吧!有些事情,难得糊涂,活得轻松……"柳杨正听着,背景里传来孟浪的声音:"菁菁,药熬好了,趁热喝了吧。"叶菁柔声应道:"哎,好的,我正和柳杨说话呢。来,你也和柳杨说几句吧,她还在倒时差,睡不着……"

"嗨,柳杨,你在美国感觉怎样?"不太清晰的视频里出现了孟浪帅气的脸。想到叶菁做手术时,他人间蒸发,停机失联,柳杨依然无法释怀,于是淡淡回应道:"还好,比我想象中好很多。"她很想问他:你怎么还有脸来面对叶菁呢?是良心发现,还是另有所图?但她问不出口,因为叶菁就在旁边,她不想让叶菁不安。再说,他此刻能够做出这番姿态,在叶菁人生旅程的最后陪她一段,对叶菁来说,也是一件值得欣慰的事情,自己何必做那个讨厌的恶人。

其实叶菁和柳杨都不知道,孟浪之所以有这番转折,却是樊篱下的功夫。柳杨来美国后,樊篱就下决心要找到孟浪,为叶菁讨个说法。为了找到孟浪,他费了不少力气。先通过北京的媒体同行,找到孟浪之前工作过的那家旅行社,查到孟浪贵州老家的身份信息,再风尘仆仆赶到贵州,几经辗转,终于出其不意地找到了已经摇身一变成为某旅行社总经理的孟浪。

樊篱见到孟浪,什么都没说,而是打开手机,让他看叶菁化疗后形销骨立、在柳家坝种菜的视频,这是樊篱去看望叶菁时偷偷录下的。

"没有人逼你像一些韩剧中的男主人公那样和绝症女友一起殉情,但至少你该活得像个男人吧!即使叶菁不是你曾爱过的女人,只是一个普通人,你难道也不会有一点点的恻隐之心?她的生命只剩下很短,而你还要活很长,在未来很长的时间里,你会夜夜睡得安稳吗?"樊篱的话不多,却字字如刀。孟浪看完视频,长叹之后,红了眼圈。

一周后,孟浪来到了柳家坝。

彼时叶菁正在地里拔草,她戴着随身听,班得瑞的《春野》和春天的柳家坝多么应景啊!鸟鸣和流水声在田野里回旋,春风拂过她头上绿色的纱巾,仿佛能听到风中传来归燕的呢喃。如果不是野草太过猖狂,她甚至不忍心拔除它们,纵然卑贱如草,但也是一种生命,甚至比任何生命都要顽强。野火烧不尽,春风吹又生。人命尊贵,却死无复生之机。

来柳家坝已有两个多月,日子就像这里的河水一样从容缓慢。村里有个幼儿园,点点很快适应了新的环境。每天放学回家,她就会叽叽喳喳地向叶菁讲述幼儿园趣闻,还学会了几句当地方言,每次都逗得叶菁忍俊不禁。叶爸叶妈每天戴着草帽和袖套,蹲在菜园子里捉虫拔草,精心伺候着屋后的一畦菜地,里面种着莴苣、菠菜、香菜、芹菜等蔬菜。稍远处的半山坡上,一片片的梨树和桃树正在发芽,几场春风春雨之后,一簇簇白色或粉色的花朵便会如期盛开。山坡下的洼地里,是一片片绿油油的油菜,等春天来临,金花绽放,四野里暗香浮动,蜜蜂和燕子们将会相约而来,组成这个季节中最动人的画面。

每当天气晴朗的午后,叶菁小憩片刻后起床,带上一本书和 MP4,漫步田埂,来到一棵桃树或梨树下,读一会儿书,听一会儿音乐,发发呆,看看风景,或者像现在这样,听听音乐,拔拔野草。

尽管从来没有刻意地去想,但总是会在不经意之间,一根毛茸茸的线头就会从心底深处探出来,挠她的伤口,痒痒的,带着轻微的痛,就像毛衣领口脱了线,顺着这根线一直扯,就会扯出一个大洞,扯出满目疮痍,扯出血肉淋漓的伤口。

如果世上真的有一种忘情水,喝下它便会忘记所有的前情往事,哪怕患上失忆症,对叶菁来说,她也会不惜一切代价去得到它。如果那样,至少她每天都会怀着新奇的心情,去爱身边的每个人,不去想他们是谁,至少她会明白,如今能够陪伴在她身边的,一定是最爱她的人。她会用尽力气去爱他们,毫无保留地爱他们,为他们而活,死而无憾。

自她确认患上癌症后,孟浪就如同人间蒸发。熟悉的手机号码停了,QQ 头像一直是灰色,邮件从不回应,世上再无他的音讯。也曾想过去贵州找他,哪怕在临死前也要见到这个负心人,当面质问他为什么要这样。可是,即使那样,除了自取其辱,还能挽回什么? 换位思考一下,她能理解他的逃避,他比她小十岁,那么年轻,他没有义务陪着她苟延残喘,为活着而苦苦挣扎。他要生活,更好地生活!

如果科学发达到可以通过外科手术,将大脑中的某段记忆神经剥离,就像从电脑里删掉一个文件夹那样简单多好。尽管她删掉了手机和电脑里所有孟浪的照片和信息,却删不掉记忆中的孟浪。他和她身上的癌细胞一样,顽固地寄居在她的肉体里、神经里、血液里和骨髓里,时刻吞噬着她的血肉、思维和意志。有时夜半,会梦见和他水乳交融的那一刻,尽管只是一个梦,但身体上的快感丝毫不减,甚至会更销魂。然而,这种极度的快感,往往会刺激得她过早醒来。就像在梦中连续饥饿好几天,忽然看到一桌美食正准备大快朵颐时,却被人从梦中叫醒一样令人沮丧。大脑一旦清醒,身体的快感随即便会被心底弥漫起来的疼痛取代,痛得令人绝望。

感情的背叛、生命的垂危和金钱的损失,如同三支射向叶菁的箭,箭箭穿心。曾经爱得那样的意气风发,那样的义无反顾,那样的毫无保留,到最终不过是一场虚空,甚至比梦还不堪。如果是梦,至少梦醒之后,一切风平浪静,花还是花,雾还是雾。可是这场虚空,却是一片废墟,遍地狼藉,比地震过后的场景还惨烈。

因为有了更多的时间来审视自己,所以叶菁越来越觉得自己是多么愚蠢和可悲。就像辛晓琪的《领悟》,唱尽了一个被辜负女人的心声。

我以为我会哭

但是我没有

我只是怔怔望着你的脚步

给你我最后的祝福

这何尝不是一种领悟

让我把自己看清楚

虽然那无爱的痛苦

将日日夜夜

在我灵魂最深处

我以为我会报复

但是我没有

当我看到我深爱过的男人

竟然像孩子一样无助

这何尝不是一种领悟

让你把自己看清楚

被爱是奢侈的幸福

可惜你从来不在乎

啊！一段感情就此结束

啊！一颗心眼看要荒芜

我们的爱若是错误

愿你我没有白白受苦

若曾真心真意付出

就应该满足

啊！多么痛的领悟

你曾是我的全部

只是我回首来时路的每一步

都走得好孤独

啊！多么痛的领悟

你曾是我的全部

只愿你挣脱情的枷锁

爱的束缚　任意追逐

别再为爱受苦

七十七　爱需要说出口，忏悔更需要

人性究竟有多少层？孟浪的人性又有几层？经常性地，叶菁在田野里看书或发呆时，盯着一棵树看着看着，那棵树就会幻化成孟浪，站在风中冲她微笑。树的枝丫像他伸展的手臂，无声地召唤着她："来吧，宝贝，来我的怀里！"但当她痴痴地走过去，才惊觉那不过是一棵垂头丧气的苦楝树。

就像那一天，当她捶着微痛的腰，从地头站立起来，习惯性地眯眼远眺时，她又有了幻觉——一棵瘦长的树在向着她移动,偏西的太阳逆光在这棵树的身后衬托出金黄色的边圈,像神话中法力无边的魔法师。

近了,更近了。直到那棵会走的树停在她的面前,她依然以为这是一次罕见的幻觉。直到这棵树向她伸出枝丫,揽她入怀,她依然懵懵懂懂、中邪一样难以置信。他的衣服上有长途跋涉带来的灰尘和脏空气的味道,和柳家坝的味道不一样。直到他唤她的名字"菁菁、菁菁",熟悉的嗓音惊醒了她。是他!是他!是朝思暮想、恨之入骨的他!

她的手不知不觉地勾住他的脑袋,使他俯身面对她,她的嘴唇狠狠地咬住他的唇,双手死死地拽住他的头发、耳朵,撕扯、拧掐、咬噬……嘴里有了咸咸的味道,也许是唇边的血,也许是眼中的泪。就让这爱恨交加的液体尽情地流吧!积蓄了数月的仇恨、哀怨、思念、诅咒、怜爱……都在这无声的缠斗和发泄中尽情迸发。

直到所有力气都已耗尽,所有神经一松,叶菁整个人都往下溜,孟浪紧紧抱住了她,哽咽道:"我再也不走了,永远陪伴你……"

因为失而复得,倍感来之不易。

一切仿佛又回到从前。孟浪似乎要用自己的行动来为自己赎罪。每天清晨,他会提前起床,为叶菁熬她最喜欢吃的红薯粥,去院子里摘几个新鲜的紫皮红心萝卜,洗净拍碎,拌上麻油、蒜泥和香菜末,香喷喷的勾人食欲。

或者去柳家坝河里钓几条小鲫鱼,回来小火熬成奶白色的鲫鱼汤,煮上白萝卜丝,鲜美无比。午饭后小睡片刻,趁着下午的阳光尚有余温,携着叶菁的手,在柳家坝上走个来回。柳家坝的村民们从开始的议论纷纷,渐渐变得见怪不怪,反而对孟浪暗生敬佩,都说这个小伙子重感情,叶菁有福气。

自从孟浪来到柳家坝照顾叶菁,叶爸叶妈也放心了,带着点点回了城里上幼儿园,留下叶菁和孟浪,享受着甜蜜的二人世界。柳小山和女友、柳大伯和柳大妈也经常来看望他们,带来自家酿的米酒和土鸡蛋给叶菁滋补,或者坐着陪他们聊聊天,在这山清水秀的乡下,他们倒也不觉孤寂无聊。

只是,每当夜深人静,两人依偎而眠时,孟浪总是久久无眠,直到听着叶菁发出熟睡后规律的呼吸,他才开始数起羊群,蒙眬睡去。

只有他明白,他欠叶菁一个忏悔,这忏悔如一团乌云压在他心头,令他沉重难眠。

一天,屋外春雨淅沥,冷气袭人,叶菁和孟浪都没有出去散步,叶菁拥坐在被子里,为点点钩织一顶粉色的绒线帽子。床边有一张木桌,孟浪坐在床沿,开着电脑,遥控指挥着贵州旅行社的正常运转。自从他来到叶菁身边,旅行社的日常事务都交给了另一个合伙人打理,最近是春季,也是旅游旺季,旅行社忙得不可开交,生意很红火。合伙人和他在 QQ 上商量,准备再招聘几个员工。

彼时,电脑的音响里正播放张信哲的《爱就一个字》——

"哎,这首歌好像是电影《宝莲灯》的主题歌吧,挺好听的。"叶菁说了一句,还跟着哼唱起来。孟浪却无应答,坐着一动不动,也没有继续打字。叶菁觉得奇怪,侧头看了看他的脸,却见他的侧面亮晶晶一片。他在无声地流泪。

"怎么了……你……"叶菁慌了,扔了手里的半成品帽子和毛线,一把拉过孟浪,他像孩子一样倒向她的怀里,终于失声痛哭。

"对不起,对不起,我……我之前不该在你最需要我的时候做逃兵……"终于,一团黑色心结喷薄而出。爱需要说出口,忏悔更需要。

"我害怕承担生命之重。当我母亲坠崖而死时,我就害怕面对死亡,我觉得我会承受不了,精神和经济上都承受不了……在离开你的每一天,我强迫自己用高强度的工作来麻痹自己,但来自心灵深处的啃噬和煎熬无处不在。我虽然活着,却比死了还难受……"

如同暴雨是对天空的洗涤,忏悔也是对心灵的洗涤。雨过天晴后,孟浪紧抱叶菁说:"此生此世,永不分离。"

"傻瓜,我这病……是注定要提前离开这个世界的……"叶菁的口气听起来似乎漫不经心,其实心早已在抽搐。

"即使死,你也要死在我怀里……"他不让她继续说下去。一个吻,堵住了她的絮叨。

一天晚上,柳小山和女友田珍珍又来看他们。珍珍开朗活泼,心直口快,她看到孟浪将叶菁照顾得无微不至,大发感慨:"叶姐你好幸福啊!你看孟哥对你多好哦!我以后要是得了病,小山也对我这么好,我死也瞑目了。"小山在旁边一个劲捅她,她却不知就里,冲小山喊:"你干吗捅我啊,痒痒死了……"小山的脸红了,无奈摇头。

叶菁笑了,顺着珍珍的话说:"是啊,有孟浪在我身边,我感到无比幸福。"说罢,脉脉含情地看着孟浪,将头靠在孟浪的肩上。

"你俩这么好,干吗不结婚啊?"珍珍又语出惊人。

叶菁和孟浪相视一笑,无语了。

可珍珍的话却点醒了孟浪,晚上,两人相依着坐在床上,孟浪抚摸着叶菁因化疗几乎秃光、如今又长出一层柔软毛发的脑袋,鼓足勇气,轻声说:"嫁给我吧,亲爱的,让我好好照顾你,我要带你走遍全世界。我要带你乘着世界最豪华邮轮'海洋绿洲号'环游加勒比海;乘坐'非洲之傲'列车游遍南非;我们一起去南极看企鹅;去加拿大看尼亚加拉大瀑布……"

孟浪对旅途的美好描述却没有打动叶菁,她想了想,却说:"亲爱的,其他地方我哪里都不想去,我唯一想去的地方,就是圣米歇尔山。"

她闭着眼睛回忆起来——在锥形的圣米歇尔山上,在雨后湿滑的台阶上,崴了脚的她趴在他并不宽阔的脊背上,被他背着,一步步走向被世俗质疑、却打动自己的爱情……

"好的,你想去哪里,我都陪着你。"他柔声说,用力揽过她骨瘦如柴的肩。她低下头,在他的臂弯里悄悄落泪。如果能在临终之前,做一回新娘,也是此生最美的归宿。

七十八　拉斯维加斯之惑

柳杨没料到,小游的男人居然从拉斯维加斯雇了一辆白色加长林肯房车来接她们。一位满头银发的白人老司机戴着白色的手套,穿着黑色的制服,彬彬有礼地打开车门请她们上车,再为她们关上门,再礼貌地与"月子中心"的所有人挥挥手,道再见,然后上车,启动,扬长而去。

柳杨和小游临出发前,月子中心老板娘不放心,找来一位华人律师,由律师起草,与柳杨、小游签了一份免责声明。声明内容是:柳杨和小游是自愿去拉斯维加斯旅游,在此过程中若发生任何人身意外事故,一切责任与月子中心无关。本声明法律生效具体时间:从她俩离开月子中心的家门,到她俩回来踏进月子中心的家门为止。这也是体现美国社会法律为先的正常做法。小游认为月子中心小题大做,柳杨却表示理解。

从洛杉矶到拉斯维加斯,走十五号州际高速公路,开车只需四小时左右。从洛杉矶一路向东北直行,离开主城区,上了高速,视野里渐渐出现了绵延不绝的灰色沙丘,沙丘上星星点点地长着一簇簇、灰蒙蒙中带着绿色的荆棘类植物。

再往北,公路两边的荒漠上便出现了大片大片的沙漠仙人掌,在白亮如水银泻地的阳光下,挺着高矮粗细不同的身子,站成一片寂寥的风景。

好在加长林肯里什么都有,音响、电视、酒柜、冰箱、精美点心、新鲜水果、坚果、餐巾纸、湿纸巾……应有尽有。小游好奇地把每一种点心都尝了一遍,一边吃,一边感慨:"钱这王八蛋真是好东西,它不是万能的,没它又万万不能。我老公说,这里面的东西尽管吃尽管喝,都是他已经付了钱的,不用白不用。"

柳杨的感慨在心里。活着与生活,很普通的两个词,但两者之间的概念,却如天堂地狱的差别。活着是一件简单的事,生活却是一件复杂的事。有的人,是在生活;有的人,却只是活着。

"姐姐,你了解拉斯维加斯吗?"小游问。

"我上网查过资料,一百多年前,这里还不叫拉斯维加斯,它只是方圆数百里沙漠里唯一积聚着泉水的谷地,后来一些途经此地的墨西哥商人发现了这块巨大的谷地,开始在此停留。后来,来自犹他州的魔门教徒也移居此地。再后来,魔门教徒离开后,这里又成了一个美国兵站,当地人口还是十分稀少。直到二十世纪初,拉斯维加斯才正式建市,拉斯维加斯的西班牙语意思就是'肥沃的山谷'。不久,内华达州发现了金银矿,大量淘金者来到此地,拉斯维加斯便开始繁荣起来,赌场和妓院相继涌入。但随着内华达州的金银矿被掏空之后,这里又开始变得萧条。直到二十世纪三十年代,在拉斯维加斯东南处几十公里外的胡佛水坝建成,为拉斯维加斯供应水电,由此促进了拉斯维加斯的发展。当时,正逢美国经济大萧条时期,为了渡过经济难关,内华达州议会通过了赌博合法的议案,然后,几乎在一夜之间,拉斯维加斯的赌场如雨后春笋般纷纷成立,从此拉斯维加斯成了一个纸醉金迷的赌城,并迅速崛起。如今,拉斯维加斯有大大小小二百五十多家赌场,拥有全世界最顶尖的度假酒店、购物中心,还有世界一流的大型表演秀场。很多人以为这里只是一个单纯的赌城,其实不是,更多的人来这里是为了旅游、结婚、购物。拉斯维加斯除了赌城之名,还有许多别名,比如罪恶之城、结婚之城、离婚之城、自杀之城、奢侈品之城等等……"

"哇,姐姐你真博学,跟着你可以学很多东西。"小游说。

"这都是我的职业习惯。"柳杨笑笑说,无论去哪里,她都会提前做好功课,为写出有独特视角的文章做准备,"以后你有机会还是多学点知识,无论在哪里都能用上。"小游若有所思地点头。

傍晚时分,车近拉斯维加斯。司机在前面通过麦克风告诉她们,快到主城区了。小游失望地嘟囔:"眼前还灰蒙蒙一片呢,哪里有繁华的影子啊? 该不会这老头儿把我俩拐了吧!"

这时,车刚好爬上一个高坡。忽然,车头一低,开始向下俯冲。小游忽然连声惊叹:"哇塞! 哇塞!"仿佛就在眨眼之间,一只流光溢彩的金色巨盆扑面而来,巨盆里盛满熠熠生辉的钻石,闪得人不忍错目,又好像一幅从天而降的立体珠宝画,活色生香地展现在眼前。仅是这流金淌银的一幕,就把小游和柳杨震慑住了!

"刚才司机是不是念了一句'阿里巴巴请开门',然后山门洞开,一个叫作'拉斯维加斯'的聚宝盆就蹦出来啦!"小游孩子气地笑着、叫着,在车里就手舞足蹈起来。柳杨毕竟做过多年时尚杂志编辑,旅游杂志也看过不少,倒不像小游那样见到精彩事物就得意忘形,因而她笑着对小游说:"更大的惊喜还在后面呢! 悠着点、悠着点。"

车行上赌城大道,一幅巨大的"欢迎来到拉斯维加斯"的霓虹灯招牌扑面而来,令人立即感受到这座沙漠城市的热情。道路两旁的建筑、霓虹灯和广告牌如同列队的应召女郎,向游客们频频搔首弄姿、抛着媚眼,让人应接不暇。小游一边扒着车窗朝外看,一边发出哇哇的惊叫:"哇——姐姐,你看你看,这里居然还有一座埃菲尔铁塔!"原来这就是赌城著名的建筑——巴黎大酒店。这座缩小版的埃菲尔铁塔也有二三十层楼那么高,在灯光的映照下遍体金黄,宛若黄金打造。

他们下榻的酒店正是巴黎酒店对面的百乐宫酒店。车到酒店时,碰巧酒店门口的音乐喷泉正在表演,播放的音乐是意大利盲人音乐家安德烈·波切利和英国女歌唱家莎拉·布莱曼的《告别时刻》,壮观的喷泉随着优美抒情的音乐,变幻着不同的舞姿,时而高低起伏,时而左摇右摆,时而直冲云天,时而盘旋低舞。像一个个妖娆万千、风情万种的水仙子,在沙漠的夕阳下欢乐地舞蹈。

"啊! 拉斯维加斯,谢谢你的见面礼!"小游一边感叹,一边用手机不停地拍照。人行道上挤满了游客,都在争相拍照留念。

安德烈的嗓音磁性清澈如天籁,声震寰宇。

When you're far away

I dream of the horizon

And words fail me

And of course I know

That you're with me, with me

You, my moon, you are with me

My sun, you're here with me

With me, with me, with me

Time to say goodbye

……

　　不知为何,这几句歌词令柳杨蓦然想起一个人——樊篱。这样美丽而有感觉的歌,只有他最懂得欣赏了。

　　车到酒店,刚刚停稳,帅气的门童马上来到车边,殷勤地打开车门,搀扶两位大腹便便的女士下车,帮她们把行李提下来放上推车,这种贴心服务,还真让小游和柳杨有了一点尊贵女皇的感觉。老司机礼貌地与她们握手告别,祝她们在拉斯维加斯玩得愉快,然后开车离开。目送这辆豪车离去的影子,柳杨忽然觉得哪个环节漏掉了,她使劲想了想,忽然惊叫道:"哎呀,小游,我们是不是忘了给司机小费啊?在美国打出租车都要给小费呢!"

　　"哦!姐姐,你真善良。"小游过来揽住柳杨的胳膊,"我老公说了,他雇车的车价里已经包含小费了,他知道我们没多少钱,嘻嘻……不过,等下门童把我们的行李送到房间,我们要给他五美元或十美元小费,这也是我老公教我的。我给好了,你放心吧,我已经换了一堆零钱带着呢!"

　　门童询问她们房客的名字,小游报了她男人的名字,门童唰唰地在一张行李卡上写下名字,撕下半张给小游,小游递给他十美元小费,门童道谢后转身便将两人的行李箱推进酒店去了。

　　"我老公说了,他们这会儿还在赌博,我们先在大堂里逛逛,听说这里的大堂美到哭呢。"

　　小游和柳杨站在百乐宫的大堂里左顾右盼,大有刘姥姥进大观园的心情。这哪里像是一个酒店,更像一个超豪华购物中心或巨大的室内花园。两只眼睛根本不够用,应该在头上装上雷达,全方位吸收来自四面八方的信息才行。首先,大厅的天花板上,那数千个造型各异、色彩缤纷的玻璃荷叶就已经够她们眼花缭乱、叹为观止。事后柳杨看了酒店介绍,才得知这些玻璃花出自名师 Dale Chihuly 之手,共有两千多只玻璃花,三百五十种颜色,价值一千九百万美元,难怪百乐宫被称为赌城最有艺术感的酒店。

七十九　这不是一般的缘

百乐宫酒店大厅内人头攒动,不时可以看到穿着旅游鞋、背着旅行包的东方面孔,耳边也不时飘过一两句汉语:"哎,我们的导游哪儿去了?""那边是不是我们的人……""我们去赌场玩两把吧,碰碰运气……"

"世界上只要哪里有人,哪里就会有中国人。"柳杨无奈地感叹。小游也笑说:"是啊,我老公他们这次就是一群人来的,有十几个人,都是土豪级的。"

正说着,小游的手机响了,她一看来电,立即眉飞色舞起来:"是我老公!"随即按下接听键,用甜腻的声音撒娇道,"老公,你在哪儿啊? 我们刚刚到酒店。"电话里不知对方在说什么,只见小游一个劲地嗯嗯着:"好的,我们马上就去赌场找你们。"

挂断手机,小游挽起柳杨的胳膊:"走,姐姐,我们去赌场找他们。"

赌场就在酒店大堂右侧,一进赌场,两人都傻眼了! 一排排赌台、赌座、赌桌边上满满的都是人,放眼望去,上万平方米的大厅里坐着数千人,人头攒动,老虎机的音乐和诱人的电子筹码哗啦声此起彼伏,不时伴随着一两声"赢了"的惊叫和大笑。在拉斯维加斯,每个酒店都有自己的赌场,最常见的博彩工具就是吃角子老虎机、二十一点、百家乐、俄罗斯转盘以及非常火热的德州扑克,大客户往往都被请进包房赌博,在大厅里就座的都是一般赌客。几乎每台老虎机旁都坐着一个双眼紧盯屏幕,或手握拉杆、或手拍按钮的赌客。有人手指夹着烟,有人手里端着酒,有人背后站着看客,还有穿着暴露、画着浓妆的女招待托着酒杯或小吃来回穿梭,为赌客们服务。

"他们在 VIP 包房里,就是最里面的那个。"小游兴奋地扯住柳杨的胳膊,快步往赌场里面走。柳杨提醒她:"哎,哎,哎,我们别那么亲热呀,在美国,同性之间拉拉扯扯会被认为是同性恋呢!"小游调皮地吐了吐舌头,眼珠一转,笑道:"看看我俩的肚子,谁还会说我俩是同性恋?"两人相视一下对方凸起的肚子,不由得哈哈大笑起来,惹得旁边一个正在使劲摁老虎机的络腮胡壮汉回头瞪了她们一眼,她们赶紧迈开碎步溜走了。

　　到了赌场 VIP 包房门口，一个四十多岁、中部崛起的中年男人已经等在那里。小游娇羞地告诉柳杨："看，就是他！"小游便像只喜鹊一样扑进男人怀里，同时拉长声音娇呼，"老公——想死我啦！"男人倒不像小游那般喜形于色，只是微笑着搂住她，在她额上亲了一口，说："进来吧，我们还有半小时就结束了。"话是对小游说的，眼睛却是看着柳杨的，柳杨礼貌地朝他微笑了一下，算是打了一个无声的招呼。这男人给柳杨的第一印象，并不像传说中的暴发户除了钱什么都没有，此人看上去却是彬彬有礼、颇有涵养。

　　柳杨和小游依那男人吩咐，坐到包房休息区的沙发上："他们还有半个小时才能结束，你们在这里坐着休息一会儿，我先给你们叫两盅燕窝来。"

　　"老公，我们能去看你们怎么赌的吗？"小游拉着男人的手撒娇。"不行，宝贝……"男人看一眼柳杨，又看看赌桌那边，小声道，"他们很忌讳有女人在场观赌，你们就在这里休息一下，千万别乱跑乱动。"说罢，丢下她们，先到吧台和服务生说了几句，然后就走向了赌桌。椭圆形的赌桌边上坐着六个中国男人，个个看上去神态疲惫，却又神情专注地看着发牌员的手势，一会儿低头悄悄翻看自己得到的牌，一会儿看看旁边人的脸，一会儿又充满期待地看着发牌员的手势。从他们的背影看，显然颓败，好几个人的背是弓的，肩膀是塌的，头发是乱的，一副颓样。小游的男人坐在侧面，她们看不到他的背影和面容。但从场上的气氛看，他们是凶多吉少的。

　　柳杨和小游都看不到他们在怎么赌，也不懂他们的规矩，坐着又觉得无聊，两个人正无聊地大眼瞪小眼时，服务生将两盅燕窝送了过来。小游拍手笑道："哎呀，在美国还能喝到地道的燕窝羹，真是太幸福了！"

　　她们一盅燕窝喝完，那边赌局也歇了。几个男人这才站起来，有的整理着自己面前为数不多的筹码，有的伸着懒腰，有的转头扭脖子……就在这一瞬间，柳杨一惊，她看到了一个熟悉的面孔——魏凌！

　　魏凌也已经看到了柳杨，脸上的表情和柳杨看到他一样惊异！他抛下那几个人，大步走过来，在柳杨一米开外站定，细细地看她——和她的肚子！

　　"柳杨，想不到……想不到你会到美国来……你是和家人到美国来旅游的吗？"

　　她一时不知如何回答他，只是愣住。

　　她最后一次和他见面是什么时候？——应该是在 biáng biáng 面馆吧？她为了让他彻底死心，临时叫了樊篱来客串她的男友，魏凌失落而去。他们最后一次通电话是什么时候？——好像是十一假期，接到他的电话，彼时她到了北京香山和单啸风幽会，他却在 biáng biáng 面馆等她。当时她绝情地告诉他："我已经怀了别人的孩子，你若不相信，就等我生下孩子后，来喝我孩子的满月酒吧。"当时，还记得他说了一句歌词做结束语——现实总是叫人更加悲伤。

是啊！现实真的叫人更加悲伤！却是在谁也意料不到可能出现的场合下。

"这位是……魏总的朋友？"那几个男人也走过来打招呼。

"哦……她……是我大学同学……"魏凌向另几个人介绍。

"哦，老同学在拉斯维加斯不期而遇？奇迹啊奇迹！你们真是太有缘啦！"

真的有缘！还不是一般的缘。柳杨脑子里乱哄哄的，脸上也热烘烘的，既觉得自己这副样子有些让魏凌见笑，又觉得魏凌果真是自己生命中挥之不去的一个梦。魏凌却似乎十分欣喜这次遇见，兴奋之情溢于言表。

"我做梦都没想到会在这里遇见你，这次如果不是秦总、赵总他们力邀我作陪，我根本不会过来……你来美国多久了？准备待多久？"柳杨不知如何回答，此情此景下，思维如缠成一团的毛线，毫无头绪。如实告诉初恋情人：我是到美国来生私生子的？还是撒个小谎：我只是来旅游，而且是一个人？怎么说都觉得别扭，干脆左顾右盼，不作答复。

魏凌见她没有正面回答的意思，很聪明地自我解围："好吧，不想告诉我就不用说啦！我们去吃晚餐，吃完还要去看 O Show，这 O Show 可是拉斯维加斯最有名的秀之一呢！明晚我们订了看席琳·迪翁的演唱会，你喜欢听她的歌吗？"

"还行吧！"极干巴的答复。一边转头去看小游，小游已经小鸟依人一样依偎在自己男人怀里，满脸流光溢彩。那几个男人大概也知道小游的身份，有个年长点的男人和小游的男人开玩笑："哎呀文总，你可真有艳福啊！小夫人这么年轻漂亮，将来你的儿子一定聪明俊秀！都说男大女小秋瓜甜啊！"其他几个男人都齐声附和，柳杨却觉得倍感无聊。

八十　纸醉金迷，恕不奉陪

晚餐预订在百乐宫的 Picasso 餐厅，土豪们想尝尝这里的法国大餐。几个人刚坐下，又来了几个女人，大包小包提了满手，都是印着大牌 Logo 的袋子。

几个女人一边兴奋地讲述着自己的收获,一边挨着各自的男人坐下,原来她们是这几个男人的太太或女友,男人赌博时,她们就去狂购了。百乐宫一楼,除了赌场,就是奢侈品店和高级餐厅。在这里,总有一个地方会留住游客的钱包和心。

女人们坐下后,开始打量小游和柳杨,眉梢眼角都是好奇和探究。

小游的男人文总简单地向大家介绍:"这位是柳小姐,是我女朋友的朋友。这位是小游,我的女朋友。"那几个女人的脸上现出意味深长的笑,然后各自和自己的男人窃窃私语起来。柳杨一边喝冰水,一边暗暗懊悔,早知这么多人,真不该答应和小游来赌城。

魏凌的身边坐着一个年轻的漂亮姑娘,那姑娘紧挨着魏凌,在手机上向魏凌展示一款名表:"看,这款百达翡丽对表漂亮吧,你喜欢这款男表吗?"魏凌只是嗯嗯着,身体僵直,表情略显尴尬,因为柳杨就坐在他对面。

小游的右手边是她的男人,左手边是柳杨,小游碰碰柳杨,和她耳语:"哎,姐姐,你的初恋情人看上去好帅哦,长得有点像黎明哎!你俩最后怎么没能在一起啊?好可惜哦……"

柳杨轻声说:"嗯,故事说来话长,以后有机会慢慢告诉你吧!对了,这些人你都认识吗?"

"除了我老公,其他人我一个都不认识。"小游撇撇嘴,"我这种身份,他在国内也不便带我认识别人,这是在国外,偶尔的例外而已。我也不想认识他的朋友,等我生下孩子,就他走他的阳关道,我过我的独木桥了。"然后向柳杨做了一个无奈的表情。

服务生送来了菜单,上面印着英文和法文,那些人都看不懂,都叫魏凌点菜。一个梳着大背头的男人豪气地挥舞着手,对魏凌下达命令:"小魏啊,你就放开了点,这家店什么贵就点什么,别拘束,这顿我埋单。我就知道人不识货钱识货,你不要为我们省钱,来一趟国外不容易,不就是为了体验体验与国内不同的生活方式吗!"魏凌诺诺点头,专心看起菜单。柳杨觉得魏凌在这群人面前显得唯唯诺诺,而那群人显得特别趾高气扬,她实在看不惯。

一位白人服务生过来了,躬身问大家要喝点什么。除了柳杨和小游,其他几个人都没听明白,都把脸转向魏凌,魏凌便问大家想喝点什么。还是那个大背头男人问:"这里有没有五粮液或者茅台啊?好几天没喝白酒了,有点馋了……"边说边用手抹着嘴,还响亮地咂了一下嘴巴,小游扑哧一下笑了出来,悄悄对柳杨耳语:"土豪的德行出来了。"

魏凌只好用英语问那个服务生:"你们这里有没有中国白酒?"那服务生愣了一愣,似乎没明白什么意思,魏凌又重复了一遍,服务生遗憾地摇头,礼貌地回答:"对不起,先生,我们餐厅没有中国白酒,因为中国白酒不配法国菜。"

魏凌将服务生的话翻译给那些人听,大背头男人生气了,大声嚷嚷道:"什么破餐馆,连中国最著名的白酒都没有? 我可是这里的贵客呢,刚才在赌场我就给你们送了几百万美元,连几瓶中国白酒都没有? 这算什么服务? 把你们老板叫来……"那服务生听不懂他在嚷嚷什么,但看顾客的表情,也知道这个中国人不高兴了。魏凌毕竟在国外生活多年,赶紧起身,将服务生拉到一边去解释。过了一会儿,服务生走了。

魏凌回到桌旁,对大家说:"服务生说去向餐厅老板请示一下,看能否到其他亚洲餐馆找到中国白酒,我们再等等吧!"大背头依旧愤愤不平、骂骂咧咧:"老子就不信,冲着老子输了那么多钱在这里,连瓶茅台都喝不上? 下次老子换地方赌去,不再来这个鬼地方了……"

柳杨坐不住了,她实在看不惯这种人在国外给中国人抹黑,自己也羞于和这样的人同桌吃饭,再待下去,她怕自己忍不住会向大背头开火,于是轻声对小游说:"我觉得不太舒服,我先回房间休息了。我的房间号码是多少?"她们来之前,小游的男人就已经帮她订好了房间。

小游惊讶地看看她:"晚饭总要吃的啊……"柳杨打断她:"我现在一点都不饿,我真的很不舒服,我必须要出去了。"脸上的神情是少有的不耐烦。小游看看她的脸色,转头和文总说了几句。

文总毕竟比小游见多识广,他的目光越过小游,和柳杨对视了几秒钟,她似乎从他眼里看到了不解和责备——你这个女人真是不识抬举,我花钱请你来拉斯维加斯白吃白住白玩,你居然还这么任性,什么不舒服要回去休息,分明是不屑与我们这帮人为伍吧! 再说,纸醉金迷不是罪,是享受。小游曾悄悄告诉过他,这个女人的来头也很蹊跷,独自一人到美国来生孩子,没听说过她有男友和老公,孩子的来历都是个谜,假清高什么呢?

同样的,他也从对方眼里看到了倔强和鄙视——你们这帮土豪,真是除了钱什么都没有! 在人家法国餐厅大声嚷嚷要中国白酒,真是丢人现眼到国际了。我就是不屑与你们这帮土鳖为伍,怎么着? 即使你请我来白吃白住白玩,我也不会对你感恩戴德,你的钱未必就干净,我就是鄙视你们,怎么了? 你享受你的纸醉金迷,但我恕不奉陪。

短短几秒钟的对视,文总和柳杨的心理活动各自都已心知肚明。文总从口袋里摸出一张房卡,递给柳杨:"柳小姐,这是你的房卡,2910 房间,你就早些上去休息吧! 要不要我送你上去?"

"不用了,谢谢!"柳杨接过门卡,对小游说,"那我先上去休息啦,你慢慢吃。"然后谁也不看,转身就走。

魏凌见她真要走,立马从座位上站起来,几步走到她身边:"我送你上去吧,从这里到房间还有一段路,七弯八绕很复杂,你第一次来,会迷路的。"回头又对身旁的女孩说,"慧慧,我去送一下柳杨,马上就下来。"那个叫慧慧的女子一脸不悦,却也不便说不好,只是满脸愠怒地目送他们出门。

八十一　没有你的世界，爱都无法给予

走到餐厅门外,柳杨长出一口气,转脸对魏凌道:"我真的不用你送,你快回去帮他们点菜吧,免得他们又出什么洋相,给中国人丢脸。"魏凌说:"我知道你是看不惯他们的德行,我也看不惯,这几天我也是忍了又忍,他们在赌场上骂娘、在餐厅里大呼小叫、随处抽烟……真是恶习难改。但是没办法,谁让他们是财神爷呢! 那个大背头马总,是某省著名房地产开发商,拥有两家上市公司,数十亿身家,牛得很! 我这次也是无奈地陪他们来。"

走了两步,魏凌又说:"那个……慧慧真不是我女朋友,她就是马总的侄女,我也才认识她没几天,就是这次他们来美国才认识的,你不要介意……"

"呵呵,魏凌,我介意什么啊!"柳杨笑起来,"是不是你的女朋友和我一点关系都没有,你看我现在这样子……"她看看自己的肚子,对他说:"我都要做妈妈了,你也该有自己的生活了。"最后这句话,她是认真说的。她很久都没有认真地对魏凌说过一句话了。说完这句话,觉得心头一松,好像彻底放下了一个包袱,真正地体贴关心一个人,也可以和爱情无关。

"柳杨,你知道我看到你突然站在我面前时,是什么感觉吗?"魏凌却不理她发自内心的真诚和关心,而是自顾自沉浸在自己的想象里,"我觉得这一切就是上帝给我们安排的一次机会,我去过几次你所在的城市找你,不是吃你的闭门

羹就是被你糊弄过去,但这次却在压根就想象不到的地方意外重逢,这不是命运的安排是什么? 难道你不觉得这就是我们的命吗?"

柳杨停下来,看着他,依稀记起席慕蓉的一首诗:今生将不再见你,只因再见已不是你,心中的你将永不再现,再现的,只是沧桑的日月和流年。如果没有经历过单啸风的疯狂,也许就不会有现在的平静。

"魏凌,我知道,你对我真心如故,只是,现在的我,已非大学校园里那个天真烂漫的小女生了,我……"

还没等柳杨说完,魏凌便急急打断她:"我知道,你经历了很多……你的事情,我都听郑凯和袁佳他们说了……是我和邱平先后带给你的伤害,使你不再相信感情,宁愿通过做试管婴儿获得一个孩子,也不愿再进入婚姻,所以你才一再拒绝我! 可是柳杨,现在的我,也已经不是过去那个年少轻狂、急功近利的我了,我懂得了爱是幸福生活的基础,我愿意用我的下半生来保护你、安慰你,加倍疼爱你,我愿意和你一起抚养这个孩子,让我做他的父亲,我们一起在美国幸福地生活,好吗?"魏凌说得言恳意切、激情澎湃,柳杨却心静如水、无波无澜。

"魏凌,你说的这一切我都很感动,但是……"

"哎,魏凌,他们喊你回去点菜呢,我们要赶紧吃了看 O Show,不然就来不及了。"这回打断柳杨的,是从餐厅追出来的慧慧,她瞥了一眼柳杨,拉住魏凌的手,不无得意地说,"赌场经理亲自送了一瓶茅台来给我叔叔呢,我们的面子够大吧!"肤浅之色溢于言表。

魏凌被慧慧拉走了,柳杨正好抽身离开。她本想告诉魏凌关于孩子的实话,却被打断。也罢,他知情不知情,都无干系。

魏凌说得没错,这百乐宫真的像个迷宫,走着走着就不知身在何处了,没走几步,就一脚踏进了一座巨大的室内植物园,绿树高耸,奇花竞放,鸟鸣花香,溪水潺潺。若不是身边还有其他俊男靓女们在悠闲踱步,闪烁不停的照相机和舒缓悠扬的背景音乐,柳杨真以为自己瞬间穿越到了一座原始森林。

柳杨在一棵树下的椅子上坐下,仰望着由淡橙色逐渐往淡紫色转换的黄昏天色,啧啧称奇。这是在室内,天色是由灯光控制,却惟妙惟肖得酷似户外。柳杨心想:若不是亲眼所见,仅靠想象,内容绝对不会如此丰富。这次回去,可以写一期"赌城见闻"了。

就在柳杨开始构思如何写这期篇头语时,手机开始唱歌。柳杨到美国后,办了一个美国手机号,平时并没有谁联系她,国内也只有叶菁、樊篱和柳苗儿有她的美国号码,以备不时之需。这个来电号码显示很奇怪,既不是中国的,也不是美国的,也许是别人打错了,也许是美国的广告电话,于是柳杨没接。过了一会儿,电话自动断了。可是没过一分钟,电话又响了,还是那个奇怪的号码,看来不是无意打错,也不是广告,柳杨只好接了。

"喂,亲爱的,你知道我现在在哪儿吗?"叶菁在电话里兴奋地喊着。

"哈,原来是你,我还想这是哪里来的电话呢!"柳杨说,"反正你现在不是在国内吧?看电话号码不像,你到底去哪儿了?你最近身体怎样?孟浪对你还好吗?"也只是两周左右没有联系而已,却好像过了数月一般牵肠挂肚。

"亲爱的,你绝对想不到,我现在在法国尼斯呢!我们晚上住在城堡里,白天就去海边晒太阳,晚上在老城酒吧里喝喝酒、听听歌,我们会一个小镇一个小镇地慢慢游走,喜欢一个地方就多待几天,不喜欢就换个地方,孟浪会带我走遍法国的每个小镇,这是我一辈子最梦寐以求的事情,没想到竟然实现了,哈哈哈,你想象不到我现在有多幸福……"叶菁的声音里带着海风的呼声。

想不到孟浪还有这份心,柳杨被感动了。"那你们好好玩,有空就给我 QQ 或微博留言,多发照片,让我跟着你的足迹去体验法国小镇的魅力……我在美国一切都很顺利,我现在也在拉斯维加斯玩呢,这儿真是一个纸醉金迷的世界……"

两人聊了一会儿,叶菁说要挂电话了,因为国际长途话费太贵了,柳杨正要说再见,叶菁又忽然想起什么似的喊道:"哎,等等……樊篱有没有告诉过你他辞职的事情?"

"没有啊!不过我们也有很久没有在网上碰面了。他辞职去哪里了?"

"他没说去哪里,只说想换个环境,我出国后也没联系他了,你有空和他联系一下,看他去哪里了……唉,我想大概是因为你不愿接受他,太令他伤心失意了吧……"叶菁的口气里透着惋惜。

樊篱,他辞职了会去哪里呢?

进入酒店房间的第一件事,就是打开电脑,接上酒店的网络,上 QQ 和微博,找樊篱。他的头像是灰色的,不在线。QQ 签名却不知何时改了——没有你的世界,爱都无法给予。

好像是孙楠唱过的一首歌吧,还依稀记得这首歌的歌词,被孙楠唱得荡气回肠:

没有你

世界寸步难行

我困在原地

任回忆凝集

黑夜里

祈求黎明快来临

只有你

给我温暖晨曦

走到思念的尽头我终于相信

没有你的世界

爱都无法给予

忧伤反复纠缠

我无法躲闪

心中有个声音

总在呼喊

你快回来

我一人承受不来

你快回来

生命因你而精彩

你快回来

把我的思念带回来

别让我的心空如大海

……

八十二　带着爱情去流浪

你去哪儿了？给我回个信吧，别让我担心。

你这家伙，也会玩失踪吗？现在究竟在哪里？给我回句话啊！

你到底在哪里？想急死我吗？快上来！

我每天一睁开眼睛，就是上网，却没有你的任何消息。你快回来啊！

……

除了在他的 QQ 上留言，柳杨还特意去买了一张国际电话卡，一遍遍拨打那个烂熟于心的电话号码，得到的却是千篇一律的冷冰冰的录音："对不起，您拨打的用户已停机。"

时间开始变得难熬，拉斯维加斯的花花世界已不能吸引她的任何兴致。小游他们去威尼斯人酒店看室内运河、坐贡多拉，去逛琳琅满目的奢侈品店，去听席琳·迪翁的音乐会，去各种秀场看秀……柳杨无心欣赏，只愿意待在房间里，守着电脑，等候那颗灰色头像的亮起，等待对话窗口的跳动。

依然一片寂静。世界似乎静止了。没有你的世界，思念都无法给予。

房间的风景是绝好的，窗外就是音乐喷泉，每当音乐响起，每当听到《告别时刻》，就会神思恍惚。喷泉激起的每一串水柱，都像她潮湿的心情。每一串水柱的舞蹈，都像一种召唤的手势：你快回来，把我的思念带回来，别让我的心空如大海。

从来没有意识到，他的杳无音讯竟然成了她最深的牵挂。一直以来，已经习惯了他站在原地，等在那里，青春的脸上挂着笑，牙齿白得可以做牙膏广告。无论她任性地走到哪里，只要回头，只要召唤，只要需要，他都会出现，从不会让她失望。可是现在，他竟然莫名消失，无影无踪。她才意识到，心里有个角落，随着他的离开而空了一个巨大的洞，无论什么都无法填补。

你快回来

把我的思念带回来

别让我的心空如大海

她忧郁地在他的 QQ 里留言，都是发自内心的牵挂，每个字都和思念有关，每句话都先经过她的心，被焐暖后填入他的 QQ，就像要填满心里的那个洞。

他依旧沉默，头像始终保持着灰色。

第三天早上，所有人在酒店的自助餐厅吃早餐的时候，大家商量开车去科罗拉多大峡谷，沿路还能欣赏一下胡佛水坝。小游一个劲撺掇柳杨同行，柳杨却实在无心折腾,想先回洛杉矶去。小游却又不肯,像孩子一样摇着她的胳膊,央求:"好姐姐,你即使不去大峡谷,也在这里等我们好不好,我们就去两三天,你就在这里玩两三天,然后等我们回来,再一起回洛杉矶,好吗?求求你啦,姐姐!"

文总站在小游身后注视她,眼里也流露出请求的意味。这两天相处,他发现这个女人其实很简单,不以物喜,和他们确实不是一路人,小游和她在一起,倒是可以放心的。看着小游的男人也发出无声的请求,再拒绝就显得矫情了,柳杨便对小游说:"好吧,我在这里等你。"

魏凌见她不去,便私下里跟她说:"我也不去了,我留下来陪你。"柳杨坚决拒绝:"你千万别这样!你要是留下来,我马上就回洛杉矶!"魏凌一脸受伤的表情:"你为什么对我这么狠心啊?"

柳杨耐着性子劝他:"他们在美国语言不通,人生地不熟,你是他们请来的翻译、司机和向导,你要是不陪他们,他们在美国简直寸步难行,再说你以后怎么和他们打交道?"

魏凌见她那么坚决认真,只得让步。"好吧,我陪他们去就是,你一个人在这里要小心,拉斯维加斯鱼龙混杂,什么人都有,你一定要小心,晚上不要在马路上闲逛。这里的小偷也很多,专门偷抢中国人,因为中国人总是喜欢带现金,你在百乐宫的吃喝住都是全包的,那个马总是这里的 VIP 赌客,每年都会在这输几百万美元,他在这里的吃住开销都是赌场经理送他的,所以你尽管享受。要是有兴趣,你也去赌场碰碰运气,说不定……"他看看她的肚子,开了句玩笑,"说不定你的宝宝会给你带来好运气呢!"

柳杨笑笑,未置可否。刚住进酒店第二天,酒店就曾免费送给她二百美元筹码,这是酒店引诱客人滑向赌博陷阱的花招。只是她毫无兴趣,而是把筹码给了小游,小游加上自己的二百美元,共四百美元筹码,没玩到一小时的老虎机,就输得精光。后来又从文总那里要了一千美元换了筹码,输输赢赢玩了半天,最终还是以惨败告终。小游心疼死了,说一个 LV 的包被输掉了,赌博真是害死人。后来就专心逛街购物吃美食,再不涉赌。

大部队浩浩荡荡离开了,柳杨总算有了自由空间。这两天她都被小游缠着到这里逛那里玩,肚子上还缀着个包袱,确实感到累。但是一个人待在房间,除了上网,似乎又无所事事。只是,只要打开电脑,第一件事就是开 QQ,开微博,看邮箱,樊篱依然无信。他不会失意之下,又上路旅行去了吧?这回他会去哪里呢？

柳苗儿倒是给她留了言,问她最近怎样,在美国饮食是否习惯等等,她心不在焉地给柳苗儿回复了几句,接着又点开叶菁的 QQ,发现她果真已经更新了空间,在空间里放上了她和孟浪在法国的照片,叶菁很会打扮自己,带了不少各种颜色的大小丝巾,时而包着脑袋,时而挂在颈前,时而结在手腕上,时而拴在背包上,每一幅照片都风情万种。叶菁给自己的相册起了个抒情的名字——《带着爱情去流浪》。

"亲爱的,直到现在,我才真正体会到什么是活着,那就是把每一天当作人生的最后一天来活。每天睁开眼睛,看到窗外的阳光,看到身边的爱人,我都会由衷地感叹一声:我还活着,真好! ——对我来说,这就是最大的幸福! 所以,我要掏心掏肺地对你说一句:不要去奢望太久的未来,未来太远,只争朝夕,过好眼前每一秒,才是最现实、最应该做的。"

谁都想过好眼前的每一秒,只是,要看你眼前站着谁!

八十三　写一本笔记,恋一个人

闲来无事,柳杨决定去看看拉斯维加斯的小教堂。她曾在杂志上主编过一期拉斯维加斯教堂结婚专辑,那还是几年前,刘德华和朱丽倩在拉斯维加斯登记结婚的秘密公开之后应景而做的。不过那时她并没有来拉斯维加斯实地采访,而是通过一位旅美华人摄影师约的稿,图文并茂,讲述这些小教堂的来历和传奇——很多名人明星都喜欢来这里结婚,安吉丽娜·朱莉、猫王、迈克尔·乔丹、小甜甜布兰妮,以及中国人熟悉的明星汪明荃、吴倩莲、刘德华、黎明、陈小春等。不知是为了躲避狗仔队,还是别出心裁或者追求另类。

既然好不容易来到这里,柳杨就特别想亲身感受一下,那些图片上看上去其貌不扬的小教堂,为何有那么大的魔力,吸引全球的名人、明星们来此结婚。

柳杨去的第一个教堂就是传说中的白色小教堂,传说中的小甜甜布兰妮、黛米·摩尔、迈克尔·乔丹等明星就是在这里结的婚。柳杨已经在酒店里向服务员打听到,白色小教堂位于赌城南边的老城区,距离此地四英里左右,如果不愿走,可以在赌城大道上坐旅游观光车,几站路就到。

柳杨买了一张8美元的观光巴士通票,可以在24小时之内任意乘坐。巴士一路往南,走走停停,穿过繁华的赌城大道,很快便到了传说中的白色小教堂。下车之后,柳杨却找不到一种神秘或神圣之感,一切都那么普通宁静,如果不是象征纯洁的白色篱笆、白色外墙和白色屋顶,不是门口那块大大的招牌上两颗相交的红心,不是招牌上写着的"24小时不下车结婚窗口",不是屋顶上高高竖起的尖顶——这里几乎与普通民居无异。旁边还有一个为了纪念"猫王"而建的"猫王"怀抱吉他的告示牌,似乎以此昭告天下:这里就是传说中那座见证过无数名人在此结婚的白色小教堂。

柳杨到的时候刚好有一对新人从车上下来,准备到教堂里举行结婚仪式。只是,比较特别的是,这不是一对风华正茂的年轻人,而是一对坐在轮椅上的耄耋老人,白发苍苍的老太太虽然身披婚纱,鼻孔里却插着氧气管,老先生则戴着助听器,两位老人在几位亲友的陪伴下,坐着轮椅向小教堂走去。

不知道这两位老人之间有着怎样的传奇故事,但是他们坐着轮椅走向教堂的背影,却让柳杨鼻腔发酸,眼眶发热。身边有几名游客在咔嚓咔嚓地拍照,她也拿出相机,对准老人走向教堂的背影拍了一张。

她很想进入教堂参观,却又担心妨碍人家的婚礼,正在犹豫间,从教堂里走出一个中年男子,微笑着对柳杨说:"女士您好,可以请您帮个忙吗?"柳杨愣了一下,反应过来:"当然可以!"原来,这位男子是那位老先生的儿子,他请柳杨和其他几位素不相识的游客进入教堂,见证两位老人的婚礼,并给予他们祝福。柳杨求之不得,随着几位游客进了教堂。

教堂内部简陋得令人失望:极小的一间屋子,大约二十平方米都不到,中间一条走道,铺着红色地毯,两边对称摆放着几排白色座椅,稀稀拉拉地坐着几个人。教堂内部唯一的奢华,应该就是教堂墙壁上布置的波浪形状的鲜花彩带。一位身着黑袍的老牧师,正面对两位坐在轮椅上的老人,说着什么,柳杨无心留意牧师说了什么,她所有的思绪都在这对新婚的耄耋老人身上。

是什么导致了这对老人在这时成婚?

战乱?分离?病痛?再婚?

她不由得想起曾经看过的一部外国电影,名字叫《恋恋笔记本》。内容大意是:一个夏天,一位爱画画的富家少女随父母来到一个偏远小镇度假,偶遇当地一个做伐木工的穷小子,两人互相吸引,深深相爱,他们常常在穷小子家的木屋里约会,女孩憧憬着能够永远生活在这座临湖的小木屋里。不幸的是,他们的恋情遭到了富家女父母的极力反对,穷小子自尊受挫,黯然离去。时逢第二次世界大战,穷小子参军去了部队,他在部队里给她写了数百封情书,却被她的母亲偷偷藏匿。数年后,极度失望的女孩如父母所愿,嫁给了一个富有的退役军人。穷小子服役归来,贫穷依旧,他将旧木屋改建一新,幻想有朝一日能够与恋人在这座两人定情的木屋里度过余生。可是有一天,他却不期然在街头发现恋人已经嫁作贵人妇……故事的走向也在这里发生了逆转,他们再次重逢,爱火重燃,难舍难分。她义无反顾地离了婚,与他幸福地生活在一起……然而到了老年,她患了失忆症,不认识儿女和爱人。为了唤醒她的记忆,他将木屋改建成了一座疗养院,这样她便依然天天生活在家里,患心脏病的他则成了她的病友。他每天打开自己的笔记本,讲故事给她听,而那些故事,便是他们从相识、相恋、分离又在一起的缠绵激情……可就在她的记忆被唤醒的那一刻,他却心脏病突发,在她的身边长眠,实现了他永远守护她的承诺……

依稀记得当时看这部影片时,泪水怎样争先恐后地滑下脸颊,彼时她正经历邱平的背叛,情感尤其脆弱。后来她还在自己主编的杂志上写了一篇卷首语,题目就是《写一本笔记,恋一个人》。但若真正恋一个人,写一本笔记是不够的,要用一生去怀念。

"亲爱的朋友们,很荣幸邀请到你们一起见证这神圣的一刻。请用你们国家的语言,为我的父母送上祝福,好吗?"邀请柳杨他们进入教堂的那个中年男人,满脸恳切地站在前面说。

一对年轻游客首先走上前,他们自我介绍来自法国,然后分别拥抱了两位老人,用法语祝福了老人。接着三名来自澳大利亚的游客上前,用英语表达了祝福。轮到柳杨,她走上前,自我介绍来自中国,老人的儿子惊奇地问道:"你来自中国? 是来自北京吗?"她犹豫了一下,还是点了点头。自从北京承办过奥运会之后,几乎所有美国人都知道中国有个了不起的北京。

柳杨分别拥抱了两位老人,大声用中文一字一顿地说:"祝——你——们——结——婚——快——乐! 永——远——幸——福!"说完,嗓音已经哽咽。两位老人慈祥地看着她,感动地道谢:"Thank you! Thank you!"两位老人的手一直牵在一起,他们的手上和脸上都布满了老年斑,眼睛里却充满柔情。两人对视时,眼神温柔缠绵。此情此景,比任何电影情节都要打动人心。任何生物都会老,唯有爱情不会老。任何生命终有时,唯有爱情不会死。

老太太看到柳杨隆起的肚子,绽开满脸菊花般的笑容,伸出手,轻轻抚摸柳杨的肚子,说:"恭喜你,你将会是一位幸福的妈妈。"接着又问:"是男孩还是女孩?"

"是个女孩。"柳杨说。就在来赌城前两天,她在月子中心的安排下,去妇产医院做了检查,胎儿发育一切正常,所以她才放心出来游玩。

忽然,腹中传来一阵悸动,小东西好像在伸懒腰,老太太惊讶地叫道:"她在跳舞,她在跳舞!"柳杨也笑道:"是啊,她也在祝福您呢!"

"希望你的女儿像你一样美丽,你是一个非常美丽的东方女孩!"老太太说,一脸慈祥。柳杨向老人真诚道谢。

这场婚礼耗时约二十分钟便宣告结束。人们陆续走出教堂,只听一阵狂热的音乐声响越来越近,一辆红色敞篷跑车驶进教堂,另一场特别的婚礼又开始了。

这是一对年轻人,新娘穿着洁白的婚纱,新郎西装革履,跑车上装饰着鲜花,但他们不是进入教堂举行婚礼,而是从旁边的免下车窗口办理了快速结婚登记手续,简单得如同在星巴克的免下车窗口买一杯咖啡,结婚纸立等可取,五分钟即可,很多游客围着这对新人咔咔拍照。新人也很配合,大方地摆出各种造型,还亲密接吻。

见到从教堂里刚刚出来的老年新郎新娘,年轻的新娘惊喜地叫起来:"啊!我们同年同月同日同时同地点结婚呢!我们太有缘分了,应该拍一个合影留作纪念!好不好?"老年新郎新娘也很激动,兴奋地表示这是上帝的安排,一定要合影!

于是年轻夫妇站到了老年夫妇的轮椅后,摆出甜蜜开心的造型,现场的所有人都为这一幕感动,纷纷鼓掌祝福和拍照。

人群中,一个戴着墨镜、满脸胡须的亚洲男人背着一部长镜头相机,变换着不同角度抓拍着照片。忽然,他从镜头上抬起头来,探长脖子寻找着什么。

是的,是她!

原来,你在这里!

八十四 嗨! 原来你也在这里

爱一个人,该有怎样的信仰?

樊篱记得有一年去日本旅行,看到一种十分奇特的工艺品,叫作"偕老同穴"——在一个个白色的网眼状的海绵化石中,有两只小虾标本相依其中。他很不解:这些小虾,是如何通过这针眼一样细小的网眼,进入海绵体内的? 导游向他解释:这种小虾,名叫俪虾,自幼时便一雌一雄结成一对,从极细的网眼中钻入这种海绵体动物体内,靠着海水涌来的有机物为生,也许待在这种海绵的中空腹腔内也比较安全。但随着小虾逐渐长大,它们再也无法钻出那些网眼,于是,它们便一生一世生活在一起,直至白头偕老,生死同穴,所以这种工艺品在日本大受年轻人的欢迎,以示百年好合,永不分离。

樊篱心动之下,也买了一只"偕老同穴"。他当时想:当他决定向一个女人求婚时,"偕老同穴"就是他的求爱信物。

他买的这只"偕老同穴"颇为特别,不是那种普通长条状的,而是类似一个漂亮的小花篮,花篮全身网眼细密,骨枝均匀,似人工巧手编织而成,两只小虾标本呈透明状相依在一起,如一对相拥长眠的夫妻。自然,这只"偕老同穴"也比其他的贵了不少,但他觉得值。

你愿意和我"偕老同穴"吗?

一个个失眠的夜里,他打开"偕老同穴"的盒子,看着那一对在洁白海绵化石中长眠的小虾,便没来由地感动。爱情是多么奇妙的东西,哪怕卑微如一对小虾,也有着与爱人白头偕老、生死同穴的念想。

柳杨,难道你不想? 难道你不爱——我?

爱她,并非心血来潮。三年前,他就爱上了她! 他明知无望,但放弃更难。在日复一日的工作搭档中,她的才华,她的善良,她的果断,她的喜怒哀乐,她的一颦一笑,无不牵动着他的神经。也不是没有过犹疑和纠结,年龄便是世俗间最大的偏见和障碍,虽然他不在乎,但她或许会在乎呢? 就在他犹疑纠结之际,却已让一个魔鬼般的男人捷足先登。

多少个夜晚,他跑步经过她的楼下,仰望她家的窗户,心中温暖与惆怅交织,他多想冲动地跑进她的家门,拥抱住她,对她说:柳杨,我爱你!

但是他不敢,不是怯懦,而是不知她的心意,怕一次遭厌,再无机会。每一次因工作之便,陪她出席酒会或晚会,眼见她在众人间强颜欢笑,在烟酒间穿梭,其实他是心疼的。她不适合这种灯红酒绿的环境,不适合尔虞我诈的商战。

爱上她之后,便去刻意了解了她的一切,包括身世。甚至,曾于周末,一个人开着车,去她的老家。夜深人静时,他曾久久伫立于柳家坝河边,寻找她成长的痕迹,体验她童年生活的辛酸。似此星辰非昨夜,为谁风露立中宵!?

第一次在她家喝酒,玩真心话大冒险,是他的一次试探,也是他的一次真情流露。可是她醉了,她没有听到他更多的心声。当他把她抱到床上,帮她盖上被子,灯光下,她的脸庞柔和美丽,他多想在她唇上印下渴望的一吻,却终于不敢造次。他要的,是她心甘情愿的接受和付出,是她与他含情脉脉的对视,是她义无反顾的投入,是她此生无悔的应答!

那次在火车上,在两个人的包厢里,见她头痛欲裂的模样,心痛难抑之下,他帮她按摩头部,她像只小猫一样温顺地依偎在自己怀里,那么近,那么亲,他多想这一刻能定格成永恒啊!他希望这列火车不停地开,哪怕到世界尽头。哪怕就这样帮她按摩一辈子,也是一种幸福!只要她一直在他身边!不在别人身边!

当他终于鼓足勇气,说出了心里隐藏已久的秘密,虽然在黑暗中不能看到她的表情,但他能感觉到她的悸动,甚至轻微的抽泣。当他情不自禁地吻她时,那是怎样的电闪雷鸣般的感受啊?他能感受到她在他怀里轻微的战栗!哪怕这一刻列车脱轨,天塌地陷,只要不伤及他人,只有他和她,一切便是值得的!

只要和她在一起,哪怕心心相印一秒钟,也是永恒的幸福!只是,那时的她已被那个如疯如魔的男人摄去心魄,他晚了一步,只能眼睁睁地看着她被那个男人掠走。然后,又将她弃之原地。而她居然无忧亦无惧,一个人拖着怀孕之身,云淡风轻地过着自己的日子。她到底是个怎样的女人?

他敬她,爱她,疼她!只可恨,他比她晚生了八年,给她落下一份不安全感,可是除了年龄比她小,他其他方面都很成熟。他不会像二十多岁的大男孩一样,死皮赖脸地去追求一个姑娘,送花,送礼物,请吃饭等小儿科,手段用尽,祈求姑娘的回眸一笑。而他,宁愿把自己站成一棵树,在她必经的路口,开满生生世世的渴望——我爱你!我爱你!我爱你!

当她最终决定要去美国生孩子,他就暗暗决定,他不能傻傻地在中国等她的消息,他必须来到离她最近的地方,陪她度过人生中最重要的时刻。所以,他来了!以她想不到的方式!

哥哥樊攀在旧金山硅谷做软件工程师,他在哥哥家暂时住下。在美国生活开销很大,他不能坐吃山空。辞职后,他与国内几家时尚旅游杂志签了松散型合约,负责国外旅游专栏。同时,他也和美国的一些时尚旅游杂志合作,将他在中国拍摄的旅游图片提供给他们,得到的报酬自然比国内的高很多。哥哥帮他做了一个网站,加上他个人在 Facebook 上的宣传,很快便热火朝天起来,国内外杂志约稿不断。然后他买了一辆旧车,经常开着车到处旅行、摄影和写游记。

樊篱并不知道柳杨来到拉斯维加斯,他是应了国内一家知名婚礼杂志的约稿,特意来拉斯维加斯拍摄小教堂的。却不曾想,他的镜头里竟然不期然地闯进了一个熟悉的面孔!她怎么会在这里?她不是在洛杉矶的美宝月子中心待产吗?

两个月不见,她比出国时稍许胖了一些,脸型偏圆了一些,头发长了一些,肚子大了一些,行动更慵懒了一些。平底鞋、大摆裙、宽松的上衣、飘逸的长巾,一顶宽檐草帽,斜挎的小坤包,还是那样云淡风轻。

他多想立即冲到她面前,说一声"嗨!原来你也在这里",她会是怎样的表情?

第十章
偕老同穴

不愿成为一种阻挡
不愿　让泪水
沾濡上最亲爱的脸庞
于是　在这黑暗的时刻
我悄然隐退
请原谅我不说一声再会
而在最深最深的角落里
试着将你藏起
藏到任何人　任何岁月
也无法触及的　距离

——席慕蓉《诀别》

八十五　在这黑暗的时刻，我悄然隐退

柳杨离开白色小教堂,向街上走去,虽然此刻已经暮色四合,但在这个世界上最穷奢极侈的地方,路灯和灯箱广告早已眨起暧昧而慵懒的眼神。此刻,她想起远在法国旅行的叶菁,如果她在这里,一定会赖在赌场不肯起身吧! 有一年,单位组织部门干部去澳门旅游,叶菁第一次见识到赌场的魅力,就迷上了。说来也怪,同去的十多位同事都逢赌必输,唯有叶菁赢了五千多人民币。大家都说叶菁有赌运,怂恿叶菁玩大的,叶菁却是个见好就收的人,她用这笔意外之财买了一些澳门土特产送给了同事们,从而获得一致好评。

想到叶菁,心情便不自然地有些沉重,已经有两天没有和叶菁联系了,她的身体怎样? 她拿出手机,准备给在法国的孟浪打个电话,问问叶菁的情况。可是她立即想到时差的问题,不由得踌躇起来。就在她拿着手机,站在马路边掰着手指头计算美法时差的时候,突然一个瘦削的男人不知从哪里蹿出来,冲到她身边,一把抢过她手里的手机,又去抢夺她左肩上的包!

柳杨没想到会出现这个意外,本能地大叫一声"你干什么",随即死死拉住包带,和劫匪展开了拉锯战! 包里装着她的护照、钱和信用卡,是她在美国的全部,她本能地要拼命保护。

樊篱是一直跟着柳杨的,间隔五六十米的距离。歹徒出现得太过突然,但他也只是零点几秒的愣怔,随即便拔足狂奔,只恨自己不是刘翔! 此刻,他的世界和视线里都只是一线天——身边没有了车来车往,两边峭壁陡立犹如屏障,柳杨在一线天的那头呼救! 保护她,是他此生的使命! 近了! 近了! 刘翔的110 米跨栏用了 12.88 秒,他用了几秒? 歹徒已经发现了他这个从天而降的"天神",吓得露出了惊恐的眼神……

如果这一幕是发生在影视剧里的场景,一定会是一个凄美至极的慢镜头——男主人公的长腿在空中划着优美的弧线,以飞翔的姿势降临女主人公的身边。女主人公惊讶回首的刹那,飞扬的头发如瀑布般飘拂,她的眼前掠过一只巨大的飞鸟,随着一声刺耳的汽车急刹声,飞鸟噗的一声坠落尘埃……

樊篱在落地之前,看到了歹徒掉头飞逃的仓皇背影,以及柳杨如瀑的发丝

后面,那交织着惊异和惊恐的眼神……

柳杨,我爱你!

在这个世界上,每一秒都有生老病死,每一秒都有爱恨情仇,每个人都无能为力。柳杨在同一天经历了天翻与地覆。

当樊篱如一只折翼的大鸟般坠落在她的面前时,她许久许久都没有回过神来。这个躺在她面前一米开外、胡子拉碴、血浆满面的男人,似曾相识。他在闭上眼睛之前,甚至对她流露出一丝微笑,不得不让她使劲回忆此人的音容。

她甚至没有来得及看清肇事车,只听见一声更加响亮的金属摩擦声,肇事车飞快地掉转车头,疾驰而去! 那个小偷也早已不见踪影,他们都跑了,现场只留下柳杨和不远处那个躺在地上一动不动的救命恩人! 当她感到下腹坠痛,大腿处有温热的液体顺腿而下时,她才大梦初醒——孩子要出生了! 她依稀听到有人在打电话,叽里呱啦用英语叫着:"911……"

柳杨是在听到警笛声由远而近时失去知觉的,她在倒地之前,终于想起地上躺着的那个似曾相识的男人是谁。

"你怎么……会在这里……"她喃喃地嘟囔了一句,倒在一个黄头发蓝眼睛的异国路人的怀里。

……

八十六　谢谢你,照亮我生命的小太阳

抢劫与车祸眼睁睁、活生生地同时发生! 虽然在柳杨三十多年的人生舞台上曾经有过太多的戏剧性,但这一幕,从来没写在剧本里。柳杨多想做自己人生的编剧,在她的剧本里,永远不要有苦难和悲伤。

没有什么比在一个完全陌生的地方陷入医院更孤单无助。当柳杨醒来,发现身边安静得如同静止的世界,她下意识地四下看看,发现自己躺在病床上,床边医疗电子仪器林立,手指上夹着心电监护仪,电脑屏幕上波纹闪动,床边挂着一面淡蓝色的布帘,背后一片寂静。她的目光划过自己的腹部,毯子薄而平坦,她的脑袋嗡的一声炸开了。

"我的孩子,我的孩子在哪儿?"她忘了这是在美国的医院,扯开嗓门用汉语

大喊起来。

一声门响，接着布帘被撩开，进来的是一个亚洲护士。

"你醒了?"护士笑容满面地和柳杨打招呼，一口软软的普通话。

"你是中国人?"柳杨又惊又喜。

"我父母是台湾人，我从小在美国长大，但是我和父母在家里都说普通话。我叫琳达。"琳达的普通话软软嗲嗲的，在这异国他乡，经历了大难不死之后，听到一句亲切的国语，是多么令人欣慰的事情。柳杨如见亲人，激动得声音哽咽："琳达，我的孩子在哪里?"

"哦，别担心，她很好，我马上带她来看你。"琳达对她笑笑，转身轻盈地走了出去。谢天谢地，孩子还在! 柳杨的心口涌上一团酸楚而甜蜜的暖流，酸得想哭，甜得想笑。

不一会儿，婴儿躺在推车里被推了进来，连手带脚裹在薄薄的小毛巾里，头上戴一顶与毛巾同色的小帽子。琳达笑着对她说："看，你的宝贝和你长得真像，是个漂亮的中国宝宝!"

"谢谢你!"柳杨感到幸福就要随着泪水溢出来了，声音都有些颤抖。她想坐起来抱抱孩子，琳达为她按下病床上的遥控按钮，把床头升了起来。

现在，孩子就安静地躺在她的臂弯里，粉嫩的小脸蛋，乌黑的胎发，直挺的小鼻子，细长的眼线，小巧的嘴巴，饱满的额头。上帝赐给了她一件多么珍贵的礼物啊! 从母腹到臂弯的距离有多远? 她和孩子好像经历了长征般的跋涉，终于可以相依相偎。她轻轻揭开婴儿的小布包，小婴儿全身赤裸，只兜着一片尿不湿。她几乎都不敢用指头去触碰婴儿的皮肤，生怕刮伤了这世间最嫩的肌肤。她掰起小婴儿的十个手指头，一个个数，还好，每只手都是 5 个指头，不是 6 只。她又拿起小婴儿的脚指头，还好，也是 5 只。小婴儿的脚丫是漂亮的斜扇形，和她的一样。脚掌似乎也比较大，也像她的。

柳杨想起小时候，妈妈在帮她洗脚时，常常捏着她的脚丫子说："大脚走四方，将来我家杨杨不知道会走到哪里去呢!"后来她长大了，果真如母亲所言，她走得越来越远。地理上走得越远，心理上却离家越近。难道我的女儿，会像我一样吗? 她会走到哪里去? 现在，从身份上来说，女儿已经是个地道的美国人了，已经注定她的起点会离自己很远……这样想着，她的眼眶开始热起来。

也许感受到了母亲的体温，小婴儿转转小脑袋，眼皮努力挣扎了几下，蓦然睁开了——刹那间，一束阳光射进柳杨的生命，小婴儿与她对视着，乌黑的眼珠直盯着近在咫尺的母亲,似在辨认,似在思索,似在找寻。柳杨的心头一阵悸动,这是母女间的心灵对接吗?只是这一瞬间的对视,只是这瞬间的拥抱,她已经深切地感受到,自己一半的生命已经转接到了女儿的身上。就像武侠剧中,武林高手宁愿自废武功,也要把毕生精力传给自己挚爱的弟子或子女一样,那是一种奋不顾身的爱。这一瞬间,她感受到了,她的生命从此刻起,已经有一半给了怀里的小婴儿。另一半生命,也是为了保护她而存在。爱到极致,唯有以命相许。

小婴儿对着母亲张开小嘴,打了一个又深又长的哈欠,又挥起小拳头蹭蹭鼻子,像要打喷嚏的样子,模样无比惹人怜爱。柳杨终于鼻子一酸,一串泪水吧嗒落在女儿的脸上,再滚落到婴儿的唇边。小婴儿伸伸小舌头,妈妈的泪水浸进了她的小嘴巴,她的小眉头马上皱了起来——咦,这是什么味道?

柳杨小心地把女儿抱进怀里,撩起衣襟,将丰满的乳房贴在了女儿的小脸蛋上。小家伙小嘴一张,含起了妈妈的乳头,起劲地吮吸起来,这就是生命与生俱来的生存本能。一股暖流,随着女儿的吮吸,从乳房流进了柳杨的身体,逐渐将她体内的寒意驱散。谢谢你,照亮我生命的小太阳!小婴儿贴在她的胸部,像一块温暖的、软软的吸盘,吸附于她,依赖于她。都说女儿是妈妈的贴身小棉袄,而她此刻,何尝不是依附着这件小棉袄取暖呢!

女儿没一会儿就吃饱了,心满意足地躺在柳杨的怀里,漂亮的眼睛眨了几眨,又开始进入睡眠。琳达把小婴儿接过去,放进小推车。

琳达转身对柳杨说:"夫人,你在美国还有其他亲属吗?医院需要通知你的亲属,明天前来接你出院……"

亲属?除了那个奋不顾身救她的人,在美国,还有谁能称得上她的亲属?

"如果你只是来美国短期旅游,遇到困难,可以与中国驻美国总领事馆联系。拉斯维加斯没有领事馆,你可以与洛杉矶总领事馆联系。你有洛杉矶总领事馆的电话吗?"

"我不知道,我什么都没有做,从昨天事故发生后,我就晕过去了,刚刚才清醒过来不久……"虽然来美国之前,她也做过一些功课,知道若在境外遇到困难,应该第一时间寻求当地中国总领事馆的帮助,但事出突然,当时还没来得及呼救她便已晕厥。

"现在我该怎么办呢?"柳杨不无焦急地问。她马上联想到美国高昂的医疗费,虽然她在出国前买了旅游意外伤害险,但不知道是否管用。还有樊篱,他现在怎么样了？她心绪复杂地向琳达简单地描述了事情经过,最后忐忑不安地问:"我现在该怎么办?"

"别担心,"琳达热心地安慰她,"任何事情都会圆满解决的,一切都会好起来的……"

后来柳杨才知道,这是典型的美国人的安慰。一切都会好起来——是他们的口头禅。

八十七　不知身在何处,不知今夕何夕

放下电话,柳杨感到了彻底的饥饿,就像刚才女儿从她身上吸走了所有的热量一样。她转头看了看,床头柜上有一个托盘,上面放着一个带吸管的水杯和一个纸包。她把纸包打开,里面是个汉堡。在美国,产妇刚生完孩子,护士就会递过来一杯冰水;如果产妇说饿了,护士就拿给你一个汉堡或三明治。在中国,这冷冰冰的"月子餐"绝对无人问津,但在柳杨眼里,却是甘霖和美味!

她抓起来咬了一口,面包里裹着鸡胸肉、芝士、番茄、生菜和意大利酱,咬一口,一股面包的冷香充盈口腔,鸡肉冷而微硬,大口咽下第一口,用一口冷水冲下喉咙,可是在吞第二口时,她却剧烈地咳嗽起来,泪水奔涌而出。樊篱,樊篱,为什么每一口呼吸都会念你的名字?

人的心里是不是分隔了无数个小房间,每个小房间里蹲守着不同的人和事?每当你想起谁,心里蹲守着的那个人和事便有感应,他们打着哈欠,伸着懒腰,踢踢踏踏地推开尘封的门,让你与他们相见。是不是每个人再见时,都会惊呼一声"啊,原来你也在这里"?或者,只是含泪远远地对视一眼,转身离开,身后,传来一声寂寥的关门声。他们又缩进黑暗中,冬眠。或者,遗忘。

樊篱,是属于怎样的?他是不是一直收敛锋芒、屏气凝神、如影随形在她的身后,不求近扰,只求远护?

为什么心口有个地方有种牵扯般的痛?是他一直默默地蹲守在那里吗?蹲在那里等着她的想念。当她想他时,他就站起来挥挥手,打个招呼:嗨,我在这里呢!他的举动牵起了她的神经,她感受到了被牵扯的痛。你在哪里?你还好吗?你能感受到我的痛吗?

　　柳杨哭着呕出所有的水和面包,咳嗽得几乎要背过气去。外面护士站的护士们听到动静,奔涌而进,看她哭得昏天黑地,个个面面相觑。琳达奔进来,轻柔地抚摸着柳杨,安慰她:"别担心,一切都会好起来……"柳杨靠在琳达的怀里,把有来源和没来源的伤心,都哭了出来:"我的爱人,他在哪里啊? 请带我去看看他……"

　　与此同时,在同一所医院的另一个地方,躺着一个灵魂。他的世界此刻一片混沌。他感到自己的灵魂好似漂在水面上,时沉时浮。浮上水面时,视线与水面平齐,水面上气息氤氲,如烟似雾,无边无际。灵魂在水面上滑行,水静无痕。有些遥远的声音似乎从天际传来,细若游丝,飘忽难辨。在水面上漂累了,就放松身心,沉入水底。水底也是一片混沌,水是灰色的,是牛奶中滴入了墨水的颜色,有色却无味。感觉有水从左耳流过右耳,像风穿过客厅,轻车熟路,无拘无束。水流声像鱼缸里的加氧棒制造的噪音,嗡嗡嗡嗡嗡嗡……灵魂想沉入水底,好好地睡一觉,却怎么沉都不到底,一路漂着荡着、摇着摆着,不着边际。灵魂伸出手,却捞不到一根水草,只有水流经过手指,像风穿过树梢,握不住一丝质感……

　　挣扎是一种什么感觉呢? 好像堕入一个无边无际的梦里,浓雾一样的梦,化不开,吹不散,赶不走。中枢神经似睡非睡,似醒非醒,想喊叫却张不开嘴,想翻身却无法动弹,想看见却睁不开眼睛,想行走却迈不动腿,感到彻骨的冷,似乎血已在体内结成了冰。有一团白光在眼前时隐时现,想抓住,却感到身轻如羽。有什么东西在身上爬来爬去,麻麻地、细细地、轻轻地,时而一线,时而一片,如一群蚂蚁在他的身体里跳舞……

　　不知身在何处,不知今夕何夕。

　　一天一夜过去,樊篱还在昏迷中。他由于脑部受伤严重,整个头部被白纱布裹得严严实实,脸上罩着氧气罩,各种医疗仪器在他身上贴着金属爪子,监护着他的神经系统的一举一动。一台监测生命体征的医疗仪器悬在他的病床上方,电脑上闪着各种显示生命体征的线条和数字,滴滴之声不绝于耳。

　　柳杨以前是不信任何教派的,但此刻,她宁愿相信冥冥中会有一股神秘的力量将樊篱唤醒,将他送回她的身边,他还会一如既往地对她微笑、唱歌,跟她喝酒……

　　"求求你一定好起来,求求你!"她握住他毫无知觉的手,此刻他的手指那么苍白,毫无力量。如果不是还传递着丝丝的温度,他看起来就像是死了一样悄无声息。

柳杨抓起他的手指,送进嘴里咬。我在咬你,你感到了疼吗? 如果疼,你就喊一下、动一下,我就放过你! 我来了,你能睁开眼睛看我一眼吗? 看我一眼!哪怕一眼!

她一只只手指头咬过去,哪怕有一根神经触动他的大脑中枢,他动一下手指头,动一下眼皮,重重呼吸一声,她也会喜极而泣。

你起来呀,你动一下呀,你喊一下痛也好啊,我就知道你还活着,还活着,还和我在一起,我还没有失去你,你不要恶作剧了好吗? 不要吓唬我了好吗? 我胆小如鼠,我视你如天,你不能躺在这里装死,我知道你活着,你是想玩真心话大冒险是吗? 你是想听我说心里话是吗? 你一定是想再听到我可笑的段子时哈哈大笑着掀开被子,给我一个巨大的惊吓是吗? 如果你想听真话,那么我告诉你:你快起来,我们喝酒去!

护士们把哭瘫在樊篱病床前的柳杨抱起来,放上轮椅,推回她的房间去。护士们用眼神和表情表示着他们对这对中国小夫妻的同情。护士们以为他们是两口子,来美国旅游,却不幸遭此横祸。护士们精心地照顾着柳杨"一家三口",没有人找柳杨催讨住院费或医疗费,相反地还给初生婴儿免费提供配方奶和尿不湿、打疫苗、送玩具,虽然婴儿距离会玩玩具还有一段时间。这个东方婴儿几乎成了医院里的小明星,每个护士抱着她时,都要用手机拍照合影。护士们用拥抱给柳杨力量和安慰,告诉她:"一切都会好起来!"如果一切都会过去,那么请快一点吧!

八十八　一场生死一场梦

在美国住医院,不是你想住多久就可以住多久,医院的床位十分紧张。一般生完孩子,在医院观察一天,第三天就被要求出院。柳杨情况特殊,孩子又是早产,所以在医院多待了一天,到第四天,医院通知她可以出院了。医院没向柳杨要一分钱,但留了她的中国银行账号和护照复印件,等账单出来,会直接从她的账户上扣钱,然后把账单通过邮件发给她。

美国医院的收费项目分得极细,每个项目分开收费,账单单独寄出,有时账单会持续好几个月不停地寄过来。琳达好心地悄悄指点柳杨：你一回国，就把银行账户关闭就好了，美国的医院也不会为了你拖欠的几千美元医疗费而去跟你打跨国官司。在美国，这样的事情很多。

即便如此，柳杨也是于心不安的。何况，樊篱还在这里，她不能把他一个人扔在这里不管。

柳杨给美宝月子中心打去电话，告知详情。老板娘何等精明，马上把丑话拦在了前头，语气也是冷冷的："柳女士，我想你应该明白，在你离开洛杉矶之前，我们签的那份协议是受法律保护的，你在外面出了任何事情，我们月子中心不会负责，你在其他医院产生的治疗费用，我们也概不负责……"

柳杨连忙申明："我没有别的意思，不是要你们帮我付钱，是我现在必须出院，但我还有一个……朋友，他为了救我，受了重伤还在抢救中，我必须留下来照顾他，你能不能帮我照看几天宝宝？"

老板娘一听，语气马上变得柔和起来："那是当然的，你请放心，我让杰克亲自去接宝宝，宝宝到了我这里，我一定会照顾得妥妥帖帖的。但是，杰克从洛杉矶到拉斯维加斯接宝宝的费用，那是要另外计算的。"

"这我知道的，多谢您了！"柳杨怎么会不知道呢！在洛杉矶时，她们几个孕妇要去商场购物，老板娘每派一次车，都要收车费的，更何况这几百英里的路程。

可是，柳杨忘了一个最该求助的人。

当魏凌一行从大峡谷又去了凤凰城多玩了一天，回到拉斯维加斯，联系上柳杨，得知短短几天发生在她身上的遭遇，个个都目瞪口呆。小游看着柳杨怀里的小婴儿，喜欢得眼泪都流了出来，语无伦次地造句："哎呀，多可爱的宝宝呀……造物主太神奇了……感谢上帝，你们母女安然无恙……老公，你来看这宝宝，多可爱啊……"她把文总拽到身边，文总也赞道："宝宝确实可爱，呵呵呵……"

魏凌只是心痛地看着柳杨，脸上的表情透露了他内心的情绪：你这个女人，真是可怜又可恨！为何要把自己折腾成这样？

"出事当时报警了吧？肇事车的保险公司有没有来调查过？有没有谈医疗赔偿事宜？"魏凌想起最关键的问题，问柳杨。

"出事后，我什么都不知道了……直到生下孩子，我才清醒过来。后来我向医护人员打听过，他们告诉我，当警察和急救车到达的时候，肇事车和小偷都早已逃之夭夭了,现在警方还在追查之中……"说罢,柳杨长叹一声。

"在拉斯维加斯,每天都有输红了眼的赌徒铤而走险,或杀人,或自杀,这是一个疯狂的城市……"魏凌说,继而又安慰柳杨,"你别担心,只管安心休养和治病,医疗费的事情,以后再说。"

"但是……但是……樊篱因为救我而身受重伤,还在抢救中……"

魏凌呆了一呆。樊篱?那个在 biáng biáng 面馆有过一面之缘的大男孩?柳杨曾拿来做挡箭牌的同事?他们之间居然是真的?这孩子到底是怎样的来历?郑凯曾告诉过他,柳杨因为不孕,所以做了试管婴儿。可现在……真相到底是什么?前几天,柳杨不是还独自一人吗?樊篱怎会凭空出现?他居然会为她舍命相救,这样的生死之恋,非常人能及。就连他自己,也未必能够做到的。

魏凌的思绪还在樊篱身上纠缠,那边马总却嚷嚷开了:"哎呀,医疗费需要担心吗?有我在,你们什么都不用怕,我这就给你们去交医疗费。走,小魏,帮我去翻译。"

魏凌被马总喊清醒了:"哎,马总,美国的医院不是先交钱再住院,而是出院后,再慢慢给病人寄账单……"魏凌向马总解释。

"那我先给医院预缴一笔钱总可以吧?难不成他们也不收?"

"这……这不太……好吧……我……"柳杨看看樊篱、小游、文总和马总,嗫嚅难言,眼里水波又起,盈盈欲滴。她想说的是:这怎么行呢!怎么能让您为我们付医疗费呢!

"什么这呀那呀的,"大背头马总依旧高声大嗓,挥着一溜闪亮的戒指手咋呼着,"小柳啊,俗话说,大难不死,必有后福。你有什么困难,我们来帮你解决,一个人出门在外不容易啊!又还是他妈的异国他乡,出门在外,哪能见死不救的?我们不都是同胞吗?同胞就该互相帮助对不对?权当我手气不好,输了呗……唉,姑娘,我真不知道,这几天你是怎么熬过来的,你也不给我们……不给小魏打个电话,不然我们早就回来陪你啦!你说……你这是……哎哎哎……你怎么哭起来啦?"

柳杨再次泪如暴雨。泪水的开关,有时候可能只是一句话、一个字,或一声叹息。马总手足无措,他把魏凌拉到一边,耳语了几句。魏凌看了一眼柳杨,和马总走了出去。

马总写了一张五十万美元的支票,替柳杨和樊篱在医院预缴了医疗费,医院撤销了柳杨的关联银行卡。这个中国人奇怪的做法,在这家医院也是首次,医院的财务经理被惊动,寻过来和这个中国人握手致谢。

这个美国财务经理说:"我在这家医院工作三十多年,从来只见过逃单的,没见过主动预缴医疗费的。也有人给我们医院捐款,但没有一个是中国人!今天,你们让我见识到了中国人的伟大,你们真了不起!"

马总听不懂,只是傻呵呵地笑着。魏凌翻译给他听,他更得意了,让魏凌把他的话翻译给老外听:"我们中国人走到哪里都是堂堂正正的。我们做人堂堂正正,挣钱堂堂正正,花钱也堂堂正正,我们国家现在很强大。我们个人也很强大,我要是愿意,能把你们的医院买下来,改姓马,哈哈哈哈……"大家都笑起来。魏凌当然不会直译,巧妙地翻译了几句,美国人乐得直跷大拇指。

马总情绪高涨,继续发表演说:"那些钱如果有剩余,就当我捐给你们医院的善款,以后只要有中国人来治病,又没有钱,请你们医院免费给他们治疗,OK?"

美国人听了魏凌的翻译,更加兴奋,把双手的大拇指都一起跷了起来:"OK!OK!"

世界上最有效的通行证,应该就是金钱吧!有了马总的五十万美元支票,柳杨无须立即出院,可以带着婴儿住进樊篱的病房。樊篱已经脱离了重症监护,转入住院区。医生说他肋骨断了三根,脚踝骨折,由于头部受到汽车猛烈撞击,颅脑神经受损血肿,导致昏迷。美国医生直言不讳地告诉柳杨:樊篱即使醒来,也可能会失忆。

失忆?忘了我是谁?忘了自己是谁?忘了自己在哪里?忘了曾经爱过谁、曾经恨过谁?就像一台被格式化之后的电脑,干干净净,一尘不染?这是幸,还是不幸?一场生死一场梦,当他从梦中醒来,他还认识这个世界吗?

如果可能,换了我失忆多好,想要遗忘的太多太多,想要记住的,唯有眼前。——除了给孩子喂奶、吃饭和上厕所,柳杨几乎寸步不离在樊篱的病床前,握着他毫无知觉的手,用意念跟他对话。

樊篱的哥哥樊攀接到消息从旧金山赶了过来,本想把弟弟接回旧金山住院治疗,便于照顾,但医院客气地告诉他:已经有个中国人为他付了足够的医疗费,所以请放心地在这里诊治。樊攀很惊异在美国竟有这样的"中国活雷锋",待看到马总,惊异变成了敬重。原来,传说中的国内土豪,也不是除了钱什么也没有的。

樊攀看着弟弟床边的这个女人,她就是让弟弟万里迢迢、如影随形的那个女人吗？忧郁的眼神楚楚可怜,是那种让人过目难忘的忧郁气质,眉宇之间,却又隐现一股倔强之色。一个美丽、聪慧又倔强的女人,是注定要让爱她的男人吃苦的。

八十九　圣米歇尔山的最后一夜

接到孟浪打来的电话时,柳杨正在给女儿喂奶。孟浪听到柳杨电话里轻声轻气的声音,问她怎么了。

"我的女儿出生了,虽然早产了一个多月,但一切正常,"柳杨抑制不住内心的激动,声音微颤,"快把这个好消息告诉叶菁吧……"

孟浪却久久没有答话。柳杨以为断线了,对着手机"喂"了一声。孟浪带着浓重的鼻音应答:"叶菁……叶菁她……几天前走了……"

仿佛被一桶冰镇过的墨水兜头浇下,整个世界都被浓浓的黑色笼罩,身上的毛孔陡然封闭,彻骨的凉意裹住了心脏,五脏六腑似乎都被冻僵了。

是冥冥中有天意吗？就在几天前,樊篱如一只大鸟般带着凄美的微笑坠落在她面前;怀胎九月的女儿在街头降生;而叶菁,在遥远的法兰西的某个海边小镇,永远停止了呼吸。

一天之间,生死交替。比传奇更传奇的经历,在柳杨的生命中上演了。她写过那么多真真假假的故事,却没有一个比她亲身经历的更传奇。是谁说的——艺术来源于生活,又高于生活？

"叶菁……她……最后走的时候,还好吗……"

"还算平静吧！我们时刻在一起……她是在圣米歇尔山上离开的,在我们的婚礼上……"孟浪的声音变得有些哽咽。

圣米歇尔山？是了,那是叶菁与孟浪爱情的发源地。叶菁曾在那里崴了脚,是孟浪将她背下了山。柳杨还记得叶菁从法国回来后,怎样眉飞色舞地向她描述当时的情景与心境:"你想想啊,姐姐我也是万水千山走遍的人,但在这个时候,面对一个要背我下山的小帅哥,还是难免心潮澎湃的。不过我也顾不了那么多了,因为下雨,天黑得早,山上又冷,如果因为我拖累了旅行团的行程,我更是罪过。所以我也管不了许多,一咬牙,就趴在了他的背上。虽然我们隔着两件雨披,但还是能感受到他体内传来的阵阵热流。这辈子,除了小时候我爸背过我,然后在结婚的时候,前夫背我上过楼梯,还没有其他男人背过我呢,这次感觉真的不一样。"

还有他们在圣米歇尔山下小镇旅馆里的那一场吻,叶菁形容这场吻——"惊天动地! 死去活来! 荡气回肠!"。

音容笑貌尚且鲜活,可已天人永隔。柳杨泪落如雨。

人要活到多久、活到怎样的状态、爱到怎样的深度后死去,才算是值得? 或者说,怎么死都是不值得。

死去的人,再也不会计较值得不值得,只是活着的,总要找一个或数个怀念他们的理由,为自己的难过找一个悲伤的去处。

为什么地球上四分之三的面积是水? 是不是它背负的负担和悲伤太多太重? 为什么上帝在创造人类时,要有七情六欲、悲欢离合?

"你刚才说……她是在你们的婚礼上走的? 你们……在法国举行了婚礼?"柳杨泣不成声。这么说,叶菁是带着幸福离去的了。

"是的……这是我能给她在人世间的最后的留念了……"孟浪像个孩子一样大哭起来。

叶菁这一辈子活得浪漫潇洒,只是美丽的时光太过短暂。

和一年前去圣米歇尔山时一样,这一次,他们依然没能赶上好天气,天气阴沉,气温偏低。那几天,叶菁的状态已经不太好,孟浪劝她提前结束旅游,带她回国就医,但她不愿意。她说:"我出来就没想过要回去了,我要给亲朋好友留下最美的印象,只是委屈了你。"

爱情存在委屈吗? 如果受点委屈就能换来她生命的长度,那么他宁愿,即使是以赎罪的心情。人总是要经历一些难以启齿的历练和打磨,才会有勇气直面自己的卑劣、修补自己人性中的裂痕。至少还来得及。

圣米歇尔山位于法国北部诺曼底和布列塔尼之间的海面上,虽然名为山,却不高,如一座圆锥形的石塔,屹立在距离岸边一千米左右的海面上。周长不到一千米,海拔不到一百米。它的闻名于世,是源于它的建筑。据说在公元 708年,一位名为奥贝尔的主教在梦中得到天使的指引,便在此大兴土木,在山顶上修建了一座教堂。此后数百年来,不少法国艺术家和建筑师参与设计和完善这座教堂,使之尽善尽美。工匠们用坚硬的花岗岩,围绕小岛构筑出一圈坚不可摧的墙体,并在山脚下修建了很多店铺和旅馆。从外观上远看,它不像一个教堂,而更像一座城堡。只有上了山顶,看到四周环绕的海水,才能看到一丝小岛的风采。涨潮时,它就成了漂浮在浅海里的一座孑然而立的石塔,但它不会被孤立太久,等到退潮时,滩涂尽显,游客可沿着裸露的小路驱车至山脚下,它就成了一座色香味俱全的城堡。

这天的圣米歇尔山是灰色的,灰色的雾气从海上长途跋涉而来,然后把自己疲惫不堪地挂在了圣米歇尔山上,把所有的店铺、台阶,甚至游客的脸,都染成了湿漉漉的灰色。

叶菁的头上缠着一条橙色的丝巾,在下颚处打了个简单的结,某个角度看过去,竟有点奥黛丽·赫本的优雅。她虚弱地挂在孟浪的胳膊上,孟浪一手举着电话,用法语快速地说着什么。叶菁并不关心,她只关心,她和这个男人,还能依偎在一起多久? 圣米歇尔山,是不是她在这个人世间的最后一站?

虽然圣米歇尔山海拔一百米都不到,但按照叶菁现在的体力,是爬不上去的。还是孟浪背的她,一步步拾级而上。和一年前相比,她在他背上的分量轻了许多。才短短的一年时间,台阶两边的店铺丝毫未变,招牌都未褪色,可他们的世界,却已颠倒了秩序。

进入山顶的圆拱形教堂,居然发现有人在这里准备婚礼,白紫相间的圆形花束,矗立在修道院走廊的两边,中间铺着红毯,两侧排列整齐的椅背上也扎着白紫相间的缎带,气氛浪漫温馨。

"哦,今天看来有人在这里举行婚礼呢! 我们来得真巧。"叶菁有气无力地说。孟浪将她放到椅子上坐下,俯身向她,笑问:"要不,我们今天来客串一下别人的伴郎和伴娘?"

"呵呵,人家结婚,我们捣什么乱?"叶菁无力地在他胳膊上掐了一下,语气娇嗔。

"等我去问问人家啊,如果人家同意,我们就参加,好不好? 放心吧,亲爱的,法国人很浪漫,他们求之不得在婚礼上得到更多人的祝福呢!"说罢,孟浪帮她把围巾紧一紧,便向教堂侧面走去。教堂侧面有一个小门,孟浪敲了敲门,走了进去。没几分钟,他就出来了,身后跟着一个穿着西服打着领带的英俊男士和一个穿着紫色纱裙的女孩。男孩看起来像是法国人,女孩一看就是中国人。

叶菁看着他们一步步走近,三人脸上笑容满溢,估计是孟浪和人家说通了吧。这个孟浪,到底是小男孩呀,对什么事情都好奇,都想玩一玩,好吧,那就遂他的心意,客串一下别人的伴娘吧,也算是在圣米歇尔山上留一个纪念。

　　他们来到叶菁跟前，孟浪像变戏法一样，从身后拿出一件白纱裙，笑着对叶菁说："太好了亲爱的，当我把我们的意思和新郎新娘一说，他们非常高兴，特意邀请我们参加他们的婚礼呢！来，换衣服去吧！婚礼还有半小时就开始了。"

　　"姐姐，我叫小雪，我是今天的伴娘，这是伴郎，很高兴在这里认识同胞。刚才，孟先生进去和我们说，你们来自中国，我好惊喜啊！我来帮你换衣服吧！"紫裙女孩亲热地挽起叶菁的胳膊。叶菁几乎来不及多想，就被小雪拉了起来，去教堂里面的盥洗室兼化妆间换衣服去了。小雪真是贴心，还拿来自己的化妆工具，替叶菁画了个浓淡相宜的妆容，小雪居然还带了一个漂亮的大波浪发套，仔细地帮她戴上。半个小时后，叶菁几乎不认识镜中的自己了。

　　"小雪，你是化妆师吗？怎么这么厉害，眨眼工夫，就把我变得这么漂亮？"叶菁欣赏着镜中的自己，这还是自己吗？说是做伴娘，感觉比新娘打扮得还要隆重吧？雪白的纱裙、高耸的云髻、橙色的唇彩，就连耳环和脖子上的水钻饰品，也是小雪提供的。

　　"哎呀，可惜我没带高跟鞋。"叶菁发现了唯一的不足，"总不能穿运动鞋吧？"

　　"呵呵，姐姐，我穿三十六码的鞋子，你穿几码的？我今天特意带了两双高跟鞋来，都是新买的，还没穿过，我想着，万一其中一双磨脚，就再换一双。喏，你试试看这双金色的，如果合适，就穿这双，怎么样？"

　　小雪真是太贴心了，来做一次伴娘，居然准备得如此充分，到底是在国外生活过的，多有生活经验呀！

　　叶菁一边在心里赞叹着，一边穿上那双全新的金色高跟鞋。顿时，镜中的自己不知不觉地昂首挺胸起来，一个完全陌生的优雅女子在镜中对着自己微笑。原来我也可以这么美呀，可是这么多年来，我为什么没有发现自己的美？工作时，除了职业装，就是休闲装，几乎没有如此精心地打扮过自己，即使以前参加公关派对，也是匆匆上阵，随意应付。

　　"如果还来得及，我一定要好好爱自己！"她冲着镜子中的自己凄然一笑，"但愿还有时间。"外面，音乐响了起来，婚礼开始了。

九十　天堂门口的新娘

如果说,在化妆间还有所疑惑,那么回到教堂,叶菁便恍然大悟了。

教堂里没有别人,只有他等在那里!他一身新郎打扮,手里拿着一束白紫相间的圆形花束,他的身后,矗立着一幅他和她,还有点点的三人大合影。那是五一劳动节,他们在东湖边的合影!点点开心地骑在他的肩上,她依偎在他身旁。那时候,岁月静好,爱情向暖。

原来,他早有计划!

她一步步走向他,踏着《婚礼进行曲》,庄严得好像走向一场人生中最高级别的就职典礼!是的,这是她成为他妻子的神圣的就职典礼!如果说,此生还有什么未了的心愿,那么,就是成为他的妻子!成为他生命中最深的烙印!

圆形教堂四周高高耸立的柱子,好似一个个守护一方净土的天神,肃穆而立,不苟言笑,默默见证着这场特别的婚礼。

一位戴着眼镜、须发皆白的牧师不知何时站在了孟浪身边,手里拿着一本厚厚的《圣经》。虽然婚礼一切从简,但仪式却一丝不苟。牧师认真地说着祝福语,他说的是法语,叶菁一句也听不懂,小雪偶尔为她翻译几句,她也没有在意,她的注意力全都在孟浪身上,她的眼睛从没有离开过他的面庞。孟浪也深情地看着她,他们的目光在教堂肃穆的空气里无声地交织,诉说着衷肠。

他说:"亲爱的,在这个离天堂最近的地方,我要让你成为我的新娘!一天,就是一生!一刻,便是永恒!"

她说:"我的爱人,多想这一刻就是永恒!站在教堂顶端的圣米歇尔天使啊,请您挥一挥您金色的翅膀,带我飞去吧!在此刻离开我的爱人,在这个离天堂最近的地方离开他,将比在世界上任何地方的离开,更为神圣和美好……"

牧师的祝福语一结束,音乐响起,圣歌开始了。小雪和伴郎随着音乐,唱得十分投入。外面陆续有游客步入,也加入唱圣歌的和声之中。因为游客的加入,婚礼变得热闹欢快起来。唱完圣歌,开始宣誓。宣誓结束,两人深深拥吻。纠缠的唇舌,吮吸着彼此的滚滚热泪……

亲爱的,为什么亲吻不是甜蜜的而是酸涩的?为什么你的嘴唇如此冰凉?为什么你的全身都在颤抖?为什么你的身体在往下沉?为什么你不再抱紧我?……

亲爱的,为什么你在我眼前逐渐模糊?你还抱着我吗?为什么我冷彻心扉?为什么四周的圆柱开始倾斜?为什么圣洁的歌声如此遥远?是因为天使听到了我的祈祷,带我飞去天堂吗?假如我们就此分别,亲爱的,别难过,在这个离天堂最近的地方,我找到了灵魂的栖息地,我会在天堂守护你……亲爱的,对不起,第一天成为你的妻子,就要和你诀别。假如有来生,请你比我早一点出生,不要让我等你那么久……亲爱的,现在,我们离家有多远?山高水长,恐怕我已无法坚持长途跋涉……亲爱的,请你带我回家,带我回到爸爸、妈妈和点点身边,我知道天涯路远,可我还是要回家……

亲爱的,放心吧,无论回家的路有多远,我都会带你回去,从此不让你离开我,我会照顾好点点和爸爸妈妈,他们就是我的亲人!我会替你照顾好他们,也照顾好你!亲爱的,你好冷,是吗?就这样躺在我的怀里,不要动,让我用温暖为你送行……我的爱人,此刻你身轻如羽,我知道你正在缓缓上升,你将永远存在于我的发丝里,我的呼吸里,你从未离开,永不离开……圣米歇尔天使啊,请你、请你善待我的爱人,带她去圣洁无忧的天堂,请用你无所不能的智慧和力量,为我的爱人摒除疼痛和悲伤……

小雪和她的法国男友相拥而泣。在他们不长的爱情旅程里,从未见过今天的风景。这一幕震撼了他们被蜜糖包裹的心。原来,在爱情之路上,除了鸟语花香,也有荆棘密布;除了卿卿我我,还有生离死别。当两人携手踏上爱情之旅,就要做好历经磨难的心理准备。

也多亏了小雪的协助,孟浪才能在遥远的法国,与叶菁举办这场或许举世无双的婚礼。他早就做好了两手准备,一切视叶菁的身体状况而定。他知道她的时间已经不多,他要赶在有限的时间里,完成这一生最无悔的愿望。

亲爱的,假如有来生,我愿意与你继续此生未尽的旅程!

上山时,是他背着她。下山时,是他抱着她。穿着婚纱的她在他怀里身轻如羽,她的发丝拂上他的脸颊,像她往日温柔的抚摸。虽然他们已经被分隔在两个世界,但她依然近在咫尺,温顺如昨,使他相信,她并未真的离去,她的灵魂在高处,凝视着他,依依不舍……

两天后,她变成了他怀里的一捧粉末,他用婚纱包裹着她,带她回家。

九十一　我愿与你偕老同穴

她匍匐在他的病床边,把他冰凉的手贴在自己的脸颊上,轻唤他:"樊篱呀,你这个傻瓜,你喜欢什么人不好,偏要喜欢我这样的,喜欢我,注定你要受苦……"

樊攀刚好从外面买了快餐回来,见此情景,颇受触动,与柳杨说起弟弟樊篱来美国的故事。

"我弟弟来美国的时候,很突然,也没有告诉我他所为何来,他向来特立独行,我们也不以为怪。他一到美国,就开始到处摄影、搞专栏和做网站,不像是玩玩就走的样子,倒像是有备而来,大有打持久战的意思。后来,有一次我跟我爸妈通电话,才知道他是追随你而来。我跟他谈过一次话,问他干吗不直接去洛杉矶,跟你在一起,他对我说了一句莫名其妙的话:分别是为了更好地相守。我也不知道你们之间有什么样的故事,但从我弟弟这番折腾,可见他对你情深义重,我看着都很感动……"樊攀看着柳杨,说得有些动容。

可是樊攀,你只知其一,不知其二吧!若你知道我们所有故事的来龙去脉,只怕你不会用这样平和的语气和我说话了吧!你的弟弟果真是个特立独行的男人,特立独行到令你们大跌眼镜。

"我弟弟的小名叫小二子,我爸妈在家就叫他小二子……"樊攀接着说,"你想听听我们家小二子小时候的故事吗?"

小二子? 多么接地气的小名啊! 柳杨一边默念着"小二子",忍不住要笑了。

"小二子从小就很特立独行,在学习方面他很有天赋,平时学习吊儿郎当,但考试总是名列前茅。初中时,就有女同学对他围追堵截,他吓坏了,跑回家问我怎么办。"樊攀笑着回忆,"我就逗他,女孩子都怕你亲她,你一亲她,她们就把你当流氓,就会跟你反目成仇,就再也不会找你了。他就当真了,有一天放学路上,他就亲了一个女孩子一口,结果,哈哈哈……"樊攀忍不住笑得前仰后合,"那女孩子找到我们家,说要跟他结婚,她说,她已经是小二子的人了……哈哈哈……"

是吗？小二子真的这么傻得可爱吗？那个被女生围追堵截得无路可逃的小二子，就是如今躺在病床上无路可逃的小二子吗？如果生活能够重来，小二子是否还会在幼稚的爱情面前落荒而逃？可是，为什么在她面前，他不仅不落荒而逃，反而穷追不舍呢？爱使人变得勇敢，是因为我，小二子才变得如此勇敢吗？

"小二子，小二子，你能听到吗？如果你醒过来，我要叫你一辈子小二子。我比你大八岁，你要被我欺负一辈子。当你调皮不听话，我会揪你的耳朵、踢你的屁股、掐你的胳膊，让你生活在水深火热之中……嘿嘿……你怕吗？"

她真的揪他的耳朵、掐他的胳膊，他的胸部在起伏，氧气面具一呼一吸，可是他依旧一动不动。

我来放一首歌给你听好不好？梁静茹的《勇气》。给你增加勇气，也给我自己增加勇气。柳杨打开 MP4，把一只耳塞塞进樊篱耳朵，一只塞进自己的耳朵。

> 终于做了这个决定
> 别人怎么说我不理
> 只要你也一样的肯定
> 我愿意天涯海角都随你去
> 我知道一切不容易
> 我的心一直温习说服自己
> 最怕你忽然说要放弃
>
> 爱真的需要勇气
> 来面对流言蜚语
> 只要你一个眼神肯定
> 我的爱就有意义
> 我们都需要勇气
> 去相信会在一起
> 人潮拥挤我能感觉你
> 放在我手心里　你的真心
> ……

我原来没有勇气,或者说,我有勇气做别的,却没有勇气跟你在一起。现在,我把我的手放在你的手心里,你能不能借给我一点勇气,好让我天涯海角都随你去?

"这是什么东西?柳杨你见过吗?"樊攀把从弟弟背包里找到的一个奇怪的东西拿给柳杨看,是一根直径两三厘米的网眼状的管状物,通身雪白,长约三十厘米,末端圆形,规则的网眼成花篮状,透过网眼,可以看到里面有两只透明状的小虾标本相依在一起,如一对相拥长眠的夫妻。它被包裹得严严实实,放在一个小盒子中。

似曾相识。柳杨在脑海中搜索记忆,好像在一本时尚旅游杂志上看到过吧,它有一个凄美浪漫而又寓意美好的名字,叫什么来着?——偕老同穴。是的,它就是偕老同穴!

"这就是传说中的偕老同穴,我曾在一本旅游杂志上看到过。这是一对一雄一雌的小俪虾,它们生活在深海中,在它们很小的时候,就结对从这种海绵动物的小网眼中钻进去,在里面靠微生物生存,又安全,又能厮守终身。在日本,恋爱或者走向婚姻的男女,都会用它来向对方表明心意,甘愿做一只小俪虾,和所爱的人一辈子不离不弃,生要同屋,死要同穴。"

"哦,没想到这么不起眼的小东西,寓意竟然如此感人。想不到这小子如此重情,我还真是小看他了呢!"樊攀感叹着。

她双手搓摩着偕老同穴,感受着他得到它时的喜悦心情。原来他一直在做准备,在为他们"分别是为了更好地相守"而做准备。他把它背在包里,携在身边,是为了随时随地的遇见吗?

"你为何把它带在身边?是为了送给我吗?"她在他耳边低语,"小二子,如果你醒过来,我愿意做一只俪虾,和你钻进一个化石中,这个化石就叫婚姻,我们从此一辈子在一起,偕老同穴……你愿意吗?你愿意吗?"

九十二　生命真的有奇迹

I used to think that I was strong(曾以为我是那么坚强)
I realize now I was wrong(现在才发现我并非如此)

Cause every time I see your face(因为每一次看到你)

My mind becomes an empty space(我的心都变得神魂飘荡)

And with you lying next to me(当你依偎在我的身旁)

Feels like I can hardly breathe(我感觉我的呼吸不再欢畅)

I close my eyes(闭上双眼)

The moment I surrender to you(放任对你的思念)

Let love be blind(让这爱听从心的召唤)

Innocent and tenderly true(它是如此的纯真无邪,如此的轻柔真实)

So lead me through tonight(带着我穿过黑夜)

But please turn out the light(但请不要让灯光点亮)

Cause I lost, every time I look at you(因为我已迷失,在每一个凝望你的时刻)

……

樊篱的病房里,每天都会响起这首歌。柳杨的 MP4 里存了几百首歌,这是其中一首,是她来美国时,樊篱帮她精心准备的。他知道她的喜好,所有歌曲和音乐,都是轻松而舒缓的,歌词或浪漫优美,或荡气回肠,或缠绵忧伤……每一句,都能打动她的心扉。也许,首先打动了他的心扉,他才借用它们来打动她的心扉吧!

而这首《Every Time I Look at You》,也是他曾唱给她听过的。那时的他,还羞涩地不敢正面向她表白,只用歌曲委婉而间接地向她吐露心声。如果每个人都是自己命运的巫师,都能预知将来的悲欢离合,何不在最美好的时刻,留给彼此最美好的记忆?她有点后悔,没有在最美好的时刻,留给樊篱最美好的记忆。甚至,连一个完整的吻,都没有给过他。想到此,她内疚得心痛。

"你天天放歌给他听,还不如你自己唱给他听,你的声音,应该对他的触动更大,有些植物人都能被爱人的声音唤醒呢,你也试试看,说不定奇迹会发生……"樊攀一边敲击电脑一边说。他是 IT 行业的,这次向公司请了假来陪伴弟弟,只要每天在电脑上远程处理工作即可。

柳杨有些囧,自己虽然喜欢听歌,但唱歌的次数似乎屈指可数,只是在单位时,偶尔和同事们去卡拉 OK,被大家起哄唱过几首慢情歌。

"好吧,小二子,我从来都没有唱过歌给你听,今天我就来献丑一曲,如果我唱得走调,你也多包涵吧,不许笑话我,我的嗓音不是太好听……"

记忆中,好像有几首歌的旋律还不曾忘记。

她匍匐在他的病床前,握着他的手,浅吟低唱。唱着唱着,便哽咽起来。

一首歌唱完,樊篱毫无动静,却把那边床上的小婴儿惊醒了,她不耐烦地挥舞着胳膊、揉着鼻子眼睛,哼哼唧唧起来。柳杨暂时离开樊篱,去照顾婴儿。

那边,樊攀忽然停止了敲击键盘,用兴奋的口气说:"柳杨,网上有一条新闻,说儿女用哭声唤醒了植物人父亲,我们怎么忘了让宝宝来唤醒小二子呢?他们父女之间,应该有更多的心灵感应啊……"

柳杨愣住了。怎么跟樊攀解释,宝宝和樊篱一点血缘关系都没有呢?

可是,好像为了呼应樊攀的建议,宝宝真的哇哇啼哭起来。其实,婴儿每天都会啼哭,只是柳杨担心影响樊篱休息,总是在婴儿开始发出哭泣的征兆时,便去悉心照顾,喂奶、换尿片或者抱抱摇摇……今天樊攀的提醒,让柳杨有了一丝犹豫。

是的,不管怎样,试试吧! 奇迹或许与血缘无关。

她把小婴儿抱到樊篱的病床边,贴近他的胸部,小婴儿就好像躺在他的怀里,哇啊、哇啊地哭着。即使没有血缘关系又如何? 这一幕,是如此和谐温馨。就像我们在看影视剧时,明知故事是假的,人物是假的,明知编剧是骗子,演员是疯子,但我们还是像傻子一样,随着剧情欢笑和哭泣。打动我们的或许并非剧情和演员本身,而是我们内心深处潜在的悲欢意识被激发,借机宣泄了出来。可见,被打动和真假无关,却与心情有源。

小婴儿特有的声波在房间里荡来荡去,哭声稚嫩清脆,如洒着露珠的音符,落在心湖,溅起透明水晶般的涟漪。

大概是第十天的中午,樊篱的耳朵里塞着 MP4,里面在循环播放小婴儿的哭声,是樊攀录制的,每天早中晚播放三次,每次五分钟。柳杨抱着婴儿坐在樊篱病床边,她把小婴儿的手放进樊篱的手里,小婴儿本能地抓紧了樊篱的食指,她的五个小指头像一串攀在一株植物上的铃兰,充满本能的信赖和依恋。柳杨用自己的手掌托住这一大一小两只手,看着它们在自己的手掌里,竟有一丝恍惚:愿岁月静好,永恒完美。

忽然,柳杨感觉自己的手掌被触动了一下,以为小婴儿不耐烦了。低头看,竟是樊篱的手指在动,在小婴儿铃兰般的小手指里面无意识地一跳一跳,婴儿小铃兰般的手指也随之一跳一跳。

"樊攀,你快来!"柳杨喜不自禁,嗓音因激动而颤抖,"樊篱……小二子……他有意识了,有反应了……"

这时,小婴儿竟然对着妈妈咯咯咯笑出了声,瞬间,宛如彩虹照进整个房间,不,是彩虹照进了柳杨的整个生命!

从此相信,人生真的有奇迹!奇迹的轨迹有时候不是直行,但无论拐多少个弯,都会到达爱的故乡。

九十三　失忆是多么美好的解脱

"樊先生,您愿意娶这位美丽、智慧、善良的女士作为妻子吗?无论疾病、健康或者其他任何理由,都会爱她、尊重她、接纳她,对她一辈子忠贞不渝,直到生命尽头吗?"牧师庄严地看着新郎。

"是的,我愿意!"新郎仰着头、目不转睛地看着他对面的新娘,微笑作答。他坐在轮椅上,仰视着他的新娘。

"柳女士,您愿意嫁给这位英俊、正直、自信的男子为丈夫吗?无论疾病、健康或者其他任何理由,都会爱他、尊重他、接纳他,对他一辈子忠贞不渝,直到生命尽头吗?"牧师同样庄严地看着新娘。

"是的,我愿意!"新娘对着新郎微微弯腰,含笑作答。

"好!现在,我以神的名义,宣布你们二人结为夫妻!请所有来宾,为他们的婚姻,送上你们的祝福吧!"

柳杨的手里拿的不是鲜花,而是一个罕见的奇怪东西——一个通身雪白的网眼状管状物,里面有一对小小的俪虾标本。

她把这个奇怪的东西递给樊篱,含泪说道:"亲爱的老公,我愿做一只小俪虾,和你钻进婚姻的化石中,我们从此一辈子在一起,不离不弃,偕老同穴……"

掌声响了起来,泪水落了下来。

小游、文总、马总、马总的侄女慧慧、魏凌、樊攀,还有不相识的游客们,都为这一幕鼓掌和落泪。

"我又相信爱情了……"小游一边抹泪,一边依偎在文总怀里。

"老马我活到六十岁,还是第一次看到世上有这么纯粹的爱情,我也相信爱情了……"在教堂里,马总的声音不知不觉低了几度,少见的满脸虔诚的表情。

慧慧悄悄挽起魏凌的胳膊,把头靠在他的肩膀上,魏凌没有拒绝。

樊攀在拍照和录像。

小婴儿躺在婴儿篮里,酣然入睡,甜笑入梦。

这里是拉斯维加斯的白色小教堂,见证爱情和甜蜜的地方。

柳杨推着轮椅走出教堂,樊篱指着外面教堂旁边的猫王招牌,扭头问柳杨:"老婆,这是谁呀?"

从他醒来的那一刻,他就忘记了前情往事。不知道自己是谁,不知道身在何处,不知道发生过的一切。他睁开眼后的第一眼,看到柳杨,便问她:"你是我的什么人?为什么在我身边?"

"我是你老婆呀,你不记得了吗?"

"是吗?你是我老婆,那我又是谁呢?"

"你是我弟弟,叫樊篱,我是你哥哥,叫樊攀,你的小名叫小二子,我们的爸爸叫樊正直,妈妈叫张宜君。喏,这是你的女儿,叫小番茄,我给起的小名,你喜欢吗?"樊攀喜滋滋地把小番茄抱过来,给樊篱看。

"我都有女儿了?好神奇啊!"樊篱的双眼立刻神采奕奕起来。

柳杨内心却是百感交集。善意的谎言,将来会被原谅吗?

除了记忆,樊篱恢复得极快。他像个刚出生的小鸭仔,把第一眼见到的人当作了亲人。他相信了樊攀是他的哥哥,柳杨是他的老婆,小番茄是他的女儿。除此之外,世界于他,干净得毫无杂质。每天,对他来说都是新鲜的。

天气不错的时候,柳杨经常推着樊篱到医院的花园散步。医院很人性化地为他们准备了一台带婴儿座的轮椅,婴儿和樊篱面对面坐着,柳杨在后面推着,樊篱对看到的任何东西都感到新奇:"哎,老婆,这是什么树啊?长得这么高?""现在是几月份啊?这些花开得这么鲜艳……""老婆,为什么这里都是洋人,我们这是在哪里?"

柳杨又心痛又爱怜地为他一一解答,每次听完,他都表现得欢欣雀跃:"老婆,我觉得失忆对我来说,不是什么坏事情,我对这个世界充满全新的好奇和探索。太有意思了,这样的经历,不是每个人都会得到的,我太幸运了,我太幸福了!——来,吻我一下好吗?"他孩子气地努力转过戴着护颈器的头,翘起嘴巴,向柳杨索吻。

"老婆,你为什么对我这么好?我一个大男人,坐在轮椅上让你推着走,这种感觉……嘿嘿,有点像光荣负伤的将军……"转而,他又去逗面前的小番茄,"嘿,小番茄,你看我俩多幸福,你妈妈照顾和保护我们两个人,她是我们的保护神……"但他从来没问过自己为什么受伤,是他想不起这个问题吗?

看着他清澈无瑕的笑脸,柳杨会感到丝丝惆怅。如果,失忆的是我多好,我要忘记的东西太多太多,我只想记住眼前、只想让记忆从现在开始。对一个装了太多沉重往事的人,失忆是一种多么美好的解脱。可是为什么该失忆的依然牢记,不该失忆的,却全部清零呢? 命运的魔术师,总是以翻云覆雨捉弄人为乐趣吗?

早些年,柳杨曾看过几部关于失忆人的电影,大都是好莱坞制造出的天方夜谭,当时还一边看,一边惊叹编剧的异想天开。没想到,有朝一日,自己的生活中也上演了好莱坞的戏码,才相信不是所有看来的故事都来自想象。世上有很多不可思议的事情,永远只有谜面,没有谜底。

"老婆,我们什么时候回家啊?"樊篱目送一群鸽子从天上飞过,若有所思地问。

"医生说,等你脑部的血肿消失,我们就可以出院回家了。"柳杨柔声作答。与此同时,他们也在等警方和保险公司的调查结果。那个小偷虽然脱逃,但那辆肇事逃逸的车已被找到,司机是一个输红眼的赌徒,车是他从租车公司租来的。所以,索赔的过程也很曲折。还好,魏凌在回国前,帮柳杨请了一个认识的华人律师全权负责此事。

"老婆,我的家在哪儿? 你的家在哪儿?"

"老公,我们已经结婚了,我在哪里,你就在哪里。我的家在哪里,你的家就在哪里,我们永远在一起。"她把手递给他,他紧紧握着。他的无助让她心痛,他的信任又让她温暖。是谁说过,幸福,就是找一个温暖的人,过一辈子?

九十四　抬头恋爱,弯腰做人

还是同样的航线,只是,三个月前,是往西飞,来美国;这一次,是往东飞,回家。三个月前,她一个人独行;现在,她是一家人回家,左边是丈夫,右边是女儿,小婴儿正躺在婴儿篮里熟睡,她总是乖巧得令人感动。在陌生人眼里,他们是令人羡慕的幸福一家。

透过舷窗,她发现飞机一直追着太阳在飞,好像在和太阳赛跑,又好像奋不顾身要抓住那一团致命的诱惑,就像她的某种信仰。

已经飞行了四个多小时,也吃过了飞机餐,正是旅客们犯困的时间。靠窗的旅客都关上了舷窗,有人在看电影,有人在玩游戏,有人在昏昏欲睡。

樊篱已经吃过了药,耳朵里塞着耳塞,身上盖着薄毯,也沉沉欲睡。医生说他的脑震荡还在恢复中,每天需要保证充足的睡眠,否则会引发头痛。

前座的靠背插袋里,有一份柳杨登机时顺手拿的一份报纸,她抽出来打发时间。熟悉的中文字,真是久违了,一看就有亲切感。

一页页翻过去,在经济版,一条不起眼的新闻紧紧攫住了她的视线——昨日,某集团董事长单古今因有非法集资、涉黑、洗钱、行贿等多项经济问题,公检法机关经过三个多月的调查审理,现已结案,一审判决单古今有期徒刑十五年。单古今当场表示不服,并要上诉。配图是单古今穿着便装出庭受审的照片,原先的板寸剃成了光头,眼神里依旧透出对一切不屑一顾的淡定。

这一刻,竟然没有了那种锥心的痛,只是为他感到些微的遗憾和唏嘘。时间真是一把神奇的魔幻刀啊,即使曾经爱如深海,恨似高山,它也能在不长的时间里,削山填海,夷为平地。我们以为的爱恨情仇,我们以为一旦发生就会天塌地陷的爱恨情仇,充其量,不过是蚂蚁眼中的一块土坷垃吧?

在爱情中,我们习惯把自己视为卑微的蝼蚁,低至尘埃,对自以为是的爱情顶礼膜拜、高山仰止,最终,还是成了爱情的遗物。如果该"遗物"痛定思痛、振作精神、东山再起,还有熠熠生辉的一天;反之,只能死无葬身之地了吧!

也许,她和单啸风,不,单古今,之间的感情,根本不是她所以为的"爱"吧?!充其量,那只是特殊时间、特殊环境、特殊心态下的特别相遇,在她孤独而脆弱的心理上产生了"爱"的暗示而已(或许还是一厢情愿的"爱"的暗示),就像羽绒服自身不能产生热量、只是帮你阻隔自身热量的散发而已,你只是自己温暖着自己!但有太多人,不能区分羽绒服和自身热量的区别。她就是如此!自欺欺人地以为那一场艳遇便是刻骨铭心的爱!单古今,充其量只是她感情世界的一件羽绒服吧!

而身边,这个为了她连生命都可以放弃的男人,他是什么呢?太阳能?发电站?将所有的光热吸为己有,再化为能量,惠普于她?

在这万米高空,在气流的颠簸中,柳杨看着一左一右的亲人,倍感欣慰。一切尘埃落定,终于回家了。

一段旧情被埋葬在了离乱岁月,但愿新的爱情没有繁花似锦,也不必轰轰烈烈,只要云淡风轻,细水长流。如果有人日后问柳杨关于爱情的真理,她会告诉对方——抬头恋爱,弯腰做人。

樊篱耳朵里的一只耳塞掉了下来,他浑然不知,柳杨拿起耳塞,重放进耳朵里。

I used to think that I was strong(曾以为我是那么坚强)

I realize now I was wrong(现在才发现我并非如此)

Cause every time I see your face(因为每一次看到你)

My mind becomes an empty space(我的心都变得神魂飘荡)

And with you lying next to me(当你依偎在我的身旁)

Feels like I can hardly breathe(我感觉我的呼吸不再欢畅)

……

听完一遍,居然又开始循环播放,原来他几个小时一直在循环听这同一首歌。她悄悄调整了一下MP4,换了一首《神秘园》。没想到,樊篱并未睡着,嘟囔了一句:"老婆,为什么换歌?"

柳杨看着他微蹙的浓眉,不由得微笑起来:"几个小时听同一首歌,不厌烦吗?"

"我好像记得这首歌,它的旋律很熟悉,我希望它能唤醒我的记忆。"

"不要着急,老公,等我们回到熟悉的环境,也许,你会想起更多、更多……"柳杨温柔地劝慰他。但是心底里,她又是多么自私地希望:请让美好浮出水面,请让不堪永沉黑暗吧!

九十五　只要遇到菠萝,盐就会变成甜味

三年后。

H市一个名为"Fence"(篱笆)的设计工作室横空出世,因为成功设计了市

政建设的一个民生爱心工程而名声大噪,该公司的设计频频在国内和国际上获奖。据说,该公司的首席设计师、也是该公司的创始人,是一位失忆的人,所有他在美国之前的经历,全都如风吹流云,无影无踪。他的记忆,是从美国回来后开始的。但他的设计非凡人能及,超前而实用。他的设计范围涉及建筑、珠宝、服装、日化等领域,公司汇聚了数位国内著名设计精英。更让人津津乐道的是,他娶了一位比他大八岁的时尚杂志女主编为妻,并未婚先孕,去美国生下了女儿。

作为一位时尚杂志主编——哦,不,现在已经是总编,柳杨自然没有吝啬为老公樊篱做宣传。三年时间弹指而过,小番茄已经上幼儿园。生活像高铁一样毫不迟疑、勇往直前。有些人成长,有些人成熟,有些人成灰。有些一开始以为不可能的事情,最后也成了可能,比如孟浪和柳苗儿的结合。

人走在黑暗里,只要自己有信心,就一定会一步步走进光明。叶菁去世后的三年,柳苗儿就像一只朴素的手电筒,一直照在孟浪的脚下,陪他从黑夜走到了天明。

孟浪从法国回来后,就留在了 H 市。一开始,只是不忍心将巨大的悲痛留给孤苦无依的叶爸叶妈,不忍心看着点点每天哭喊着要妈妈,他想留下来陪他们走过最艰难的时光。点点的亲生父亲再婚后又生下了一对双胞胎,对点点的照顾心有余而力不足。所以他决定留下来,弥补点点失去的母爱和父爱。为了生活,他暂时找了个送快递的工作。柳苗儿那时在 biáng biáng 面馆打工,业余时间她放弃了去学服装设计,而是照顾和陪伴点点。

叶菁去世一周年那天,孟浪在家里抱着叶菁的骨灰盒号啕大哭,正好被送点点回家的柳苗儿看到,她对他说了一段话:"你要是愿意赖在黑暗里,就一辈子看不到光明。都说天无绝人之路,但有时候,有些路,不能只用脚走,必要时,还要用膝盖走、手肘走;有时候,被推着走、抬着走、倒着走。有时候,跑着走不一定比爬着走更快。你跪着走的日子已经过去了,现在,你应该爬起来,用脚去走剩下的路了。"

孟浪抬起泪眼,惊讶地看着这个比自己小不了几岁、同样来自乡村的女孩子,发现自己和她相比,简直幼稚得不值一提。

孟浪听从了柳苗儿的建议,和叶爸叶妈一起,把叶菁的骨灰安葬在了本市的一座墓园。以后,每当孟浪心情不好时,柳苗儿便陪他去墓园看望叶菁。

一排排肃穆的墓碑上,镶嵌着一张张男女老少、面无表情的黑白照片,旁边有简单的生平介绍。一个十八岁的少女，死于殉情；一个四岁的儿童，死于白血病；一个三十岁的孕妇，死于难产；一个六十岁的大叔，死于肺癌；一个二十四岁的青年，死于车祸……一路看过去，真让人怀疑，这个世界怎么了，为什么让这么多人，在人生的半路便过早夭折？这些墓碑的背后，有多少个家庭、多少人，被绝望和黑暗吞噬，又在茫茫苦海中等待光明、等待彼岸？

"看看这一片墓碑，我就觉得我们更应该积极健康地活下去，才能对得起我们的生命。除了记忆可以陪葬，我们不能拿自己的一生为逝者陪葬。唯有好好地活下去，才能对得起他们的期望。孟大哥，你说是吗？如果换位思考一下，躺在墓地里的是我们，我们会期望亲人们怎么做？"每一次来到墓地，柳苗儿都会有新的感悟。

孟浪什么都明白。只是心里的千疮百孔，一时间难以痊愈。

再后来，苗儿在柳杨单位附近的居民区里，租了一套两室一厅的房子，开了一个家常私房土菜馆，专门针对附近上班的白领一族，只接受预订，每天两桌，散客拼桌吃饭，十个人，四荤四素，八菜一汤，另外赠送一碗甜羹。每人收费二十元。菜的原材料全都是从她老家运来，新鲜无害，原汁原味。试营业不久，就吸引了大批附近上班的白领们，渐渐发展到要提前一周才能预订到桌位。生意渐好，苗儿忙得手脚并用，席不暇暖。

某天，前来帮忙洗菜的叶妈试探着问柳苗儿："苗儿，你这里越来越忙，你看要不要小孟也过来帮忙？他现在帮人送快递，每天风里来雨里去，也很辛苦。如果他能来帮忙，你会轻松许多，开车回你老家拉菜什么的，你就不用请别人了……"

苗儿爽快答应："要是孟大哥愿意来帮我，那是再好不过了，我求之不得呢！"

孟浪来了之后，柳苗儿如虎添翼，他除了每隔两天开车往返柳苗儿的老家拿新鲜蔬菜，更是无所不能，甚至还学会了做法式甜点，颇受食客们欢迎。渐渐地，应食客们的要求，席位发展到每天四桌，中午两桌，晚上两桌。但苗儿只做周一至周五，周六和周日休息，倒也劳逸结合。叶爸叶妈平时无事也过来帮忙，叶爸负责给客人们添茶倒水和收费，叶妈负责择菜和洗菜，柳苗儿负责切菜和配菜。好在餐具都由餐具消毒公司每天置换，倒也省却不少劳累。

点点每天下午从幼儿园回家，一进家门就喊："苗儿阿姨，我饿坏了，给我准备点心了吗？"这时候，苗儿不是捧出一小盆水果沙拉，就是孟浪做的一个法式蛋糕,或者一碗蒸鸡蛋羹。点点吃完,就去房间里看图书,十分乖巧听话。

晚上八九点之后,客人散尽,苗儿就炒几个小菜,斟几杯小酒,几个人围坐一堂,谈笑风生,倒也温馨。柳杨和樊篱更是蹭饭的常客,小番茄也成了点点的小玩伴,点点每次都会主动带小番茄一起玩,还像小大人一样,教小番茄看图识字。

有一天,柳杨无意中听到了两个小人的这番对话。

"小番茄,你做我的妹妹好不好?"点点认真地看着小番茄,小番茄懵懂地点点头:"好!"

"那我们拉钩! 来,伸出你的小指头,我们拉钩上吊,一辈子不许赖!"点点耐心地教小番茄怎样拉钩,小指头勾住小指头,大拇指对着大拇指,两个人做着一个有趣而又神圣的游戏。柳杨不禁眼眶发热。如果叶菁地下有知,会不会笑?

点点的早熟,令人心疼,也令人欣慰。

某天,柳苗儿在为点点削一只菠萝,随口问了孟浪一个问题:"孟大哥,你知道,盐在什么情况下会变成甜味吗?"孟浪想了一想,摇了摇头。

"呵呵呵,孟叔叔好笨啊,我都知道为什么。"点点得意地说,"只要遇到菠萝,盐就会变成甜味啦! 呵呵呵……"

多么简单的道理,在这个世界上,有些人是菠萝,有些人是盐。一个酸,一个咸,但合二为一,就会变成美味。

孟浪看着柳苗儿,柳苗儿也正在看他,四目相对,竟有些恍惚。

一个夏夜,电闪雷鸣,苗儿租住的房子电闸跳了,惊雷一个接一个在窗前炸裂。苗儿吓坏了,情急之中,给孟浪发去一条信息:"孟大哥,我家跳闸了,一团漆黑,雷声好恐怖,我很害怕……"十分钟之后,孟浪水淋淋地出现在苗儿租住房的门口。开门的一瞬间,苗儿情不自禁地扑进了孟浪的怀里,雨水和泪水,落了一地……从那时开始,孟浪开始接纳柳苗儿的盐味,他的生命,也开始一点点渗透进甜味。

九十六　墓地里的婚礼

　　点点七岁生日那天,在吹灭生日蜡烛后,她调皮地问在场的所有人:"你们想知道我刚才许的什么愿吗?"众人皆答:"想知道。"点点一手拉住柳苗儿,一手拉住孟浪,甜滋滋地说:"我许的愿望是,苗儿阿姨做我的妈妈,孟浪叔叔做我的爸爸!"

　　在场的所有人,叶爸、叶妈、柳杨、樊篱,瞬间热泪盈眶,苗儿的泪水夺眶而出,她抱住点点,哽咽应答:"好的,宝贝,我愿意,我愿意……"孟浪张开双臂,将苗儿和点点拥抱入怀,哽咽作答:"好的,宝贝,我愿意做你的爸爸……"

　　懂事的点点,以自己的愿望,为孟浪和柳苗儿牵起了情缘。

　　孟浪和柳苗儿结婚的日子,特意选在了点点八岁生日那天,婚礼很简单,除了点点,只有叶爸叶妈、樊篱柳杨、小番茄以及柳苗儿的家人参加。然而,这场婚礼又不简单,因为,柳苗儿和孟浪商量后决定,在墓地举行婚礼,就在叶菁长眠的墓地。

　　这是个艳阳高照的秋日,云淡风轻,墓园里一片寂静,柳苗儿披着婚纱,手捧鲜花,孟浪身穿西服,他们静静走在一排排肃穆的墓碑之间,他们要去找一个"人",请她,做他们的证婚人。

　　墓碑上的叶菁巧笑嫣然,目清神远。四年过去,叶菁墓碑两侧的松柏已经长高长粗了很多。时间是最好的良药,无论活着或死去的人,心痛迟早都会被治愈。

　　柳杨一边用毛巾轻轻擦拭着墓碑,一边和叶菁说话:"亲爱的,你还好吗?我们看你来了。"樊篱用扫帚清扫干净墓前的台阶,摆上水果和点心等贡品,燃上一炷香。

　　"叶姐,今天,我和孟浪结为夫妻,我会陪他一辈子,我会和他一起照顾叶爸叶妈和点点,请你为我们证婚,给我们祝福好吗?"柳苗儿喃喃说着,将手里的鲜花放在了墓碑旁。

　　"菁,今天是我和苗儿结婚的日子,你不会怨恨我吧? 我已经失去了一次幸福,我不想再失去第二次了。我相信你会理解,也会支持我的,对不对?"孟浪轻声说着,将点燃的一根摩尔烟放到了墓前,那是叶菁生前最爱抽的一种烟。

叶妈牵着点点的手,这时候,也示意点点走上前去:"去吧,孩子,把花儿献给你妈妈。"点点走上前,将手里的一束雏菊放到墓碑旁,懂事地向妈妈的墓碑鞠了一躬,又轻轻拥抱了一下墓碑,轻轻地说了一声:"妈妈,我们来看你了。"

柳杨对点点说:"宝贝儿,你想对妈妈说什么就说吧,妈妈一定能听得到。"

点点看看柳杨,再看看众人,眼眶里渐渐迷漫起一层水雾,她忍住泪水说:"妈妈,虽然你走了很久了,可是点点一点也不孤独,苗儿妈妈和孟爸爸非常疼我、爱我和照顾我,我感到很幸福,我想和他们永远在一起,这样的话,我们就是一个幸福的家庭了,你高兴吗?"

"叶姐,我们在这里对你发誓,除了生死,我们永远不会分开!"柳苗儿和孟浪手牵手,对着叶菁的墓碑虔诚地三鞠躬,然后,紧紧地拥抱在一起。所有人都走过来,围着他们拥抱在一起。世上最温暖人心的,莫过于爱人与亲人之间的拥抱了。

一阵清风吹过,墓碑旁的鲜花和松柏轻轻摇曳,是她在微笑点头吗?是她在给予祝福吗?——是的,是我!我看到了,我很欣慰看到我爱的和爱我的人终于走出悲痛,找到了各自的幸福。痛苦和悲伤已成往事,心灵上的伤口正在愈合,生活正在变得芬芳。我因你们的坚强而欣慰、因你们的相亲相爱而欣慰、因拥有你们的爱而欣慰!

就像美国小说《可爱的骨头》里描述的一样:一个家庭,犹如人的周身骨骼,即使有一块骨头破损了、缺失了,但随着时间推移,骨架终会慢慢长全,终于融合恢复,成为一个健全的整体。作为一根过早缺失的骨头,在天堂看到这一切,也会发出由衷的祝福和幸福的微笑吧!

看着周围密密肃立的墓碑,樊篱情不自禁地在柳杨耳边低语:"老婆,你知道吗?当年我在日本海看到'偕老同穴'的时候,脑海里想的就是,它就是为我俩而存在的,我俩就是那两只小俪虾,生死相依,一辈子在一起……"

"哦?你还记得什么?"

"啊?我……就……记得这些……"

是的,往事,铭记与遗忘,都已不重要。重要的是,只要记得——我爱你!你爱我!仅此而已。

仅此而已!

回去的车上,音响里播放着那首经久不衰的歌:

I used to think that I was strong(曾以为我是那么坚强)

I realize now I was wrong(现在才发现我并非如此)

Cause every time I see your face(因为每一次看到你)

My mind becomes an empty space(我的心都变得神魂飘荡)

And with you lying next to me(当你依偎在我的身旁)

Feels like I can hardly breathe(我感觉我的呼吸不再欢畅)

I close my eyes(闭上双眼)

The moment I surrender to you(放任对你的思念)

Let love be blind(让这爱听从心的召唤)

Innocent and tenderly true(它是如此的纯真无邪,如此的轻柔真实)

So lead me through tonight(带着我穿过黑夜)

But please turn out the light(但请不要让灯光点亮)

Cause I lost, every time I look at you(因为我已迷失,在每一个凝望你的时刻)

……